톰 아저씨의 오두막 1

UNCLE TOM'S CABIN

해리엇 비처 스토 지음
권진아 옮김

Vol. I

| 차 례 |

제1장 독자, 인간애의 화신과 만나다 — 9

제2장 어머니 — 25

제3장 남편과 아버지 — 31

제4장 톰 아저씨네 오두막의 저녁 풍경 — 40

제5장 소유자 변경에 대해 살아 있는 재산이 느끼는 감정 — 60

제6장 발견 — 75

제7장 어머니의 투쟁 — 91

제8장 엘리자의 탈출 — 113

제9장 상원의원도 그저 한 인간일 뿐 — 138

제10장 운반되는 재산 — 164

제11장 재산이 부적절한 마음을 품다 — 180

제12장 엄선된 합법적인 거래 사례 — 202

제13장 퀘이커 부락 — 230

제14장 에반젤린 — 245

제15장 톰의 새 주인과 다른 여러 가지 것들에 대하여 — 261

제16장 톰의 안주인과 그녀의 의견 — 285

제17장 자유인의 방어 — 315

제18장 미스 오필리아의 경험과 의견 1 — 342

제1장

독자, 인간애의 화신과 만나다

2월의 쌀쌀한 어느 늦은 오후, 두 신사가 켄터키 주 P마을에 있는 저택의 근사한 거실에서 와인을 마시며 앉아 있었다. 주위에 하인들은 없었고, 의자를 바싹 붙이고 앉은 두 신사는 무엇인가 진지하게 논의하고 있는 듯 보였다.

지금까지 편의상 두 신사라는 표현을 썼다. 하지만 면밀히 검토해 봤을 때, 둘 중 하나는 엄밀히 말해서 그 종에 속한 사람으로는 보이지 않았다. 그는 투박하고 못생긴 얼굴의 땅딸막한 사내로, 사람들을 밀어제치고 출세하려 고군분투하는 천민들에게서 흔히 보이는 허세 가득한 태도를 지니고 있었다. 다채로운 색의 번쩍거리는 조끼에, 경쾌한 노란색 물방울무늬의 푸른 목도리, 과시적인 넥타이의 화려한 차림새도 그의 전반적인 분위기와 꽤나 잘 맞았다. 그는 크고 투박한 손에 반지를 주렁주렁 끼고 엄청나게 큰 색색의 문장들이 한 묶음 매달린 무거운 금 회중시계를 차고 있었는데, 대화에 몰두하면 역력히 만족스러운 표정으로 그 체인을 짤랑거리며 휘두르곤 했다. 그의 화법은 머리의 문법(미국의 권위 있는 문법학자 린들리 머리의 『영문법』—옮긴이)을 대범하고 가볍게 무시했으며, 몇 마디가 멀다 하고 온갖 속된 표현들로 점철되어 있었다. 상황을 생생하게 묘사하고자 하는 욕구에도 불구하고 여기에 옮길 수 없는 말들이다.

그의 상대방인 셸비 씨의 외모는 신사다웠고, 집 안의 장식이나 전반적인 살림 분위기로 미루어 보아, 사는 형편이 안락하며 심지어 풍족하다는 것을 알 수 있었다. 앞서 말했듯이, 두 사람은 진지하게 대화를 나누고 있었다.

"나는 이렇게밖에 할 수 없소." 셸비 씨가 말했다.

"그런 식으로는 거래가 안 되죠. 절대 안 됩니다, 셸비 씨." 상대방은 와인 잔을 눈앞에 들며 말했다.

"아니, 정말이지, 톰은 흔치 않은 녀석이오, 헤일리. 어디서건 분명 그 정도 가치는 나갈 거요. 한결같고, 정직하고, 능력 있고, 우리 농장 전체를 시계처럼 정확하게 관리하니까."

"그러니까, 흑인치고는 정직하다는 말씀이겠죠." 헤일리는 브랜디를 한 잔 따르며 말했다.

"아니요, 내 말은, 톰은 정말로 선하고, 한결같고, 분별 있고, 신앙심이 깊은 녀석이라는 거요. 톰이 종교를 가진 건 4년 전 야외집회에서였소. 그는 **진짜** 기독교인이 되었소. 이후 난 톰에게 돈이든 집이든 말이든 내 재산을 몽땅 믿고 맡겼고, 사방을 마음대로 돌아다니게 허락해줬는데, 그는 항상 모든 일에 진실하고 정확했다오."

"신앙심이 깊은 검둥이 같은 건 없다고 믿는 사람들도 있습죠, 셸비 씨." 헤일리는 노골적으로 여봐란듯이 손을 휘두르며 말했다. "하지만 **전** 믿습니다. 올해 올리언스에 데려간 놈이 하나 있는데, 녀석이 기도하는 걸 들으면 아주 그냥 예배당에 있는 것 같았다니까요. 아주 온순하고 조용한 놈이었죠. 돈도 두둑이 받았어요. 주인이 할 수 없이 파는 바람에 싸게 사서 600달러를 벌었죠. 종교는 검둥이한테 값나가는 물건이죠. 가짜가 아니라 진짜 물건일 때 말입니다."

"톰은 진짜를 가졌소. 그런 사람이 있다면, 바로 톰이지." 상대방이 대꾸했다. "지난가을에는 혼자 신시내티에 보내서 내 대신 일처리를 하고 500달러를 받아 오게 한 적이 있소. 난 톰한테 '톰, 난 너를 믿어, 너는 기독교인이니까. 너는 속이지 않을 거야' 하고 말했고, 당연히 톰은 돌아왔소. 그럴 줄 알았지. 몇몇 상스러운 놈들이 톰에게 '톰, 캐나다로 도망가는 게 어때?'라고 말했지만, 톰은 '주인님이 나를 믿고 계셔. 난 그럴 수 없어'라고 했다더군요. 정말이지 톰을 이렇게 보내게 된 게 나도 너무 아쉽소. 톰을 데려가는 대신 남은 빚은 다 탕감해줘야 합니다. 헤일리 당신도 양심이 있다면 그럴 거요."

"음, 전 그냥 장사치들이 가질 수 있는 정도의 양심만 있을 뿐입죠. 그러니까 말하자면, 양심에 대고 맹세할 때 쓸, 뭐 딱 그 정도." 상인은 익살맞게 말했다. "하지만 합당한 선에서 친구에게 호의를 베풀 자세는 되어 있습니다. 그런데 아시겠지만, 올해는 사정이 좀 너무 안 좋아요. 너무 안 좋아." 상인은 심각하게 한숨을 쉬더니 브랜디를 좀 더 따랐다.

"그럼, 헤일리, 어떻게 거래할 테요?" 불편한 침묵이 잠시 흐른 후 셸비 씨가 물었다.

"저, 톰에게 끼워 보낼 사내아이나 계집아이는 없습니까?"

"음, 없어도 되는 사람은 아무도 없소. 사실 이렇게 형편이 나쁘지만 않았다면 팔 마음도 내지 않았을 거요. 난 정말 내 하인들 누구도 내보내고 싶지 않소, 이건 사실이오."

이때 문이 열리더니 네다섯 살 정도 된 쿼드룬(흑인의 피를 4분의 1 물려받은 사람—옮긴이) 사내아이가 들어왔다. 눈에 띄게 예쁘고 매력적으로 생긴 아이였다. 명주실처럼 가느다랗고 윤기 나는 검은 곱슬머리가 보조개가 파인 동그란 얼굴을 둘러싸고 늘어져 있고, 짙고 긴 속눈썹 아래 자리한, 다정한 빛이 가득 담긴 커다란 검은 눈동자는 호기심에 차 방 안을 들여다보았다. 정성껏 지어 몸에 딱 맞는 진홍색과 노란색의 발랄한 격자무늬 옷으로 인해 아이의 선명한 검은 아름다움이 한층 더 돋보였다. 수줍음과 자신감이 뒤섞인 익살스러운 분위기로 볼 때 주인이 눈여겨보고 예뻐해주는 데 익숙한 듯했다.

"어이, 짐 크로!" 셸비 씨가 휘파람을 불며 아이에게 건포도를 한 줌 휙 던졌다. "자, 주워!"

아이는 있는 힘을 다해 잽싸게 달리며 경품을 주워 모았고, 주인은 너털웃음을 터뜨렸다.

"자, 이리 와라, 짐 크로." 그가 말했다. 아이가 다가오자, 주인은 곱슬머리를 쓰다듬고 턱 밑을 톡톡 두드렸다.

"짐, 이제 이 신사분께 춤과 노래 솜씨를 좀 보여드리렴." 아이는 낭랑하고 맑은 목소리로 검둥이들이 흔히 부르는 야만적이고 그로테스크한 노래를 시작했고, 노래와 함께 손과 발, 몸 전체를 움직이며 노래와 딱딱 들어맞는 여러 가지 우스꽝스러운 동작들을 했다.

"브라보!" 헤일리가 오렌지 조각을 던지며 소리 질렀다.

"자, 짐, 이제 쿠조 아저씨처럼 걸어봐. 류머티즘으로 아플 때처럼." 주인이 말했다.

아이는 나긋나긋한 팔다리를 즉시 흉하게 뒤틀더니, 등을 혹처럼 곧추세우고 주인의 지팡이를 손에 든 채 방 안을 절뚝거리며 돌아다녔다. 그러고는 앳된 얼굴을 우울하게 찌그러뜨리고 오른쪽에서 왼쪽으로 침을 뱉으며 노인네 흉내를 냈다.

두 신사가 박장대소했다.

"자, 짐," 주인이 말했다. "로빈스 영감이 찬송가 선창하는 것도 보여줘." 아이는 토실토실한 얼굴을 길게 잡아 빼더니, 엄숙하기 짝이 없는 태도로 찬송가 음을 콧노래로 흥얼거렸다.

"와아! 브라보! 대단한 놈일세!" 헤일리가 말했다. "그놈 참 괴짜군. 이렇게 합시다." 그가 갑자기 셸비 씨의 어깨를 탁 치며 말했다. "저놈을 주십쇼. 그럼 그걸로 이 건을 끝내겠습니다. 정말로요. 자, 자, 그게 최고로 잘 해결하는 길 아니겠어요!"

그때 문이 살며시 열리더니, 스물다섯 살 정도 된 쿼드룬 여자가 방 안으로 들어왔다.

아이를 본 뒤 여자를 흘깃 보기만 하면, 누구라도 그녀가 아이의 엄마임을 알 수 있었다. 짙은 검은색의 눈과 기다란 눈썹, 물결치는 매끄러운 검은 머리카락이 똑같았다. 그녀의 갈색 피부는 뺨에 와서 눈에 띌 정도로 붉게 달아올랐고, 그 홍조는 경탄을 감추지 않고 노골적으로 그녀를 뚫어져라 쳐다보는 낯선 남자의 시선에 더욱 짙어졌다. 그녀의 옷은 최대한 단정한 모양새로, 보기 좋은 몸매를 돋보이게 해주었다. 좋은 물건의 장점을 한눈에 훑는 데 이골이 난 상인의 재빠른 눈은 그녀의 우아한 손과 깔끔한 발과 발목을 놓치지 않았다.

"무슨 일이야, 엘리자?" 그녀가 멈춰 서서 머뭇거리며 바라보자 주인이 물었다.

"해리를 찾고 있었어요, 주인님." 아이는 깡충거리며 엄마에게 달려가 옷자락에 모아둔 전리품을 보여주었다.

"그래, 그럼 데려가." 셸비 씨가 말하자, 그녀는 아이를 안고 서둘러 물러났다.

"세상에." 상인이 경탄하며 그를 보고 말했다. "이건 정말 물건인데요! 올리언스에 가면 언제든지 저 여자로 한재산 챙길 수 있을 겁니다. 한때 1,000달러 이상 호가하는 여자들도 봤지만, 저 여자보다 하나도 더 안 예뻤다고요."

"저 아이를 팔아서 한재산 챙길 마음은 없소." 셸비 씨는 냉정하게 말하고는, 대화의 방향을 돌리고자 와인을 새로 한 병 따고 상대방의 의견을 물었다.

"굉장해요. 일류예요!" 상인은 이렇게 말하고는 셸비의 어깨를 친근하게 툭 치며 덧붙였다.

"자, 저 여자는 어떻게 거래할까요? 저 여자 대신 제가 뭘, 아니 뭘 받고 싶으세요?"

"헤일리 씨, 저 아이는 팔 게 아니오." 셸비가 말했다. "저 아이 몸무게만큼 금덩이를 준다고 해도 아내가 내놓지 않을 거요."

"네, 네! 여자들은 늘 그런 식이죠. 셈을 할 줄 모르거든요. 하지만 몸무게만큼의 금덩이로 시계나 깃털, 장신구를 몇 개나 살 수 있는지 보여주기만 하면 상황이 바뀔걸요. 전 그렇게 생각합니다."

"헤일리, 다시 말하지만, 그 이야기는 하지 마시오. 난 아니라고 했고, 진심으로 한 말이오." 셸비는 단호하게 말했다.

"음, 그래도 아이는 주시겠죠." 상인이 말했다. "그 아이 값을 꽤나 두둑하게 쳐줬다는 건 인정하셔야 합니다."

"도대체 그 아이를 왜 원하는 거요?" 셸비가 물었다.

"아, 친구가 이 일을 시작하는데, 잘생긴 사내아이들을 사서 시장에 내놓으려 하거든요. 순전히 장식품이죠. 잘생긴 애들을 돈 많은 부자들한테 시동 같은 걸로 파는 겁니다. 그 사람들의 멋진 집이 돋보이게 말이죠. 진짜 잘생긴 녀석이 문을 열어주고, 시중도 들어주고 그러는 거죠. 그런 애들은 고가에 팔려요. 게다가 이 조그만 녀석은 웃기고 노래도 잘하니, 딱 물건감이죠."

"난 팔기 싫소." 셸비 씨가 신중하게 말했다. "사실 난 인간적인 사람이라 애를 애 엄마에게서 떼어놓는 게 싫소."

"아, 그러세요? 그럼요. 그런 건 본성이죠. 전적으로 이해합죠. 여자들이랑 잘 지내는 건 때로 참 힘들죠. 지긋지긋하게 소리 지르고 울어대고. **굉장히** 피곤하죠. 하지만 사업을 하는 입장에서 그런 건 보통 피하는 게 상책입니다. 그러니까, 애 엄마를 하루, 아니 일주일 정도 어디 보내는 게 어떻겠습니까? 그럼 돌아오기 전에 일이 조용하게 다 끝나거든요. 그러고는 사모님께 귀고리나 새 옷 같은 걸 좀 주셔서 달래주는 거죠."

"당신 말대로 될 것 같지 않은데."

"아니, 그렇다니까요! 아시겠지만 이 녀석들은 백인이랑은 달라서, 제대로 다루기만 하면 그런 건 다 극복해요." 헤일리는 속내라도 털어놓는다는 듯한 태도로 말했다. "흔히들 이런 장사가 감정을 무디게 한다고 하지만, 제가 보기엔 절대 안 그래요. 사실 전 일부 친구들이 하는 방식으로는 일처리 못 합니다. 그 사람들은 엄마 품에서 애를 억지로 떼서 팔거든요. 엄마는 미친 듯이 소리를 질러대고요. 그런 방식은 안 좋습죠. 물건이 상하고, 어떨 때는 아예 못 쓰게 되거든요. 일전에 올리언스에서 정말 잘생긴 여자를 하나 본 적 있는데, 그런 식으로 다루는 바람에 완전히 망가져버렸어요. 그 여자를 사려던 사람이 아기는 안 원했는데, 그 여자는 열 받으면 완전 무시무시해지는 타입이었던 거죠. 애를 부서져라 품에 꼭 안고는 떠들어대면서 아주 난동을 피워댔다니까요. 아이고, 그때 생각만 해도 머리칼이 쭈뼛 서네. 하여간 애를 겨우 떼어내고 가뒀더니, 그만 미쳐 날뛰다가 일주일 만에 죽어버렸지 뭡니까. 이게 무슨 낭비냐고요, 관리 잘못 때문에 1,000달러가 날아갔잖아요. 핵심은 그겁니다. 인간적인 게 언제나 최고예요. 그게 **제** 경험입니다." 그러더니 상인은 고결한 결정이라도 내리는 듯이 팔짱을 끼고 의자에 떡 기대앉았다. 자기가 제2의 윌버포스라도 되는 듯한 태도였다(영국 정치가인 윌리엄 윌버포스. 노예제도에 강력히 반대한 사람으로, 헤일리가 제2의 윌버포스일지도 모른다는 말은 반어적인 표현—옮긴이).

그 주제가 그 신사에게 굉장히 흥미를 끈 듯했다. 셸비 씨가 생각에 잠겨 오렌지를 까고 있는 동안, 헤일리는 또다시 새로 이야기를 시작했기 때문이다. 적당히 망설이기는 했지만, 진실을 알려주고 싶은 마음에 몇 마디 덧붙이지 않을 수 없다는 듯한 자세였다.

"자화자찬을 늘어놓는 건 모양새가 좀 안 좋기는 하지만, 이건 그냥 사실이라서 드리는 말씀입니다. 전 제가 최상품 검둥이들을 공급하는 사람이라고 믿습니다. 적어도, 그런 말을 듣죠. 한 번 거래를 하면 백 번은 한 거나 다름없어요. 모두 다 좋은 거래로, 토실토실하고 잘생긴 놈들로만 하죠. 사람을 잃는 일도 거의 없어요. 그게 다 제 관리능력 덕분입죠. 인간애야말로 **제** 관리능력의 대들보라고 말씀드릴 수 있습죠."

셸비 씨는 뭐라고 해야 할지 몰라서 "그렇군요!"라고만 했다.

"이런 생각 때문에 조롱도 받았습죠. 한 소리 듣기도 했고요. 인기도 없고 흔하지도 않은 생각이죠. 하지만 전 그 생각을 고수해왔어요. 고수했고, 그걸 바탕으로 돈도 벌었죠. 그래요, 그 생각이 통행세를 지불했다고나 할까요?" 상인은 자기가 농담해놓고 자기가 웃었다.

이런 식으로 인간애를 설명하는 데는 무엇인가 통쾌하고 독창적인 점이 있어서 셸비 씨는 함께 웃지 않을 수가 없었다. 어쩌면 독자 여러분도 웃을지 모른다. 하지만 독자들도 알다시피 요즘은 인간애란 것이 온갖 이상한 형태를 하고 등장하는 데다, 자비로운 사람들이 하는 이상한 소리와 행동에는 한계가 없지 않은가.

셸비 씨의 웃음에 고무된 상인이 말을 이었다.

"이상한 일이지만, 사람들 머리에 이 생각을 심어주기가 참 힘들어요. 나체즈에 있을 때 톰 로커란 친구랑 동업을 했는데, 참 똑똑한 친구였죠. 그런데 톰은 검둥이들한테만은 아주 악마처럼 굴었어요. 원칙상 그러는 거래요. 성격이 아주 한량없이 좋은 친구였거든요. 그게 그 친구 **체제**였던 거죠. 전 톰한테 이렇게 말하곤 했죠. '톰, 계집들이 흥분해서 울고불고할 때, 죽어라 쥐어패는 게 무슨 소용 있나? 그래 봤자 바보 같고, 소용없는 일이야. 우는 게 뭐가 해롭다고. 그건 본성이야, 그렇게 못 터뜨리면 다른 식으로 터질걸. 게다가, 톰, 그래 봤자 네 계집들만 상해. 병들고 입안도 상하고 어떨 때는 얼굴도 망가지잖아. 특히나 누런 놈들. 그럴 때는 귀신이 씌어도 단단히 씐 거라고. 그러니까 살살 달래고 좋은 말을 해주는 게 어때? 내 말 한번 믿어보라고, 톰. 조금 인간미를 보여주는 게 그렇게 갈기고 부수는 것보다 낫다니까. 돈도 더 되고. 믿어봐.' 하지만 톰은 그 요령을 터득하지를 못하고 제 물건을 너무 많이 망쳐놔서 결국 갈라설 수밖에 없었죠. 성격도 좋고 사업상으로도 공정한 친구였는데."

"그래서 당신 관리방식이 톰 방식보다 사업상 더 나았단 말이오?" 셸비 씨가 물었다.

"그럼요, 그렇게 말할 수 있죠. 보세요, 전 어린애를 판다거나 하는 불쾌한 일을 할 때는 가능하면 좀 더 신경을 씁니다. 어미를 어디로 보낸다든지 해서. 눈에서 멀어지면 마음에서도 멀어지게 마련이잖아요. 상황이 깨끗이 다 끝나고 나면 어쩔 수 없는 거고, 그러면 녀석들은 자연히 거기 익숙해집니다. 아내와 아이들이랑 같이 사는 걸 기대하면서 자란 백인들하고는 다르다고요. 아시겠지만, 제대로 기른 검둥이들은 그런 기대 안 해요. 그러니까 그런 일이 더 쉬운 겁니다."

"그렇다면 제 아이들은 제대로 자란 것 같지 않군요." 셸비 씨가 말했다.

"그러게요. 여기 켄터키 사람들은 검둥이들 버릇을 망친다니까요. 의도야 좋겠지만, 그게 결국은 진짜 친절이 아니거든요. 보세요, 검둥이들은 까이고 구르며 한세상 살아야 하고 이 사람 저 사람한테 팔려 다녀야 하니까, 친절이나 개념, 기대 같은 건 주지 말고 너무 잘 키워도 안 되는 겁니다. 그럼 결국 거친 풍파가 더 힘들어질 뿐이에요. 그러니까 제 말은, 이 농장 검둥이들은 그런 데 가면 아주 풀이 죽겠죠. 어떤 검둥이들은 신들린 듯 노래 부르고 야단법석을 떨기도 하겠지만. 셸비 씨, 사람들은 원래 다 자기 방식이 좋다고 생각하는 겁니다. 전 제가 검둥이들한테 딱 적당한 대접을 해주고 있다고 생각해요."

"만족한다는 건 행복한 거요." 셸비 씨는 살짝 못마땅한 기색으로 어깨를 조금 으쓱하며 말했다.

"글쎄요," 두 사람 모두 말없이 땅콩을 집은 후 헤일리가 말했다. "어쩌시겠습니까?"

"생각해보고, 아내와 의논하겠소." 셸비 씨가 말했다. "아까 말한 것처럼 일을 조용히 처리하고 싶다면, 그사이에 이 일에 대해 떠들고 다니지 않는 게 좋을 거요. 그랬다가는 소문이 애들 사이에 퍼질 테고, 애들이 알게 되면 누구든 조용히 데리고 가지는 못할 테니까. 분명 그럴 겁니다."

"아, 물론입죠! 절대 침묵이죠! 당연히. 하지만 제가 지금 죽어라 급해서요, 뭘 기대해도 좋을지 가능한 한 빨리 알고 싶습니다만." 헤일리가 일어나서 코트를 입으며 말했다.

"오늘 저녁 6시에서 7시 사이에 들르면 답을 드리리다." 셸비 씨가 말하자, 상인은 고개 숙여 인사하고 나갔다.

"저자를 계단 꼭대기에서 차버리고 싶군." 그는 문이 닫히는 것을 보면서 혼잣말을 했다. "건방진 철면피 같으니. 하지만 저치는 자기가 우위에 있다는 걸 너무 잘 알고 있어. 누가 톰을 저런 악당 같은 노예상인한테 팔아서 남부로 보내야 한다고 말했다면, 난 '노예가 개요? 그런 짓을 하게?'라고 말했겠지.(「열왕기하」 8장 13절의 "당신의 개 같은 종이 무엇이관대 이렇게 큰일을 행하오리이까?"를 고쳐 인용한 것. 본문의 모든 성경 구절은 개역개정판을 따랐다—옮긴이) 그런데 아무리 봐도 이제 그렇게밖에 할 수 없게 되었어. 게다가 엘리자의 아이까지! 아내와 그 문제로 소란을 겪겠지. 톰 문제로도 그렇고. 빚 때문에 이게 무슨 꼴이람! 저자는 자기가 우위에 있다는 걸 알고 있으니, 그걸 밀어붙일 작정이야."

아마 가장 온건한 형태의 노예제를 볼 수 있는 곳이 켄터키일 것이다. 더 남쪽 지방에서는 일의 성격상 급하고 압력에 시달리는 상황이 주기적으로 생기지만, 대체로 조용히 단계적인 농사를 짓는 이곳에서는 노예들의 일이 건강하고 합리적인 편이었다. 그리고 주인들도 서서히 재산을 늘리는 데 만족하고 살아서, 급격히 재산을 불릴 수 있는 가능성과 보호받지 못하는 무력한 자들의 안위를 저울질해야만 하는 상황이 갑자기 왔을 때 연약한 인간본성을 언제나 누르고야 마는 냉혹함에 유혹받지 않았다.

그곳의 농장을 방문해서 상냥하고 관대한 주인들과 애정 깊고 충성스러운 노예들을 목격한 사람들은 종종 전설적으로 회자되는 가부장적 제도 같은 것을 꿈꾸고 싶어질지도 모른다. 하지만 그 풍경 위에는 **법**이라는 불길한 그림자가 드리워져 있다. 법이 뛰는 심장과 살아있는 애정을 지닌 이 모든 인간을 주인에게 속한 **물건**들로 보는 한, 친절한 주인의 실패나 불운, 경솔함이나 죽음에 따라 상냥하고 너그러운 보호를 받던 삶이 언제라도 희망 없는 불행과 노역의 삶으로 바뀔 수 있는 한, 아무리 잘 관리되는 노예제 아래에서도 아름답거나 바람직한 일이 생길 수 없다.

셸비 씨는 친절하고 사람 좋은 보통 사람이었고 주변 사람들에게 너그럽게 잘 베풀어서, 그의 농장 검둥이들은 부족함이라곤 느껴본 적 없이 안락하게 살았다. 하지만 방만한 투기로 그는 큰 빚을 졌고, 그 바람에 엄청난 액수의 어음이 헤일리의 손에 들어간 것이었다. 이 작은 정보가 앞의 대화를 이해하는 핵심이다.

자, 어쩌다 보니 엘리자는 문으로 다가가다가 노예상인이 주인에게 누군가를 달라고 제안하고 있음을 알 정도로 대화를 엿들어버렸다.

방에서 나온 후 문 앞에서 더 듣고 싶었지만, 마침 그때 마님이 부르는 바람에 그녀는 서둘러 가야만 했다.

하지만 그녀는 상인이 자기 아들을 달라고 제안하는 소리를 들은 것 같았다. 잘못 들은 것일 수 있을까? 가슴이 너무 쿵쾅쿵쾅 뛰어서 자기도 모르게 아이를 힘껏 꽉 안자, 아이가 깜짝 놀라서 고개를 들어 엄마를 보았다.

"엘리자, 얘, 오늘 무슨 일 있니?" 엘리자가 물병을 엎고, 작업대를 쓰러뜨리고, 마침내는 옷장에서 가져오라고 한 실크드레스 대신 긴 잠옷 가운을 얼빠진 얼굴로 내밀자 마님이 물었다.

엘리자는 깜짝 놀랐다. "아, 마님!" 그녀가 눈을 들며 말했다. 그러더니 울음을 터뜨리며 의자에 주저앉아 흐느끼기 시작했다.

"저런, 엘리자, 얘야! 무슨 일이니?" 마님이 물었다.

"아, 마님, 마님." 엘리자가 말했다. "거실에서 노예상인이 주인님과 이야기를 하고 있어요! 제가 들었어요."

"어, 그래서 뭐가 어떻다고?"

"오, 마님, 주인님께서 우리 해리를 파시려는 걸까요?" 그 가엾은 것은 의자에 몸을 던지고 발작적으로 흐느꼈다.

"해리를 판다고! 아냐, 이 바보 같으니! 네 주인님은 그런 남부 노예 상인들과는 절대 거래 안 하고 하인들을 팔 생각도 전혀 없으시다는 걸 알잖니. 다들 행동거지만 바르다면 말이야. 이 바보야, 누가 해리를 사고 싶어 할 거라 생각해? 온 세상이 다 너처럼 그 애한테 정신이 나가 있다고 생각하는 거야? 자, 자, 기운 내고, 내 드레스 고리나 좀 채

워주렴. 이제 지난번에 배운 대로 머리도 예쁘게 땋아줘. 더 이상 방 문 뒤에서 남의 이야기 엿듣고 다니지 말고."

"저, 하지만 마님, 마님께선 절대 동의하지 않으실 거죠? 그러니까……"

"말도 안 되는 소리! 절대 안 하지. 그런 이야기를 왜 하는 거야? 그러느니 내 아이를 하나 팔겠다. 하지만 정말이지, 엘리자, 넌 저 아이에 대한 자부심이 너무 지나쳐. 방 안을 들여다보지도 못했으면서 네 아이를 사러 왔다고 생각하다니."

마님의 확신에 찬 말투에 안심한 엘리자는 민첩한 솜씨로 몸단장을 해주면서 괜히 두려워했다고 자조했다.

셸비 부인은 지적으로나 도덕적으로나 상류층 여인이었다. 그녀는 켄터키 여자들에게서 흔히 볼 수 있는 타고난 아량과 관대함에 높은 도덕적, 종교적 감수성과 원칙을 갖추었으며, 이를 열정적이면서도 유능하게 실천했다. 그녀의 남편은 어떤 특정 종교도 가지지 않았지만, 아내의 견실한 믿음을 존경하고 존중했으며, 어쩌면 아내의 의견에 약간의 경외심마저 느끼고 있었다. 그는 직접 나서서 결정적인 역할을 하지는 않지만, 하인들을 훈련하고 개선시키고 안락하게 살게 해주려는 아내의 자비로운 노력을 무한정 허용했다. 사실 그는 성인들의 특별한 선행의 효율성을 딱히 믿지는 않았지만, 내심 아내가 두 사람 몫의 신앙과 자비심을 가지고 있다고 생각하는 듯했고, 따라서 특별히 자기 것인 양 자부하지는 않았지만 아내의 넘치는 자질을 통해 천국에 들어갈 기대를 살짝 품고 있는 듯했다.

노예상인과 대화한 이후 그의 마음을 가장 무겁게 짓누르는 짐은 심사숙고해서 내린 이 결정을 이제 아내에게 털어놓아야만 한다는 것, 그래서 나올 게 뻔한 끈덕진 요구와 반대에 부딪혀야만 한다는 것이었다.

남편의 곤란한 처지는 전혀 모른 채 그의 상냥한 성품만을 아는 셸비 부인은 정말이지 진심으로 엘리자의 의심을 전혀 믿지 않았다. 사실 그녀는 재고의 여지조차 없이 그 문제를 마음속에서 지워버렸고, 저녁모임 준비에 몰두하는 와중에 그 생각은 완전히 잊혔다.

제2장

어머니

엘리자는 소녀 시절부터 마님의 총애를 한 몸에 받으며 자랐다.

남부를 여행한 사람들은 쿼드룬과 물라토 여인들이 지닌 특별한 선물과도 같은 특이한 고상한 분위기, 부드러운 목소리와 태도에 대해 종종 말한다. 쿼드룬은 타고난 우아함에 더해 종종 눈이 부실 정도의 미모와 거의 대부분의 경우 호감을 주는 상냥한 인상을 아울러 갖추고 있다. 우리가 묘사한 엘리자의 모습도 상상으로 그린 것이 아니라 몇 년 전 켄터키에서 본 기억에 따라 그린 것이다. 마님의 든든한 보살핌 속에서 엘리자는 노예에게는 너무도 파괴적인 유산인 미모에 따르는 유혹 없이 안전하게 성년에 도달했다. 그리고 이웃농장의 노예로 조지 해리스라는 이름을 가진, 근사하고 재능 있는 물라토 청년과 결혼했다.

이 청년은 주인의 명으로 자루공장에 나가서 일했는데, 능숙한 솜씨에 발명 재주까지 있어서 그곳 최고의 일꾼으로 꼽혔다. 그는 삼 씻는 기계를 발명했는데, 이 기계는 발명자의 교육 정도와 상황을 고려할 때 휘트니의 조면기에 버금가는 기계적 재능을 보여주었다.(여기서 묘사된 기계는 실제로 켄터키 주의 젊은 유색인의 발명품이었다—원저자)

그는 잘생겼고 호감 가는 태도를 지니고 있었으며, 공장에서 두루 사랑받았다. 그럼에도 불구하고, 법의 시각에서 볼 때 이 청년은 사람이 아니라 물건일 뿐이어서 이 모든 특출한 자격은 천박하고 편협하고 독재적인 주인의 마음에 달려 있을 수밖에 없었다. 바로 그 주인이 조지의 발명품의 명성을 듣더니 이 똑똑한 노예가 무엇을 하는지 보러 공장으로 달려왔다. 조지의 고용주는 주인을 열렬히 환대하며, 그렇게 귀한 노예를 가진 것을 축하했다.

그는 안내를 받으며 공장을 둘러보고 조지가 발명한 기계를 구경했다. 기분이 좋아진 조지가 말은 어찌나 유창하게 하고 자세는 어찌나 꼿꼿하며 생긴 것은 어찌나 잘생기고 남자다운지 주인은 슬슬 불편한 열등감이 들었다. 도대체 자기 노예가 사방을 당당하게 돌아다니며 기계를 발명하고 신사들 사이에서 고개를 쳐들고 다닐 일이 뭐가 있단 말인가? 그가 이를 곧 끝장낼 것이었다. 조지를 다시 데리고 가서 괭이질과 삽질을 시켜서 그러고도 '그렇게 건방지게 돌아다니는지 볼 것'이었다. 이에 따라 그가 갑자기 조지의 임금을 요구하며 다시 집에 데리고 가겠다는 의도를 공표하자, 공장주와 일꾼들은 모두 깜짝 놀랐다.

"하지만 해리스 씨," 공장주가 항의했다. "이건 좀 갑작스럽지 않습니까?"

"그런들 뭐가 어때서요? 저놈은 **제 것** 아닙니까?"

"저희가 기꺼이 급료를 더 올려주겠습니다."

"그런 건 아무래도 좋습니다. 제가 싫으면 제 일꾼들 누구도 밖에서 일하라고 내보낼 필요가 없죠."

"하지만 조지는 이 일에 특별히 잘 맞는 것 같은걸요."

"뭐, 그럴지도 모르죠. 하지만 이제껏 시킨 일에 잘 맞은 적이 없었다고 확신합니다."

"하지만 이 기계를 발명한 것만 생각해봐도," 일꾼 하나가 공교롭게도 끼어들었다.

"아 네! 노동 절약 기계 말이죠? 확신하건대, 그놈은 그런 걸 발명할 겁니다. 그런 걸 할 사람은 언제고 검둥이밖에 없죠. 검둥이들 모두가 다 노동 절약 기계예요, 하나하나 다. 아니요, 난 데려갈 겁니다!"

저항할 수 없는 힘이 이렇게 갑자기 자신의 운명을 선고하는 것을 들은 조지는 못 박힌 사람처럼 꼼짝도 않고 서 있었다. 그는 팔짱을 끼고 입술을 굳게 다물고 있었지만, 가슴속에서는 쓰디쓴 분노가 화산처럼 불타올라 불처럼 뜨거운 피가 혈관 속으로 흘러넘쳤다. 그는 숨을 헐떡거렸고, 크고 검은 눈은 타오르는 석탄처럼 번득였다. 친절한 공장주가 그의 팔을 건드리며 낮은 목소리로 말을 건네지 않았다면, 그는 위험하게도 감정을 격발시키고 말았을지 모른다.

"그냥 져줘, 조지. 지금은 주인을 따라가. 우리가 노력해서 도와줄게."

독재자는 이 속삭임을 목격했고, 말은 들리지 않았지만 그 내용을 짐작했다. 그리고 마음속으로 이 희생자에 대해 가진 권력을 계속 지키리라는 결심을 더욱 굳혔다.

조지는 집으로 끌려가 농장에서 가장 고되고 비천한 노역을 맡았다. 그는 불손한 말은 한 마디도 하지 않고 참아냈지만, 번득이는 눈과 우울하고 심란한 이마는 억누를 수 없이 자연히 드러나는 언어여서, 인간이 물건일 수 없음을 너무도 명백하게 보여주었다.

조지는 공장에서 일하던 행복했던 시절에 아내를 만나고 결혼했다. 고용주의 신뢰와 총애를 듬뿍 받고 있던 그 시절, 그는 마음대로 오갈 통행의 자유를 누렸다. 셸비 부인은 그들의 결혼에 대찬성이었다. 그녀는 중매에 대한 여자들 특유의 만족감을 다소 느끼며, 자기가 총애하는 예쁜 아이를 같은 계급에다 모든 면에서 안성맞춤인 듯한 남자와 맺어주게 된 데 기뻐했다. 그래서 그들은 안주인의 널찍한 거실에서 결혼했고, 그녀가 직접 신부의 아름다운 머리를 오렌지 꽃으로 장식하고 그 위에 면사포를 덮었다. 면사포가 그보다 아름다운 머리 위에 놓인 적은 거의 없었을 것이다. 흰 장갑과 케이크, 와인, 그리고 신부의 미모와 안주인의 은혜와 너그러움을 칭송하는 손님들이 넘쳐났다. 엘리자는 1, 2년 동안 남편을 자주 만났고, 아무것도 그들의 행복을 방해하지 않았다. 예외는 두 명의 아기를 잃은 일인데, 아이들에 대한 애정이 열렬했던 엘리자가 너무도 깊이 슬퍼하며 애도한 나머지 마님의 점잖은 질책을 받을 정도였다. 물론 그것은 엘리자의 타고난 열렬한 감정을 어머니처럼 염려하는 마음에서 그녀를 이성과 종교의 테두리 안으로 인도하기 위해서였다.

하지만 꼬마 해리가 태어난 후, 그녀는 점차 마음에 평안을 찾고 안정되어갔다. 피 흘린 인연과 두근거리던 신경도 다시 한 번 그 작은 생명과 얽히고 나니 견실하고 건강해지는 듯했고, 엘리자는 다시 행복한 여자가 되었다. 남편이 친절한 고용주와 돌연 이별하고 법적 주인의 혹독한 지배하에 시달리게 되기 전까지는 말이다.

공장주는 자신이 말한 대로 조지가 끌려간 지 1, 2주쯤 후, 즉 그 순간의 흥분이 이제쯤은 가라앉았으리라고 기대한 때에 해리스 씨를 찾아와서, 그를 이전의 일터로 복귀시키도록 만들기 위하여 온갖 유인책을 다 써보았다.

"더 이상 애써가며 말씀하실 필요 없습니다." 그는 완고하게 말했다. "제 일은 제가 알아서 합니다."

"간섭하려는 게 아닙니다. 그저 제가 제안한 조건으로 일꾼을 보내시면 해리스 씨께도 이익이 되지 않을까 생각했을 뿐입니다."

"아, 그 문제는 잘 알다마다요. 놈을 공장에서 데리고 오던 날 댁이 놈에게 윙크를 하며 속삭이는 것을 봤습니다. 하지만 그런 식으로 날 속일 수는 없죠. 여기는 자유국가입니다. 놈은 **내 것**이니, 내 마음대로 할 겁니다. 자, 이제 그만합시다!"

그래서 조지의 마지막 희망도 스러졌다. 그의 앞에는 고생과 단조로운 노역만이 놓여 있었고, 이는 포악하고 교묘한 주인이 고안해내는 온갖 사소한 괴롭힘과 모욕으로 인해 더욱 견디기 힘들어졌다.

매우 인간적인 법학자가 인간을 학대하는 최악의 방법은 목을 매다는 것이라고 말한 바 있다. 아니다. 그보다 더 끔찍한 학대방식이 하나 더 있다!

제3장

남편과 아버지

셸비 부인은 모임에 참석하러 떠났고, 엘리자는 기운 없이 베란다에 서서 멀어져가는 마차를 바라보고 있었다. 그때 누군가 그녀의 어깨에 손을 올렸다. 돌아선 그녀의 얼굴에 환한 미소가 피어나며 아름다운 눈이 빛났다.

"조지, 당신이야? 깜짝 놀랐잖아! 당신이 오다니 너무 좋아! 마님은 오후 내내 안 계실 거야. 그러니 내 방에 가서 우리끼리 시간 보내."

이렇게 말하고서 그녀는 남편을 베란다에 나 있는 조그맣고 깔끔한 방으로 데리고 갔다. 보통 마님이 부르면 곧바로 갈 수 있도록 바느질을 하며 앉아 있는 곳이었다.

"너무 좋아! 당신은 왜 안 웃어? 해리 좀 봐. 얼마나 컸는지." 아이는 어머니의 치마에 딱 달라붙어서 곱슬머리 사이로 아버지를 바라보며 수줍게 서 있었다. "예쁘지 않아?" 엘리자가 아이의 긴 곱슬머리를 걷고 입을 맞추며 말했다.

"얘가 안 태어났더라면 좋았을 텐데!" 조지가 침울하게 말했다. "내가 안 태어났더라면 좋았을 텐데!"

엘리자는 놀라고 겁에 질려 주저앉아서, 남편의 어깨에 머리를 기대고 울음을 터뜨렸다.

"저런, 엘리자, 당신 기분을 상하게 하다니 내가 나쁜 놈이야, 불쌍하게도," 그가 다정하게 말했다. "너무 상황이 안 좋아. 아, 당신이 나를 안 만났더라면 좋았을 텐데. 그럼 당신은 행복했을 거야!"

"조지! 조지! 어떻게 그런 말을 할 수 있어? 무슨 끔찍한 일이 생긴 거야, 아니면 앞으로 생기는 거야? 지금까지 우린 굉장히 행복했잖아."

"그랬지." 조지가 말했다. 그러더니 아이를 당겨 무릎에 앉히고는 그의 빛나는 검은 눈동자를 꼼짝도 않고 응시하더니 손으로 긴 곱슬머리를 쓸었다.

"당신과 꼭 닮았어, 엘리자. 당신은 내가 본 가운데 가장 아름다운 여자야, 그리고 내가 만나고 싶어 한 가장 착한 여자고. 하지만 당신을 안 만났더라면 좋았을 뻔했어. 당신도 나를 안 만났다면 좋았을 거고!"

"아, 조지, 어떻게 그런 말을!"

"그래, 엘리자. 모든 게 비참하고, 비참하고, 비참해! 내 인생은 다 북쑥처럼 쓰디써. 내 몸 안에서 생명이 다 타서 사라지고 있어. 난 불쌍하고 비참하고 외로운 잡역부일 뿐이야. 내가 당신을 나와 함께 끌어내리고 있다고. 우리가 뭔가 하려고 애쓰는 게, 뭔가 알려고 애쓰는 게, 뭔가 되려고 애쓰는 게 무슨 소용이 있어? 사는 게 무슨 소용이 있어? 차라리 죽었으면 좋겠어!"

"아, 조지, 그런 심한 말 하지 마! 공장 일자리를 잃고 어떤 기분인지 알아. 그리고 당신 주인이 모질다는 것도. 하지만 제발 참아, 그러면 어쩌면 무언가가……"

"참으라고!" 그가 그녀의 말을 자르며 말했다. "내가 안 참은 줄 알아? 모두가 친절하게 대해주는 그곳에서 그 사람이 아무 이유도 없이 나를 데려갔을 때 한 마디라도 한 줄 알아? 난 번 돈을 한 푼도 빼지 않고 다 갖다 바쳤어. 그리고 모두들 내가 일을 잘한다고 했고."

"정말 끔찍한 일이야." 엘리자가 말했다. "하지만 결국 그 사람이 당신 주인이라는 거, 당신도 알잖아."

"주인이라고! 누가 그 사람을 내 주인으로 만들었지? 그런 생각이 들어. 그가 나에 대해 무슨 권리가 있지? 그가 사람이듯이 나도 사람이야. 내가 더 나은 사람이야. 내가 그 사람보다 일에 대해 더 많이 알아. 관리도 더 잘해. 글도 더 잘 읽고, 글자도 내가 더 잘 써. 그 모든 걸 난 스스로 배웠어, 주인에게 감사할 일 따위 없이. 아니, 그의 반대에도 불구하고 배운 거라고. 그런데 그가 무슨 권리로 나를 짐마차 말로 만드는 거지? 내가 할 수 있고, 자기보다 더 잘할 수 있는 일에서 끌어내어 아무 말[馬]이라도 할 수 있는 일을 시키는 거지? 작정하고 그러는 거야. 나를 끌어내려서 콧대를 꺾어놓겠다고 하더군. 그래서 가장 힘들고 비천하고 지저분한 일들을 일부러 시키는 거야!"

"아, 조지! 조지! 무서워! 당신이 이렇게 말하는 모습 처음 봐. 당신이 뭔가 끔찍한 짓을 저지를 것만 같아서 무서워. 그렇게 생각하는 것도 당연해. 하지만 제발 조심해. 제발, 나를 위해서, 해리를 위해서 말이야!"

"이제까지 조심했고 참아왔어. 하지만 상황은 점점 더 안 좋아져. 내 피와 살이 이제 더 이상 견딜 수가 없어. 주인은 기회가 있을 때마다 나를 모욕하고 괴롭혀. 그냥 맡은 일을 잘하고 조용히 지내면 일할 때 외에는 짬을 내서 책을 읽고 배울 수 있겠지 생각했는데, 내가 더 많은 일을 할 수 있다는 것을 알수록 일거리를 더 늘리기만 해. 아무 말 안 하고 있어도 내 안에 악마가 있는 게 보인다는군. 그걸 끄집어낼 작정이래. 틀림없이, 이러다간 조만간 그가 좋아하지 않을 방식으로 그 악마가 뛰쳐나오고 말걸!"

"세상에! 우리 어떻게 해야 해?" 엘리자가 슬퍼하며 말했다.

"바로 어제만 해도," 조지가 말했다. "돌덩이들을 열심히 수레에 싣고 있는데, 주인 아들 톰이 거기 서서 회초리를 너무 말 가까이서 휘둘러대는 바람에 그 불쌍한 녀석이 놀랐지 뭐야. 그래서 최대한 상냥한 말투로 그만두라고 했는데, 그자는 계속 그러는 거야. 다시 간청을 했더니, 이번에는 돌아서서 나를 때리기 시작하더군. 손을 잡아서 막았더니, 고함을 지르고 발길질을 하고는 아버지에게 달려가서 내가 대들었다고 고자질을 했어. 주인이 화가 머리끝까지 나서 오더니, 누가 주인인지 똑똑히 가르쳐주겠다며 나를 나무에 묶어놓고 아들에게 나뭇가지를 꺾어 주더니 지칠 때까지 내게 매질을 해도 좋다고 하더군. 그 녀석은 정말 그렇게 했어! 지금은 아니라도 언젠가는 꼭 갚아주고야 말 거야!" 청년의 낯빛이 어두워지고 눈은 이글거리며 불타올랐다. 젊은 아내는 겁에 질려 떨었다. "누가 이자를 내 주인으로 만들었지? 난 그걸 알고 싶어!" 그가 말했다.

엘리자는 슬픈 목소리로 말했다. "음, 난 주인님과 마님 말에 복종해야 한다고 항상 생각했어. 아니면 기독교인이라 할 수 없잖아."

"당신 경우에는 그럴 수 있어. 그분들은 당신을 자식처럼 기르고 먹이고 입히고 예뻐해주고 가르쳐서 제대로 교육도 받게 했지. 그분들이 당신을 자기 것이라고 주장하는 데는 이유가 있어. 하지만 난 걷어차이고 수갑을 차고 욕을 먹었어. 가만히 내버려두면 그나마 고마운 거지. 그런데 내가 무슨 빚을 진 거지? 날 먹이고 입힌 비용이 있다면 그 백배는 더 갚았어. **참지 않을** 거야. 아니, 절대 **안 참을** 거야!" 그는 화난 얼굴로 주먹을 꽉 쥐고 말했다.

엘리자는 말없이 떨며 보고 있었다. 남편이 이렇게 화내는 모습을 본 적이 없었고, 그런 흥분된 감정의 파도 앞에서 그녀의 부드러운 윤리 체계는 갈대처럼 휘어지는 듯했다.

"당신이 준 불쌍한 칼로 말이야," 조지가 말을 이었다. "녀석은 내 유일한 위안이었어. 밤이면 같이 잤고, 낮에는 나를 따라다니며, 마치 내 기분을 이해한다는 듯한 얼굴로 쳐다보곤 했지. 며칠 전에 부엌 문간에서 주운 음식 찌꺼기를 먹이고 있는데, 주인이 오더니 자기 돈으로 개를 먹이고 있다면서, 검둥이가 개 키우는 데 줄 돈은 없으니 목에 돌을 매달아서 연못에 던져버리라는 거야."

"맙소사, 조지, 설마 그러지는 않았지!"

"그랬냐고? 난 아니지. 하지만 그가 했어. 주인과 톰은 물에 빠져 죽어가는 그 불쌍한 녀석에게 돌을 던져댔어. 불쌍한 것! 왜 자기를 구해주지 않느냐는 듯이 애처로운 표정으로 나를 바라보더군. 나는 그 짓을 직접 하지 않았다는 이유로 채찍질을 당해야만 했어. 상관없어. 그런 매질로 나를 길들일 수 없다는 걸 주인도 알게 될 거야. 언젠가 복수할 날이 올 거야. 조심해야 할걸."

"뭘 하려고? 오, 조지, 나쁜 짓 하지 마. 하나님을 믿고 올바르게 행동하고자 한다면, 하나님께서 구원해주실 거야."

"난 당신 같은 기독교인이 아니야, 엘리자. 내 마음속에는 분노뿐이야. 난 하나님을 믿을 수가 없어. 왜 이런 상황을 내버려두는 거지?"

"오, 조지, 우린 믿음을 가져야 해. 마님께서는 모든 게 잘못된다 해도 하나님께서는 최상의 일을 하고 계시다고 믿어야만 한다고 하셨어."

"소파에 앉아서 마차를 타고 다니는 사람들은 하기 쉬운 말이지. 하지만 내 입장이 되어보라 그래. 그러면 그러기 힘들걸. 나도 착한 사람이고 싶어, 하지만 심장이 불타오르고 어떻게 해도 체념이 안 돼. 당신도 내 처지에 놓이면 그럴 수 없을 거야. 내가 이야기를 다 하면 지금도 그럴 수 없을걸. 당신도 아직 다 모르니까."

"무슨 일이 생길 수 있는 거야?"

"최근에는 외부인과 결혼시킨 게 바보짓이라고 말하더군. 주인은 셸비 씨와 그 가족이 거만하고 자기 위로 고개를 쳐들고 다닌다고 미워하거든. 내가 당신에게서 건방진 생각을 배웠다는 거야. 이제 더 이상은 날 여기 못 오게 하고, 자기 농장에서 아내를 얻어서 정착하게 할 거래. 처음에는 이런 말들을 야단치면서 불평처럼 하더니, 어제는 미나를 아내로 택해서 같이 살라는 거야. 아니면 강 아래로 팔아버리겠다는군."

"왜, 하지만 당신은 **나랑** 결혼했잖아. 목사님 앞에서, 백인처럼 말이야!" 엘리자는 순박하게 말했다.

"당신은 노예가 결혼할 수 없다는 걸 몰라? 이 나라에 그런 법은 없어. 주인이 우리를 떼어놓기로 결정하면, 당신은 더 이상 내 아내가 아닌 거야. 그래서 차라리 당신과 안 만났더라면 하고 바라는 거야. 차라리 태어나지 않았더라면 좋았을 텐데 하는 마음이 드는 거야. 우리 둘 다 그 편이 더 좋았을 텐데. 이 가엾은 아이도 태어나지 않았더라면 더 좋았을 거고. 이 아이도 이런 모든 일을 앞으로 겪을지 모르잖아!"

"하지만 우리 주인님은 정말 친절하셔!"

"그래, 하지만 누가 알아? 그분이 죽을지도 모르고, 그래서 어디론가 팔려 갈 수도 있지. 애가 잘생기고 똑똑하고 활달한들 무슨 소용이야? 엘리자, 아이가 가진 모든 좋은 점 하나하나가 당신 심장을 칼처럼 찌를 거야. 아이의 가치가 높을수록 지키기 더 힘들어질 거라고!"

그 말이 엘리자의 가슴을 세차게 때렸다. 노예상인의 모습이 눈앞에 떠올랐다. 그녀는 마치 누군가에게 호되게 한 방 맞은 것처럼 얼굴이 창백해지면서 숨을 헐떡였다. 그녀는 심각한 대화에 질린 아이가 나가서 셸비 씨의 지팡이를 타고 신나게 놀고 있는 베란다를 불안한 얼굴로 내다보았다. 자신의 두려움을 남편에게 털어놓을 뻔했지만 꾹 참았다.

'아니, 안 돼. 자기 일만으로도 힘든걸, 불쌍한 사람!' 그녀는 생각했다. '말 안 할 거야. 게다가 사실도 아니잖아. 마님은 우릴 절대 속이지 않아.'

"그러니 엘리자," 남편이 슬프게 말했다. "지금은 참아, 그리고 잘 있어, 난 떠날 거야."

"떠난다니, 조지! 어디로?"

"캐나다로." 그가 일어서며 말했다. "거기 도착하면 당신을 살게. 그게 우리에게 남은 유일한 희망이야. 당신 주인은 친절하니까, 거부하지 않고 당신을 팔겠지. 내가 당신과 아이를 사겠어. 하나님께서 돕겠지, 그렇게 하고야 말겠어!"

"무서워! 잡히면 어떡해?"

"잡히지 않을 거야, 엘리자. 그 전에 **죽어버릴** 테니까! 자유의 몸이 되거나, 아니면 죽어버릴 거야!"

"자살을 하겠다는 거야!"

"그럴 필요도 없어. 그자들이 순식간에 나를 죽일 테니까. 그들은 절대 나를 강 아래로 데리고 가지 못할 거야!"

"아, 조지, 나를 생각해서 제발 조심해! 나쁜 짓 하지 말고, 당신 자신이건 다른 누구건 손대선 안 돼! 당신은 너무 많은 유혹을 받고 있어. 너무 많이. 하지만 절대…… 가야만 하겠다면, 조심해서 가. 신중하게. 하나님께 당신을 도와달라고 기도할게."

"그럼 엘리자, 내 계획을 들어봐. 주인은 1.5킬로미터쯤 떨어진 데 사는 시머스 씨에게 보낼 전갈을 줘서 날 여기로 보낼 작정이었어. 내가 여기 와서 당신한테 내 상황을 이야기할 거라고 생각했겠지. 그러면서 소위 '셸비네 족속들'이 괴로워할 거라고 생각하며 좋아라 했을 거야. 난 모든 게 다 끝장난 것처럼 체념한 모습으로 집에 돌아갈 거야. 이미 준비를 해뒀어. 도와줄 사람들도 있고. 일주일 정도가 지나면 난 도망자들 명단에 있게 될 거야. 날 위해 기도해줘, 엘리자. 좋으신 주님께서 **당신** 말은 들어줄지도 모르지."

"당신도 기도해, 조지. 하나님을 믿으면서 가. 그러면 아무런 나쁜 짓도 하지 않을 거야."

"자, 이제, 안녕." 조지는 꼼짝도 않고 서서 엘리자의 손을 잡고 눈을 들여다보며 말했다. 그들은 말없이 서 있었다. 그리고 마지막 말과 흐느낌, 쓰디쓴 울음이 이어졌다. 다시 만날 희망이라곤 거미줄처럼 가느다랗기 그지없는 사람들의 작별이었다. 그리고 남편과 아내는 헤어졌다.

제4장

톰 아저씨네 오두막의 저녁 풍경

톰 아저씨의 오두막은 최우수 검둥이가 주인의 거처를 부르는 말인 '저택' 가까이에 자리한 조그마한 통나무집이었다. 오두막 앞에 있는 잘 가꿔진 조그만 정원에는 여름마다 딸기와 라즈베리, 여러 가지 과일들과 채소들이 정성스러운 손길 아래 무럭무럭 자랐다. 오두막 전면에는 커다란 진홍색 비그노니아와 토종 찔레꽃이 자라 올라와 뒤얽혀 있어서 거친 통나무의 흔적은 찾아볼 수 없었다. 여름이면 구석구석 자리를 잡고 화려한 자태를 드러내고 있는 금잔화나 피튜니아, 분꽃 등 각종 화사한 일년생 식물들은 클로이 아줌마의 기쁨이자 자랑거리였다.

이제 집 안으로 들어가 보자. 저택의 저녁식사가 끝나서, 요리장으로 저녁 준비를 진두지휘했던 클로이 아줌마는 부엌 아랫사람들에게 뒷정리와 설거지를 맡겨놓고 '남편의 저녁을 차리러' 아늑한 자기 집으로 돌아왔다. 그러니 불 옆에 서서 스튜 냄비 안에 지글거리고 있는 음식을 유심히 살피다가, '뭔가 맛있는' 것이 들어 있는 티를 내며 김을 내뿜는 구이 냄비를 심각한 표정으로 들어 올리는 사람은 그녀가 분명하다. 그 둥글고 빛나는 검은 얼굴은 어찌나 윤이 나는지, 그녀가 구운 차 비스킷처럼 계란 흰자를 바른 게 아닐까 하는 생각이 들 정도였다. 빳빳하게 풀 먹인 체크무늬 터번 아래로 보이는 통통한 얼굴은 만족감으로 환하게 빛나고 있었지만, 굳이 고백하자면 누구나 인정하는 동네 최고의 요리사에 어울리는 자의식이 살짝 담겨 있었다.

그녀는 뼛속까지 요리사였다. 안뜰의 닭이나 칠면조, 오리 들도 그녀가 다가오는 모습을 보면 심각한 표정으로 자신의 최후에 대한 상념에 잠기는 듯했다. 사실 그녀는 머리가 있는 새들이라면 모두 공포심을 느낄 정도로 녀석들을 보면 언제나 꼬챙이에 꿰고 속을 채워서 구울 생각뿐이었다. 그녀가 옥수수 빵, 샌드위치 빵, 머핀, 그 밖에 일일이 열거할 수도 없을 정도로 다양한 종류로 구워내는 옥수수 과자들은 반죽 기술이 뒤떨어지는 사람들에게는 숭고한 신비와도 같았다. 그녀는 자신의 경지에 도달하고자 노력했지만 속절없이 실패했던 이런저런 동료들의 이야기를 들려주며, 정직한 자부심과 즐거움에 겨워 뚱뚱한 엉덩이를 살랑살랑 흔들었다.

저택에 손님들이 도착하고 저녁과 만찬을 '격식 있게' 차려낼 때면 그녀의 영혼의 에너지가 모두 깨어났다. 베란다에 수북이 쌓인 여행가방들보다 더 반가운 광경은 없었다. 그 광경은 새로운 노력과 새로운 승리의 예고였다.

하지만 지금 이 순간 클로이 아줌마는 구이 냄비 안을 들여다보고 있다. 그녀가 적성에 맞는 일을 하고 있도록 잠시 두고, 오두막 구경부터 마치도록 하자.

집 안 한쪽 구석에는 눈처럼 하얀 덮개로 덮인 침대가 놓여 있고, 그 옆에는 꽤 커다란 양탄자가 깔려 있었다. 이 양탄자에 대해 클로이 아줌마는 명백히 상류계층에 속하는 물건이라는 입장을 취했다. 그래서 양탄자와 그 옆의 침대, 그것들이 놓인 가장자리 전체는 사실 특별한 취급을 받았고, 가능한 한 아이들의 약탈적 침입과 신성 모독이 금지되는 성스러운 영역이었다. 사실상 그쪽 가장자리는 이 집의 **응접실**이었다. 다른 쪽 구석에는 **사용**할 목적으로 만들어진 게 분명한, 훨씬 더 소박한 모양의 침대가 놓여 있었다. 벽난로 위의 벽은 매우 화려한 성경 구절 판화와 워싱턴 장군 초상화로 장식되어 있는데, 만약 영웅이 그 초상화를 혹시라도 봤다면 그 스케치와 색깔에 분명 깜짝 놀랐을 것이다.

구석에 놓인 조잡한 벤치에는 양털머리에 반짝이는 검은 눈과 포동포동하고 윤기 나는 뺨을 한 소년 둘이 앉아서 막 걸음마를 떼고 있는 아기를 감독하느라 여념이 없었다. 그맘때의 아기들이 흔히 그러하듯이 아기는 자기 발로 일어나서 잠시 균형을 잡았다가 털썩 주저앉곤 했고, 그 계속된 실패는 뭔가 대단히 똑똑한 일이라도 한 양 열렬한 환호를 받았다.

류머티즘에라도 걸린 듯한 다리가 달린 탁자는 식탁보가 덮여 벽난로 앞에 놓여 있고, 그 위에는 과감하게 화려한 패턴의 컵들과 쟁

반들, 그 밖에 곧 식사 시간임을 알 수 있는 여러 가지 징후들이 놓여 있었다. 이 식탁에 셸비 씨의 최고 일꾼인 톰 아저씨가 앉아 있는데, 우리 이야기의 주인공이니 독자들을 위해 그의 은판 사진을 찍어 보여야겠다. 그는 윤기 흐르는 새까만 피부에, 가슴이 딱 벌어진 커다랗고 강인한 체격의 남자였다. 진정한 아프리카적인 이목구비를 갖춘 그의 얼굴에서는 엄숙하고 한결같은 선의가 보였고, 친절함과 자애로움이 넘쳐흘렀다. 그에게는 전반적으로 자존감이 넘치고 품위 있는 분위기가 풍겼지만, 사람을 쉽게 믿는 겸허한 순박함이 함께 결합되어 있었다.

지금 이 순간 그는 앞에 놓인 석판에 온통 정신이 쏠려 있었다. 그는 석판 위에 신중하고도 천천히 글자를 베끼려 애쓰고 있었고, 교사로서 자신의 지위의 위엄을 충분히 인식하고 있는 듯한, 똑똑하고 영리한 열세 살짜리 어린 주인 조지가 이 일을 감독하고 있었다.

"그렇게 쓰는 게 아니야, 톰 아저씨. 그게 아냐." 톰 아저씨가 g의 꼬리 부분을 바깥쪽으로 빼어 긋는 걸 보고 조지가 말했다. "그러면 q가 되잖아."

"맙소사, 그래요?" 그를 교화시키기 위해 수도 없이 q와 g를 멋들어지게 휘갈겨 써 보이는 어린 선생을 존경과 경탄을 담아 바라보며 톰 아저씨가 말했다. 그러고는 크고 묵직한 손가락으로 연필을 잡더니 참을성 있게 다시 시작했다.

"백인들은 늘 어쩌면 저렇게 수월하게 한담!" 베이컨 조각을 포크에 끼워 번철에 기름칠을 하던 클로이 아줌마가 조지 도련님을 뿌듯하게 바라보며 말했다. "저 쓰고 읽는 모양 좀 봐. 저녁에는 여기 와서 우리한테 수업도 해주고. 너무 좋구나!"

"하지만 클로이 아줌마, 난 배고파 죽겠어." 조지가 말했다. "그 프라이팬 안에 케이크 이제 다 안 됐어?"

"거의 다 됐어요, 조지 도련님." 클로이 아줌마가 뚜껑을 열고 안을 들여다보며 말했다. "멋지게 갈색이 되어가고 있다고요. 정말 사랑스러운 갈색이네. 아, 이건 저밖에 못하는 거예요. 얼마 전에 마님께서 샐리한테 케이크를 만들게 하셨어요. 샐리가 **배우라고** 그러는 거라고 하시더군요. 그래서 제가 그랬죠. '아이고, 그만두세요, 마님. 좋은 음식을 그런 식으로 버리는 꼴을 보면 정말 마음이 너무 아파요! 케이크가 온통 한쪽으로 쏠려 가지고는 볼품이라곤 하나도 없네. 내 신발짝보다 못하잖아요. 그만두세요!'"

샐리의 솜씨 부족을 경멸하는 이 마지막 말과 함께 클로이 아줌마는 구이 냄비의 뚜껑을 휙 열더니 도시의 어떤 제과업자도 자랑스러워할 정도로 멋들어지게 구워진 파운드케이크를 드러냈다. 만찬의 중심이 분명한 케이크를 공개한 클로이 아줌마는 이제 나머지 저녁을 부산하게 차리기 시작했다.

"너희들, 모즈랑 피트! 저리 좀 비켜, 이 검둥이들아! 저리 가. 폴리, 아가야. 아가한테는 엄마가 이따가 밥 줄게. 조지 도련님, 이제 책은 내려놓고 저희 남편이랑 식탁에 앉아요. 제가 금방 소시지를 가져오고, 케이크가 가득 든 첫 번째 번철을 도련님 접시에 올려 드릴게요."

"집에 와서 저녁을 먹으라고 했지만," 조지가 말했다. "그러기엔 난 뭐가 뭔지 너무 잘 알거든, 클로이 아줌마."

"그럼요. 그렇고말고요, 도련님." 클로이 아줌마는 김이 피어오르는 팬케이크를 그의 접시에 수북이 쌓으며 말했다. "이 아줌마가 최고를 도련님한테 준다는 걸 잘 아시죠. 도련님한테만요! 자!" 이렇게 말하며 아줌마는 엄청 익살맞은 태도로 조지를 손가락으로 슬쩍 찌르고는, 다시 활기차게 번철을 살폈다.

"자, 이제 케이크를 잘라볼까." 번철에서 솟아오르던 김이 조금 약해지자 조지 도련님이 이렇게 말하더니, 문제의 음식 위로 커다란 칼을 휘둘렀다.

"아이고, 조지 도련님!" 클로이 아줌마가 그의 팔을 잡으며 심각하게 말했다. "그렇게 크고 무거운 칼로 케이크를 자르면 안 돼요! 다 부서져요. 예쁘게 부풀어 오른 걸 다 망치잖아요. 자, 이 오래된 얇은 칼을 써요. 이럴 때 쓰려고 잘 갈아뒀답니다. 자, 보세요! 깃털처럼 가볍게 잘라지죠! 이제 드세요. 이보다 맛있는 건 없을걸요."

"톰 링컨은," 조지가 입안 가득 케이크를 우물거리며 말했다. "자기네 지니가 아줌마보다 더 요리 솜씨가 좋대."

"그 링컨네 사람들은 별것도 아니에요, 아니고말고!" 클로이 아줌마가 경멸조로 말했다. "제 말은, **우리** 집 사람들 옆에 세워봐라 이거죠. 뭐 소박하게 보자면 충분히 괜찮은 사람들이지만, 뭔가 품위 있게 하는 걸로 말하자면, 품위가 뭔지도 모르는 사람들이라고요. 링컨 나리와 셸비 주인님을 나란히 놓고 비교해봐요! 세상에나! 그리고 링컨 마님도 마찬가지지, 그 마님이 우리 마님처럼 당당하게 방 안에 들어올 수 있나? 그렇게 멋지게 말이에요! 아이고, 말도 마요! 링컨네 사람들 이야기는 하지도 마세요!" 그러면서 클로이 아줌마는 세상사를 아는 사람처럼 고개를 오만하게 뒤로 젖혔다.

"음, 하지만 전에 지니가 꽤나 괜찮은 요리사라고 말했잖아." 조지가 말했다.

"그랬죠." 클로이 아줌마가 말했다. "그렇게 말할 수도 있죠. 맛있고 소박하고 평범한 요리는 지니도 해요. 옥수수 빵은 잘 굽죠, 감자 요리도 괜찮고. 옥수수 과자는 최상급은 아니었죠, 지금도 아니고. 지니의 옥수수 과자는 그건 아니지. 하지만 뭐 괜찮긴 해요. 그렇지만 고급 요리에 대해서라면, 지니가 뭘 **할 줄** 아나요? 파이는 만들죠. 물론 그래요. 하지만 껍질은 어떤데요? 켜켜이 얇은 층을 만드는 반죽을, 입안에서 살살 녹고 깃털처럼 가벼운 반죽을 할 줄 알 것 같으세요? 메리 아가씨가 결혼할 때 그 집에 갔더니, 지니가 결혼식 파이를 보여주더군요. 도련님도 아시겠지만, 지니랑 전 좋은 친구예요. 내 한마디도 말은 안 했지만, 세상에나, 조지 도련님! 제가 그런 파이들을 만들었으면, 일주일 동안 한숨도 못 잤을 거예요. 그런데 그 사람들은 하나도 모르더라니까요."

"지니는 그 파이가 몹시 근사하다고 생각했을 거야." 조지가 말했다.

"그렇게 생각한 거죠! 그랬겠죠? 걔는 해맑게 그걸 보여주더라고요. 그냥 이런 거예요, 지니는 **몰라요**. 그 집안은 아무것도 아니에요! 알 수가 있나! 걔 잘못도 아니죠. 아, 조지 도련님, 도련님은 이 집안에서 자라서 어떤 특권을 누리는지 그 반도 모른다고요!" 이 지점에서 클로이 아줌마는 한숨을 내쉬며 감정에 벅차 눈망울을 굴렸다.

"알아, 클로이 아줌마, 내가 누리는 그 모든 파이와 푸딩의 특권을 잘 알지." 조지가 말했다. "톰 링컨한테 물어봐. 만날 때마다 내가 얼마나 자랑을 하는지."

어린 주인의 재치 있는 농담에 클로이는 의자 뒤로 몸을 젖히고 박장대소를 했다. 어찌나 웃어댔던지, 윤기 나는 검은 뺨에는 눈물이 흘러내렸다. 그녀는 장난스럽게 조지 도련님을 치고 찔러대며 그만해라, 도련님이 문제다, 자기를 죽이기에 딱 알맞다, 이러다가 언젠가는 정말 자기를 죽이고야 말 것이다 하고 농을 했다. 그리고 이런 피비린내 나는 전망을 내놓는 사이사이 계속 전보다 더 길고 격하게 웃음을 터뜨려대는 바람에, 조지는 자기가 굉장히 위험할 정도로 재치 있는 사람이며, '최고로 웃긴' 이야기를 할 때는 조심하는 게 좋겠다고 진짜로 생각하기 시작했다.

"톰 도련님한테 그렇게 이야기했단 말이죠? 세상에나! 젊은 사람들은 못 할 게 없어! 톰 도련님한테 자랑을 했다고요? 세상에! 조지 도련님, 지나가는 벌레도 다 웃을 거예요!"

"응," 조지가 말했다. "내가 그랬다니까, '톰, 넌 클로이 아줌마의 파이를 봐야 해. 그게 제대로 된 파이야' 그랬지."

"톰 도련님이 못 본 게 안됐어요." 클로이의 자비로운 마음에 톰의 무지가 강한 인상을 남긴 듯했다. "조지 도련님, 조만간 톰 도련님한테 저녁 먹으러 여기 한번 오라고 꼭 초대해요." 그리고 덧붙여 말했다. "그럼 아주 좋을 것 같아요. 조지 도련님, 특권 때문에 도련님이 다른 사람들보다 위에 있다고 생각해서는 안 돼요. 이 모든 특권은 우리가 하나님께 받은 거고, 항상 그걸 기억해야 해요." 클로이 아줌마가 심각한 얼굴로 말했다.

"다음 주 언제쯤 톰을 여기 부를게." 조지가 말했다. "클로이 아줌마, 최고 솜씨를 발휘해줘. 톰의 눈이 휘둥그레지도록. 이 맛을 보여줘서 2주 동안 그 생각을 떨칠 수 없도록 만들어주자."

"그럼요, 그럼요. 당연하죠." 클로이 아줌마는 기뻐하며 말했다. "두고 봐요! 어디 우리 집 저녁 메뉴를 좀 생각해볼까요! 녹스 장군님이 오셨을 때 대접한 닭고기파이 생각나요? 그때 파이껍질을 놓고 마님이랑 제가 거의 싸울 뻔했잖아요. 가끔은 마님들이 당최 무슨 생각을 하시는지 모르겠지만, 엄청나게 막중한 책임이 있어서 마음이 온통 그 생각에 사로잡혀 있을 때면 굳이 부엌에 들어와 옆에서 왔다 갔다 하시면서 방해를 하거든요! 하여간 마님이 저한테 계속 이래라저래라 하시길래, 마침내 제가 건방지게 한마디 했죠. '마님, 마님의 그 예쁜 하얀 손 좀 보세요. 긴 손가락에 반짝거리는 반지들 하며, 이슬 맺힌 흰 백합 같죠? 이제 검은 몽당연필 같은 제 손을 좀 보세요. 주님께서 파이껍질을 만들도록 시킨 사람은 **저**라는 생각이 안 드세요? 마님은 그냥 거실에 계시고?' 세상에! 제가 너무 건방졌죠, 조지 도련님."

"그래서 어머니가 뭐라고 하셨는데?" 조지가 물었다.

"뭐라고 하셨냐고요? 음, 그 예쁜 눈에 웃음기가 돌더니, 이러시더군요. '클로이 아줌마 말이 맞는 것 같네.' 그러고는 거실로 나가셨어요. 그렇게 건방지게 굴었으니 머리통을 호되게 치셨어야 하는 건데. 하지만 사실이 그런걸요. 전 아씨들이 부엌에 들어와 있으면 도무지 아무것도 못하겠다고요!"

"음, 그 만찬은 훌륭했어. 모두가 그렇게 말했던 게 생각나." 조지가 말했다.

"그렇죠? 바로 그날 제가 식당 문 뒤에 서 있지 않았겠어요? 그런데 장군께서 그 파이를 세 번이나 더 덜어 드셨다고요. 그러고는 '굉장한 요리사를 두셨군요, 셸비 부인'이라고 하지 않으셨겠어요! 아이고, 날아가는 것 같더라니까. 그 장군님 말이죠, 그분은 요리가 뭔지를 아시더라고요." 클로이 아줌마는 거만하게 자세를 꼿꼿이 하며 말했다. "훌륭한 분이세요, 그 장군님은! 버지니아 주에서 가장 오래된 집안 출신이래요! 그분은 저만큼이나 뭐가 뭔지를 아시더라고요, 그 장군님은요. 파이에는 모두 **미분**이 들어가거든요, 조지 도련님. 하지만 그게 뭔지 아는 사람도, 그걸 넣어야 한다는 걸 아는 사람도 별로 없어요. 그런데 그 장군님은 아시더라니까. 그분이 내는 표시로 알 수가 있었어요. 아암, 그분은 미분이 뭔지를 아시더라니까!"

이때쯤 조지 도련님은 (예외적인 상황에서) 심지어 소년조차도 한

입도 더 먹을 수 없는 지경에 도달했고, 여유가 생기자 반대쪽 구석에서 그들이 식사하는 모습을 허기진 표정으로 보고 있는 한 무리의 빛나는 눈동자와 양털머리들을 눈치 챘다.

"자, 모즈, 피트," 그는 파이 조각을 넉넉하게 잘라 그들에게 던져주며 말했다. "먹고 싶지? 이리 와. 클로이 아줌마, 얘들한테도 파이 좀 구워줘."

조지와 톰은 난롯가의 편안한 자리로 옮겼고, 클로이 아줌마는 상당한 양의 파이를 구운 후 아기를 무릎에 앉히더니 아기의 입과 자기 입에 번갈아 파이를 집어넣었고, 모즈와 피트에게도 나눠주었다. 그들은 식탁 아래 바닥에서 뒹굴고, 서로 간질여대고, 때로는 아기의 발가락을 잡아당기며 먹는 것을 더 좋아하는 듯했다.

"아! 저리 좀 가, 응?" 아이들이 너무 날뛰면 어머니는 이따금씩 식탁 아래로 살짝 발길질을 하며 말했다. "백인들이 너희를 보러 와 계시면 좀 점잖게 굴 수 없니? 이제 좀 그만해라, 응? 내 말 잘 듣는 게 좋을걸, 안 그러면 조지 도련님이 가신 후에 단춧구멍 하나만큼 더 납작하게 만들어줄 테다!"

이 무시무시한 협박 아래 무슨 의미가 숨어 있는지는 알기 힘들다. 하지만 이 알 수 없는 두려운 말이 정작 당사자인 어린 죄인들에게는 별다른 효과를 내지 않은 것만은 분명했다.

"이봐!" 톰 아저씨가 말했다. "걔들은 온몸이 너무 가려워서 가만히 있지를 못하는 거라고."

이때 아이들이 식탁 밑에서 기어 나오더니, 당밀로 떡칠이 된 손과 얼굴로 아기에게 키스를 퍼부어대기 시작했다.

"저리 가!" 어머니가 그들의 양털머리를 밀면서 말했다. "그런 짓을 하다가는 모두 한 데 딱 달라붙어서 안 떨어질 거다. 저기 샘에 가서 씻고 와!" 그녀는 훈계와 함께 아이를 철썩 때리며 말했다. 엄청난 소리가 났지만 아이들은 그저 더 크게 웃음을 터뜨리고 서로 밀치며 고꾸라질 듯이 문밖으로 뛰어나갔다. 바깥에서 즐거운 고함소리가 들려왔다.

"저런 개구쟁이들 본 적 있어요?" 클로이 아줌마는 오히려 은근히 만족스러운 목소리로 이렇게 말하며 이런 비상사태용으로 보관해둔 헌 타월을 꺼내 금이 간 찻주전자에서 물을 좀 따르고는, 아기의 얼굴과 손에 묻은 당밀을 닦아냈다. 아기가 반짝반짝 빛날 때까지 잘 닦아낸 후, 그녀는 톰의 무릎에 아기를 앉힌 뒤 바쁘게 저녁상을 치웠다. 그동안 아기는 톰의 코를 잡아당기고, 얼굴을 할퀴고, 통통한 손을 그의 양털 같은 머리카락에 집어넣기도 했는데, 이 마지막 놀이가 특히 마음에 든 기색이었다.

"예쁘지 않아요?" 톰이 아기를 품에서 떼어내 멀찍이 들고 바라보며 말했다. 그러고는 일어나서 넓은 어깨 위에 아기를 앉히고는 껑충거리며 춤을 추기 시작했다. 조지 도련님이 손수건을 들

고 달려들었고, 돌아온 모즈와 피트도 아기를 따라 곰처럼 울부짖어 대서, 마침내 클로이 아줌마는 그들이 내는 소음 때문에 "완전 머리가 떨어져 나갈 지경"이라고 선포했다. 그녀의 말에 따르면, 머리가 떨어져 나가는 이러한 외과수술은 오두막에서 매일 벌어지는 일이라서 그 선포는 소란을 조금도 가라앉히지 못했고, 결국 모두가 한껏 소리 지르고 뒹굴고 춤을 추고 나서야 진정상태에 도달했다.

"자, 이젠 다 끝났겠지." 클로이 아줌마가 조야한 상자로 만든 바퀴 침대를 끄집어내며 말했다. "이제 모즈랑 피트, 너희들은 침대에 들어가. 우린 모임을 해야 하니까."

"엄마, 싫어요. 우리도 안 자고 모임에 참가하면 안 돼요? 너무 궁금해요. 우리도 하고 싶어요."

"클로이 아줌마, 그거 다시 밀어 넣어버리고 애들도 있으라고 그래." 조지 도련님이 조잡한 장치를 밀며 단호하게 말했다.

클로이 아줌마는 그렇게 체면을 차리고 나자 기쁘게 침대를 밀어 넣으며 말했다. "뭐, 어쩌면 애들한테도 좋을 수 있죠."

이제 집은 모임의 편의와 배치를 고려하여 전체 위원회 형태로 정렬되었다.

"이제 의자는 어떻게 하지, 정말이지 모르겠네." 클로이 아줌마가 말했다. 모임이 매주 톰 아저씨 집에서 아주 오랜 시간 동안 여분의 '의자' 없이 열렸기 때문에, 이제 무슨 방법을 강구하기를 바라는 말들이 있었다.

"지난주에 피터 할아버지가 그 제일 오래된 의자의 다리 두 개를 다 망가뜨렸어요." 모즈가 넌지시 말했다.

"네가 그랬지! 분명 네가 뽑았을 거야, 이 검둥이 녀석들 중 누가."
클로이 아줌마가 말했다.

"어, 서 있긴 해요, 벽에 기대서 세워놓기만 하면!" 모즈가 말했다.

"그럼 피터 할아버지는 절대 거기 앉으면 안 되겠다. 노래만 했다 하면 항상 의자를 끌어당기잖아. 요 전날 밤에는 거의 방을 가로질러 가다시피 했다고." 피트가 말했다.

"우와! 그럼 거기 할아버지를 앉혀." 모즈가 말했다. "이렇게 시작하겠지, '성자와 죄인들아, 와서 내 말을 들어라.' 그러고는 퍽 넘어지는 거야." 그리고 모즈는 가상의 재난을 보여주기 위해 바닥에서 구르며 노인의 콧소리를 그대로 흉내 냈다.

"자, 좀 점잖게 굴 수 없니, 응?" 클로이 아줌마가 말했다. "부끄럽지도 않아?"

하지만 조지 도련님은 말썽꾸러기들에 합세해 같이 웃어대며 모즈는 "대단한 놈"이라고 단언했다. 그래서 어머니의 훈계는 그다지 효과를 내지 못한 듯했다.

"자, 너희가 저 통들을 날라다 와야겠다." 클로이 아줌마가 말했다.

"엄마의 통들은 저 과부의 통이랑 같아. 조지 도련님이 읽어주는 그 좋은 책에 나오는 이야기 말이야. 절대 안 무너져." 모즈가 피트에게 귀엣말로 이야기했다.

"지난주에 분명 하나가 꺼졌는데," 피트가 말했다. "그래서 노래 부르던 와중에 모두 자빠졌잖아. 그게 무너지는 거지, 아냐?"

모즈와 피트는 귀엣말을 하며 빈 통 두 개를 오두막 안으로 굴려 들여놓고 더 이상 굴러가지 않도록 양쪽을 돌로 고정시킨 다음 그 위에 판자를 놓았다. 그러고 나서 물통과 양동이 몇 개를 뒤집어놓고 삐걱대는 의자들을 치우자 마침내 준비가 끝났다.

"조지 도련님은 책을 정말로 잘 읽으시니까 남아서 우리한테 책을 읽어주시겠죠." 클로이 아줌마가 말했다. "그럼 훨씬 더 재미있어질 것 같은데."

자신이 중요한 인물이 되는 일이라면 항상 뭐든 할 태세가 되어 있는 조지는 즉시 수락했다.

방은 여든 살의 백발 가부장에서부터 열다섯 살의 소년 소녀에 이르는 잡다한 군중들로 금세 가득 찼다. 샐리 아줌마의 새 빨강 손수건이 어디서 났는지, "새 옷이 다 되고 나면 마님이 얼룩진 모슬린 가운은 리지한테 주실" 것인지, 셸비 주인님이 이 집안의 또 하나의 자랑거리가 될 새 밤색 망아지를 살 생각이신지, 다양한 주제의 악의 없는 잡담들이 이어졌다. 몇몇 회중들은 예배에 참석해도 좋다는 허락을 받은 이웃집안 소속의 노예들로, 이들이 저택과 그 지역에서 벌어지는 일들과 이야기들에 대한 갖가지 정보들을 가져왔고, 이 정보들은 저 위의 사회에서 동전들이 유통되듯이 멋대로 사방으로 퍼져 나갔다.

잠시 후 모든 참석자가 즐거워하는 가운데 찬송이 시작되었다. 콧소리 영창의 온갖 장애도 거칠면서도 영적인 멜로디를 부르는 타고난 목소리의 효과를 막을 수는 없었다. 가사는 때로는 사방 교회에서 부르는 잘 알려진 흔한 찬송가였지만, 때로는 야외집회에서 주워들은 더 거칠면서도 불분명한 성격의 찬송가들이었다.

그중 한 후렴구 가사를 사람들은 열성을 바쳐 힘차게 불렀다.

"전장에서 죽노니,

전장에서 죽노니,

내 영혼에 영광을!"

또 다른 특별한 애창곡에는 종종 다음 가사들이 반복되었다.

"오, 나는 천국을 향해 가네, 나와 함께 가지 않겠나?

천사들이 손짓하고 나를 부르는 게 보이지 않는가?

황금의 도시와 영원한 나날이 보이지 않는가?"

'요단 강가'와 '가나안의 들판', '새로운 예루살렘'을 끝없이 언급하는 노래들도 있었다. 열정적이고 상상력이 풍부한 검둥이들의 마음은 언제나 선명하고 회화적인 성격의 표현과 찬송가에 애착을 느껴서, 찬송을 할 때면 일부는 웃고, 일부는 울고, 일부는 손뼉을 치거나 마치 이미 강 건너편에 도달한 것처럼 서로 기뻐하며 악수를 하곤 했다.

그 뒤로 갖가지 권고, 또는 경험의 진술이 이어졌고, 이는 다시 찬송과 함께 뒤섞였다. 일할 나이는 한참 지났지만 과거의 연대기 같은 존재로 많은 존경을 받고 있는 백발의 할머니가 일어나더니 지팡이에 기대어 말했다.

"음, 여보게들! 자네들이 노래하는 걸 듣고 모두를 한 번 더 보니 아주 기쁘기 한량없어. 난 언제 천국으로 갈지 모르잖나. 하지만 난 준비가 되어 있네. 얼마 안 되는 짐도 다 꾸려놨고, 보닛을 쓰고, 그냥 따라가서 집으로 갈 단계만 기다리고 있어. 때로는 밤이면 덜컥대는 바퀴소리가 들리는 것 같아 내내 창밖을 내다보기도 한다네. 이제 자네들도 준비가 됐어, 내 말하지만," 그녀는 지팡이로 바닥을 쿵쿵 치며 말했다. "천국은 위대한 거야! 위대하지. 거기선 아무것도 안 해도 돼. **멋진** 곳이야." 그러더니 노인은 완전히 감정에 복받쳐 눈물을 줄줄 흘리며 자리에 앉았고, 모든 청중이 노래를 불렀다.

"오, 가나안, 아름다운 가나안,
나는 가나안 땅으로 향하네."

조지 도련님이 부탁받은 대로 「요한계시록」 마지막 장들을 읽었고, 낭독 사이사이 "아무쪼록 제발!" "옳으신 말씀!" "생각만 해도 좋아!" "정말 이루어지는 거겠죠?" 같은 외침들이 종종 터져 나왔다.

어머니에게 종교 교육을 잘 받은 똑똑한 소년 조지는 모두가 감탄하며 자신을 바라보는 것을 보고는 간간이 진지하고 심각한 기특한 태도로 자신만의 해석을 집어넣었고, 이에 젊은 사람들은 감탄했고 나이 든 사람들은 축복을 보냈다. 모두가 "목사님도 그보다 더 잘 설명할 수는 없을 것"이며 "정말로 놀랍다"고 입을 모아 말했다.

톰 아저씨는 이웃들 사이에서 종교문제에 있어 장로 같은 사람이었다. **도덕의식**이 태생적으로 우세한 체질인 데다 동료들보다 더 폭넓고 수련된 정신을 지닌 그는 사람들 사이에서 목사님처럼 크게 존경받았다. 그의 소박하고 진지하고 애정 어린 훈계의 말은 심지어 더 많이 배운 사람들조차도 교화할 수 있었을지 모른다. 하지만 그의 특출한 영역은 기도였다. 성경의 언어로 이루어진 그 기도의 감동적인 소박함과 아이 같은 진지함을 능가할 수 있는 것은 아무것도 없었다. 성경의 언어는 그의 존재에 완전히 스며들어 그의 일부가 되어서 무의식적으로 입술에서 흘러나오는 것만 같았다. 그는 경건한 늙은 흑인의 언어로 '바로 위를 향해 기도했다.' 그의 기도는 늘 청중들의 신심을 지나치게 움직여서, 사방에서 터져 나오는 수많은 응답들에 완전히 묻혀버릴 위험성이 종종 있었다.

그의 오두막에서 이런 장면이 벌어지고 있을 때, 주인의 저택에서는 꽤나 다른 장면이 펼쳐지고 있었다.

노예상인과 셸비 씨는 앞서 언급된 거실에서 서류와 필기구로 뒤덮인 탁자를 앞에 두고 앉아 있었다.

셸비 씨는 분주히 지폐 뭉치를 센 다음 다 끝나면 상인에게 넘겨줬고, 그러면 그도 똑같이 다시 돈을 셌다.

"다 맞습니다." 상인이 말했다. "그럼 이제 여기 서명을 해주시죠."

셸비 씨는 불쾌한 사무를 급히 해치우는 사람처럼 허둥대며 매매 서류를 앞으로 당겨 서명하고는, 돈과 함께 되밀었다. 헤일리는 길이 잘 든 여행용 가방에서 양피지 문서를 꺼내 잠시 살펴보더니 셸비 씨에게 건넸고, 셸비는 열의를 억누르며 문서를 받았다.

"자, 그럼 이제 다 **끝났군요**!" 상인이 일어나며 말했다.

"**끝났습니다**!" 셸비 씨가 생각에 잠긴 어조로 말했다. 그러고는 길게 한숨을 내쉬며 반복해서 말했다. "**끝났어요**!"

"제가 보기엔 별로 기쁘신 것 같지 않네요." 상인이 말했다.

"헤일리," 셸비 씨가 말했다. "명예를 걸고 당신이 한 약속을 기억해줬으면 하오. 어떤 사람인지도 모른 채 톰을 아무에게나 팔지 않겠다는 약속 말이오."

"저런, 셸비 씨도 방금 그렇게 하신 것 아닙니까." 상인이 말했다.

"아시잖소, 상황 때문에 **그럴 수밖에 없었다는걸**." 셸비가 오만하게 말했다.

"음, 저도 상황 때문에 **그럴 수밖에 없을지도** 모르죠." 상인이 말했다. "하지만 톰을 좋은 곳에 보내기 위해 할 수 있는 한 최선은 다하겠습니다. 톰을 학대하지나 않을까 하는 걱정은, 저에 관한 한은 전혀 하실 필요 없어요. 제가 주님께 감사하는 게 있다면, 제가 전혀 잔인한 사람이 아니라는 거니까."

상인의 인도적 원칙에 대한 설명을 이미 들은 셸비 씨는 이 공언으로 인해 특별히 마음이 놓이지는 않았다. 하지만 이 상황에서는 그것이 그나마 최고의 위안이었기 때문에, 그는 아무 말 없이 상인을 보낸 후 혼자서 담배를 한 대 피워 물었다.

제5장

소유자 변경에 대해 살아 있는 재산이 느끼는 감정

셸비 씨와 셸비 부인은 침실로 들어갔다. 그는 커다란 안락의자에 느긋이 기대앉아 오후에 온 편지들을 살펴보고, 그녀는 거울 앞에 서서 엘리자가 복잡하게 땋고 말아준 머리를 빗고 있었다. 엘리자의 창백한 뺨과 수척한 눈매를 보고는 그날 밤은 시중을 면제시켜주고 자러 가라고 명했기 때문이다. 그러다 보니 자연히 아침에 소녀와 한 대화가 생각나서, 그녀는 남편을 돌아보며 별 생각 없이 물었다.

"그런데, 아서, 당신이 오늘 우리 저녁식사에 갑자기 데려온 그 천박한 사람은 누구예요?"

"헤일리라는 사람이오." 셸비는 약간 불편한 듯 몸을 뒤척였지만 여전히 편지에 시선을 고정한 채 말했다.

"헤일리! 누군데요, 여기 무슨 용무가 있는 거죠?"

"음, 전에 나체즈에 있을 때 거래했던 사람이오." 셸비 씨가 말했다.

"그래서 그걸 믿고 편할 대로 여길 방문해서 저녁을 먹은 건가요?"

"아, 내가 초대를 했소. 계산할 게 좀 있어서." 셸비가 말했다.

"그 사람 노예상인이에요?" 셸비 부인은 남편의 태도에서 뭔가 당황스러운 기색을 눈치 채고 물었다.

"뭐라고, 여보, 왜 그런 생각을 한 거요?" 셸비가 고개를 들고 쳐다보며 물었다.

"그냥요. 그저 오찬 후에 엘리자가 근심에 휩싸여 울고 흥분하면서 이 방에 들어오더니 당신이 노예상인과 이야기를 하고 있다는 거예요. 그러면서 당신이 자기 애를 내놓겠다고 하는 소리를 들었대나. 웃기는 바보 같으니라고!"

"그 애가 그랬다고?" 셸비 씨가 다시 신문을 들며 말했다. 그는 신문을 거꾸로 들고 있다는 것도 눈치 채지 못한 채 잠시 동안 열심히 읽는 척했다.

'결국엔 말해야 할 거야.' 그는 속으로 말했다. '지금이건 언제건.'

"엘리자한테 그랬어요," 셸비 부인은 계속해서 머리를 빗으며 말했다. "넌 사서 고생하는 바보라고, 당신이 그런 사람들과 상대할 일은 절대 없다고요. 당연히 당신이 우리 애들 중에서 누구도 팔 생각 없다는 거 잘 알아요. 게다가 그런 작자한테는."

"음, 에밀리," 남편이 말했다. "나도 항상 그렇게 생각했고, 그렇게 말했지. 하지만 실은 사업 형편이 안 좋아져서 그러지 않고는 버틸 수가 없게 됐소. 하인들 몇을 팔아야 할 거요."

"그 인간한테요? 말도 안 돼! 셸비, 진심으로 하는 말 아니죠?"

"유감이지만 사실이오." 셸비 씨가 말했다. "톰을 팔겠다고 동의했소."

"뭐라고요! 우리 톰을요? 그 착하고 충성스러운 사람을, 어릴 때부터 당신의 충실한 하인이었던 톰을 판다고요! 오, 셸비! 게다가 톰한테는 자유를 주겠다고 약속했잖아요. 수백 번도 더 말해놓고선. 이젠 무슨 말이라도 다 믿을 수 있을 것 같아. **이젠** 당신이 불쌍한 엘리자의 하나뿐인 자식 해리도 팔 수 있다는 게 믿겨져!" 슬픔과 분노가 뒤섞인 어조로 셸비 부인이 말했다.

"굳이 다 알아야 하겠다면, 그렇소. 톰과 해리 둘 다 팔기로 했소. 도대체 내가 왜 괴물이라도 된 듯이 야단을 들어야 하는지 모르겠소. 모두가 매일 하는 일을 했을 뿐인데."

"하지만 하고많은 사람들 중에서 왜 이 둘이에요?" 셸비 부인이 말했다. "굳이 팔아야 한다면, 하필이면 왜 그들이냐고요?"

"왜냐하면 가장 후한 값을 주니까. 그게 이유요. 그렇게 말한다면 다른 사람을 택할 수도 있었소. 그자가 엘리자에게 높은 값을 불렀으니까. 그게 더 좋다면 말이오." 셸비 씨가 말했다.

"그 천박한 자가!" 셸비 부인이 격렬하게 말했다.

"그 말은 한순간도 귀담아 듣지 않았소. 당신 기분을 생각해서. 앞으로도 안 그럴 테고. 그러니 날 좀 믿어줘요."

"여보," 셸비 부인이 마음을 가라앉히며 말했다. "용서해줘요. 내가 너무 성급했어요. 놀라고 전혀 준비가 안 된 일이라…… 하지만 이 불쌍한 하인들을 위해 내가 중재하게 해줄 거죠? 톰은 비록 흑인이긴 하지만 심성이 고귀하고 충성스러운 사람이에요. 셸비, 정말이지 위기 상황에 닥치면 톰은 당신을 위해 목숨이라도 바칠 거예요."

"나도 알고 있소. 하지만 그게 다 무슨 소용이오? 어쩔 수가 없는데."

"금전적인 희생을 좀 감수하는 건 어때요? 나도 기꺼이 불편을 참겠어요. 오, 셸비, 기독교인으로서 난 이 불쌍하고 단순하고 혼자 설 수 없는 인간들에 대한 의무를 다하기 위해 정말 성실하게 노력했어요. 수년 동안 사랑하고, 가르치고, 돌보고, 그들의 자잘한 근심과 기쁨을 모두 다 알고 지냈다고요. 그런데 하찮은 이익을 얻자고 톰처럼 충성스럽고 뛰어나고 믿음직한 하인을 팔고, 사랑하고 귀중히 여기라고 가르쳤던 모든 것을 순식간에 빼앗아버린다면, 어떻게 내가 하인들 앞에서 다시 고개를 들 수가 있겠어요? 난 그들에게 가정의 의무를 가르쳤어요, 부모와 자식, 남편과 아내의 의무를요. 그래 놓고 우리가 돈 앞에서는 어떤 신성한 인연도, 의무도, 관계도 소중히 여기지 않는다는 것을 어떻게 공공연하게 인정할 수 있겠어요? 난 엘리자와 아이에 대해 이야기했어요. 기독교인 어머니로서 엘리자에게는 아이를 돌보고 아이를 위해 기도하고 아이를 기독교적인 방식으로 키울 의무가 있다고 말이에요. 그런데 당신이 그저 돈을 좀 아끼겠다고 그 애의 영혼과 육신을 억지로 떼어내어 비속하고 파렴치한 인간에게 팔아버린다면 내가 무슨 말을 할 수 있겠어요? 난 엘리자에게 영혼 하나가 세상에 있는 돈을 다 합친 것보다 더 가치 있다고 말했어요. 그런데 돌아서서 그 애의 자식을 팔면 그 애가 어떻게 내 말을 믿겠어요? 해리를 육체와 영혼이 망가진 인간에게 팔기라도 한다면요!"

"당신이 그렇게 생각한다니 정말 미안하오, 에밀리. 진심이오." 셸비 씨가 말했다. "당신 기분을 존중해. 내 생각도 전적으로 똑같은 척하지는 않겠지만. 하지만 진지하게 말하겠는데, 다 소용없소. 어쩔 수가 없어. 이런 말은 안 하고 싶었지만, 에밀리, 이 둘을 파는 것과 모든 걸 다 파는 것 사이에 선택이란 없소. 그 둘을 내놓든지, 아니면 **모두 다** 내놓아야 하오. 헤일리가 저당을 잡았는데, 그걸 당장 변제하지 않으면 모든 걸 다 가져가 버릴 거요. 내가 있는 대로 다 긁어모으고, 빌려도 보고, 거의 구걸하다시피 해봤지만, 차액을 맞추기 위해서는 이 둘의 몸값이 필요하오. 그래서 내놓을 수밖에 없었소. 헤일리가 그 아이를 마음에 들어 해서, 그렇게 청산을 하자고 합디다, 그게 아니면 싫다고. 그자가 결정권을 가지고 있으니, **그럴 수밖에** 없었소. 그 둘을 파는 게 그렇게 싫다면, 모두를 다 파는 게 낫겠소?"

셸비 부인은 벼락 맞은 사람처럼 서 있었다. 마침내 그녀는 다시 화장대로 돌아서서 손으로 얼굴을 가리고 괴로운 신음을 내뱉었다.

"이건 하나님께서 노예제에 내린 저주야! 쓰디쓴, 가장 불행한 저주야! 주인에 대한 저주고 노예에 대한 저주야! 이런 끔찍한 악습 안에서도 뭔가 선한 일을 할 수 있다고 생각했던 내가 바보였어. 이런 법 밑에서 노예를 데리고 있는 게 죄야. 항상 그렇다고 생각했어. 어릴 때도 늘 그렇게 생각했어. 교회에 다니면서부터는 더 그랬고. 하지만 그 위에 금칠을 해서 보기 좋게 할 수 있다고 생각했어. 친절과 관심과 교육으로, 내 집의 환경을 자유보다 더 나은 걸로 만들 수 있다고 생각했어, 내가 바보였어!"

"저런, 당신 완전 노예제 폐지론자가 되겠군."

"폐지론자라고요! 그자들이 나만큼 노예제에 대해서 안다면 이야기하라고 해요! 그자들이 뭐라고 안 해도 우리도 안다고요. 당신도 알겠지만 난 한 번도 노예제가 옳다고 생각한 적 없어요. 노예를 가지고 싶었던 적도 없다고요."

"음, 그 점에서 당신은 다른 수많은 현명하고 경건한 사람들과 다르지." 셸비 씨가 말했다. "지난 일요일에 B 씨가 한 설교 기억하오?"

"그런 설교 듣고 싶지 않아요. 우리 교회에서 다시는 B 씨의 설교를 듣고 싶지 않아요. 목사님들도 악을 어쩔 수 없을지도 모르죠. 어쩌면 우리가 악을 구제할 수 없는 것처럼 목사님들도 구제할 수 없을지 몰라요. 하지만 옹호라니! 그건 언제나 내 상식에 어긋나는 일이었다고요. 당신도 그 설교를 좋아하지 않았잖아요."

"음," 셸비 씨가 말했다. "때로 목사들은 우리 죄인들이 감히 할 수 없는 식으로 문제를 과하게 끌고 가기도 하지. 세속적인 우리야 여러 문제에 눈을 질끈 감고 옳지 않은 일들에 익숙해져야 하지만, 여자들과 목사들이 내놓고 나서서 정숙함과 도덕의 문제에서 정도 이상으로 나가는 건, 우린 별로 좋아하지 않소. 그건 사실이오. 하지만 여보, 당신이 지금 상황을 제대로 보고, 지금 이 상황에서 내가 최상의 선택을 했다는 것을 알아주리라 믿소."

"아, 그럼요, 그럼요!" 셸비 부인은 금시계를 허둥지둥 멍하게 만지며 말했다. "대단히 값나가는 보석은 없지만," 그녀가 생각에 잠겨 덧붙였다. "이 시계가 뭔가 도움이 되지 않을까요? 살 때 가격이 꽤나 비쌌거든요. 적어도 엘리자의 아이라도 구할 수 있다면, 내 물건 중 뭐라도 내놓겠어요."

"미안하오, 정말 미안하오, 에밀리." 셸비 씨가 말했다. "당신이 이런 소리까지 하게 만들다니. 하지만 그래 봤자 소용없소. 사실은 말이오, 에밀리, 이미 다 끝났소. 매매 계약서에 이미 서명을 했고, 이제는 헤일리의 손에 있소. 사태가 이 정도에서 마무리된 걸 다행으로 여겨야 해요. 그자에게는 우리 모두를 무너뜨릴 힘이 있었는데, 이제는 손을 뗐으니까. 당신이 나만큼 그자에 대해 안다면, 정말 구사일생이었다고 생각할 거요."

"그렇게 모진 사람이란 말이에요?"

"음, 딱히 잔인한 사람이라곤 할 수 없지만, 질긴 인간이지. 장사와 이익밖에 모르고, 죽음과 무덤처럼 차갑고 주저 없고 무자비한 위인이오. 값만 후하게 쳐주면 자기 어머니라도 팔아치울걸, 그 늙은 여인에게 해가 가건 말건 말이오."

"그런데 그런 인간이 저 착하고 충성스러운 톰과 엘리자의 아이를 소유한다는 거잖아요!"

"여보, 사실 나도 마음이 좋지 않소. 생각조차 하기 싫은 일이오. 헤일리는 내일 와서 노예들을 데려가겠다 했소. 난 아침 일찍 말을 타고 나갈 거요. 정말이지 톰을 볼 수가 없어. 당신도 어디 나갈 구실을 만들어서 엘리자를 데리고 가요. 엘리자가 없을 때 일이 다 끝나도록."

"아니, 아니요." 셸비 부인이 말했다. "난 절대 이 잔인한 일에 공모하거나 도움을 주지 않을 거예요. 난 가서 불쌍한 톰이 겪는 고통을 보겠어요. 하나님께서 도우시길! 어쨌거나 주인이 그들을 불쌍히 여기고 함께 고통을 느낀다는 걸 볼 수 있도록 할 거예요. 엘리자는, 아, 생각도 못 하겠어. 하나님, 우리를 용서해주세요! 우리가 무슨 짓을 했길래, 이렇게 잔인한 상황이 닥친 거죠?"

셸비 씨와 셸비 부인은 전혀 의심하지 못했지만, 이 대화를 듣고 있는 사람이 하나 있었다.

그들의 침실은 바깥 통로로 문이 나 있는 커다란 벽장과 통해 있었다. 셸비 부인이 엘리자에게 가서 쉬라고 했을 때, 열에 들뜨고 흥분한 그녀는 이 벽장을 떠올렸다. 그리고 그녀는 거기 숨어서 문틈에 귀를 바짝 대고는 한 마디도 놓치지 않고 대화를 다 들었다.

목소리가 사라지고 침묵이 이어지자, 그녀는 일어나서 몰래 기어 나왔다. 온몸이 굳어서 입을 굳게 다물고 창백한 얼굴로 떨고 있는 그녀는 이제까지의 겁 많고 온화한 소녀와는 딴판이었다. 그녀는 조심스럽게 입구를 따라 나오다 주인의 방문 앞에 잠시 멈춰 서서 말없는 탄원을 담아 하늘을 향해 손을 들어 올리고는 돌아서서 살며시 자기 방으로 들어갔다. 주인의 방과 같은 층에 있는 조용하고 깔끔한 방이었다. 방에는 그녀가 종종 앉아서 바느질을 하며 노래 부르는, 햇살이 잘 드는 상쾌한 창이 있었다. 작은 책장도 있고, 그 옆에는 크리스마스 선물로 받은 조그만 온갖 장식품들이 진열되어 있었다. 옷장과 서랍에는 얼마 안 되는 소박한 옷들이 걸려 있었다. 간단히 말해서 여기가 그녀의 집이었고, 지금까지는 대체로 행복한 집이었다. 하지만 침대 위에는 잠든 아이가 누워 있었다. 그는 기다란 고수머리를 잠든 얼굴 주위에 멋대로 늘어뜨린 채, 장밋빛 입술을 반쯤 벌리고, 조그맣고 통통한 손을 이불 밖으로 내놓고는, 온 얼굴에 햇살 같은 미소를 띠고 있었다.

"불쌍한 것! 불쌍한 것!" 엘리자가 말했다. "주인님이 너를 팔았대! 하지만 엄마가 구해줄게!"

베개 위에 눈물은 떨어지지 않았다. 이런 역경에 처하면 심장은 눈물조차 흘리지 않는다. 오로지 말없이 피를 흘릴 뿐이다. 그녀는 종이와 연필을 들고 서둘러 써 내려갔다.

"오, 마님! 사랑하는 마님! 절 배은망덕하다고 생각하지 마세요. 못됐다고 생각하지 말아주세요. 오늘 밤 주인님과 마님이 하신 말씀을 다 들었어요. 전 제 아이를 구하려고 애써볼 거예요. 절 비난하지 마세요! 하나님께서 마님의 친절을 축복하고 보상해주시길!"

그녀는 종이를 급히 접고 겉면에 수신인을 쓴 다음, 서랍으로 가서 아이의 옷을 싸고 허리에 손수건으로 단단히 묶었다. 어머니의 기억이란 너무도 다정해서 그런 공포의 와중에도 그녀는 아이가 가장 좋아하는 장난감 한두 개를 잊지 않고 꾸러미에 넣고, 아이를 깨울 때 달래주기 위해 화려한 채색앵무새를 챙겼다. 잠든 아이를 깨우기는 힘들었다. 하지만 약간 애를 쓴 끝에 아이는 일어나 앉아 새를 가지고 놀기 시작했고, 그사이 어머니는 보닛을 쓰고 숄을 걸쳤다.

"어디 가는 거야, 엄마?" 그녀가 코트와 모자를 가지고 침대로 다가오자 아이가 물었다.

어머니가 다가와서 그의 눈을 심각한 얼굴로 들여다보자, 아이는 단박에 상황이 뭔가 심상치 않다는 것을 알았다.

"조용히 해, 해리." 그녀가 말했다. "큰 소리 내면 안 돼, 사람들이 우리 목소리를 들을 테니까. 나쁜 사람이 해리를 엄마한테 빼앗아서 어두운 곳으로 데려가려고 오고 있어. 하지만 엄마가 그렇게는 못 하게 할 거야. 우리 아가한테 모자를 씌우고 코트를 입혀서 도망갈 거야. 심술궂은 사람이 해리를 못 잡게."

그녀는 이렇게 말하면서 아이의 소박한 옷을 여미고 단추를 잠근 다음 품에 안고 절대 조용히 해야 한다고 속삭였다. 그러고는 바깥 베란다로 통하는 방문을 열고 소리 없이 미끄러지듯 나갔다.

서리가 덮이고 별이 반짝이는 상쾌한 밤이었다. 어머니는 숄로 아이를 단단히 감쌌고, 아이는 막연한 공포에 질려 숨죽인 채 엄마 목에 찰싹 매달렸다.

커다란 뉴펀들랜드 종의 늙은 브루노가 현관 베란다 끝에서 잠자고 있다가 그녀가 다가가자 일어나서 나지막이 으르렁거렸다. 그녀가 부드럽게 이름을 불러주자, 오랜 애완견이자 놀이친구였던 동물은 단순한 개의 머리로 이러한 지각없는 야밤의 산책이 무엇을 의미하는지 무진장 고심했겠지만 곧 꼬리를 흔들며 따라올 자세를 취했다. 하지만 이 조치가 뭔가 경솔하거나 부적절하다는 생각이 어렴풋이 들어 상당히 당혹해하는 듯했다. 엘리자가 앞으로 나아가는 동안, 개는 자주 발걸음을 멈추고 생각에 잠긴 표정으로 처음에는 그녀를, 그러고는 저택을 바라보다가 다시 확신을 얻은 듯이 그녀의 뒤를 따라 종종걸음을 쳤다. 몇 분 후 톰 아저씨의 집에 도착한 엘리자는 걸음을 멈추고 창문을 살짝 두드렸다.

톰 아저씨의 집에서 열린 기도모임은 찬송가 합창으로 인해 밤늦은 시간까지 이어졌다. 이후 톰 아저씨가 혼자 긴 노래 몇 곡을 신나게 부른 결과, 시간이 12시에서 1시 사이였는데도 그와 그의 훌륭한 배필은 아직 잠들지 않고 깨어 있었다.

"깜짝이야! 저게 뭐지?" 클로이 아줌마가 화들짝 놀라서 허둥지둥 커튼을 열어 젖혔다. "세상에, 리지 아니야! 옷 입어요, 영감. 빨리! 브

루노도 와서 앞발로 긁고 있네. 도대체 뭔 일이람! 문 열어줄게."

그리고 그 말에 걸맞게 문이 활짝 열렸고, 톰이 황급히 켠 수지양초의 빛이 도망자의 수척한 얼굴과 흥분한 검은 눈에 떨어졌다.

"맙소사! 리지, 놀랐잖아! 어디 아픈 거야, 아니면 무슨 일이야?"

"전 도망가요, 톰 아저씨, 클로이 아줌마. 아이를 데리고요. 주인님이 해리를 팔았어요!"

"팔았다고?" 두 사람 다 당황해서 손을 번쩍 들며 되풀이해서 말했다.

"네, 팔았어요!" 엘리자가 단호히 말했다. "오늘 밤 마님 방 벽장에 숨어 들어가서, 주인님이 마님께 하시는 말을 들었어요. 해리와 톰 아저씨를 노예상인에게 팔았다고요. 주인님은 아침에 말을 타고 나가실 거고, 그 사람이 오늘 우리를 데리러 올 거래요." 엘리자가 말하는 동안, 톰은 눈을 크게 뜨고 손을 들어 올린 채 꿈꾸는 사람처럼 서 있었다. 그 말의 의미가 그에게 서서히, 점차 다가오자, 그는 앉는다기보다 무너지듯이 오래된 의자 위로 쓰러지더니 얼굴을 무릎에 묻었다.

"자비로운 하나님, 우리를 가엾게 여기소서!" 클로이 아줌마가 말했다. "사실일 리가 없어. 뭘 했다고 주인님이 톰을 팔겠어?"

"아저씨는 아무 짓도 안 했죠. 그 때문이 아니에요. 주인님은 팔고 싶어 하지 않아요. 그리고 마님은, 마님은 항상 좋은 분이시죠. 마님은 우리를 위해서 항변하고 애원했어요. 하지만 소용이 없대요. 주인님이 그 사람한테 빚을 져서 그가 지배권을 가지고 있대요. 그래서 빚을 깨끗하게 갚지 않으면 결국에는 이곳과 사람들을 다 팔고 떠나야만 한대요. 그래요, 이 둘을 파는 것과 모두를 다 파는 것 사이에는 선택의 여지가 없다고 주인님은 말씀하셨어요. 그 사람이 주인님을 혹독하게 몰아붙이고 있었다고요. 주인님은 미안하다고 하셨어요. 하지만 마님은, 아저씨랑 아줌마가 마님의 말을 직접 들었어야 해요! 마님이 기독교인에 천사가 아니라면, 세상에 그런 건 없는 거예요. 마님을 이렇게 떠나다니 전 정말 나쁜 사람이지만, 어쩔 수가 없어요. 하나의 영혼이 세상만큼 가치 있다고 하셨던 건 바로 마님인걸요. 이 아이에게는 영혼이 있어요. 이 아이를 데려가도록 내버려두면, 그 영혼이 어떻게 되겠어요? 이건 옳은 일이에요, 하지만 옳지 않다 하더라도 어쩔 수 없어요. 하나님께서 용서하시길!"

"흠, 영감!" 클로이 아줌마가 말했다. "당신도 가는 게 어때? 가만히 앉아 있다가 검둥이들을 힘들게 일 시키고 굶겨서 죽인다는 강 아래로 끌려갈 테유? 난 언제건 거기 가느니 차라리 죽는 게 낫겠어! 아직 시간이 있으니, 리지랑 같이 떠나요. 당신한테는 아무 때나 돌아다닐 수 있는 통행권이 있잖아. 어서, 서둘러요. 내가 짐을 챙겨줄 테니."

톰은 천천히 머리를 들더니, 슬프지만 고요한 표정으로 주위를 둘러보고는 말했다.

"아니, 아니, 난 안 갈 거야. 엘리자는 가게 둬. 그건 엘리자의 권리니까! 난 안 돼라고 말하지 않을래. 엘리자가 남는 건 **순리**에 안 맞아. 하지만 지금 그 말 들었잖아! 내가 팔려 가지 않아서 이곳 사람들 모두가, 그리고 모든 게 엉망이 된다면, 그냥 내가 팔려 가겠어. 난 누구보다 잘 참을 수 있을 거야." 그는 이렇게 덧붙였지만, 흐느낌과 한숨 같은 것이 그의 넓고 거친 가슴을 발작적으로 뒤흔들었다. "주인님은 언제나 나를 금방 찾으실 수 있었지…… 앞으로도 그러실 테고. 난 믿음을 저버린 적이 없고, 통행권을 거짓으로 사용한 일도 없어. 앞으로도 절대 그러지 않을 거야. 이곳을 무너뜨리고 모두를 팔리게 하느니 나 혼자 가는 게 나아. 주인님을 비난하지 마, 클로이. 주인님께서 돌봐주실 거야, 당신과 불쌍한……"

그 순간 그는 조그만 양털머리들이 소복이 누워 있는 거친 바퀴침대 쪽을 돌아보았다가 완전히 무너지고 말았다. 그는 의자 등받이에 기대어 커다란 손으로 얼굴을 가렸다. 쉰 목소리의 커다랗고 격렬한 흐느낌에 의자가 흔들렸고, 굵은 눈물방울이 손가락 사이로 흘러 바닥에 떨어졌다. 바로 그런 눈물입니다, 신사 여러분, 첫아들이 누워 있는 관 안에 당신이 흘렸던 눈물. 그런 눈물입니다, 숙녀 여러분, 죽어가는 아기의 울음소리를 들었을 때 당신이 흘렸던 눈물. 왜냐하면, 신사분들, 그도 당신도 한 남자일 뿐이 아닙니까. 또 숙녀분들, 실크드레스를 입고 보석을 걸쳤어도 당신도 그저 한 여자에 불과하지 않습니까. 삶의 크나큰 역경과 엄청난 슬픔 앞에서는 당신도 오직 하나의 슬픔을 느끼지 않습니까!

엘리자가 문 앞에 서서 말했다. "오늘 오후

에 남편을 만났을 때만 해도, 무슨 일이 닥칠지 전혀 알지 못했어요. 그들이 벼랑 끝으로 몰아대서 도망칠 거라고 조지가 오늘 제게 말했어요. 혹시 하실 수 있으면 남편에게 말을 좀 전해주세요. 제가 어떻게 갔는지, 왜 갔는지 말해주세요. 캐나다로 가려고 한다는 말도 해주세요. 사랑한다고 꼭 말해주시고, 혹시나 다시 만나지 못한다 하더라도," 그녀는 돌아서서 잠시 등을 돌린 채 서 있다가 쉰 목소리로 덧붙였다. "최대한 선하게 살아야 한다고, 그래서 천국에서 다시 만나도록 노력해야 한다고 전해주세요."

"브루노 좀 집 안으로 불러주세요." 그녀가 덧붙였다. "그리고 문 닫아주세요, 불쌍한 것! 저랑 같이 갈 수는 없으니까!"

마지막 몇 마디 말과 눈물, 소박한 이별과 축복의 말이 오간 뒤, 그녀는 어리둥절하고 공포에 질린 아이를 품에 꼭 안고 소리 없이 미끄러지듯 사라졌다.

제6장

발견

셸비 씨와 셸비 부인은 전날 밤의 긴 토론 끝에 쉽게 잠들지 못했고, 그 결과 다음 날 아침 평소보다 늦게까지 잤다.

"엘리자가 뭐 때문에 안 오는 거지." 몇 번이나 벨을 당겨도 아무 반응이 없자 셸비 부인이 말했다.

셸비 씨는 화장거울 앞에 서서 면도날을 갈고 있었다. 그 순간 문이 열리고 흑인 소년이 면도물을 가지고 들어왔다.

"앤디," 안주인이 말했다. "엘리자 방에 가서 내가 벨을 세 번 울렸다고 말해줘. 불쌍한 것!" 그녀는 한숨을 쉬며 혼잣말로 덧붙였다.

앤디는 곧 놀라서 눈이 휘둥그레진 채 돌아왔다.

"저기요, 마님! 리지의 서랍이 다 열려 있고, 물건들이 사방에 온통 널려 있어요. 제 생각에는 도망친 것 같아요!"

진실이 셸비 씨와 셸비 부인에게 동시에 떠올랐다. 그가 소리 질렸다.

"그렇다면 걔가 의심을 했군, 그래서 도망간 거야!"

"하나님, 감사합니다!" 셸비 부인이 말했다. "분명 그랬을 거예요."

"여보, 무슨 바보 같은 소리를 하는 거요! 정말로 도망간 거라면 나한테는 몹시 난감한 상황이 되는 거요. 내가 아이를 팔기를 주저하는 걸 헤일리가 봤으니, 아이를 구하기 위해 내가 이 일을 묵인했다고 생각할 거요. 내 명예가 걸린 문제란 말이오!" 그리고 셸비 씨는 황급히 방에서 나갔다.

약 15분 동안 달리고, 소리 지르고, 문들이 쾅쾅 열렸다 닫히고, 각처에서 온갖 명암의 얼굴들이 튀어나오는 소동이 벌어졌다. 이 상황에 대해 약간의 설명을 해줄 수도 있는 유일한 사람은 완전히 침묵을 지키고 있었다. 요리장 클로이 아줌마였다. 그녀는 한때는 환했던 얼굴에 먹구름을 드리운 채, 주위에서 벌어지는 소동이 들리지도 보이지도 않는다는 듯이 말없이 아침 비스킷을 굽기 시작했다.

순식간에 장난꾸러기 열두어 명이 베란다 난간에 까마귀 떼처럼 내려앉았다. 모두들 이 불운한 사태를 맞은 낯선 인물의 행동을 감정하려고 단단히 마음먹고 있었다.

"엄청 화낼 거야, 틀림없어." 앤디가 말했다.

"욕은 **안** 하겠지!" 꼬마 검둥이 제이크가 말했다.

"아니, **분명** 할 거야." 양털머리 맨디가 말했다. "어제 저녁식사 때 들었어. 그때 다 들었어. 마님이 큰 항아리들을 놔두는 벽장에 들어갔다가 몽땅 다 들었다고." 맨디는 자기가 들은 말의 의미를 평생 한 번도 생각해보지 않았으면서 이제 대단한 현자라도 되는 듯 젠체하며 걸어 다니다가, 사실은 문제의 그 시각에 항아리들 사이에 몸을 똘똘 말고 앉아 있다가 내내 잤다는 말을 하는 것은 잊어버렸다.

마침내 헤일리가 박차 달린 부츠를 신고 나타났을 때, 그를 맞이한 것은 사방에서 들려오는 비보였다. 그의 '욕설'을 듣고 싶어 한 베란다 장난꾸러기들의 희망은 이루어졌다. 그는 유창하고 격렬한 욕을 퍼부어 아이들 모두에게 굉장한 즐거움을 안겨줬다. 아이들은 그가 휘두르는 채찍을 피하려고 이리저리 고개를 숙이고 몸을 피하다가 와아아 하는 외침과 함께 끝도 없이 킬킬거리며 베란다 아래 시든 잔디밭 위로 다 함께 굴러떨어지더니, 흥분해서 날뛰며 목이 터져라 고함을 질러댔다.

"저 꼬마 악마들 잡기만 해봐라!" 헤일리가 이를 갈며 중얼거렸다.

"하지만 못 잡았지롱!" 말이 들리지 않을 정도로 거리가 멀어지자 앤디는 그 운수 나쁜 상인의 등에 대고 뭐라 형언할 수 없는 모양으로 입을 삐죽거리고 의기양양하게 팔을 휘두르며 말했다.

"정말이지, 셸비 씨, 이건 정말 터무니없는 거래로군요!" 헤일리가 거실에 불쑥 들어서며 말했다. "그 계집이 도망친 것 같군요, 애도 데리고."

"헤일리 씨, 이 자리엔 내 아내도 있소." 셸비 씨가 말했다.

"실례합니다, 부인." 헤일리는 여전히 눈살을 찌푸린 채 살짝 고개 숙여 인사했다. "하지만 아까 말했듯이 이 괴이한 소식에 대해 이야기해야겠어요. 그게 사실입니까?"

"선생," 셸비 씨가 말했다. "나와 이야기하고 싶다면, 신사의 예의를 지켜주셔야겠소. 앤디, 헤일리 씨의 모자와 채찍을 받아드려라. 앉으시오, 선생. 그렇소. 유감이지만 그 아이가 이 일에 대해 뭔가 엿듣고 흥분한 나머지, 아니면 누가 알려줬는지 야밤에 아이를 데리고 도망쳐버렸소."

"고백하지만, 전 이 문제에 있어서 공정한 거래를 기대했다고요." 헤일리가 말했다.

"음, 선생," 셸비 씨가 그를 홱 돌아보며 말했다. "그 말을 어떻게 받아들여야 하는 겁니까? 내 명예를 문제 삼는 사람이 있다면, 그에게 해줄 대답은 단 하나뿐이오."

상인은 이 말에 약간 기가 죽으며, 조금 더 낮은 어조로 말했다. "공정한 거래를 한 사람이 이런 식으로 속는다는 건 무척이나 불쾌한 일입니다."

"헤일리 씨," 셸비 씨가 말했다. "만약 당신에게 실망할 이유가 없다고 생각했다면, 조금 전 이 거실에 들어온 당신의 거칠고 무례한 행동을 참지 않았을 거요. 하지만 지금 상황상, 이 문제에 있어 어떤 부정한 일에 내가 조금이라도 공모했다는 듯이 넌지시 빗대어 암시하는 말은 절대 용납하지 않겠다는 말은 해야겠소. 그 외에, 당신 재산을 되찾는 데 있어서 말이나 하인 등을 사용할 일이 있다면 어떤 도움이라도 다 드릴 생각입니다. 그러니 간단히 말해서, 헤일리," 그는 갑자기 품위 있고 차가운 어조를 버리고 평소의 편안하고 솔직한 말투로 말했다. "그냥 기분 좋게 아침이나 드는 게 가장 좋겠소. 그러고 나서 대책을 강구해봅시다."

이때 셸비 부인이 일어나더니 약속 때문에 아침식사를 함께할 수 없다고 하며, 점잖은 물라토 여인에게 보조탁자의 커피를 신사들에게 대접하라고 위임해놓고 거실에서 나갔다.

"게다가 노마님께서는 비천한 하인이 마음에 안 드시나 보죠." 헤일리가 어색하게 친근한 척하며 말했다.

"그렇게 내 아내에 대해 스스럼없이 이야기하는 일에 난 익숙하지 않소." 셸비 씨가 냉담하게 말했다.

"실례했습니다. 물론 농담일 뿐이에요. 아시죠?" 헤일리는 억지로 웃으며 말했다.

"어떤 농담들은 다른 농담보다 덜 유쾌하죠." 셸비가 대꾸했다.

"지독하게 제멋대로군, 저 서류들에 서명을 다 받았다 이거지. 저주받을 작자 같으니!" 헤일리가 혼자 중얼거렸다. "어제 이후로 아주 당당해지셨구만!"

궁정에서 수상의 실각 소식이 나왔다 해도 톰의 운명에 대한 소식보다 그곳 동료들 사이에 더 큰 충격의 파장을 일으키지는 않았을 것이다. 사방에서 모두가 그 화제를 입에 올렸고, 저택에서건 들판에서건 아무도 일은 하지 않고 예상 결과에 대해 논의했다. 그곳에서는 전례 없는 사건인 엘리자의 도주도 모두를 흥분시킨 커다란 자극제였다.

그곳의 다른 어떤 흑단의 아들보다 3도 정도는 더 명도가 낮은 까만 피부 때문에 흔히 검둥이 샘이라고 불리는 노예가 모든 위상과 방향을 고려하며 그 문제를 심오하게 고찰하고 있었다. 그 포괄적 시각과 개인적 안녕에 대한 정밀한 전망은 워싱턴에 있는 어떤 백인 애국자에게도 뒤지지 않을 정도였다.

"재수 없는 일은 어디서나 벌어지는 겁니다, 그게 사실이죠." 샘이 바지를 다시 한 번 추켜올리고, 달아나고 없는 멜빵 단추 대신 긴 못을 솜씨 좋게 끼우며 금언金言을 내놓듯이 말했다. 그는 이런 손재주를 부리는 일에 큰 기쁨을 느끼는 듯했다.

"그렇습니다, 재수 없는 일은 어디서나 일어나죠." 그가 되풀이했다. "이제, 톰은 몰락했습니다. 자, 물론 다른 검둥이가 올라갈 자리가 생긴 거죠. 그렇다면 이 검둥이는 어떻습니까? 좋은 생각이죠. 검은 부츠를 신고 주머니에는 통행증을 넣은 채 위풍당당하게 시골을 돌아다니는 톰, 그런데 톰이 누구죠? 자, 샘은 왜 안 되겠어요? 저는 바로 그게 알고 싶은 겁니다."

"어이, 샘! 주인님이 빌이랑 제리를 끌고 오래요." 앤디가 샘의 독백을 자르며 말했다.

"엇! 무슨 일이길래, 꼬맹아?"

"저런, 리지가 애를 데리고 도망쳤다는 걸 몰랐나 보네요?"

"이 할아범을 가르치려는 게야!" 샘이 한껏 경멸을 담아 말했다. "너보다 훨씬 더 전에 알았어. 이 검둥이는 그런 애송이가 아니라고!"

"하여간 주인님이 빌이랑 제리한테 당장 마구를 얹고, 샘이랑 나보고 헤일리 나리랑 같이 엘리자를 찾으러 가래요."

"좋았어! 이제 시작이구만!" 샘이 말했다. "이럴 때 부를 사람이 바로 샘이지. 그가 바로 그 검둥이라고. 내가 못 잡나 두고 봐. 주인님은 샘의 능력을 보게 되실 거다!"

"아! 하지만 샘," 앤디가 말했다. "한 번 더 생각해보는 게 좋을걸요. 마님은 엘리자가 잡히는 걸 안 원하거든요. 그러니 봐도 못 본 척해야 할 거예요."

"엇!" 샘은 눈을 휘둥그레 뜨고 말했다. "그걸 어떻게 알아?"

"이 축복받은 아침에 주인님 면도물을 들고 들어갔다가 마님이 말하는 걸 내 직접 들었죠. 리지가 옷 시중들러 안 내려온다고 날 보냈는데, 내가 도망갔다고 했더니 벌떡 일어나서 '주님께 찬양을'이라고 하지 뭐예요. 주인님은 정말로 화가 나서 '여보, 무슨 바보 같은 소리를 하는 거요' 그랬고. 하지만 마님이 결국 이길 거예요! 어떻게 될지 내 잘 알지. 그러니 내 말하지만, 마님 편에 붙는 게 최고예요."

이 말에 검둥이 샘은 양털머리 정수리를 긁적였다. 그 속에는 대단히 심오한 지혜는 없을지 몰라도, 모든 피부색과 모든 국가의 정치가들에게 몹시 필요하며, 세속적으로 말하자면 '빵 어느 쪽에 버터가 발려 있는지 아는 것'이라고 명명할 수 있는 특정한 종의 지혜는 수북이 담겨 있었다. 그래서 그는 다시 심각한 생각에 빠져 바지자락을 끌어올렸는데, 이는 정신적으로 당혹스러운 상황에서 생각을 정리하기 위한 그만의 정연하고 조직화된 방법이었다.

"**이** 세상에는 온갖 것에 대한 격언이 다 있어." 마침내 그가 말했다.

샘은 철학자처럼 **이**를 강조하며 말했다. 마치 다른 종류의 세상을 많이 경험해본 결과 숙고 끝에 이러한 결론에 도달했다는 듯한 자세였다.

“자, 분명 마님은 리지를 찾아서 사방을 뒤질 거란 말이지.” 샘이 심각하게 덧붙였다.

“그렇죠.” 앤디가 말했다. “하지만 사다리 사이가 안 보인단 말이에요? 이 검둥이 같으니. 마님은 헤일리 나리가 리지의 아들을 데려가는 걸 안 원해요. 그게 문제라니까!”

“엇!” 샘이 검둥이들끼리의 말을 들어본 사람들만 알 수 있는 뭐라 설명할 수 없는 어조로 말했다.

“하여튼 무엇보다도,” 앤디가 말했다. “말들한테 가는 게 좋을걸요. 최대한 빨리요. 마님이 샘을 찾는다는데, 이렇게 오래 노닥거렸으니.”

이 말에 샘은 진지하게 서두르기 시작하더니, 잠시 후 빌과 제리를 느린 구보로 끌고 함께 위풍당당하게 저택을 향해 나아갔다. 그러고는 말들이 멈출 생각을 하기도 전에 회오리바람처럼 솜씨 좋게 방향을 홱 틀어 말뚝 옆으로 데리고 갔다. 헤일리의 겁 많은 어린 망아지가 주춤하다가 펄쩍 뛰며 고삐를 미친 듯이 잡아당겼다.

“워, 워!” 샘이 말했다. “겁먹었구나?” 그의 검은 얼굴은 호기심에 찬 장난스러운 미소로 빛났다. “내가 고쳐줄게!” 그가 말했다.

그 옆에는 그늘을 드리우고 있는 커다란 너도밤나무가 있어서, 조그맣고 뾰족한 삼각형의 너도밤나무 열매가 바닥에 잔뜩 흩어져 있었다. 샘은 열매 하나를 주워 들고 망아지에게 다가가더니, 분주히 쓰다듬고 두드리며 흥분을 달래주는 듯했다. 그러더니 안장을 고쳐 얹는 척하며, 그 아래에다 조그맣고 뾰족한 열매를 교묘하게 밀어 넣었다.

눈에 띄는 찰과상이나 상처를 남기지 않으면서도 최소한의 무게를 안장에 더해 녀석의 예민한 성격을 괴롭힐 수 있는 방법이었다.

"자!" 그가 흡족한 미소와 함께 눈을 굴리며 말했다. "내가 고쳤어!"

그 순간 셸비 부인이 난간에 나타나서 그에게 손짓했다. 샘은 세인트 제임스 궁이나 워싱턴의 공석을 노리는 청원자만큼이나 결연하게 알랑대며 다가갔다.

"왜 이렇게 늑장 부린 거지, 샘? 서두르라고 앤디를 보냈는데."

"주님께서 축복을 내리시길, 마님!" 샘이 말했다. "그것들이 순식간에 잡히진 않을 거예요. 남쪽 들판까지 벌써 다 갔을걸요. 그것들이 어디 있는지는 주님만이 아시겠지요!"

"샘, '주님께서 축복을 내리시길'이라거나 '주님만 아시겠지' 이런 말들을 하지 말라고 몇 번이나 말해야겠니? 그건 좋지 않아."

"오, 주님께서 제 영혼에 축복을 내리시길! 제가 잊어버렸네요, 마님! 그런 말 이제 절대 쓰지 않을게요."

"저런, 샘, 방금도 또 그 말을 했잖니."

"제가요? 오, 주님! 제 말은, 그럴 생각은 아니었어요."

"**조심해야** 해, 샘."

"숨 좀 돌리고요, 마님, 그러고서 즉시 출발하겠습니다. 무지하게 조심할게요."

"샘, 넌 헤일리 씨와 함께 가서 길 안내를 하고 도와드려. 말들 잘 돌봐주고, 샘. 지난주에 제리가 다리를 좀 절룩거린 거 알지? **너무 빨리 몰고 가지 마**."

셸비 부인은 마지막 말을 목소리를 낮춰, 강조하며 말했다.

"맡겨만 주세요!" 샘이 의미심장하게 눈을 굴리며 말했다. "주님께서 아십니다! 엇! 그런 말 안 했어요!" 그가 갑자기 헉 하고 숨을 멈추며 우스꽝스럽게 과장스러운 태도로 안절부절못하자 안주인은 자기도 모르게 웃음을 터뜨렸다. "네, 마님! 제가 녀석들을 찾아 나서겠습니다!"

"자, 앤디." 샘이 너도밤나무 아래 말뚝으로 되돌아오며 말했다. "이따가 저 신사가 타려고 할 때 말이 주인을 내동댕이친다고 해도 나는 하나도 안 놀랄 거야. 있잖아, 앤디, 짐승들은 그런 짓을 하는 **법이거든**." 이렇게 말하며 샘은 뭔가를 매우 시사하는 태도로 앤디의 옆구리를 쿡 찔렀다.

"엇!" 앤디는 즉시 알았다는 듯이 말했다.

"음, 앤디, 마님은 시간을 벌고 싶어 해. 누가 봐도 그건 분명해. 그러니 마님을 위해서 내가 좀 끌어줘야지. 자, 그러니까 말들을 몽땅 풀어서 여기 마당에서부터 저기 숲에까지 엉망진창 뛰어다니게 만들어. 그러면 그 나리가 빨리 못 떠나겠지."

앤디가 씩 웃었다.

"있잖아," 샘이 말했다. "저기, 앤디, 헤일리 나리의 말이 고집을 부리기 시작하면서 소란을 일으키는 일이 생기면, 너랑 나는 우리 말은 버리고 그쪽을 도와야 해. **우리가 도와줄 거야, 암, 그렇고말고!**" 샘과 앤디는 머리를 젖히고 좋아서 발을 굴리고 손가락을 딱딱 치며 소리 죽여 웃음을 터뜨렸다.

그 순간 헤일리가 베란다에 나타났다. 그는 최고급 커피를 몇 잔 마시고 마음이 조금 누그러졌는지, 꽤나 기분이 좋아져서 웃고 떠들며 밖으로 나왔다. 샘과 앤디는 자신들이 보통 모자라고 간주하는, 조각조각 난 종려 잎사귀를 움켜쥐고 '나리를 도울' 준비를 하러 말을 맨 말뚝으로 달려갔다.

샘의 종려 잎사귀는 교묘하게 풀려서 챙이라고 할 만한 꼬인 모양새는 찾아볼 수 없었고, 세로결도 서로 분리되어 삐죽삐죽 서기 시작해서 피지의 추장에 맞먹을 만큼 강렬하게 자유롭고 반항적인 느낌을 주었다. 반면 앤디의 잎사귀는 챙 전체가 통째로 분리되어 있었지만, 그는 머리 위의 모자 정수리 부분을 능란하게 톡톡 두드리며 만족스러운 얼굴로 주위를 둘러보았다. 마치 "누가 나한테 모자가 없다고 그래?"라고 말하는 듯한 표정이었다.

"자, 애들아," 헤일리가 말했다. "이제 정신 바짝 차려. 지체할 시간이 없다."

"암요, 나리!" 샘은 헤일리의 손에 고삐를 건네주고 그의 등자를 든 채 서 있었고, 앤디는 다른 말 두 마리의 고삐를 풀고 있었다.

헤일리가 안장에 손을 대자마자, 그 혈기왕성한 망아지는 갑자기 땅에서 펄쩍 뛰어올라 부드럽고 마른 잔디밭 위에 주인을 내동댕이쳐서 쭉 뻗게 만들었다. 샘이 미친 듯이 소리를 지르며 고삐를 잡으려고 몸을 날렸지만, 앞서 말한 강렬한 종려 잎사귀로 말의 눈을 쓸었을 뿐이고, 이는 말의 곤두선 신경을 가라앉히는 데 전혀 도움이 되지 않았다. 그래서 말은 격렬하게 샘을 쓰러뜨리고는 경멸하듯 콧방귀를 두어 번 꿔며 박력 있게 뒷발로 공중을 차더니 곧 아래쪽 풀밭을 향해 껑충껑충 뛰어갔고, 약속에 따라 앤디가 잊지 않고 풀어둔 빌과 제리가 그 뒤를 따랐다. 앤디가 지르는 갖가지 무시무시한 고함에 이들의 속도는 한층 더 빨라졌다. 이제 온갖 혼란스러운 광경이 연달아 벌어졌다. 샘과 앤디는 달려가며 소리를 질렀고, 여기저기서 개들이 짖어댔고, 마이크와 모즈, 맨디, 패니, 그리고 남녀 불문하고 그곳의 모든 인간은 놀라운 오지랖을 발휘하며 지칠 줄도 모르고 달리며, 손뼉을 치고, 우우 하고 외치고, 고함을 질러댔다.

몹시 날쌔고 기운찬 헤일리의 백마는 이 활기찬 상황이 즐거워 어쩔 줄 모르는 듯했다. 사방에서 완만한 내리막을 이루며 끝도 없는 숲으로 이어지는, 거의 1킬로미터쯤 펼쳐진 풀밭을 마음대로 누빌 수 있게 된 녀석은 보란 듯이 추적자들이 바싹 붙도록 내버려뒀다가 거의 손이 닿을 정도로 다가오면 장난꾸러기처럼 돌연 콧방귀를 뀌며

확 몸을 비켜 숲 속 소로로 질주하는 장난을 신나게 쳐댔다. 가장 적기라고 생각되는 시점까지는 이 무리들 중 어떤 녀석도 잡지 않는 것이 샘의 목표였다. 그래서 그는 진정 영웅적인 노력을 했다. 언제나 싸움이 가장 격렬한 전장의 선봉에서 번쩍였던 사자의 심장(사자의 심장 리처드라고 불린 영국의 리처드 1세—옮긴이)의 검처럼, 말이 포획될 위험성이 조금이라도 존재하는 곳이면 어디서건 샘의 종려 잎사귀가 보였다. 거기서 그는 "지금이야! 잡아! 잡으라고!" 하고 고함을 지르며 전력을 다해 들이닥쳐 순식간에 모든 것을 혼란스럽게 망쳐버렸다.

마침내 12시경 샘은 의기양양한 모습으로 제리를 탄 채 헤일리의 말을 끌고 나타났다. 헤일리의 망아지는 땀을 비 오듯이 흘리고 있었지만, 그 형형한 눈빛과 벌름거리는 콧구멍은 자유의 정신이 아직 완전히 죽지 않았음을 보여주고 있었다.

"잡았어요!" 그가 의기양양하게 외쳤다. "제가 아니었으면 모두 큰일 났을 거예요. 하지만 제가 잡았어요!"

"너!" 헤일리는 전혀 다정하지 않은 말투로 으르렁댔다. "네놈이 아니었으면 애초부터 이런 일이 일어나지도 않았어!"

"주님께서 우리를 축복하시길." 샘이 깊은 우려를 담아 말했다. "그리고 땀을 줄줄 흘리며 뛰어다니고 쫓아다닌 저도 축복하시길!"

"자, 자!" 헤일리가 말했다. "네놈 때문에 거의 세 시간을 날렸어. 그 저주할 말도 안 되는 소리 때문에. 이제 출발하자고. 더 이상 허튼 짓 말고."

"아이고, 나리," 샘이 비난조로 말했다. "저희를 다 죽일 작정이시군요. 말들이랑 모두 다 말이에요. 여기 우리는 모두 쓰러지기 일보 직전이고, 이놈들은 다들 땀을 줄줄 흘리고 있잖아요. 주인님이라면 오찬 후가 아니면 출발 안 할 겁니다. 나리의 말도 털을 좀 빗겨줘야 해요. 저기 온통 흙 튀긴 거 좀 보세요. 그리고 제리는 다리를 절고요. 이런 식으로 출발하는 건 마님도 원하지 않을 거예요. 주님께서 축복을 내리시길, 나리. 멈췄다 가도 따라잡을 수 있어요. 리지는 걸음이 빠르지 않거든요."

베란다에서 이 대화를 흥미롭게 엿들은 셸비 부인은 자기 몫을 하기로 결심했다. 그녀는 그들에게 다가와 헤일리의 사고에 대해 정중하게 우려를 표한 다음, 요리사가 즉시 상을 차릴 거라며 오찬을 하고 가라고 종용했다.

모든 상황을 고려한 끝에 헤일리는 마지못해 거실을 향해 갔고, 샘은 그 뒤에서 말로 할 수 없는 의미를 담아 눈을 굴리며 말들을 끌고 마구간을 향해 심각하게 걸어갔다.

"봤어, 앤디? **봤냐고**?" 안전한 헛간 너머까지 와서 말을 말뚝에 묶으며 샘이 말했다. "아이고, 그자가 발을 구르고 걷어차고 우리한테 욕을 퍼붓는 걸 구경하는 재미는 가히 최고였어. 그 말하는 꼬라지 하고는! 마음대로 욕하라고, 이 영감아(난 속으로 말했지). 지금 말을 가질래, 아니면 직접 잡을 때까지 기다릴래(난 말했어)? 아이고, 앤디, 그 꼴이 지금 내 눈앞에 보이는 것 같아." 그리고 샘과 앤디는 헛간 벽에 기대서서 배꼽이 빠지게 웃어댔다.

"내가 말을 데려왔을 때 그자가 얼마나 미친 듯이 날뛰었는지 네가 봤어야 해. 맙소사, 할 수만 있었으면 날 죽였을걸. 난 순진하고 겸허한 자세로 서 있었지."

"샘은 봤어요." 앤디가 말했다. "그리고 늙은 말도요."

"난 별로 중요하지 않아." 샘이 말했다. "마님이 위층 창문에서 보시는 거 봤어? 웃고 계시더라고."

"왜 아니겠어요? 그런데 난 뛰어가고 있어서 아무것도 못 봤어요."

"음, 이봐," 샘은 헤일리의 망아지를 씻길 준비를 하며 말했다. "**괌찰**의 습관이 필요해, 앤디(원문에서 샘은 '관찰observation'이어야 할 단어를 'O'bobservation'으로 발음하고 있다. 흑인들의 영어는 틀린 발음들과 단어들이 부지기수이지만, 잘난 척하며 어려운 말을 쓰기 좋아하는 샘의 경우는 특히 심하다—옮긴이). 그건 굉장히 중요한 습관이야, 앤디. 권고하는데, 넌 젊으니까 그 습관을 계발해야 해. 뒤꿈치를 들고 조용히 다녀, 앤디. 있지, 앤디, 검둥이들한테는 **괌찰**이 엄청난 차이를 가져온다고. 오늘 아침 바람이 어느 쪽에서 부는지 내가 안 본 것 같아? 그게 바로 괌찰이야, 앤디. 그게 바로 소위 능력이라는 거지. 능력은 사람마다 다르지만, 능력을 계발하는 건 중요해."

"내 생각엔, 오늘 아침에 내가 샘의 괌찰을 돕지 않았더라면 샘이 그렇게 똑똑하게 처신할 수 없었을 것 같은데요." 앤디가 말했다.

"앤디," 샘이 말했다. "넌 가능성이 창창한 아이야. 그건 의심의 여지가 없는 사실이야. 난 너를 높이 평가한다고, 앤디. 그래서 네 의견을 따르는 걸 전혀 부끄러워하지 않아. 우리는 누구도 경시해서는 안 돼, 앤디. 우리 중 제일 똑똑이도 때로는 실수할 수가 있거든. 그러니까, 앤디, 이제 저택으로 가자. 내 장담하지만, 마님이 우리한테 보기 드문 음식을 주실 거야."

제7장

어머니의 투쟁

톰 아저씨의 오두막에서 엘리자가 발길을 돌렸을 때, 그녀보다도 더 철두철미하게 고독하고 의지할 데 없는 사람은 상상할 수 없다.

사랑하고 존경하던 친구들의 보호에서 벗어나 이제껏 알아온 유일한 집을 떠나니, 남편의 고통과 위험과 아이의 위험, 지금 자신이 무릅쓰고 있는 혼란스럽고 경악스러운 위험에 대한 생각이 그녀의 마음속에서 온통 뒤섞였다. 그리고 익숙한 모든 것과의 이별이 있었다. 그녀가 자라온 곳, 어릴 때 그 아래에서 놀던 나무들, 행복했던 시절 많은 밤 젊은 남편과 나란히 산책했던 작은 숲 등. 청명하고 쌀쌀한 별빛 속에 펼쳐진 모든 것이 그녀를 책망하면서 이런 집에서 떠나 어디로 갈 거냐고 묻는 듯했다.

하지만 다가오는 끔찍한 위험으로 인해 발작적인 격앙상태에 빠진 모성애가 이 모든 것보다 더 강했다. 아이는 충분히 옆에서 걸을 수 있는 나이였기 때문에 대수롭지 않은 일이었다면 손만 잡고 데리고 갔을 것이다. 하지만 지금은 아이를 품에서 떼어놓는다는 생각만 해도 온몸이 떨려서, 그녀는 서둘러 발길을 재촉하면서 아이를 발작적으로 품에 꼭 안았다.

서리 내린 땅이 발 아래서 삐걱거리는 소리를 내서, 그 소리에 조바심이 나고 불안했다. 흔들리는 잎새 하나, 팔랑거리는 그림자 하나에도 피가 역류해서 그녀는 종종걸음을 쳤다. 솟구치는 힘에 스스로도 깜짝 놀랐다. 아이의 무게는 깃털처럼 가벼웠고, 두려움이 몰려올 때마다 초자연적인 힘이 더 솟아나는 듯했다. 하지만 창백한 입술에서는 저 하늘 위의 친구에게 드리는 기도가 줄곧 쏟아져 나왔다. "주여, 도와주세요! 주여, 절 구해주세요!"

어머니, 만약 내일 아침 잔인한 노예상인이 당신에게서 억지로 떼어내 데려갈 사람이 **당신의** 해리, 혹은 당신의 윌리라면, 당신이 그 사람을 보았고, 서류에 서명하고 전달하는 소리를 들었다면, 그리고 탈출에 성공할 시간이 자정부터 아침까지밖에 없다면, **당신은** 얼마나 빨리 걸을 수 있나요? 그 짧은 시간 동안 아이를 품에 안은 채, 졸음에 겨운 그 작은 머리를 어깨에 얹고 당신을 신뢰하는 작고 부드러운 팔을 목에 감은 채, 몇 킬로미터나 갈 수 있나요?

아이는 잠들어 있었다. 처음에는 신기하고 놀라서 깨어 있었다. 하지만 어머니가 숨소리 하나, 작은 소리 하나만 내도 너무 허겁지겁 저지한 데다 조용히 하기만 하면 기필코 구해주겠다고 안심시켜서, 아이는 그저 어머니의 목에 조용히 달라붙어 있다가 잠 속으로 빠져들며 이렇게 질문했다.

"엄마, 나 깨어 있어야 하는 거야?"

"아니, 아가, 자고 싶으면 자."

"하지만 엄마, 잠들어도 그 사람이 날 데려가게 하지 않을 거지?"

"절대로! 하나님 저를 도와주세요!" 어머니는 창백해진 뺨에 크고 검은 눈을 더 빛내며 이렇게 말했다.

"**확실하지**, 그지, 엄마?"

"그럼, **그렇고말고**!" 어머니는 스스로도 깜짝 놀란 목소리로 대답했다. 그 목소리는 자신의 일부가 아니라 저 영혼 깊은 곳에서 나오는 듯했다. 아이는 지친 머리를 엄마의 어깨에 기대고 곧 잠들었다. 그 따뜻한 팔의 감촉과 목에 닿는 부드러운 숨결이 그녀의 움직임에 원기와 기백을 더해주는 듯했다! 엄마를 철석같이 믿고 있는 잠든 아이의 부드러운 손길과 움직임 하나하나에서 힘이 전류처럼 몸 안으로 쏟아져 들어오는 듯했다. 몸에 대한 정신의 지배는 너무도 웅대하여 잠시 동안은 살과 신경을 난공불락으로 만들고 근육을 강철처럼 긴장시켜서, 약한 인간을 너무나 강력한 존재로 만든다.

농장과 작은 숲, 숲 지대의 경계선이 그녀의 곁을 현기증 나게 지나쳐 갔다. 그래도 그녀는 속도를 늦추지도, 잠시 쉬지도 않은 채 익숙한 대상을 하나, 또 하나 뒤로하며 계속해서 걸어갔다. 마침내 붉은 아침 햇살이 비치기 시작했을 때, 그녀는 익숙한 모든 것의 흔적에서 멀리 멀리 떨어져 쉼 없이 펼쳐진 큰 길 위에 서 있었다.

그녀는 종종 마님과 함께 오하이오 강에서 멀지 않은 T마을의 친척들을 방문했기 때문에 이 길을 잘 알고 있었다. 그곳으로 가서 오하이오 강 건너로 탈출하는 것이 맨 처음 서둘러 세운 탈출 계획의 개요였다. 그 이후에는 그저 하나님께 희망을 거는 수밖에 없었다.

큰 길에 말들과 마차들이 다니기 시작하자, 일종의 영감 비슷한, 흥분상태 특유의 기민한 지각력으로 그녀는 자신의 황급한 걸음걸이와 괴로운 기색이 남들의 주목과 의심을 살 수도 있음을 깨달았다. 그래서 그녀는 아이를 땅에 내려놓고 옷과 보닛을 가다듬은 뒤, 모양새를 흩뜨리지 않는다고 생각되는 선 안에서 가능한 한 계속해서 빨리 걸었다. 조그만 꾸러미 안에 약간의 케이크와 사과를 챙겨 왔는데, 이를 아이의 발걸음을 재촉하는 방편으로 사용했다. 사과를 몇 발짝 앞으로 굴려놓으면 아이가 그것을 집으러 있는 힘껏 달려갔기 때문이다. 이런 전략을 몇 번 반복해서 그들은 1킬로미터가량 이동했다.

얼마 후 그들은 깨끗한 시냇물이 흐르는 소리가 들리는 빽빽한 숲에 다다랐다. 아이가 배고픔과 갈증을 호소했기 때문에, 그녀는 아이를 데리고 울타리를 넘어 길에서 보이지 않게 커다란 바위 뒤에 앉은 뒤, 꾸러미에서 아침을 꺼내 주었다. 아이는 엄마가 먹을 수 없다고 하자 놀라고 슬퍼했다. 아이가 엄마의 목을 껴안고 자기 케이크를 조금 떼어내 입안에 밀어 넣으려고 하자, 뭔가가 울컥하고 올라와 목이 막히는 듯했다.

"아니, 아니야, 해리, 아가! 엄마는 네가 안전해지기 전에는 먹을 수 없어! 우리는 계속 가야 해. 강에 도착할 때까지!" 그리고 그녀는 다시 서둘러 길로 나와서, 다시 억지로 태연한 척하며 규칙적으로 계속해서 걸어갔다.

그녀는 개인적으로 그녀를 아는 동네에서 몇 킬로미터나 떨어진 곳에 있었다. 혹시라도 아는 사람과 마주친다 해도 셸비 가족의 유명한 친절함이 자동적으로 의심의 방패막 역할을 해줘서, 설마 그녀가 도망자일 수도 있다는 상상은 하지 못하리라는 생각이 들었다. 게다가 그녀는 자세히 보지 않으면 유색 혈통이라는 티가 나지 않을 정도로 피부가 굉장히 하얗고 아이 역시 하얗기 때문에, 의심받지 않고 지나가기가 훨씬 쉬웠다.

이러한 가정 아래에서 그녀는 휴식을 취하고 아이와 자신의 저녁거리를 사기 위하여 정오에 한 깔끔한 농가 앞에서 걸음을 멈추었다. 거리가 멀어지면서 위험이 줄어들자 신경의 초자연적인 긴장상태도 풀어져서 지치고 배가 고팠다.

한담을 즐기는 친절하고 착한 여자는 이야기할 상대가 온 것에 매우 기뻐하며 "친구들과 한 주를 보내기 위해서 짧은 여행을 하는 중"이라는 엘리자의 말을 검토해보지도 않고 그들을 받아들였다. 이 모든 말이 그대로 진실이기를 그녀도 속으로 진심으로 바랐다.

해가 지기 한 시간 전, 그녀는 오하이오 강변의 T마을에 들어섰다. 지치고 발이 쓰라렸지만 마음만은 여전히 꿋꿋했다. 가장 먼저 쳐다본 것은 강이었다. 강은 그녀와 건너편의 자유의 땅 가나안 사이에 요단 강처럼 놓여 있었다.

때는 이른 봄이어서, 강물이 불어나 거칠게 요동치고 있었다. 거대한 얼음 조각들이 흙탕물 속에서 이리저리 둔중하게 흔들리며 떠다니고 있었다. 강 안쪽으로 땅이 불룩하게 튀어나와 구부러져 있는 켄터키 쪽 강변의 특이한 형태로 인해 얼음이 잔뜩 몰려서 꼼짝달싹 못하고 있었다. 굽이를 돌아 지나가는 좁은 해협은 켜켜이 쌓인 얼음으로 가득 차서 떠내려오는 얼음을 막는 임시 방벽을 형성했고, 이렇게 몰린 얼음들이 굽이치는 커다란 뗏목을 만들어 강 전체를 채우고 거의 켄터키 쪽 강변에까지 뻗어 있었다.

엘리자는 잠시 서서 이 불리한 상황에 대해 곰곰이 생각해보았다. 척 보기만 해도 보통의 나룻배가 절대 다닐 수 없는 상황이었기 때문에, 그녀는 몇 가지 물어보러 강변의 조그만 술집으로 들어갔다.

저녁 준비를 위해 불 위에서 거품 내고 끓이는 갖가지 작업을 분주하게 하고 있던 안주인은 엘리자의 상냥하고 애조 띤 목소리를 듣자 포크를 든 채 하던 일을 멈추었다.

"뭐예요?" 그녀가 말했다.

"지금 나룻배나 조그만 배 같은 게 있나요? 사람들을 강 건너 B마을로 데려다 주는 배 말이에요." 그녀가 물었다.

"아니요!" 여자가 말했다. "배들은 더 이상 안 다녀요."

엘리자의 낙담하고 실망한 표정을 감지한 여자가 미심쩍어하며 물었다.

"강을 건너고 싶은 모양이죠? 누가 아파요? 굉장히 걱정스러워 보이는데?"

"아이 상태가 굉장히 위험해서요." 엘리자가 말했다. "어젯밤까지는 몰랐기 때문에, 오늘 배를 타려고 먼 길을 걸어왔어요."

"저런, 그거 안됐군요." 어머니다운 동정심이 한껏 솟아난 여자가 말했다. "정말 걱정이군요. 솔로몬!" 그녀가 창문에서 조그만 뒤쪽 건물을 향해 외쳤다. 가죽 앞치마를 입고 손이 굉장히 지저분한 남자가 문간에 나타났다.

"솔," 여자가 말했다. "그 사람 오늘 밤 통들을 날라줄 거래?"

"해보겠다고 했어. 신중하다는 판단만 서면." 남자가 말했다.

"저 아래쪽에 사는 남자가 있는데, 할 수만 있으면 오늘 밤에 화물을 가지고 올 거예요. 그러니 앉아서 기다려요. 귀여운 꼬마구나." 여자가 아이에게 케이크를 내밀며 덧붙였다.

그러나 아이는 완전히 녹초가 되어 힘없이 울기만 했다.

"불쌍한 것! 걷는 데 익숙하지 않은데, 제가 너무 몰아댔나 봐요." 엘리자가 말했다.

"자, 아이를 이 방으로 데려와요." 여자가 편안한 침대가 놓인 조그만 침실 문을 열며 말했다. 엘리자는 지친 아이를 그 위에 눕히고 아이가 곤히 잠들 때까지 손을 꼭 잡아주었다. 그녀에게는 휴식이란 없었다. 추적자들에 대한 생각이 뼛속에 불이라도 붙인 듯 그녀를 계속해서 몰아쳤다. 그녀는 자신과 자유 사이를 가로막고 육중하게 역동하고 있는 강물을 간절한 눈길로 바라보았다.

여기서 우리는 그녀에게 잠시 작별인사를 하고 추적자들의 추이를 따라가 보도록 하자.

셸비 부인은 오찬이 곧 준비될 거라고 약속했지만, 전에도 종종 그랬듯이 거래는 한 사람만으로는 이루어지지 않는다는 것이 곧 드러났다. 헤일리가 듣는 데서는 명령이 올바르게 내려지고 적어도 여섯 명의 어린 전령들에 의해 클로이 아줌마에게 전달되었지만, 그 고위관리께서는 매우 퉁명스럽게 콧방귀를 뀌고 고개를 휙 젖히더니 전에 없이 여유를 부리고 늑장을 피우며 일을 계속할 뿐이었다.

무슨 이상한 이유에서인지 하인들 사이에는 지체하더라도 마님이 특별히 노하지는 않을 것이라는 인상이 대체로 지배했다. 그리고 멋지게도 수없는 사고들이 끊임없이 일어나 일의 진행을 방해했다. 운 나쁜 인간 하나가 고깃국물 소스를 뒤엎는 바람에, 적절한 정성을 쏟고 격식을 차려서 소스를 처음부터 새로 준비해야 했다. 클로이 아줌마는 완고하게 정확성을 따지며 지켜보고 움직이면서, 서두르라는 제안을 들을 때마다 자신은 "누굴 잡으러 가는 일을 돕자고 생그레이비소스를 식탁에 올리지는 않을 것"이라고 짧게 대답했다. 한 사람은 물을 엎어서 다시 샘까지 가야 했고, 또 한 사람은 조리 중에 버터를 빠뜨렸다. 그리고 "헤일리 나리가 심기가 매우 불편해서 자리에 앉아 있지도 못하고 창문으로, 현관 베란다로 왔다 갔다 한다"는 소식이 킬킬대는 웃음소리와 함께 때때로 부엌으로 전해졌다.

"그거 참 고소하네!" 클로이 아줌마가 분노하며 말했다. "개심하지 않으면 조만간 심기가 불편한 것보다 더한 일이 생길걸. 그의 주인님께서 불러서 어떤 모습인지 보실 테니까!"

"고통을 당하게 될 거예요. 틀림없이." 꼬마 제이크가 말했다.

"마땅히 당하고말고!" 클로이 아줌마가 냉혹하게 말했다. "그 사람은 많은, 수많은 사람들의 마음을 부숴놨어. 내 말하지만!" 그녀는 일을 멈추고 포크를 높이 치켜든 채 말했다. "조지 도련님이 「요한계시록」에서 읽어준 것과 같아. 영혼들이 제단에서 소리치고 있어! 그런 인간들에게 복수해달라고 주님께 외치고 있다고! 언젠가는 주님께서 그 소리를 들으실 거야. 그러실 거야!"

클로이 아줌마는 부엌에서 크게 존경받고 있었고, 사람들은 그녀의 말을 입을 딱 벌린 채 들었다. 오찬을 들여보내고 나자, 부엌 전체가 한가하게 그녀와 수다를 떨며 이야기를 들었다.

"그런 사람은 영원히 불속에서 탈 거예요, 분명히. 그렇죠?" 앤디가 말했다.

"난 그걸 기쁜 마음으로 지켜볼 거야, 정말로 그럴 거야." 꼬마 제이크가 말했다.

"애들아!" 이렇게 말하는 목소리에 모두가 깜짝 놀랐다. 문간에서 대화를 듣고 서 있다가 들어온 사람은 톰 아저씨였다.

"애들아!" 그가 말했다. "내가 보기엔 너희들은 무슨 소리를 하고 있는지 모르는 것 같구나. 영원히라는 건 **무서운** 말이야. 그런 생각을 하는 건 끔찍한 일이다. 어떤 사람에게도 그런 걸 바라서는 안 돼."

"영혼몰이꾼 아닌 다른 사람한테는 안 그럴 거예요." 앤디가 말했다. "누구라도 그 사람들에 대해서는 그런 생각 안 할 수 없을걸요. 너무 끔찍한 악당들이니까."

"자연도 그 사람들을 비난하지 않수?" 클로이 아줌마가 말했다. "그 사람들, 엄마 품에서 젖먹이를 억지로 떼어내 팔잖우? 그리고 엄마 옷자락을 붙들고 우는 어린아이들, 그 애들을 잡아채서 팔고, 아내와 남편을 갈라놓잖아?" 클로이 아줌마가 눈물을 흘리기 시작하며 말했다. "목숨을 앗아 가는 거나 다름없는 그런 짓을 하면서, 그 사람들은 아무 감정도 안 느껴. 술 마시고, 담배 피우고, 태평하기 짝이 없게 그런 짓을 한다고. 아, 그런 놈들을 안 데려간다면, 악마는 왜 있는 거야?" 그리고 클로이 아줌마는 바둑판무늬 앞치마에 얼굴을 묻고 본격적으로 흐느끼기 시작했다.

"성경에는 당신에게 해코지를 하는 사람을 위해 기도하라고 쓰여 있어." 톰이 말했다.

"기도를 하라고!" 클로이 아줌마가 말했다. "맙소사, 그건 너무 심해! 난 그자들을 위해선 기도 못 해."

"그게 자연이야, 클로이, 그리고 자연은 강해." 톰이 말했다. "하지만 주님의 은총은 더 강하지. 게다가 당신은 그 사람들 영혼이 얼마나 끔찍한 형편에 처해 있는지를 생각해야 해. 당신이 그런 사람들과 **다르다는** 데 주님께 감사해야만 한다고, 클로이. 그 불쌍한 인간들이 책임져야 하는 그 모든 것보다는 난 차라리 1만 번 팔려 다니는 쪽을 택하겠어."

"저두요, 엄청." 제이크가 말했다. "**그래야** 하지 않겠어? 앤디?"

앤디는 어깨를 으쓱하더니 순종한다는 뜻으로 휘파람을 불었다.

"주인님이 예정대로 오늘 아침에 가버리시지 않아서 다행이야." 톰이 말했다. "그건 팔려 가는 것보다 더 상처가 됐을 거야. 주인님께는 그게 자연스러운 일이었을지 모르지만, 난 주인님을 아기 때부터 알았기 때문에 굉장히 괴로웠을 거거든. 하지만 난 주인님을 만났고, 이제 주님의 뜻을 받아들이기 시작했어. 주인님은 어쩔 수가 없었던 거야. 주인님은 올바른 결정을 내리셨지만, 내가 가고 난 뒤에 여기 일이 엉망진창이 될까 봐 걱정이 돼. 주인님께선 내가 해왔던 것처럼 맡은 바 사방을 다 꼬치꼬치 살피고 다닐 수 없으실 텐데. 애들이 다 착하긴 하지만, 엄청나게 부주의하잖아. 그게 걱정이 되네."

이때 벨이 울려서, 톰은 거실로 불려갔다.

"톰," 주인이 상냥하게 말했다. "네가 이걸 알아줬으면 한다. 난 이 신사분께 이분이 너를 원할 때 네가 자리에 있지 않으면 1,000달러를 벌금으로 물겠다는 계약서를 써줬어. 그런데 이분은 오늘 다른 업무를 보러 떠나니까, 넌 하루를 마음대로 쓸 수 있어. 어디든 가고 싶은 곳에 가라, 애야."

"고맙습니다, 주인님." 톰이 말했다.

"명심해," 상인이 말했다. "검둥이 놈들 속임수 때문에 네 주인님이 뒤집어쓰는 일이 없도록 해. 네 녀석이 오지 않으면 난 네 주인한테 동전 한 푼까지 다 받아낼 거니까. 네 주인이 내 말을 들었다면, 너희 같은 녀석들은 믿지 않았을 텐데. 뱀장어처럼 요리조리 빠져나가는 놈들 같으니!"

"주인님," 톰이 매우 똑바른 자세로 서서 말했다. "노마님께서 주인님을 제 팔에 안겨주셨을 때 전 겨우 여덟 살이었어요. 주인님은 한 살도 안 되셨고요. 노마님은 그러셨죠, '톰, 이 아이가 **네** 주인이 될 거야. 잘 돌봐드려야 한다'라고요. 주인님께 여쭐게요, 제가 약속을 어긴 적 있습니까, 아니면 명을 거역한 적은요? 특히 제가 기독교인이 된 이후에 말입니다."

셸비 씨는 감정에 복받쳐 눈물을 흘렸다.

"착한 것," 그가 말했다. "네가 진실만 말한다는 것은 주님께서 아신다. 할 수만 있었다면, 세상을 다 준다 해도 너를 팔지 않았을 텐데."

"나도 기독교인으로서 약속할게." 셸비 부인이 말했다. "어떻게든 재산을 모으는 대로 널 다시 살게. 헤일리 씨," 그녀는 헤일리에게 말했다. "톰을 산 사람을 잘 살펴보고 제게 알려주세요."

"네, 그런 일이라면," 상인이 말했다. "별로 안 낡은 상태로 1년 후 데리고 올라와 다시 거래를 할 수도 있습죠."

"그럼 거래하겠어요. 그리고 당신에게 이익이 되도록 해주겠어요." 셸비 부인이 말했다.

"물론이죠." 상인이 말했다. "저한텐 모든 게 마찬가지입죠. 매매는 아래쪽으로도 하지만 위쪽으로도 합니다. 그래야 사업이 잘되죠. 아시겠지만, 마님, 전 그저 먹고살자고 하는 겁니다. 사실 누구나 다 그걸 원하는 것 아니겠어요?"

셸비 씨와 셸비 부인은 상인의 염치없는 친밀한 태도에 불쾌감과 모욕감을 느꼈다. 하지만 두 사람 모두 절대로 감정을 억제해야 한다고 생각했다. 그가 구제할 도리 없이 야비하고 무신경한 사람처럼 보이면 보일수록, 그가 엘리자와 아이를 탈환하는 데 성공하리라는 셸비 부인의 두려움도 더 커져갔고, 모든 여성적 지략을 동원하여 그를 붙들어두려는 그녀의 동기도 물론 더 커져갔다. 그래서 그녀는 우아하게 웃고, 맞장구치고, 친근하게 이야기를 나누며, 자기도 모르게 시간을 흘러가게 하기 위하여 할 수 있는 일은 다 했다.

2시가 되자 샘과 앤디가 아침의 질주에서 완전히 기운을 회복하여 활기를 되찾은 말들을 말뚝으로 끌고 왔다.

오찬으로 새로 기름을 치고 온 샘은 열성과 오지랖이 넘쳤다. 헤일리가 다가오자, 그는 자기가 "나섰기" 때문에 작전이 명백하고도 탁월한 성공을 거둘 수 있었다면서 앤디에게 과장스레 자랑했다.

"네놈들 주인은 개를 안 키우지?" 헤일리가 말에 오를 준비를 하며 생각에 잠긴 듯 물었다.

"넘치게 많죠." 샘이 의기양양하게 말했다. "저기 브루노 보이시죠? 짖는 게 아주 끝내주죠. 그리고 그 밖에도 우리 검둥이들 모두가 이런 저런 강아지들을 한 마리 정도는 키워요."

"허!" 헤일리가 앞서 언급된 개에 대해서 뭐라고 한마디 더 하자, 샘이 중얼거렸다.

"개들한테 욕을 하는 게 무슨 소용인지 모르겠네요."

"하지만 내 잘 알고 있지만 네놈들 주인은 검둥이들 추적용 개를 키우지 않잖아."

샘은 그가 무슨 말을 하는지 정확하게 알고 있었지만, 도통 영문을 모르겠다는 듯한 진지하고 천진난만한 표정을 계속 지켰다.

"우리 개들은 모두 날카롭게 냄새를 잘 맡아요. 그런 연습을 한 적은 없지만, 종이 그런 것 같아요. 하지만 일단 훈련을 시작하면 뭐든지 다 잘할걸요. 이봐, 브루노." 그가 쿵쿵거리며 돌아다니는 뉴펀들랜드 개를 휘파람으로 부르자, 개는 곤두박질이라도 할 것처럼 사납게 달려왔다.

"뒈져버려!" 헤일리가 말에 오르며 말했다. "자, 올라타."

샘은 명령에 따라 뛰어올라 타며 교묘하게 앤디를 간질였고 그 때문에 앤디가 웃음을 터뜨리자, 헤일리는 화가 머리끝까지 나서 승마용 채찍을 그에게 휘둘렀다.

"놀랐어, 앤디." 샘이 엄청나게 심각하게 말했다. "이건 심각한 일이야, 앤디. 장난 쳐서는 안 돼. 이건 주인님을 돕는 게 아니야."

"난 강으로 가는 직선도로를 따라가겠다." 농장의 경계선에 도달하자 헤일리가 단호하게 말했다. "난 놈들의 방식을 잘 알아. 놈들은 지하 철도(남부의 흑인 노예들을 북부와 캐나다로 탈출시키는 비밀경로—옮긴이) 쪽으로 가지."

"물론입니다." 샘이 말했다. "좋은 생각이에요. 헤일리 나리가 한중간에서 치는 거죠. 자, 강으로 가는 길은 두 개가 있어요. 흙길이랑 유료도로요. 나리는 어느 길로 가시겠어요?"

이런 새로운 지리학적 사실에 놀란 앤디는 순진무구하게 샘을 쳐다봤지만, 그도 즉시 샘의 말을 열렬히 반복하며 보증했다.

"왜냐하면," 샘이 말했다. "전 오히려 리지가 흙길로 갔을 거라는 생각이 들거든요. 사람들이 거의 안 다니는 길이니까."

헤일리는 매우 노련하고 신중한 베테랑이었고, 따라서 자연히 하찮은 것들의 말을 믿지 않는 경향을 가졌음에도 불구하고, 이러한 시각에 다소 구미가 당겼다.

"네놈들이 둘 다 그런 빌어먹을 거짓말쟁이들이 아니라면!" 그는 잠시 상황을 숙고해보며 명상에 잠긴 듯이 말했다.

생각에 잠긴 이 명상적인 어조가 엄청나게 재미있었던지 앤디는 약간 뒤로 물러나서 몸을 들썩이며 웃음을 참느라 거의 말에서 떨어질 뻔했다. 하지만 샘은 전혀 동요하지 않고 태연하게 처연하기 짝이 없는 심각한 표정을 지었다.

"물론," 샘이 말했다. "나리 맘대로 하시면 되죠. 나리가 생각하기에 그게 최선이면 직선도로로 가세요. 저희한텐 다 마찬가지예요. 다시 생각해보니, 직선도로가 최고인 것 같네요, **혹실히**."(여기서 샘이 하려는 말은 '확실히decidedly'이지만, 그는 여느 때처럼 틀린 단어를 써서 'derideedly'라고 잘못 말하고 있다—옮긴이)

"그 계집은 당연히 인적이 드문 길로 갈 거야." 헤일리는 샘의 말을 무시하고 자기 생각을 큰 소리로 말했다.

"여자들은 별나다는 말이 있잖아요." 샘이 말했다. "이렇게 하겠지라고 생각하는 건 절대 안 해요. 대부분 보통 그 반대로 하죠. 여자들은 타고난 청개구리들이에요. 그러니까, 어떤 길로 갔을 거라는 생각이 들면, 분명 다른 길로 가는 게 좋을 거예요. 그럼 분명히 찾게 될 걸요. 자, 제 개인적 의견은 리지는 흙길을 택했다는 겁니다. 그러니 직선도로로 가는 게 좋겠어요."

여성에 대한 이 심오한 일반론 때문에 헤일리의 마음이 특별히 직선도로 쪽으로 기울어진 것 같지는 않았다. 그는 다른 길로 가겠다고 단호하게 선언하고는, 언제 거기에 도착하느냐고 샘에게 물었다.

"조금 더 가면 돼요." 샘은 앤디에게 눈을 찡긋하며 말하고는, 진지하게 덧붙였다. "하지만 제가 그 문제를 생각해봤는데요, 그 길로 가면 안 될 것 같아요. 전 그쪽으로는 가본 적이 없어요. 인적이 없을 뿐만 아니라 길을 잃을 수도 있거든요. 무슨 일이 생길지는 주님만 아시겠죠."

"그럼에도 불구하고," 헤일리가 말했다. "난 그 길로 가겠다."

"지금 생각해보니, 그 길은 샛강을 따라 몽땅 울타리가 쳐져 있다는 말을 들은 것 같아요. 안 그래, 앤디?"

앤디도 확신하지 못했다. 그 역시 그 길에 대해서는 '사람들 말을 듣기'만 했지, 가본 적은 없었다. 간단히 말해서, 그는 전혀 이 일에 헌신적이지 않았다.

큰 거짓말과 작은 거짓말 사이에서 가능성을 비교 검토하는 데 이골이 난 헤일리는 앞서 말한 흙길 쪽이 더 승산 있다고 판단했다. 헤일리는 샘이 언급한 생각이 처음에는 그의 입장에서 무심결에 한 소리임을 감지했고, 자신을 단념시키기 위한 혼란스러운 시도들은 엘리자를 잡아들이기 싫어서 재고 끝에 내놓은 필사적인 거짓말이라고 결론 내렸다.

따라서 샘이 흙길을 가리켰을 때, 헤일리는 샘과 앤디를 거느리고 씩씩하게 그 안으로 뛰어들었다.

사실 그 길은 예전에는 강으로 가는 대로였지만, 유료도로가 놓인 후 여러 해 동안 버려진 옛길이었다. 말을 타고 한 시간 정도 걸리는 거리였고, 그 뒤는 각종 농장들과 울타리들에 가로막혀 있었다. 샘은 이 사실을 너무도 잘 알고 있었다. 사실상 그 길은 폐쇄된 지 오래여서, 앤디는 들어본 적조차 없었다. 따라서 그는 공손하게 복종하는 태도로 따라가면서, 간간이 "지독하게 험하네, 제리 발에 안 좋은데"라고 끙끙대며 고함을 지르기만 했다.

"자, 경고하겠는데," 헤일리가 말했다. "네놈 속셈은 다 알아. 아무리 난리 쳐도 날 이 길에서 몰아낼 수는 없을 거다. 그러니 입 닥쳐!"

"나리께서는 자기 길을 가시는 거죠!" 샘은 슬픈 표정으로 순종했지만, 그러는 동시에 앤디에게는 몹시 엄숙하게 윙크를 해서 앤디는 웃음을 참느라 이제 거의 폭발 직전이었다.

샘은 기분이 한껏 좋아져서 하나도 안 놓치고 망을 보겠다고 팔팔하게 공언하며 저 앞 언덕 꼭대기에서 "여자 보닛"을 봤다고 했다가, "저 아래 계곡에 있는 게 '리지' 아니냐"고 앤디에게 고함을 지르곤 했다. 이런 소리들을 꼭 갑자기 속도를 내기가 특히 곤란한 험하고 울퉁불퉁한 곳에서 해대는 통에 헤일리를 계속 흥분하게 만들었다.

이런 식으로 한 시간쯤 말을 타고 가자, 일행은 대규모 농장에 속하는 헛간 앞마당으로 통하는 급경사를 요란스럽게 내려갔다. 일꾼들은 모두 들판에서 작업 중이어서, 사람이라곤 코빼기도 보이지 않았다. 하지만 누가 봐도 분명하게 헛간이 길을 떡 가로막고 서 있었기 때문에, 이 방향으로의 여정은 종착점에 도달했다는 것이 명백했다.

"제가 말했잖아요, 나리?" 샘이 상처 입은 결백한 사람처럼 말했다. "생무지의 신사가 어떻게 여기서 나고 자란 사람보다 인근 지역을 더 잘 알 수가 있겠어요?"

"이런 악당 같으니!" 헤일리가 말했다. "넌 이럴 줄 알고 있었지!"

"안다고 말씀드렸지만, 나리께서 안 믿으셨잖아요? 전 나리께 길이 다 차단되고 울타리가 쳐져 있다고 했고, 뚫고 갈 수 있을 것 같지 않다고도 했다고요. 앤디도 다 들었어요."

모든 것이 너무도 반박의 여지가 없는 진실이어서, 불운의 사나이는 최대한의 아량을 발휘하여 분노를 삭일 수밖에 없었다. 세 사람은 오른쪽으로 돌아서 도로를 향해 진군하기 시작했다.

이러한 온갖 지연 작전의 결과, 엘리자가 있는 곳에 말 탄 일행이 들이닥친 것은 그녀가 마을 술집에 아이를 눕히고 나서 약 45분이 지난 후였다. 엘리자가 창가에 서서 다른 방향을 보고 있을 때, 샘의 잽싼 눈이 그녀의 모습을 포착했다. 헤일리와 앤디는 2미터여 뒤에 있었다. 이 위기의 순간 샘은 일부러 모자를 날리고 특유의 고함을 시끄럽게 질러대서, 그녀를 순간적으로 깜짝 놀라게 했다. 그녀가 갑자기 뒤로 물러난 순간, 일행들이 창문 앞을 휙 지나고 모퉁이를 돌아 앞문 쪽으로 갔다.

엘리자에게는 그 한순간 천 개의 목숨이 졸아드는 것만 같았다. 그녀가 있는 방의 옆문은 강으로 나 있었다. 그녀는 아이를 안고 계단을 내려가 강을 향해 걸어갔다. 그녀가 막 강둑 아래로 내려가 사라지려는 순간, 노예상인이 그녀를 보았다. 그는 말에서 뛰어내려 샘과 앤디를 고함쳐 부르며 사슴을 쫓는 사냥개처럼 그 뒤를 쫓았다. 그 현기증 나는 순간, 그녀는 발이 땅에 닿는다는 느낌조차 들지 않았다. 순식간에 그녀는 물가에 도착했다. 그들은 바로 뒤에 있었다. 하나님께서 필사적인 사람들에게만 주는 힘이 그녀에게 솟구쳐 올랐다. 그녀는 외마디 고함을 지르며 날아갈 듯이 펄쩍 뛰더니 강가의 혼탁한 물살을 완전히 뛰어넘어 얼음 위에 내려앉았다. 그 필사적인 도약은 광기와 절망이 아니고서는 불가능한 일이었다. 그 순간 헤일리와 샘, 앤디는 본능적으로 비명을 지르며 손을 번쩍 들었다.

거대한 녹색의 얼음덩어리가 그녀의 몸무게가 실리자 앞뒤로 흔들리며 삐걱거렸지만, 그녀는 잠시도 거기에 머무르지 않았다. 그녀는 사납게 고함을 지르며 필사적으로 다른 조각, 또 다른 조각으로 건너뛰었다. 휘청거리고, 뛰고, 미끄러지고, 또다시 위로 솟아올랐다! 신발은 사라졌고, 스타킹은 발 부분이 찢어졌다. 한 걸음 내딛을 때마다 핏자국이 남았다. 하지만 엘리자의 눈에는 아무것도 보이지 않았고, 아무것도 느낄 수 없었다. 마침내 마치 꿈속에서처럼 희미하게 오하이오 쪽 강변이 보였고, 한 남자가 그녀를 강둑으로 끌어 올려줬다.

"누군지 모르겠지만, 정말 용감한 분이군요!" 남자가 말했다.

엘리자는 그 목소리와 얼굴을 알아보았다. 그는 옛집에서 멀지 않은 농장의 주인이었다.

"아, 시머스 씨! 살려주세요. 제발 절 살려주세요. 절 좀 숨겨주세요!" 엘리자가 말했다.

"아니, 이게 무슨 소리야?" 남자가 말했다. "아니, 셀비 씨네 아이잖아!"

"제 아이! 이 아이요! 주인님이 얘를 팔았어요! 저기 새 주인이 있어요." 그녀는 켄터키 쪽 강변을 가리키며 말했다. "오, 시머스 씨, 나리께도 어린아이가 있으시잖아요!"

"그래," 남자는 거칠지만 친절하게 가파른 강둑 위로 그녀를 끌어올리며 말했다. "게다가 넌 정말 용감한 아이구나. 용기 있는 사람은 언제나 마음에 들지."

강둑에 다 올라오자 남자는 잠깐 한숨을 돌렸다.

"기꺼이 도와주고 싶지만," 그가 말했다. "내가 데려갈 수 있는 곳이 없구나. 내가 해줄 수 있는 건 저기로 가라는 말뿐이야." 그는 마을의 대로에서 떨어져 혼자 서 있는 커다란 흰 집을 가리키며 말했다. "저기로 가. 친절한 사람들이야. 위험하지도 않고, 너를 도와줄게다. 그런 온갖 일을 기꺼이 해줄 거야."

"주님께서 축복을 내리시길!" 엘리자가 진심을 담아 말했다.

"그럴 이유 없어, 그럴 것 없다." 남자가 말했다. "내가 해준 건 별것 아니란다."

"그리고, 아, 나리, 분명 아무한테도 말하지 않으실 거죠!"

"벼락 맞을 소리! 날 뭘로 보는 거냐? 절대 안 해." 남자가 말했다. "자, 이제 네 있는 모습 그대로 예쁘고 분별 있는 사람처럼 걸어가. 넌 자유를 얻었고, 그걸 가지게 될 거다."

여자는 아이를 품 안에 안고 재빨리 단호하게 걸어갔다. 남자는 서서 그녀의 뒷모습을 바라보았다.

"셸비는 아마 이게 좋은 이웃다운 행동이라고 생각하지 않겠지만, 사람이 어쩌겠나? 내 노예가 같은 곤경에 처했는데 셸비가 잡게 된다면, 똑같이 되갚아줘도 좋아. 어쨌든 난 누구든지 개한테 쫓기고 공격받으면서 고생하고 헐떡이고 벗어나려고 애쓰는 건 못 보겠어. 게다가 내가 다른 사람을 사냥하거나 붙잡는 상황도 생각할 수 없고."

이 가난하고 미개한 켄터키인은 이렇게 말했다. 그는 합헌적 관계에 대해 배우지 못했고, 따라서 자기도 모르게 기독교도처럼 행동했다. 만약 더 잘살고 더 개화된 사람이었다면, 그렇게 행동하도록 방치되지 않았을 것이다.

헤일리는 완전히 얼이 빠져서 엘리자가 강둑 위로 사라질 때까지 지켜보다가, 황망하고 미심쩍은 표정으로 샘과 앤디를 돌아보았다.

"이거 꽤 엄청난 사건인데요." 샘이 말했다.

"저 계집 몸 안에는 악마가 일곱은 들었을 거야, 틀림없어!" 헤일리가 말했다. "완전히 살쾡이처럼 뛰는구만!"

"저기," 샘이 머리를 긁적이며 말했다. "우리한테 저리로 가라는 말은 안 하셨으면 좋겠어요. 전 저런 걸 할 기운이 없어요, 절대로!" 그러더니 샘은 거슬리는 소리를 내며 낄낄 웃었다.

"감히 **네놈이** 웃어!" 상인이 으르렁대며 말했다.

"주님께서 축복하시길, 나리. 어쩔 수가 없어요, 지금은." 오랫동안 가둬온 영혼의 즐거움에 완전히 굴복한 샘이 말했다. "너무 굉장했어요. 뛰어오르고, 솟구치고, 얼음이 삐걱대고. 게다가 그 고함소리는 어떻고. 텀벙! 덜컹! 철벅! 뛰어! 주여! 도대체 어떻게 간 거지!" 그러더니 샘과 앤디는 눈물이 뺨을 타고 흐를 때까지 웃어댔다.

"그 웃는 입을 돌아가게 만들어주지!" 노예상인이 승마용 채찍으로 그들의 머리를 후려치며 말했다.

둘 다 확 몸을 굽혀 채찍을 피하더니, 고함을 지르며 강둑을 달려올라가 그가 올라오기 전에 말에 올라탔다.

"안녕히 계세요, 나리!" 샘이 근엄하게 말했다. "마님이 제리 걱정을 하고 계실 것 같아서요. 헤일리 나리는 더 이상 우리가 필요 없으시잖아요. 마님은 오늘 밤 우리가 이 녀석들을 타고 리지의 다리를 건넌다는 얘기를 듣고 싶지 않으실 거예요." 그러더니 샘은 앤디의 옆구리를 익살맞게 쿡 찌르고 전속력으로 달려갔고, 앤디도 그 뒤를 따랐다. 그들의 커다란 웃음소리가 바람을 타고 희미하게 실려 왔다.

제8장

엘리자의 탈출

엘리자가 필사적으로 강을 건넌 것은 막 황혼이 지고 있을 때였다. 강에서 서서히 피어오른 회색 저녁 안개가 강둑을 올라와 사라지는 그녀를 감쌌고, 불어난 강물과 허우적대는 얼음덩어리들이 그녀와 추적자들 사이를 절망적으로 가로막았다. 불만에 찬 헤일리는 향후 대책을 생각해보기 위해 천천히 술집으로 돌아갔다. 여자가 조그만 응접실의 문을 열어주었다. 방에는 낡아빠진 양탄자가 깔려 있었고, 그 위에는 번쩍거리는 검정 유포가 덮인 탁자와 등이 높고 긴 잡다한 나무의자들이, 가느다란 연기가 새어 나오고 있는 쇠살대 위 벽난로 선반에는 번쩍이는 색깔의 석고상들이 놓여 있었다. 등이 높고 긴 단단한 나무의자 하나가 굴뚝 옆에 긴 몸체를 불안정하게 뻗고 있었다. 헤일리는 여기 앉아서 인간의 희망과 행복 전반의 불안정성에 대해 곰곰이 생각했다.

"내가 이 나쁜 계집을 어쩌려고 했길래," 그는 혼잣말을 했다. "이런 식으로 검둥이 취급을 받아야 하는 거지?" 그리고 헤일리는 그다지 정선되지 않은 저주의 기도를 스스로에게 반복해서 퍼부어 분노를 삭였다. 그가 스스로에게 퍼부은 저주의 기도를 사실로 간주할 이유는 충분하지만, 품위 문제상 생략하도록 하겠다.

문 앞에서 말에서 내리는 남자의 시끄럽고 거슬리는 목소리를 듣고 그는 소스라치게 놀랐다. 그는 황급히 창가로 다가갔다.

"세상에! 이거야말로 사람들이 말하는 섭리라는 것에 가장 가까운 일이 아니야." 헤일리가 말했다. "저건 분명 톰 로커잖아."

헤일리는 서둘러 밖으로 나갔다. 한쪽 구석에 있는 바에는 키가 족히 180센티미터는 되고 체격이 떡 벌어진 억센 근육질의 남자가 서 있었다. 그는 바깥쪽에 털이 달린 물소 가죽 코트를 입고 있었는데, 그 옷은 그의 외모의 전체 분위기와 완벽하게 맞아떨어지면서 지저분하고 흉포한 인상을 주었다. 머리와 얼굴에는 잔인하고 주저 없는 폭력성을 표현하는 모든 기관과 윤곽이 가능한 한 최고의 발달상태에 도달해 있었다. 사실 우리 독자들이 인간의 신분을 얻은 불독이 모자를 쓰고 코트를 입은 채 걸어 다니는 모습을 상상한다면, 그 체격의 전반적인 모습과 느낌을 적절하게 이해할 수 있을 것이다. 그는 여러 면에서 그와 완전히 대조적인 여행자를 대동하고 있었다. 동행자는 작고 호리호리했고, 움직임은 유연하고 고양이 같았으며, 날카로운 검은 눈에는 지긋이 응시하며 쥐를 찾는 듯한 표정이 담겨 있어서 그와 더불어 얼굴 생김새 하나하나가 날카로워져 공명하는 듯했다. 좁고 긴 코는 사물의 본질 전반을 뚫고 나아가고 싶은 듯이 쭉 뻗어 있었고, 매끄럽고 가는 검은 머리는 간절히 앞으로 삐져나왔으며, 동작은 냉담하고 신중하게 날카로웠다. 덩치 큰 남자가 희석하지 않은 독주를 커다란 텀블러에 반쯤 따라서 말없이 들이켰다. 작은 남자는 까치발을 하고 서서 머리를 이쪽저쪽으로 갸우뚱하며 온갖 병들이 있는 쪽을 향해 킁킁거리며 한참 냄새를 맡더니, 마침내 가늘고 떨리는 목소리로 매우 신중하게 민트 줄렙을 주문했다. 술을 따르자, 그는 잔을 들고 마치 자신이 옳은 일을 했으며 핵심을 찔렀다고 생각하는 사람처럼 날카롭고 만족스러운 표정으로 잔을 바라보더니, 신중하게 홀짝홀짝 마시기 시작했다.

"이거, 나한테 이런 행운이 오리라고 누가 생각했겠나? 로커, 어떻게 지냈어?" 헤일리가 덩치 큰 남자에게 손을 내밀며 다가갔다.

"이런 악마!" 공손한 대답이 돌아왔다. "무슨 일로 여기 왔나, 헤일리?"

쥐를 찾는 남자—그의 이름은 마크스였다—는 홀짝이던 잔을 즉시 내려놓고, 머리를 앞으로 쑥 내밀더니, 빈틈없는 눈길로 새로운 지인을 살폈다. 마치 때로 고양이가 움직이는 낙엽이나 쫓아다닐 만한 대상을 쳐다보는 것 같은 눈길이었다.

"다시 말하지만, 톰, 이건 세상 최고의 행운이야. 난 지금 지독한 곤경에 처해 있는데, 자네가 날 꼭 좀 도와줘야겠어."

"어? 흥! 그럼 그렇지!" 지인은 내심 만족스러워하며 투덜거렸다. "자네가 반가워할 때는 당연히 그런 줄 알아야지. 뭔가 뜯어낼 게 있는 게지. 어떤 타격이길래?"

"이분은 친구인가 봐?" 헤일리가 못 미더운 듯이 마크스를 바라보며 말했다. "동업자신가?"

"응, 그래. 자, 마크스! 여긴 나체즈에 있을 때 동업하던 친구야."

"톰의 지인을 만나서 반갑군요." 마크스가 까마귀 발톱처럼 길고 마른 손을 내밀며 말했다. "헤일리 씨 맞죠?"

"저도 반갑습니다." 헤일리가 말했다. "자, 신사분들, 우리가 이렇게 기쁘게 만났으니, 내가 여기 응접실에서 조촐한 대접을 하지. 이봐, 검둥이 영감." 그가 바에 있는 남자에게 말했다. "뜨거운 물과 설탕, 시가들, 그리고 **진짜 물건** 잔뜩 가져와. 파티를 벌일 테니까."

보라, 초에는 불이 켜지고, 쇠살대 안의 불씨는 지펴져 불이 붙고, 세 양반은 앞서 열거된 좋은 친교의 온갖 부속품들이 좌르르 늘어서 있는 탁자를 둘러싸고 앉았다.

헤일리는 자신의 특별한 문제들을 애처롭게 낭독하기 시작했다. 로커는 입을 다물고, 퉁명스럽고 무뚝뚝한 태도로 귀를 기울였다. 오만상을 짓고, 신경을 써가면서 자신의 별난 취향에 맞는 펀치를 공들여 조제하고 있던 마크스는 간간이 작업을 멈추고 고개를 들고는 뾰족한 코와 턱을 헤일리의 얼굴에 거의 들이대다시피 하며 이야기를 처음부터 끝까지 열심히 경청했다. 그는 그 이야기의 결말이 극도로 재미있었던 것 같다. 왜냐하면 그의 어깨와 옆구리가 조용히 들썩거렸고, 얇은 입술이 내심 크게 즐거운 듯이 쓱 올라갔기 때문이다.

"그러니까, 완전 속았다 이거 아니요?" 그가 말했다. "하! 하! 하!

정말 말끔하게 해치웠네."

"이 어린 것들 장사는 영 골치예요." 헤일리가 음울하게 말했다.

"자식들을 개의치 않는 품종의 여자들을 만들 수 있으면," 마크스가 말했다. "그건 내가 아는 한 근대 최고의 개량이 될 거요." 마크스는 자기 농담에 선심이라도 쓰듯 조용히 킥킥댔다.

"바로 그거요." 헤일리가 말했다. "도대체 이해가 안 돼. 어린 것들은 그 어미들한테도 골칫덩어리잖아. 애들을 없애버리면 자기들도 좋을 것 같은데, 좋아하질 않는단 말이죠. 애가 골치를 썩일수록 더 무용지물인데, 보통 그럴수록 애들한테 더 찰싹 달라붙거든."

"저, 헤일리 씨," 마크스가 말했다. "뜨거운 물 좀 건네주세요. 헤일리 씨 말이 딱 내가, 그리고 우리 모두가 느끼는 바입니다. 한번은 장사를 하면서 어떤 계집을 하나 샀는데, 아담하고 예쁘장한 계집이었죠. 꽤 영리하기도 했고. 그런데 형편없이 아픈 애가 하나 있었단 말입니다. 등이 굽었나, 하여간 뭐 그랬어요. 그래서 별로 돈이 들지도 않을 테니 그걸 한번 키워보겠다고 나선 남자한테 그냥 줘버렸죠. 그 계집이 그걸 갖고 울고불고할 줄은 생각도 못 했지. 세상에, 그 계집 하는 꼴을 보셨어야 하는데. 애가 아프고 운도 없고 어미를 괴롭히니까, 오히려 더 애착이 큰 것 같더라고요. 그런 척하는 것도 아니더라니까. 하여간 친구들을 몽땅 잃어버린 것처럼 울부짖고 날뛰어대는데, 생각만 해도 정말 웃기네. 여자들은 도대체 무슨 생각을 하는지 알 수가 없다니까요."

"나도 딱 그런 일이 있었죠." 헤일리가 말했다. "지난여름에 레드 강 아래서 계집 하나랑 예쁘장한 아이 하나를 거래해서 가져왔거든. 애 눈이 당신들 눈처럼 반짝거렸는데, 알고 보니 완전 장님이지 뭐요. 빼도 박도 못할 장님이더라고. 그래서 아무 말도 안 하고 애를 넘긴다 해도 해될 건 없다 생각하고, 위스키 한 통이랑 교환했지. 그런데 애를 떼어내려 하니까, 그 어미가 완전 호랑이가 됩디다. 그게 출발하기 전이라 사슬도 안 매어놓은 상황이었는데, 그 계집이 고양이처럼 면화 꾸러미 위로 올라가서는, 갑판 선원한테 칼을 빼앗더라고요. 잠시 동안은 도망갔지만, 그 계집도 그래 봤자 소용없다는 걸 깨달았죠. 그러더니 돌아서서 애를 안고는 머리부터 강 속으로 뛰어들어 버렸어요. 첨벙 들어가더니 다시는 안 올라오지 뭐요."

"흥!" 불쾌감을 감추지 않고 이 이야기들을 듣고 있던 톰 로커가 말했다. "둘 다 참 변변치 못하구만! **내** 계집들은 그런 장난 따위 절대 못 쳐!"

"과연! 자넨 어떻게 하는데?" 마크스가 활기차게 물었다.

"어떻게 하냐고? 계집을 샀는데 그년한테 팔아치울 애새끼가 있으면, 난 그냥 가서 얼굴에 주먹을 들이대고 말해. '잘 봐, 나한테 한 마디라도 나불대면, 얼굴을 박살 내버릴 거야. 한 마디만 해봐, 입도 뻥긋하지 말라고.'

그렇게 말하는 거야. '니 새끼는 내 거야, 니 게 아니라. 네가 상관할 일이 아니라고. 난 되는 대로 놈을 팔아치울 거니까, 법석 떨지 마. 그러면 차라리 죽었으면 하고 바라게 해줄 테니까.' 이렇게 나오면 알아듣고 못 까불어. 그럼 다들 물고기처럼 입을 다물지. 만약 그중 하나라도 캥캥대며 울기 시작하면, 그땐……" 로커 씨는 주먹으로 탁자를 쿵 내리쳤고, 그것으로 중단된 말은 충분히 설명되었다.

"그게 바로 **강조**란 거요." 마크스가 헤일리의 옆구리를 쿡 찌르며 말하더니, 또 킥킥대며 웃었다. "톰 이 친구 정말 특이하지 않소? 헤! 헤! 헤! 톰, 난 자네가 검둥이들을 이해하게 만드는 줄 알았어, 검둥이들 머리는 모두 양털이니까. 그것들은 절대 자네 말을 이해하지 못하지, 톰. 자넨 악마가 아니라면, 아마 악마의 쌍둥이 형제일 거야. 정말이야!"

톰은 이 찬사를 그에 걸맞게 겸손하게 받아들였고, 존 버니언이 말했듯이 "그의 비열한 천성과" 조화되는 상냥한 표정을 지었다.

밤의 주요 산물을 마음껏 들이켠 헤일리는 도덕적 능력이 분별 있게 고양되고 확장되는 것을 느끼기 시작했다. 진지하고 명상적인 기질을 지닌 신사들이 비슷한 상황에서 드물지 않게 겪는 현상이었다.

"이봐, 톰," 그가 말했다. "내 늘 말했지만, 자넨 정말 너무 나쁜 놈이야. 나체즈에 있을 때도 우린 이 문제에 대해서 이야기하곤 했지. 검둥이들한테 잘해줘도 이익도 똑같이 얻고 이 세상에서 잘살지도 않느냐고 내가 증명했잖아. 게다가 최악의 사태가 와서 더 이상 얻을 게 없게 되는 마지막 순간에는 왕국에 들어갈 승산도 더 커지고 말이지."

"흥!" 톰이 말했다. "내가 그걸 **모르나**? 자네 그 헛소리로 날 메스껍게 만들지 마. 지금도 속이 울렁거리니까." 그리고 톰은 브랜디 원액 반 잔을 들이켰다.

"내 말은," 헤일리는 의자에 기대앉아 인상적인 손짓을 하며 말했다. "내 분명히 말하지만, 언제나 내 장사의 목적은 **다른 무엇보다** 누구보다도 돈을 많이 버는 거야. 하지만 장사가 다가 아니잖아, 돈도 다가 아니고. 우리한텐 영혼이 있으니까. 고집스러운 의견이라고도 생각하지만, 내 말을 누가 듣더라도 인제 상관없어. 그러니 내 탁 까놓고 말하지. 난 종교를 믿어. 그리고 조만간 상황이 넉넉해지면, 내 영혼과 그들의 영혼을 돌볼 작정이야. 그러니 정말로 필요 이상의 악행을 저지르는 게 무슨 소용이 있나? 분별 있는 짓 같지가 않아."

"영혼을 돌본다고!" 톰이 경멸적으로 말했다. "자네 안에서 영혼을 찾으려면 눈에 불을 켜고 봐야 할걸. 그런 수고를 아껴. 악마가 머리칼로 만든 체로 자네를 거른다 해도, 영혼 같은 건 못 찾을 테니까."

"이런, 톰, 심술궂잖아." 헤일리가 말했다. "자네 좋으라고 하는 소리인데, 기분 좋게 받아들일 수 없나?"

"그 턱주가리 그만 놀려." 톰이 난폭하게 말했다. "자네가 하는 소리 대부분 다 참을 수 있지만, 그런 경건 나부랭이— 그것만 들으면 죽을 것 같아. 결국 자네와 나의 차이가 뭔지 아나? 자네가 조금이라도 더 신경을 쓴다거나 동정심이 더 있다거나 하는 게 아냐. 그냥 악마를 속여서 위기에서 벗어나려는 철저하고 순전한 야비함일 뿐이지. 내가 그걸 못 꿰뚫어 볼 줄 아나? 자네가 말하는 종교를 가진다는 것, 결국 그건 누가 봐도 그냥 비열한 짓이야. 평생 악마랑 외상 거래를 해놓고서는 돈 갚을 때가 오면 쏙 빠져나가려는 수작이잖아! 흥!"

"자, 자, 신사들, 그건 가외의 일이잖나." 마크스가 말했다. "모든 일에는 다른 시각이 있는 법이지. 헤일리 씨는 분명 굉장히 좋은 사람이고, 자기만의 양심이 있는 거고, 톰, 자네한테는 자네 방식, 그것도 매우 좋은 방식이 있잖아. 말다툼은 아무 소용없어. 이제 일 이야기나 하세. 헤일리 씨, 뭐죠? 우리가 이 계집을 잡아줬으면 하는 겁니까?"

"계집은 상관없어요. 셸비 거니까. 아이만 잡으면 돼요. 그 원숭이 놈을 사다니 내가 바보였지!"

"자네 여러모로 바보군!" 톰이 사납게 말했다.

"진정해, 로커, 화 좀 내지 마." 마크스가 입술을 핥으며 말했다. "헤일리 씨가 우리한테 좋은 일거리를 주는 것 같아. 가만 좀 있어봐. 이런 일은 내 전공이니까. 이 계집 말입니다, 헤일리 씨, 어떤 아이죠?"

"음. 피부가 희고 잘생겼어요. 잘 자랐고. 셸비한테 800에서 1,000달러 정도를 줘도 꽤 이익을 낼 수 있을걸요."

"희고 잘생겼고, 잘 자랐단 말이죠!" 마크스가 말했다. 그의 날카로운 눈과 코, 입이 모두 사업정신으로 활기를 띠었다. "이봐, 로커, 멋진 기회야. 여기서 우린 따로 우리 장사를 하는 거야. 우리가 잡을 거잖아. 아이는 물론 헤일리 씨에게 주지. 그리고 계집은 올리언스로 데려가서 운을 노려보는 거야. 멋지지 않나?"

커다란 입을 헤 벌린 채 이 이야기를 듣던 톰이 갑자기 커다란 개가 고깃덩어리를 물듯이 입을 딱 다물었다. 시간을 들여 그 의견을 소화시키고 있는 것 같았다.

"있잖습니까," 마크스가 펀치를 휘저으며 헤일리에게 말했다. "강변 요소요소에는 치안판사가 있는데, 이자들이 우리가 하는 일이랑 족족 부딪히거든요. 톰이 깨부수면, 내가 옷을 쫙 차려입고 나타나죠. 상황이 다 끝나갈 때쯤에 내가 번쩍거리는 부츠에 몽땅 다 최고급품으로 갖춰 입고 나타나는 겁니다. 아, 그건 직접 보셔야 하는데," 마크스가 전문가의 자부심에 가득 차서 말했다. "내 어조가 어떻게 달라지는지. 난 하루는 뉴올리언스에서 온 튀켐 씨였다가, 그다음 날에는 700명의 노예를 부리고 있던 펄 강의 농장에서 막 온 사람이 되기도 하고, 또 헨리 클레이의 먼 친척도 되었다가, 켄터키의 영감도 되죠. 사람마다 재능은 다 다르거든. 톰은 때려눕히거나 싸움거리가 있을 때는 펄펄 날지만, 거짓말은 젬병이지. 톰은, 그냥 거짓말이 안 되는 사람이에요. 하지만 나보다 아무 데서나 맹세를 더 잘 남발하고, 상황을 조합해서 태연자약하게 달변을 늘어놓으며 상황을 끌고 갈 수 있는 사람이 있다면, 나와보라 그래요! 난 날 믿습니다. 치안판사들이 지금보다 더 꼼꼼하다 해도, 난 어떤 상황이든 헤치고 빠져나갈 수 있어요. 때로는 그자들이 좀 더 꼼꼼했으면 좋겠다는 생각마저 들어요. 그럼 훨씬 더 풍미가 있을 텐데. 재미 말입니다."

지금까지 묘사에서 알 수 있듯이 생각과 행동이 굼뜬 톰이 여기서 갑자기 커다란 주먹으로 탁자를 쾅 내리쳐 마크스의 말을 잘랐다. "**그거 좋겠어!**" 그가 말했다.

"맙소사, 톰, 잔을 다 깰 필요는 없잖아!" 마크스가 말했다. "주먹은 필요할 때를 위해 아껴둬."

"하지만, 신사들, 나도 껴서 이익을 좀 나누면 안 될까?" 헤일리가 말했다.

"애를 잡아다 주는 걸로 족하지 않나?" 로커가 말했다. "뭘 원하는 거야?"

"음," 헤일리가 말했다. "내가 주는 일이 꽤 벌이가 될 텐데. 이익의 10퍼센트 어때, 비용은 따로 주고."

"뭐," 로커가 커다란 주먹으로 탁자를 치며 엄청난 욕설을 내뱉었다. "내가 자넬 모르나, 댄 헤일리? 날 등쳐먹을 생각은 하지도 마! 마크스와 내가 자네 같은 신사들을 공짜로 돕자고 노예사냥을 하는 줄 아나? 절대 아냐! 계집은 우리가 다 가질 거야. 자네는 찍 소리도 하지 마. 아니면 우리가 둘 다 가져버릴 테니까. 안 될 게 뭐 있어? 자네가 사냥감을 보여주지 않았나? 자네고 우리고 마음대로 사냥할 자유가 있는 거 아니겠어? 자네나 셸비가 우리를 쫓고 싶으면, 작년에 자고새가 있던 곳이나 찾아보시지. 자네가 찾든지 우리가 찾든지 마음대로 하라고."

"아, 물론, 그럼 그대로 하자고." 헤일리가 놀라서 말했다. "자넨 애를 잡아. 자넨 항상 나랑 공정하게 거래했잖아, 톰, 약속을 지켰고."

"알다시피," 톰이 말했다. "난 자네처럼 징징대는 척은 안 해. 하지만 난 악마하고도 셈을 속이지는 않아. 내가 한 말은 지킨다고. 알지? 댄 헤일리."

"그럼, 그럼, 그렇고말고, 톰." 헤일리가 말했다. "일주일 내에 자네가 지정하는 곳에서 아이를 주겠다고만 약속한다면, 그거면 됐어."

"하지만 내가 원하는 건 그게 다가 아니야." 톰이 말했다. "나체즈에서 자네랑 동업을 헛한 줄 아나, 헤일리. 뱀장어를 잡으면 어떻게 잡고 있어야 하는지 배웠어. 딱 잘라서 먼저 50달러 내놔, 아니면 꼼짝도 안 할 거야. 자네가 어떤 인간인지 아니까."

"뭐야, 1,000에서 1,600달러 정도의 이익을 볼 수 있는 일이 손에 들어왔는데, 톰, 그건 이치에 안 맞지." 헤일리가 말했다.

"우린 앞으로 5주 치 일이 예약되어 있어. 다른 일이 없는 줄 알아? 그리고 다른 일을 다 제쳐놓고 자네가 말한 애송이를 찾아 헤매고 다닌다고 쳐. 그러다가 계집을—계집들은 언제나 죽어라 잡기 힘들거든—못 잡으면 어떻게 되는데? 자네가 동전 한 푼이라도 줄 거야? 그럴 거냐고? 눈에 훤히 보이네. 아니, 안 되지. 50달러 내놔. 그놈들을 잡아서 돈이 되면, 그 돈은 다시 돌려주지. 못 잡으면 그건 수고비고. 공정하지 않아, 마크스?"

"물론이지, 물론이야." 마크스가 회유적인 어조로 말했다. "그건 의뢰비일 뿐이지. 헤! 헤! 헤! 우리 변호사들한테는 말이야. 자, 기분 좋게, 쉽게 가자고요. 톰은 헤일리 씨가 지정하는 곳에 애를 갖다 줄 겁니다. 그렇지, 톰?"

"애를 찾으면 신시내티로 가서 부둣가에 있는 그래니 벨처 술집에 놔두지." 로커가 말했다.

마크스는 앉은 채 주머니에서 기름때 묻은 수첩을 끄집어내더니 거기서 긴 종이를 꺼내 날카로운 검은 눈으로 쳐다보며 그 내용을 중

얼중얼 읽기 시작했다.

"반즈—셸비 카운티—꼬마 짐, 죽이건 살리건 300달러. 에드워즈—딕과 루시—부부, 600달러. 계집 폴리와 아이 둘—머리건 사람이건 600달러."

"이 일을 빨리 시작할 수 있는지 보려고 우리 일거리를 살펴보고 있는 중이야, 로커." 그가 잠시 말을 중단했다 말했다. "애덤스랑 스프링어한테 이 일들을 맡겨야겠어. 맡은 지 좀 된 일들이라."

"돈을 지나치게 세게 부를 텐데." 톰이 말했다.

"내가 해결할게. 업계 신참들인데, 당연히 싸게 해야 되는 거 아니겠어." 마크스는 이렇게 말하더니 계속해서 목록을 읽었다. "쉬운 건수가 세 개 있어. 그냥 쏴버리거나, 쐈다고 맹세하면 되는 거니까. 물론 그런 일에는 많이 청구 못 하지. 다른 건수들은," 그가 종이를 접으며 말했다. "당분간 미뤄둘 수 있어. 그러니 이제 구체적인 사항을 들어보자고. 헤일리 씨, 이 계집이 강 건너편에 가는 걸 봤단 말이죠?"

"그럼요. 지금 댁을 보는 것처럼 똑똑히 봤죠."

"그리고 어떤 남자가 강둑으로 끌어 올려줬다고?" 로커가 말했다.

"분명히 봤어."

"아마도," 마크스가 말했다. "어디선가 그 계집을 데리고 간 것 같은데, 그게 어디냐가 문제네. 톰, 자네 생각은 어때?"

"오늘 밤 강을 건너야지, 당연히." 톰이 말했다.

"하지만 배가 없는걸." 마크스가 말했다. "얼음이 무시무시하게 떠내려오고 있어, 톰. 위험하지 않을까?"

"그건 몰라. 어쨌거나 꼭 건너야 해." 톰이 단호하게 말했다.

"맙소사," 마크스가 안절부절못하며 말했다. "그러자면…… 내 말은," 그가 창가로 걸어가며 말했다. "바깥은 늑대 입속처럼 깜깜하다고, 그리고 톰—"

"한마디로, 자네 겁먹었구만, 마크스. 하지만 어쩔 수가 없어. 가야 해. 하루 이틀 미적거리다 보면, 우리가 출발하기도 전에 그 계집은 지하 철도를 통해 선더스키까지 가 있을걸."

"아냐, 하나도 안 무서워," 마크스가 말했다. "다만……"

"다만 뭐?" 톰이 말했다.

"음, 배 말이야. 배가 없잖아."

"주인여자가 오늘 밤 오는 배가 하나 있다고 했어. 어떤 남자 하나가 그걸 타고 강을 건널 거라고. 목숨을 걸고 그 사람이랑 가야 해." 톰이 말했다.

"좋은 개도 데리고 있겠지?" 헤일리가 물었다.

"젤 좋은 놈들로 데리고 있죠." 마크스가 말했다. "하지만 무슨 소용이에요? 그 계집 냄새를 맡게 할 물건도 없으면서."

"아니요, 있어요." 헤일리가 의기양양하게 말했다. "여기 급하게 도망가느라 침대 위에 두고 간 숄이 있어요. 보닛도 두고 갔더라고요."

"그거 훌륭하네." 마크스가 말했다. "저 아래 모빌에 있을 때 한번은 우리 개들이 사람을 완전 갈기갈기 찢어놓을 뻔한 적도 있었죠. 우리가 간신히 막았지만."

"저기 그런데, 얼굴값으로 팔아야 하는 이런 경우에는, 그러면 안 될 것 같은데." 헤일리가 말했다.

"그러네요." 마크스가 말했다. "게다가 혹시 누가 데려갔다면, 그것도 틀렸어요. 녀석들이 탈것을 이용하는 위쪽 주들에서는 개들은 아무 소용이 없거든요. 물론 추적도 불가능하죠. 그건 농장에서나 통하는 이야기예요. 도망친 검둥이들이 아무한테도 도움 못 받고 자기 발로 뛰어서 도망쳐야 할 때요."

"음," 무엇인가 물어보고 막 바에 들어온 로커가 말했다. "남자가 배를 가지고 왔대. 마크스—"

그 양반은 이제 떠나야 하는 편안한 방을 슬픈 표정으로 쳐다봤지만, 그 말에 따라 천천히 일어났다. 몇 가지 협의사항에 대해 더 이야기를 나눈 후 헤일리는 몹시 마지못해하며 톰에게 50달러를 건넸다. 그리고 세 양반은 헤어졌다.

고상한 기독교인 독자들 중에 이 장면에서 소개된 집단에 반대하는 분이 있으시다면, 부디 간청하건대 그분들은 조만간 본인들의 편견을 타파하시길 바란다. 노예사냥 사업은 합법적이고 애국적인 직업적 명예를 얻고 있다는 사실을 상기시켜 드리고 싶다. 미시시피와 태평양 사이의 광활한 대지 전체가 육체와 영혼을 사고파는 거대한 시장이 되고, 인간재산들이 이 19세기의 기관차적 기질을 유지한다면, 노예상인과 노예사냥꾼은 앞으로는 귀족계층이 될지도 모른다.

술집에서 이러한 광경이 벌어지고 있을 때, 샘과 앤디는 극도의 축하 기분을 만끽하며 집으로 돌아오고 있었다.

샘은 기분이 한껏 고조되어 온갖 기괴한 짐승소리와 고함을 질러대고 온몸을 기묘하게 움직이고 뒤틀며 환희를 표현했다. 그는 때로는 자기 얼굴을 말의 꼬리와 옆구리 쪽으로 한 채 뒤를 보고 앉았다가 우우 하고 소리를 지르며 공중제비를 돌아 제자리에 앉고, 다음 순간 심각한 표정을 하고는 앤디에게 웃고 바보짓 하지 말라며 어마어마한 어조로 일장연설을 늘어놓곤 했다. 그래 놓고는 곧 자기 옆구리를 철썩철썩 때리며 웃음을 터뜨려, 숲 속에 웃음소리가 메아리쳤다. 이런 온갖 동작들을 하면서도 그는 용케 말들을 계속해서 전속력으로 몰아, 마침내 10시에서 11시 사이에 발코니 끝 자갈밭 위로 말발굽 소리를 울리며 들어올 수 있었다. 셸비 부인이 발코니 난간으로 날 듯이 달려 나왔다.

"너니, 샘? 그 사람들은 어디 있니?"

"헤일리 나리는 술집에서 쉬고 있어요. 엄청 지쳤거든요, 마님."

"그럼 엘리자는, 샘?"

"음, 엘리자는 요단 강을 건넜어요. 소위 가나안 땅에 있는 거죠."

"뭐라고, 샘, 그게 무슨 말이야?" 셸비 부인은 이 말이 지칭할 수도 있는 의미를 떠올리고는 숨을 헐떡이며 거의 기절할 듯이 물었다.

"마님, 주님께선 당신 백성을 지키세요. 리지는 강을 건너 오하이오로 넘어갔어요. 마치 주님께서 말 두 마리가 모는 불의 전차에 실어서 데려간 것처럼 굉장했답니다."

샘의 경건함은 마님 앞에서는 항상 유별나게 열렬해서, 성경의 인물들과 이미지들을 수없이 이용했다.

"이리로 올라와, 샘." 베란다로 나온 셸비 씨가 말했다. "그리고 마님이 원하는 이야기 좀 해봐. 이런, 이런, 에밀리." 그가 아내에게 팔을 두르며 말했다. "추워서 떨고 있잖소. 당신은 감정이 너무 과해."

"과하다고요! 난 여자가, 엄마가 아닌가요? 우리 둘 다 하나님 앞에서 불쌍한 엘리자에 대해 책임이 있지 않나요? 하나님! 이 죄를 우리에게 묻지 말아주세요."

"무슨 죄 말이오, 에밀리? 우린 그저 어쩔 수 없는 일을 했을 뿐이라고 당신도 인정했잖소."

"하지만 끔찍한 죄의식이 들어." 셸비 부인이 말했다. "이성적으로 생각해서 떨칠 수 있는 게 아니라고요."

"이봐, 앤디, 이 검둥아, 꾸물대지 말고 빨리 해!" 샘이 베란다 아래에서 불렀다. "이 말들을 헛간에 데려가. 주인님이 부르시는 거 안 들려?" 그리고 샘은 곧 종려 잎사귀를 들고 거실 문 앞에 나타났다.

"자, 샘, 어떻게 됐는지 똑똑히 말해봐." 셸비 씨가 말했다. "엘리자는 어디 있어, 알고 있다면 말해봐."

"저, 주인님, 엘리자는 떠다니는 얼음을 밟고 강을 건넜어요. 제 눈으로 봤어요. 놀라운 광경이었죠. 기적이라고밖에 할 수 없었다고요. 오하이오 쪽에서 어떤 남자가 엘리자가 강둑에 올라가는 걸 도와줬고, 그러고는 어둠 속으로 사라져버렸어요."

"샘, 이건 좀 미심쩍은 이야긴데. 이 기적 말이야. 떠다니는 얼음을 밟고 강을 건넌다는 건 그렇게 쉬운 일이 아니지." 셸비 씨가 말했다.

"쉽다고요! 그건 주님의 도움 없이는 누구도 못하는 일이에요." 샘이 말했다. "헤일리 나리와 저, 앤디가 강변에 있는 조그만 술집 쪽으로 가고 있었는데, 제가 좀 더 앞에 있었거든요(리지를 잡는 데 너무 열중해서 꾸물거릴 수가 없었다, 이런 거죠). 그런데 술집 창문 앞을 지나가는데, 거기 리지가 있는 거예요. 눈앞에 떠억. 뒤에서는 둘이 따라오고 있었고요. 어, 저는 모자를 날리고 죽은 사람도 벌떡 일어날 정도로 소리를 질렀어요. 물론 리지는 그 소리를 듣고 몸을 피했죠. 그때 헤일리 나리가 문 앞을 지나고 있었는데, 리지가, 아이고, 옆문으로 빠져나와서 강둑 쪽으로 내려가지 뭐예요. 헤일리 나리는 리지를 보고 고함을 질렀고, 나리와 저, 앤디가 뒤를 쫓았죠. 리지는 강으로 내려갔는데, 거기엔 약 3미터 넓이의 강물이 흐르고 있었어요. 반대쪽에는 얼음이 앞뒤, 위아래로 흔들거리고 있었고. 커다란 섬 같더라니까요. 우리가 바로 뒤까지 따라붙어서, 정말이지 잡히는 줄 알았어요. 그 순간 리지가 듣도 보도 못한 비명을 지르더니, 얼음을 밟고 물살을 건너가지 뭐예요. 그렇게 계속 가더라고요, 소리 지르고 또 뛰고. 얼음이 빠지직! 들썩! 쩍! 덜커덩! 거리는데, 리지는 수사슴처럼 펄쩍펄쩍 뛰어갔어요! 세상에, 정말로 보통이 아닌 뜀뛰기였어요."

셸비 부인은 흥분해서 창백해진 얼굴로 한 마디도 하지 않고 앉아 있었고, 샘은 이야기를 계속했다.

"주여 감사합니다. 리지는 죽지 않았군요!" 그녀가 말했다. "하지만 그 불쌍한 것이 지금은 어디 있는 거야?"

"주님께서 보살펴주시겠죠." 샘이 경건하게 눈을 굴리며 말했다. "계속 말했지만, 이건 마님께서 우리한테 항상 가르쳐주신 것처럼 하나님의 섭리예요. 언제나 주님의 뜻을 행하는 도구가 있는 거죠. 오늘 제가 아니었으면, 리지는 열두 번은 잡혔을걸요. 오늘 아침에 제가 말들을 풀어놔서, 거의 오찬 때까지 쫓아다니게 만들었잖아요? 그리고 저녁때는 헤일리 나리를 거의 8킬로미터나 돌아가게 만들었고요. 안 그랬으면 너구리 잡는 개처럼 리지를 쉽게 잡았을 거예요. 이 모든 게 다 하나님의 섭리인 거죠."

"그건 앞으로는 하지 말아야 할 종류의 섭리 같구나, 샘. 내 집에서 신사께 그런 짓을 저지르는 건 허락 못 한다." 셸비 씨는 이 상황에서 가능한 한 가장 엄격하게 말했다.

검둥이한테 화내는 척해봐야 아이한테 그러는 것만큼이나 소용없는 일이다. 둘 다 그 반대를 가장하려는 시도를 꿰뚫고 진짜 상황을 본능적으로 파악하기 때문이다. 샘은 이 꾸짖음에 전혀 낙담하지 않았지만, 애처롭게 심각한 태도를 취하며 진정으로 참회한다는 듯이 입가를 축 늘어뜨린 채 서 있었다.

"나리 말씀이 옳아요. 정말로요. 제가 주제넘었어요. 반박할 여지가 없어요. 물론 주인님과 마님은 그런 일을 부추기지는 않으시겠죠. 저도 그건 압니다. 하지만 저 같은 불쌍한 검둥이는 가끔 그런 심술궂은 짓을 하고 싶어서 못 견딜 때가 있거든요. 헤일리 나리 같은 사람이 그런 소동을 일으키면 말이에요. 그 사람은 전혀 신사가 아니잖아요. 저처럼 자란 사람은 그런 게 어쩔 수 없이 다 보이거든요."

"자, 샘," 셸비 부인이 말했다. "자기 잘못을 충분히 이해한 것 같으니까, 이제 가서 클로이 아줌마한테 오늘 저녁때 먹고 남은 햄을 달라고 해. 너도 앤디도 배고프겠구나."

"마님은 정말 좋은 분이세요." 샘이 재빨리 인사를 하고 떠나며 말했다.

앞에서도 암시했지만, 거장 샘에게는 정계에서 분명 고위직까지 올라갈 수도 있는 타고난 재능, 즉 주어진 모든 상황을 이용하여 자신을 칭송하고 명예롭게 만드는 일에 투자하는 재능이 감지된다. 그는 주인이 만족할 만큼 경건하고 겸손한 모습을 보여준 다음, 건달처럼 유들유들하게 종려 잎사귀로 머리를 탁탁 치며 부엌에서 화려하게 한판 벌일 작정으로 클로이 아줌마의 영지로 향해 갔다.

"이제 검둥이들한테도 연설을 들려줘야지." 샘이 혼잣말을 했다. "자, 기회가 생겼으니, 내 청산유수같이 이야기를 늘어놓아서 모두 눈을 똥그랗게 뜨고 지켜보게 해주겠어!"

샘의 큰 즐거움 중 하나가 주인님을 수행해서 온갖 정치회합에 가는 일임을 말해야겠다. 거기에 가면 그는 울타리나 나무 위 높이 올라가 앉아 즐거워 어쩔 줄 모르며 연설자를 구경하다가, 같은 용건으로 모여 있는 유색 동포들 틈으로 내려가서는 진지하고 엄숙한 태도로 태연자약하게 익살스러운 흉내와 소극을 보여줘서 교화와 오락을 제공했다. 바로 옆에서 그의 이야기를 듣는 청중들은 주로 같은 유색 인종들이었지만, 드물지 않게 흰 피부의 청중들도 그 주변에 꽤 많이 모여서 샘의 자화자찬을 웃으며 듣곤 했다. 사실 샘은 웅변을 자신의 천직으로 여겨서, 자신의 직무를 찬미할 기회가 있기만 하면 절대 놓치지 않았다.

자, 샘과 클로이 아줌마 사이에는 고릿적부터 일종의 만성불화, 아니 결정적인 냉담함 같은 것이 존재했다. 하지만 샘은 곰곰이 숙고한 끝에 식량부의 무엇인가가 자신의 작전에 명백히 필요한 토대라고 결론 내리고, 현 상황에서는 현저하게 회유적인 태도를 취하기로 결심했다. 비록 '마님의 명령'이 분명 문자 그대로 충실히 수행되리라는 것을 잘 알고 있었지만, 그래도 적극적으로 기분 좋게 협력하면 상당한 양을 얻어낼 수 있을 터였다. 그래서 그는 박해받는 동료를 위하여 헤아릴 수 없는 고난을 겪은 사람처럼 애처롭게 고분고분하고 차분한 표정으로 클로이 아줌마 앞에 나타났다. 그리고 마님이 그의 신체의 고체적, 유체적 균형에 있어 부족한 부분을 채우라고 클로이 아줌마에게 보냈다는 사실을 상세히 설명하고, 따라서 조리부와 그에 속한 모든 것에 대한 그녀의 권리와 패권을 솔직하게 인정했다.

일은 그대로 진행되었다. 클로이 아줌마는 가난하고 순진하고 착한 사람이 선거 유세 중인 정치꾼의 감언이설에 넘어가듯이 샘의 정중한 태도에 손쉽게 넘어갔다. 샘이 돌아온 탕아였다 해도 이보다 모성애가 넘치는 엄청난 밥상을 받지는 못했을 것이다. 그는 곧 지난 2, 3일 동안 식탁에 올라왔던 모든 것이 들어간 올라 뽀드리다(다종다양한 재료를 넣은 요리—옮긴이)를 담은 커다란 양철 냄비를 앞에 놓고 흐뭇하고 거나한 기분으로 앉았다. 풍미 좋은 햄 조각들, 황금색 옥수수 케이크 덩어리, 상상할 수 있는 온갖 수학적 형태를 한 파이 조각들, 닭 날개, 닭 모래주머니, 닭 다리 등 이런저런 여러 음식들이 그림처럼 쌓였다. 샘은 제왕처럼 이 모든 것을 둘러본 뒤, 머리 한쪽에는 종려 잎사귀를 발랄하게 꽂고 다른 한쪽에는 자기가 은인이라도 되듯이 생색내며 앤디를 데리고 앉았다.

부엌은 그날의 공훈의 결론을 듣기 위해 사방 오두막에서 몰려든 모든 동료로 가득 찼다. 이제 샘의 영광의 시간이 왔다. 그날의 이야기가 이야기의 효과를 높이기 위해 필요하다고 생각되는 갖가지 장식과 겉치레를 덧붙여 되풀이되었다. 샘은 사교계의 일부 딜레탄티(이탈리아어로 '예술애호가'라는 의미—옮긴이)처럼 절대 자신의 손을 거치면서 이야기가 빛을 잃게 하지 않았다. 우레 같은 웃음소리가 이야기를 동반했고, 그러면 바닥에 눕거나 구석구석마다 소복이 앉은 조무래기들이 덩달아 웃어서 웃음소리는 더 오랫동안 이어졌다. 하지만 소란과 웃음소리가 정점에 달해도 샘은 간간이 눈을 위로 치켜뜨며 무표정하게 익살스러운 시선을 청중에게 보낼 뿐, 웅변의 금언적 고상함에서 벗어나지 않고 확고하게 진지한 태도를 견지했다.

"자, 형제 여러분," 샘이 칠면조 다리를 활기차게 들어 올리며 말했다. "자, 이제 이 사람이 여러분 모두를 지키기 위해서 뭘 했는지 알겠죠? 예, 여러분 모두요. 우리 동포 하나를 잡으려는 사람은 모두를 잡으려는 거나 마찬가지니까요. 원리는 똑같은 거죠. 분명하잖아요. 우리 동포를 잡겠다고 냄새 맡고 다니는 이 추적자들은 누구든 **제**가 막을 겁니다. 그 사람은 **저**부터 상대해야 해요. 형제들, 여러분이 기댈 수 있는 건 바로 접니다. 제가 여러분의 권리를 지키겠습니다. 마지막 숨이 끊어질 때까지 여러분을 지키겠습니다!"

"어, 하지만 샘, 오늘 아침에만 해도 나한테는 주인님이 리지를 잡도록 돕겠다고 했잖아요. 샘 말은 앞뒤가 안 맞는 것 같은데." 앤디가 말했다.

"잘 들어, 앤디." 샘이 대단히 거만한 자세로 말했다. "알지도 못하는 것에 대해선 떠들지 마. 너 같은 애들은 말이야, 앤디, 뜻은 좋지만 행동의 위대한 원칙을 총갈('총괄하다colligate'를 'collusitate'로 우스꽝스럽게 잘못 쓰고 있다—옮긴이)하지는 못하거든."

앤디는 야단맞은 표정을 지었다. 특히 '총갈'이라는 어려운 단어가 이에 한몫했는데, 방 안에 있던 대부분의 젊은이들은 이를 최후의 일격으로 간주하는 것 같았다. 샘이 계속해서 말했다.

"그건 **양심**이야, 앤디. 내가 리지를 쫓아가겠다고 생각했을 때는, 난 정말로 주인님이 그렇게 마음먹은 줄 알았거든. 마님 마음은 그 반대라는 걸 알았을 때, 그건 **더 큰** 양심의 문제였지. 사람들은 항상 여자 편에 서야 더 많은 걸 얻거든. 그러니까 난 어느 쪽이든 완고한(여기서 샘은 문맥상 '일관된consistent'이라고 말해야 하지만 '완고한persistent'이라는 잘못된 단어를 쓰고 있고, 이어지는 대화에서도 일관적으로 틀리게 말하고 있다—옮긴이) 거고, 양심에 맞게 행동한 거고, 원칙을 지킨 거야. 그래, **원칙**." 샘은 닭 목을 열렬하게 휘두르며 말했다. "원칙이 완고하지 않으면 무슨 소용이야, 그걸 알고 싶어? 그건 말이야, 앤디, 뼛속 깊이 가져야 하는 거야. 그냥 주울 수 있는 게 아니라고."

청중들이 입을 쩍 벌린 채 그의 말을 듣고 있어서, 샘은 계속해서 말할 수밖에 없었다.

"이 완고라는 문제 말인데요, 검둥이 여러분," 샘은 심원한 주제로 들어간다는 분위기를 잡으며 말했다. "이 완고라는 것은 대부분의 사람들이 제대로 못 보는 겁니다. 자, 봐요, 어떤 사람이 하루는 어떤 일을 지지한다고 나서놓고 그다음 날에는 정반대의 행동을 한다면, 사람들은 (당연히 그렇겠지만) 그가 완고하지 못하다고 생각하겠죠. 앤디, 그 옥수수 케이크 조금만 줘. 하지만 한번 자세히 들여다봅시다. 신사 숙녀 여러분, 제 흔한 비유를 용서해주기 바랍니다. 자! 쉽게 설명하려고 하는 거예요. 제가 이쪽에다 사다리를 놓았는데, 그게 별로 안 좋아, 그럼 더 이상 그쪽에 안 놓고 반대쪽에 놓는다고 해서 내가 안 완고한 겁니까? 사다리를 어디 놓건 간에 원하는 건 올라가는 거라는 점에서는 완고한 거 아니에요? 알겠어요, 여러분?"

"그게 자네가 유일하게 완고한 점이겠지." 클로이 아줌마가 중얼거렸다. 성경의 비유를 들자면 밤의 여흥이 약간 '소다 위에 식초'처럼 느껴지기 시작한 그녀는 다소 초조해지고 있었다.

"네, 그렇습니다!" 배도 부르고 의기양양해진 샘이 마지막 노력을 퍼부었다. "네, 시민 여러분, 그리고 숙녀 여러분, 제겐 원칙이 있습니다. 자랑스럽게 말할 수 있습니다. 그건 이 시대, 그리고 모든 시대에 부수입(여기서도 샘은 '필수prerequisite' 대신 '부수입perquisite'이라는 잘못된 단어를 쓰고 있다—옮긴이)이죠. 전 원칙이 있고, 죽어라 이를 고수합니다. 제가 원칙이라고 생각하는 문제라면, 전 뭐든지 돌진해요. 절 산 채로 불태운다 해도 상관없어요. 전 제 발로 말뚝을 향해 걸어가서 말할 겁니다. 난 나의 원칙을 위해, 내 나라를 위해, 이 사회의 전반적 이익을 위해 마지막 피 한 방울까지 흘리러 여기 왔노라고."

"음," 클로이 아줌마가 말했다. "자네 원칙 중 하나는 오늘 밤 내로 자러 가는 거야. 아침까지 모두들 잠도 못 자게 붙들고 있지 말고. 자, 어린 것들도 맞고 싶지 않으면 얼른 일어나는 게 좋을걸."

"검둥이들! 여러분!" 샘이 온화하게 종려 잎사귀를 흔들며 말했다. "제 축복을 받으세요. 이제 자러 가요. 착한 사람이 되어야죠."

그리고 이 감동적인 축복과 더불어 회합은 해산했다.

제9장

상원의원도 그저 한 인간일 뿐

기분 좋은 벽난로 불빛이 아늑한 거실의 깔개와 양탄자를 비추고 찻잔과 윤나는 찻주전자 위에서 반짝거렸다. 버드 상원의원은 출장으로 집을 떠나 있는 동안 아내가 만들어준 멋진 새 실내화에 발을 집어넣기 위해 부츠를 벗고 있었다. 버드 부인은 기쁘기 한량없는 얼굴로 탁자 정렬을 감독하는 사이사이 까불대는 어린 아이들에게 훈계의 말을 던졌지만, 아이들은 흥분해서 대홍수 이후 계속 어머니들을 괴롭히고 있는 온갖 장난들을 쳐댔다.

"톰, 문손잡이 좀 가만 놔둬라. 옳지, 착하지! 메리! 메리! 고양이 꼬리 잡아당기지 마, 불쌍한 것! 짐, 탁자 위에 올라가면 안 돼, 아니, 안 돼! 여보, 당신이 오늘 밤 돌아와서 우리 모두 얼마나 놀랐는지 모를 거예요!" 마침내 남편에게 말을 할 짬이 생긴 그녀가 말했다.

"알아, 알지. 그냥 집으로 달려와 밤을 보내면서 마음 편하게 좀 있어볼까 하는 생각이 들었소. 죽을 지경으로 피곤하고 머리가 아파!"

버드 부인은 반쯤 열린 벽장 안에 놓인 장뇌병을 흘낏 바라봤는데, 그것을 가지러 갈까 생각하는 듯했다. 하지만 남편이 끼어들었다.

"아니, 아니, 메리, 약은 필요 없소! 당신이 주는 뜨거운 차 한 잔과 편안한 내 집에서의 휴식이 내가 원하는 거야. 이건 정말 피곤한 일이야, 이 법 제정이란 건 말이지!"

상원의원은 자신이 국가를 위해 희생한다는 생각이 마음에 드는지 미소를 지었다.

"음," 차 준비가 다소 늦어지자 아내가 말했다. "상원에서는 뭘 하고 있는 거죠?"

자기 일만으로도 정신이 없는 조용한 버드 부인이 의회에서 벌어지는 일에 관심을 두는 건 매우 드물었기 때문에, 버드 씨는 놀라서 눈을 휘둥그레 뜨며 말했다.

"별로 중요한 일은 없소."

"음, 하지만 여기로 넘어오는 저 불쌍한 유색인들에게 음식과 마실 것을 주는 것을 금지하는 법을 통과시켰다는 게 사실인가요? 그런 법을 논의하고 있다는 소리를 들었지만, 기독교 입법부에서 그런 법을 통과시키리라고는 생각하지 않았어요!"

"저런, 메리, 당신 난데없이 정치가라도 될 기세군."

"아니, 터무니없는 소리 말아요! 정치 전반에는 전혀 관심 없어요. 하지만 이건 철저하게 잔인하고 비기독교적인 일이에요. 여보, 그런 법은 통과되지 않기를 바랐다고요."

"음, 켄터키에서 넘어오는 노예들을 도와주는 것을 금지하는 법이 통과된 건 사실이오. 이 무모한 노예해방론자들이 어찌나 많은 일들을 저질렀는지 켄터키 사람들이 몹시 흥분해서, 그들을 진정시키기 위해서는 우리 주에서, 기독교적이고 친절한 일은 아니지만, 뭔가를 해야만 했소."

"그 법이 뭐죠? 설마 이 불쌍한 사람들에게 하룻밤 쉴 곳을 주는 일을 금지하지는 않겠죠? 그리고 먹을 것과 헌 옷가지 몇 벌을 주고 조용히 가던 길을 가게 하는 정도는요?"

"음, 그렇소, 여보, 그게 바로 돕고 선동하는 거라오."

버드 부인은 소심하고 얼굴이 잘 붉어지는 아담한 여자로, 120센티미터 정도의 키에 온화한 푸른 눈과 복숭아 같은 안색, 세상에서 가장 부드럽고 상냥한 목소리를 지니고 있었다. 용기로 말하자면, 보통 크기의 수칠면조가 달려드는 시늉을 하는 정도로 줄행랑을 친 일이 있고, 보통 정도의 억센 개가 이빨을 드러내기만 해도 단번에 항복할 정도였다. 남편과 아이들이 그녀의 세상 전부였고, 이 세계를 그녀는 명령과 논쟁보다는 부탁과 설득으로 다스렸다. 그녀를 자극하는 것은 오로지 하나뿐으로, 그 도발은 그녀의 유별나게 상냥하고 동정심 많은 천성에서 기인했다. 그녀는 잔인한 일만 보면 격분했는데, 이는 온화한 성품과 비례해서 더더욱 놀랍고 불가해한 일이었다. 그녀는 평소에는 가장 조르기 쉽고 관대하기 이를 데 없는 엄마지만, 아들들은 엄마가 자신들을 가장 심하게 벌한 날을 아직도 경건하게 기억하고 있었다. 그들이 몇몇 사악한 이웃소년들과 합세하여 무방비한 고양이 새끼에게 돌을 던지다가 들켰던 날이었다.

"있죠," 빌은 이렇게 말하곤 했다. "그때 난 정말로 무서웠어요. 어머니가 달려드는데, 혹시 미치신 게 아닐까 생각했다니까요. 난 무슨 일이 벌어진지도 모르는 채로 매를 맞고 저녁도 못 먹고 침대에 처박혔죠. 그런데 그러고 나서 문밖에서 어머니가 우는 소리가 들리는 거예요. 다른 모든 일보다도 그게 더 기분이 안 좋았어요. 그래서 말이에요," 그가 말했다. "우리 형제들은 그 이후 고양이 새끼한테 한 번도 돌을 던진 적이 없어요!"

버드 부인은 벌떡 일어나 단호한 태도로 남편에게 다가가더니 결연한 어조로 말했다. 흥분으로 뺨이 몹시 빨갛게 달아올라 있어서 전반적으로 미모가 상승되어 보였다.

"존, 당신은 그런 법이 옳고 기독교적이라고 생각하는지 알고 싶어요."

"그렇다고 답하면, 날 쏠 건 아니겠지, 메리?"

"당신이 그런 생각을 한다는 건 상상도 할 수 없어요, 존. 당신은 찬성에 표를 던지지 않았죠?"

"그랬소, 미모의 정치가 양반."

"부끄러운 줄 알아요, 존! 가정도, 집도 없는 그 불쌍한 사람들을! 그건 치욕스럽고 사악하고 혐오스러운 법이에요. 난 기회가 오기만 하면 그 법을 어겨버릴 거예요. 그런 기회가 **왔으면** 좋겠어, 정말로! 노예이고 평생토록 학대와 억압을 받아왔다는 이유만으로 그 불쌍하고 굶주린 사람들에게 여자가 따뜻한 식사와 침대를 내줄 수 없다면, 세상은 형편없어지는 거라고요!"

"하지만 메리, 내 말 좀 들어봐요. 당신이 그렇게 느끼는 건 당연해, 여보. 그리고 그렇기 때문에 당신을 사랑하오. 하지만 여보, 감정 때문에 판단을 그르쳐선 안 되는 거요. 이건 사사로운 감정의 문제가 아냐. 커다란 공적 이해가 걸려 있는 문제란 말이오. 사람들의 흥분이 점점 더 심해지는 이 마당에 사적인 감정은 좀 제쳐놓아야 해요."

"존, 난 정치에 대해선 아는 바 없어요. 하지만 성경은 읽을 줄 알아요. 거기에는 배고픈 사람에게는 먹을 것을 주고, 헐벗은 사람은 입히고, 외로운 사람은 위로해주라고 쓰여 있어요. 난 그 성경을 따를 거예요."

"하지만 당신의 그런 행동이 커다란 공적인 해악을 가져오게 된다면……"

"하나님께 복종하는 데 공적 해악이 따라올 일은 절대 없어요. 그럴 수 없다는 걸 알아요. **하나님께서 명하시는 대로 하는** 것이 어느 모로 보나 가장 안전한 일이에요."

"저기, 내 말 좀 들어봐, 메리. 내 분명한 논증으로 보여줄 수……"

"말도 안 되는 소리예요, 존! 밤새도록 말해도 그럴 수는 없을 거예요. 당신한테 물을게요, 존. **당신은** 굶주림에 떠는 불쌍한 사람을 도망노예라는 이유로 문 앞에서 내칠 건가요? **그럴** 거예요?"

진실을 말하자면, 불행히도 우리의 상원의원은 특히나 인간적이고 순한 사람이라 곤경에 처한 사람을 내쫓는 것은 그의 장기가 아니었다. 논쟁상의 이 위기의 순간 그에게 더 불리한 점은 그의 아내가 이 사실을 알고 있으며 따라서 방어가 불가능한 지점을 공격하고 있다는 것이었다. 그래서 그는 그런 상황을 위해 마련된 흔한 시간 끌기 전법에 의지했다. 그는 "으흠" 하고 말하며 몇 번 헛기침을 하더니, 손수건을 꺼내 안경을 닦았다. 버드 부인은 적의 영토가 무방비 상태임을 보고는 양심도 없이 여세를 몰아 공격했다.

"당신이 그러는 걸 보고 싶군요, 존. 정말로요! 그러니까, 눈보라가 몰아치는데 여자를 문밖으로 쫓아낸다거나, 아니 어쩌면 여자를 잡아서 감옥에 넣을 수도 있겠네요, 안 그래요? 아주 잘할 수 있을 거예요!"

"물론 그런 건 굉장히 고통스러운 의무겠지." 버드 씨는 온화한 어조로 말을 꺼냈다.

"의무라고요, 존! 그런 말은 쓰지도 마요! 당신은 그게 의무가 아니란 걸 알잖아요. 그런 건 의무일 수가 없어요! 노예들이 도망가는 게 싫다면, 잘해주라고 그래요. 그게 내 신조예요. 절대 그런 일이 없기를 바라지만 내게 노예가 있다면, 난 노예들이 나나 당신에게서 도망치고 싶어 한다는 위험을 감수하겠어요, 존. 다시 말하지만, 행복하다면 사람들은 도망치지 않아요. 게다가 도망을 치게 되면, 불쌍한 사람들 같으니! 등 돌리는 사람들이 없다 해도 추위와 허기, 두려움만으로도 고통을 겪는다고요. 법이 있건 없건 간에, 난 절대 그런 짓은 하지 않을 거예요. 하나님, 절 도와주세요!"

"메리! 메리! 여보, 내 논리를 좀 들어봐요."

"난 논리 싫어요, 존. 특히 이런 문제를 논리적으로 따지는 건. 당신네 정치인들은 뻔한 옳은 일을 돌고 돌아가죠. 그리고 실행에 관한 한은 당신도 그걸 믿지 않잖아요. 난 당신을 잘 알아요, 존. 당신도 나만큼이나 이 일이 옳다고 생각하지 않아. 그리고 나처럼 그걸 행할 생각도 없고."

이 결정적 순간, 잡역꾼 쿠조 영감이 문 안으로 머리를 들이밀더니 "마님께서 부엌에 좀 와주십사" 하는 바람을 전했고, 해방된 우리의 상원의원은 흥미와 짜증이 묘하게 뒤섞인 표정으로 아내의 뒷모습을 바라보다가 안락의자에 앉아 신문을 읽기 시작했다.

잠시 후 아내가 다급하고 심각한 어조로 문밖에서 말했다. "존! 존! 잠깐 여기 좀 와봐요."

그는 신문을 놓고 부엌으로 갔다가, 눈앞의 광경을 보고 깜짝 놀랐다. 찢기고 얼어붙은 옷에 신발 한 짝은 달아나고 없고, 베이고 피가 흐르는 발에 찢어진 스타킹을 신은 여자가 의자 두 개 위에 완전히 정신을 잃고 누워 있었다. 그 얼굴에서는 멸시받는 종족의 흔적이 보였

지만, 누구도 그 슬프고 애처로운 아름다움을 느끼지 않을 수가 없었다. 하지만 돌처럼 무표정한 날카로움과 차갑고 경직된, 죽은 듯한 그 모습에 그는 침통한 한기를 느꼈다. 그는 숨죽인 채 말없이 서 있었다. 아내와 유일한 유색인 하인인 다이나 아줌마는 분주하게 회복조치를 취하고 있었고, 쿠조 영감은 소년을 무릎에 올려놓고는, 신발과 양말을 벗기고 차가운 조그만 발을 문질러주고 있었다.

"아이고, 이게 무슨 꼴이람!" 다이나가 불쌍히 여기며 말했다. "열기 때문에 기절한 것 같아요. 들어와서 여기서 잠깐 몸을 녹여도 되겠냐고 물었을 때는 괜찮아 보였거든요. 그런데 어디서 왔냐고 묻는데 그대로 기절해버리지 뭐예요. 손을 보니 별로 험한 일을 한 것 같지는 않은데."

"불쌍한 사람!" 버드 부인이 연민에 차서 말했다. 그때 여자가 크고 검은 눈을 천천히 뜨더니, 멍하게 부인을 바라보았다. 갑자기 얼굴에 고통스러운 표정이 스치더니, 여자가 벌떡 일어나 말했다. "오, 우리 해리! 당신들이 해리를 데리고 있나요?"

이 말을 들은 소년이 쿠조의 무릎에서 뛰어내려 엄마 옆으로 가더니 팔을 들어 올렸다. "아, 여기 있구나! 여기 있어!" 그녀가 외쳤다.

"아, 마님!" 그녀가 버드 부인에게 격렬하게 외쳤다. "부디 저희를 살려주세요! 그들이 제 아이를 잡아가지 않게 해주세요!"

"여기선 누구도 당신을 못 해쳐요. 가엾은 사람." 버드 부인이 용기를 북돋워주며 말했다. "당신은 안전해요. 무서워하지 말아요."

"하나님의 축복이 내리시기를!" 여자가 얼굴을 가리고 흐느끼며 말했다. 아이는 엄마가 우는 것을 보더니 엄마 무릎 위로 기어 올라가려고 낑낑댔다.

버드 부인이 세상 누구보다 잘하는 상냥하고 여자다운 기도를 수없이 해준 끝에, 그 불쌍한 여인은 머지않아 마음을 진정했다. 불 옆의 나무의자 위에 임시 침대를 마련해주자, 잠시 후 그녀는 깊은 잠에 빠져들었고, 그녀 못지않게 피곤해 보였던 아이도 엄마의 품 안에서 곤히 잠들었다. 그녀는 아이를 봐주겠다는 친절하기 이를 데 없는 제안도 불안해하며 거부했고, 잠이 들어서조차 속아서 경계태세를 늦추지 않겠다는 듯이 아이를 단단히 껴안고 있었다.

버드 부부는 응접실로 돌아왔지만, 이상하게도 두 사람 모두 이전의 대화에 대해서는 아무 언급도 하지 않았다. 하지만 버드 부인은 분주히 뜨개질을 했고, 버드 씨는 신문을 읽는 척했다.

"저 여자가 누구며 어떤 사람인지 궁금하군!" 버드 씨가 신문을 내려놓으며 말했다.

"자고 나서 기운을 좀 회복하면 알아봐요." 버드 부인이 말했다.

"저기, 여보!" 버드 씨가 신문을 쳐다보며 말없이 생각에 잠겼다가 말했다.

"네, 여보!"

"저 여자가 당신 옷을 입을 수는 없겠지? 기장을 내린다거나 뭐 어떻게 해서 말이오? 당신보다는 덩치가 좀 커 보여서."

버드 부인의 얼굴에 눈에 띄게 미소가 살짝 스쳐 갔다. "한번 두고 보죠."

또다시 침묵이 잠시 흐르다가, 버드 씨가 다시 말을 꺼냈다.

"저기, 여보!"

"음! 이번엔 왜요?"

"어, 그 오래된 봄버진 망토 있잖소, 왜 내가 오후에 낮잠 잘 때 덮어주겠다고 당신이 가지고 있는 그거. 그 망토를 주는 게 좋을 것 같소. 옷이 필요할 테니까."

그 순간 다이나가 들어오더니, 여자가 깨서 마님을 보고 싶어 한다고 알렸다.

버드 부부는 부엌으로 갔고, 큰 아이 둘이 그 뒤를 따랐다. 막내는 이때쯤에는 완전히 잠자리에 들어 자리에 없었다.

여자는 불 옆의 나무의자에 앉아 있었다. 그녀는 이전의 격앙된 흥분상태와는 매우 다른 차분하고 슬픈 표정으로 하염없이 불길을 바라보고 있었다.

"날 보자고 했다고요?" 버드 부인이 상냥하게 말했다. "이제 기분이 좀 나아졌나요, 가엾은 사람!"

그 대답으로 돌아온 것은 떨리는 깊은 한숨뿐이었다. 하지만 그녀는 검은 눈을 들어 쓸쓸하고 간청하는 표정으로 버드 부인을 바라보았고, 자그마한 여인의 눈에는 눈물이 솟았다.

"아무것도 두려워할 필요 없어요. 여기서 우린 친구예요. 어디서 왔는지, 원하는 게 뭔지 말해줘요." 그녀가 말했다.

"전 켄터키에서 왔어요." 여자가 말했다.

"언제요?" 버드 씨가 질문을 던졌다.

"오늘 밤에요."

"어떻게 왔죠?"

"얼음을 밟고 건넜어요."

"얼음을 밟고요!" 거기 있던 모든 사람이 말했다.

"네," 여자가 천천히 말했다. "그랬어요. 하나님께서 도우셔서, 얼음을 밟고 건넜어요. 그자들이 뒤에, 바로 뒤에서 쫓아왔거든요. 다른 방법이 없었어요!"

"세상에," 쿠조가 말했다. "얼음이 온통 다 깨져서, 강물 위에서 아래위로 흔들거리고 있는데."

"저도 알아요. 안다고요!" 그녀가 격렬하게 말했다. "하지만 했어요! 할 수 있을 거라는 생각은 하지 않았어요. 해야 한다는 생각도 하지 않았어요. 하지만 상관없었어요! 안 그랬으면 죽을 수밖에 없었으니까. 주님께서 도우셨어요. 해보기 전에는 주님께서 얼마나 도와주실지 아무도 모르는 거죠." 여자가 눈을 반짝이며 말했다.

"노예였습니까?" 버드 씨가 물었다.

"네, 나리. 켄터키의 주인님께 속해 있었어요."

"주인이 몰인정했습니까?"

"아뇨, 나리. 좋으신 분이었어요."

"그럼 안주인이 몰인정했소?"

"아뇨, 나리, 아뇨! 마님은 언제나 제게 친절하게 대해주셨어요."

"그럼 왜 좋은 집을 떠나서 도망쳐 그런 위험을 무릅쓴 겁니까?"

여자는 눈을 들어 버드 부인을 날카로운 시선으로 살폈고, 그녀가 상복을 입고 있다는 사실을 놓치지 않았다.

"마님," 그녀가 갑자기 말했다. "아이를 잃은 적 있으세요?"

이 갑작스러운 질문이 새로운 상처를 후벼 팠다. 왜냐하면 집안의 소중한 아이가 무덤 속에 놓인 지 이제 한 달밖에 지나지 않았기 때문이다.

버드 씨는 돌아서서 창가로 걸어갔고, 버드 부인은 울음을 터뜨렸다가 목소리를 가다듬고 물었다.

"왜 그런 걸 묻죠? 그래요, 난 아기를 잃었어요."

"그럼 절 가엾게 여겨주실 거예요. 전 둘을 차례로 잃었죠. 떠날 때 그 애들은 거기 무덤에 두고 왔어요. 제겐 이 아이 하나밖에 안 남았어요. 하룻밤도 떨어져 있은 적이 없어요. 애는 제 모든 것이에요. 낮이고 밤이고 제게 위안을 주고 자부심을 주는 아이예요. 마님, 그런데 그 사람들이 애를 데리고 가려고 했어요. **팔려고요**. 남쪽에다 판대요, 마님. 이 아이 혼자만. 평생 엄마 곁을 떠나본 적 없는 아기를요! 전 참을 수 없었어요, 마님. 그러면 전 못 살아요. 서류에 이미 서명이 끝났고 아이가 팔렸다는 걸 알았을 때, 전 밤중에 아이를 데리고 도망쳤어요. 그들이 절 쫓아왔죠. 아이를 산 남자랑 주인님의 하인 몇 명이. 그 사람들이 제 바로 뒤까지 쫓아왔고, 그 소리를 들었을 때 전 곧장 얼음 위로 몸을 던졌어요. 어떻게 건넜는지도 모르겠어요. 하지만 정신을 차리고 보니, 어떤 분이 저를 강둑으로 끌어 올려주고 계시더군요."

여자는 흐느끼지도 울지도 않았다. 그녀는 눈물마저 다 말라버렸다. 하지만 주위에 둘러선 모든 사람은 각기 나름의 방식대로 진심으로 동정하는 기색을 보였다.

두 어린 아들은 있을 리가 없는 손수건을 찾아 필사적으로 호주머니를 뒤지다가 결국 슬픈 얼굴을 어머니의 옷자락에 묻고 눈과 코를 닦으면서 마음껏 흐느꼈다. 버드 부인은 손수건에 얼굴을 묻었고, 다이나는 검고 정직한 얼굴에 눈물을 줄줄 흘리며 야외집회라도 온 듯 열성을 다해 외쳤다. "주님, 우리에게 자비를 베푸소서!" 쿠조 영감은 소맷부리로 눈을 꾹꾹 눌러 닦고 얼굴을 오만상 찡그리며 간간이 같은 장단으로 이에 열성적으로 응답했다. 우리의 상원의원은 정치가라, 당연히 다른 사람들처럼 울 수 없었다. 그래서 사람들에게 등을 돌린 채 창밖을 바라보며 분주하게 헛기침을 하고 안경을 닦다가, 누가 면밀히 지켜봤다면 의심을 불러일으킬 방식으로 간간이 코를 풀었다.

"그런데 어떻게 그 주인이 친절하다고 말할 수 있습니까?" 그는 목에서 울컥 치솟아 오르는 무엇인가를 결연히 꿀꺽 삼키고 갑자기 여자를 돌아보며 외쳤다.

"친절한 주인님이셨으니까요. 어쨌거나 그건 사실이에요. 그리고 마님도 친절하셨고요. 하지만 그분들도 어쩔 수가 없었어요. 주인님께는 빚이 있었고, 잘은 모르지만 어떤 사람이 주인님을 어떤 식으로 틀어쥐고 있어서 그 사람 뜻대로 할 수밖에 없었대요. 주인님이 마님께 그렇게 말하는 걸 제가 들었어요. 마님은 저를 위해 빌고 애원했지만, 주인님은 어쩔 수가 없다고, 이미 계약서를 다 썼다고 하시더군요. 그 순간 저는 아이를 데리고 집을 떠나 도망쳤어요. 아이를 데려가면 전 못 살거든요. 이 아이는 제 전부니까요."

"남편은 없나요?"

"있어요, 하지만 남편은 다른 사람 밑에 있어요. 그 주인은 정말 가혹한 사람이어서 남편이 좀처럼 저를 보러 오지 못하게 해요. 게다가 점점 더 심해져서 남쪽으로 팔아버리겠다고 협박해요. 아마 전 다시는 **그 사람**을 보지 못할 거예요!"

이 말을 하는 여자의 어조는 너무도 차분해서, 피상적인 관찰자라면 그녀를 완전히 냉담한 사람이라고 생각했을지도 모른다. 하지만 그녀의 커다란 검은 눈 속 깊이 자리한 고요한 고통은 전혀 다른 이야기를 하고 있었다.

"그럼 어디로 가려는 건가요?" 버드 부인이 말했다.

"캐나다요. 어디 있는지 알 수만 있다면요. 캐나다는 많이 먼가요?" 그녀가 신뢰를 담은 소박한 얼굴로 버드 부인의 얼굴을 쳐다보며 물었다.

"가엾은 사람!" 버드 부인이 자기도 모르게 말했다.

"굉장히 멀지는 않겠죠?" 여자가 진지하게 물었다.

"당신이 생각하는 것보다 훨씬 멀어요!" 버드 부인이 말했다. "하지만 우리가 도울 방법을 생각해볼게요. 자, 다이나, 다이나 방에 잠자리를 좀 마련해줘요. 부엌 바로 옆에. 난 아침에 도울 방법을 생각해볼게요. 자, 그동안 두려워하지 말고 있어요. 하나님을 믿어요. 그분이 보호해주실 거예요."

버드 부인과 남편은 다시 거실로 들어왔다. 그녀는 난로 앞 흔들의

자에 앉더니 생각에 잠겨 의자를 앞뒤로 흔들었다. 버드 씨는 방 안을 서성이며 혼자 투덜거렸다. "흥! 흥! 이런 말도 안 되는 곤란한 일이 있나!" 마침내 그는 아내에게 다가와 말했다.

"여보, 저 여자는 오늘 밤 여기서 떠나야만 해요. 그자가 내일 아침 일찍 냄새를 쫓아올 거요. 여자뿐이라면 상황이 끝날 때까지 조용히 있을 수도 있겠지만, 전력을 다한다 해도 저 어린애를 가만히 있게 하지는 못할걸. 분명, 저 아이는 창문이나 문에서 머리를 내밀든지 해서 모든 걸 탄로 내고야 말 거요. 지금 저 두 사람이 여기서 잡히면 나한테도 큰일이야! 안 돼, 저 사람들은 오늘 밤 여기서 떠나야 하오."

"오늘 밤이라고요? 그게 어떻게 가능해요? 도대체 어디로요?"

"음, 어디로 가야 할지는 내가 잘 알고 있소." 상원의원이 부츠를 신으며 차분하게 말했다. 그러더니 다리를 반쯤 집어넣고는 무릎을 양손으로 감싸더니 깊은 생각에 빠져들었다.

"이건 말도 안 되는 곤란한 일이야." 마침내 그는 부츠 끈을 다시 잡아당기며 말했다. "정말이야!" 부츠 한 짝을 다 신고 나서, 상원의원은 나머지 한 짝을 손에 들고 앉아 양탄자의 문양을 골똘히 쳐다보았다. "하지만 아무리 봐도 해야만 하는 일이야. 젠장!" 그는 초조하게 나머지 부츠 한 짝을 잡아당겨 신고는 창밖을 내다보았다.

아담한 버드 부인은 평생토록 "그러게 내가 뭐랬어요!" 같은 말은 한 번도 한 적 없는 신중한 여자였다. 비록 남편의 생각이 어떤 형태를 띠어가고 있는지 매우 잘 알고 있었지만, 현 상황에서 그녀는 군주가 이제 말할 때가 되었다고 생각할 때 그 의도를 들을 준비를 갖추고 신중하게 참견을 참으며 조용히 앉아 있었다.

"있잖소," 그가 말했다. "예전에 내 의뢰인이었던 밴 트롬프 말이오, 켄터키에서 와서 노예들을 다 해방시켰던 사람. 그 사람이 여기 숲 속 샛강을 따라 11킬로미터쯤 올라간 곳에 있는 농장을 샀소. 거긴 일부러 가지 않으면 아무도 안 찾는 곳이오. 서둘러 찾을 수 있는 곳도 아니고. 거기라면 충분히 안전할 거요. 하지만 문제는, 나 빼고는 오늘 밤 거기까지 마차를 몰고 갈 수 있는 사람이 없다는 건데."

"왜요? 쿠조도 훌륭한 마부잖아요."

"그럼, 그럼, 하지만 문제는 이거요. 샛강을 두 번 건너야 하는데, 그중 두 번째는 나처럼 잘 아는 사람이 아니고서는 꽤나 위험하거든. 나야 수백 번 말을 타고 건너서 길을 정확하게 알지만. 그러니 어쩔 수가 없소. 쿠조가 12시쯤 최대한 조용하게 말들을 데려오면, 내가 저 여자를 데리고 가리다. 그리고 이야기를 그럴싸하게 꾸미기 위해서 쿠조가 나를 다음 선술집까지 태우고 가고, 난 3, 4시경에 오는 콜럼버스행 역마차를 타는 거지. 그럼 그걸 타기 위해 마차를 몰고 간 것처럼 보일 것 아니오. 나는 아침 일찍 일을 시작할 수 있고. 이 모든 일을 생각해보면 거기서 다소 멋쩍은 기분이 들 것 같지만, 될 대로 되라지, 어쩔 수가 없는걸!"

"이 경우에는 당신 머리보다 마음을 따르는 게 더 나아요, 존." 아내가 조그만 하얀 손을 그의 손 위에 놓으며 말했다. "당신이 당신 자신을 아는 것보다 내가 당신을 더 잘 알지 않았다면, 당신을 사랑할 수 있었을까요?" 눈물을 글썽이는 이 조그만 여인이 너무도 아름다워 보여서, 상원의원은 이렇게 아름다운 사람이 이렇게 열렬히 칭찬해주니 자신은 분명 대단히 똑똑한 사람이라는 생각이 들었다. 그래서 그는 마차를 살펴보러 착실하게 나갈 수밖에 없었다. 하지만 문 앞에서 그는 잠시 걸음을 멈추고 돌아와 약간 주저하며 말했다.

"메리, 당신은 어떻게 생각할지 모르겠지만, 저기…… 가엾은 헨리의 물건들이 가득 든 서랍 말이오." 이렇게 말하고 그는 재빨리 돌아서더니 문을 닫고 나갔다.

그의 아내는 자신의 방과 붙어 있는 조그만 침실 문을 열고는, 촛불을 가져가 책상 위에 놓았다. 그리고 깊숙한 곳에서 열쇠를 꺼내어 서랍의 자물쇠에 신중하게 넣더니 불현듯 잠시 동작을 멈추었고, 아이답게 엄마 뒤를 졸졸 따라온 두 소년은 말없이 의미심장한 눈길로 엄마를 쳐다보며 서 있었다. 오, 이 글을 읽으시는 어머니, 당신 집에는 문을 열면 조그만 무덤을 다시 여는 것 같은 기분이 드는 서랍이나 벽장이 없나요? 아! 그렇다면 당신은 정말로 행복한 어머니입니다.

버드 부인은 천천히 서랍을 열었다. 그 안에는 여러 가지 형태와 무늬의 조그만 코트들, 앞치마 더미, 조그마한 스타킹이 가지런히 들어 있었다. 심지어 접힌 종이들 사이로 앞코가 닳은 조그만 신발까지 살짝 보였다. 장난감 말과 마차, 팽이, 공도 있었다. 수없이 눈물을 흘리며 애끓는 마음으로 모은 기념물들이었다! 그녀는 서랍 옆에 앉아서 손으로 얼굴을 가린 채 손가락 사이로 눈물이 흘러 서랍 안으로 뚝뚝 떨어질 때까지 울었다. 그러더니 그녀는 갑자기 고개를 들고 초조하게 서두르며 가장 소박하고 실용적인 품목들을 골라 꾸러미를 꾸렸다.

"엄마," 한 아이가 그녀의 팔을 살짝 건드리며 말했다. "저 물건들 주려고요?"

"얘들아," 그녀가 상냥하고 진지하게 말했다. "사랑하는 우리 꼬마 헨리가 하늘에서 내려다보고 있다면, 분명 기뻐할 거야. 그냥 보통 사람, 행복한 사람에게는 이 물건들을 줘버리고 싶지 않았어. 하지만 나보다 더 가슴 아프고 슬픈 엄마에게는 줘야겠다. 하나님께서 이것들과 더불어 축복도 주시길!"

이 세상에는 자신의 슬픔에서 다른 이들의 기쁨을 끄집어내고, 수많은 눈물과 함께 무덤에 묻은 자신의 세속의 희망을 씨앗 삼아 외롭고 가난한 자들을 치유하는 꽃과 향유를 싹틔우는 축복받은 영혼들이 있다. 등불 옆에 앉아 눈물을 흘리며 추방당한 방랑자를 위해 잃어버린 아이의 기념물들을 싸는 이 가냘픈 여인이 바로 그런 영혼이었다.

잠시 후, 버드 부인은 옷장을 열고 입을 만한 소박한 옷가지 두어 개를 꺼내더니, 작업대에 앉아 바늘과 가위, 골무를 분주히 놀리며 남편이 권고한 '기장 내리기' 작업을 조용히 시작했다. 작업은 구석의 오래된 시계가 12시를 칠 때까지 바쁘게 계속되었고, 마침내 문 앞에서 나지막이 덜그럭거리는 바퀴소리가 들렸다.

"메리," 남편이 코트를 손에 들고 들어오며 말했다. "이제 깨워야겠소. 지금 떠나야만 하오."

버드 부인은 간소한 조그만 여행가방에 모아놓은 갖가지 물품들을 서둘러 담고 가방을 잠근 뒤 마차에 가져가라고 남편에게 건네준

다음, 여자를 부르러 갔다. 곧 은인의 망토와 보닛, 숄을 두른 여자가 아이를 안고 문간에 나타났다. 버드 씨가 서둘러 여자를 마차에 태우자, 버드 부인은 그녀를 따라 마차 계단까지 올라왔다. 엘리자는 마차 밖으로 몸을 빼고 손을 내밀었다. 이에 응답해 내민 손만큼이나 부드럽고 아름다운 손이었다. 그녀는 진심을 담은 커다란 검은 눈을 버드 부인의 얼굴에 고정시킨 채 뭐라고 말하려고 했다. 입술이 움직였다. 그녀는 한두 번 입을 달싹거렸지만 아무 말도 나오지 않았다. 그러더니 절대 잊지 못할 표정으로 하늘을 가리키더니 의자에 털썩 앉아 손으로 얼굴을 감쌌다. 문이 닫히고 마차가 달려갔다.

지난주 내내 도망노예에 대해 더 엄중한 결의를 통과시켜야 한다고 자기 주 입법부를 몰아댔던 애국 상원의원에게 이게 무슨 상황이란 말인가!

우리의 훌륭한 상원의원께서는 웅변에 있어서 불멸의 명성을 얻은 워싱턴의 동료들 그 누구에게도 뒤지지 않는 실력을 자신의 주 내에서 떨치고 있었다! 호주머니에 손을 넣은 채 앉아서, 주 전체의 큰 이해관계보다 불쌍한 몇몇 도망노예들의 안녕을 우선시하려는 사람들의 감상적 약점을 그가 얼마나 탁월하게 짚어내었던가!

그는 사자처럼 대담했고, 자신뿐만 아니라 그의 말을 들은 모든 사람을 '폭풍처럼 설득했다.' 하지만 그의 머릿속에 도망노예란 글자의 조합에 불과했다. 아니면 기껏해야 '서명인에게서 도망쳤음'이라는 문구를 단 채 신문에 실린, 지팡이와 꾸러미를 든 남자의 그림일 뿐이었다. 진정 고통 받는 존재가 지닌 마법—애원하는 인간의 눈, 떨리는 연약한 인간의 손, 의지할 데 없는 고통의 절망적인 탄원—을 그는 겪어본 일이 없었다. 도망노예가 불행한 엄마, 무방비한 아이일 수도 있다는 생각을 한 번도 해본 적이 없었다. 죽은 자기 아이가 썼던 저 낯익은 조그만 모자를 쓴 저 아이처럼 말이다. 우리의 가엾은 상원의원은 돌이나 쇠가 아니었기 때문에, 인간이자 철저히 고귀한 심성을 지닌 인간이었기 때문에, 누가 봐도 알 수 있듯이 애국심으로 인해 아주 난처한 상황에 빠져버렸다. 남부 주의 형제여, 그렇다고 의기양양해서 날뛸 필요는 없다. 당신들 중에서도 비슷한 상황에서라면 별반 다르지 않게 행동할 사람들이 많으리라는 느낌이 어렴풋이 들기 때문이다. 미시시피에도, 켄터키에도 남이 고통을 겪은 이야기를 그냥 넘기지 못하는 고귀하고 친절한 사람들이 있음을 우리는 잘 알고 있다. 아, 착한 형제여! 당신이 이런 상황에 처한다면 그 용감하고 고귀한 마음으로 절대 못 할 일을 우리에게 기대하는 것이 과연 공정한 일일까?

어쨌거나 만약 우리의 훌륭한 상원의원이 정치적 죄를 지었다면, 그는 밤의 고행을 통해 그 죄를 속죄할 작정이었다. 오랫동안 계속된 우기로 인해, 모두가 익히 아는 오하이오의 그 부드럽고 풍요로운 땅은 진흙이 되기 딱 좋은 상태였다. 그리고 그 길은 좋았던 옛 시절의 오하이오 철도였다.

"세상에, 이게 도대체 무슨 길입니까?" 철도라면 평탄함이나 속도 같은 개념과 연관시키는 데 익숙한 동부의 여행자는 이렇게 말할 것이다.

순진한 동부의 친구여, 진흙의 깊이를 헤아릴 수 없는 서부의 미개한 지역에서는 거칠고 둥근 통나무를 가로로 나란히 놓고 그 위에 흙이나 잔디, 그 밖에 무엇이든 가까이서 구할 수 있는 것들을 자연상태 그대로 발라서 길을 만들었다. 그러고는 원주민들은 기쁨에 차서 이를 길이라고 부르며, 곧장 그 위로 말을 타고 다니기 시작했다. 시간이 지나면서 내리는 비에 앞서 말한 잔디와 풀은 다 씻겨 나가고, 통나무들은 여기저기로 밀려 위아래, 열십자로 그림같이 배열되고, 사방에 틈이 생기고 그 사이에는 검은 이끼가 줄지어 자라난다.

바로 그런 길 위를 우리의 상원의원은 그 상황에서 응당 그럴 수밖에 없듯이 끝없이 도덕적 성찰을 하며 덜컹거리며 갔다. 마차는 다음과 같이 나아갔다. 쿵! 쿵! 쿵! 철퍽! 진창 속으로! 상원의원과 여자, 아이는 정확하게 조정한 바도 없이 돌연 자리가 바뀌며 내리막 쪽 창에 가서 부딪혔다. 마차는 진창에 단단히 처박혔고, 바깥에서는 말들을 독려하는 쿠조의 고함소리가 들렸다. 몇 번이나 속절없이 끌고 잡아당기느라 상원의원의 인내심이 거의 바닥날 지경이 되었을 때, 마차가 갑자기 튀어나와 똑바로 서더니 이번에는 앞바퀴 두 개가 다른 구덩이에 빠졌다. 상원의원과 여자와 아이는 모두 한꺼번에 뒤얽혀 앞좌석으로 곤두박질했다. 상원의원의 모자는 볼썽사납게 눈과 코 위에 납작하게 눌렸고, 그는 정신이 하나도 없었다. 아이는 울어대고, 바깥에서 쿠조는 말들에게 소리 높여 일장연설을 하고, 말들은 계속되는 채찍질 아래서 발을 차대고 버둥거리며 분투했다. 또 한 번 마차가 튀어 오르더니 뒷바퀴가 털썩 주저앉았다. 상원의원과 여자, 아이는 뒷

좌석으로 날아갔다. 그의 팔꿈치는 여자의 보닛과 부딪혔고, 여자의 발은 충격 와중에 날아간 그의 모자를 밟았다. 잠시 후 '진창길'이 끝났고, 말들은 숨을 헐떡이며 발을 멈추었다. 상원의원은 모자를 찾았고, 여자는 보닛을 고쳐 쓰고 아이를 달랬다. 그들은 앞으로 닥칠 일에 대비해 단단히 긴장하며 자세를 갖췄다.

잠시 동안은 쿵! 쿵! 소리만 계속되었고, 간간이 마차가 옆으로 기울어지거나 복잡하게 흔들리는 상황들이 양념처럼 가미되었다. 결국 그들은 이 정도면 그다지 나쁜 상황은 아니라고 애써 위안하기 시작했다. 마침내 마차는 완전히 앞으로 곤두박질치며 멈추었고, 그 바람에 모두가 놀라운 기세로 벌떡 일어났다가 다시 자리에 처박혔다. 바깥에서 한참 소동이 벌어졌다가 쿠조가 문간에 나타났다.

"나리, 여기는 정말 지독하게 엉망진창이에요. 어떻게 빠져나갈 수 있을지 모르겠어요. 울타리 가로대를 뽑아 와야 할 것 같아요."

절망한 상원의원은 조심스럽게 발 디딜 곳을 찾으며 밖으로 나갔지만, 내디딘 발은 끝도 없이 아래로 쑤욱 빠졌다. 그는 발을 빼려다가 균형을 잃고 진창 속에 엎어졌고, 가망 없는 꼴로 쿠조에 의해 끌어 올려졌다.

하지만 독자들을 생각해서 설명은 삼가겠다. 진흙 구덩이에 빠진 마차를 들어 올리기 위하여 야음을 틈타 울타리 가로대를 뽑는 흥미로운 절차를 밟아본 적 있는 서부의 여행자들은 우리의 불행한 영웅에게 정중하고 슬픈 공감을 표할 것이다. 그저 조용히 눈물을 흘리고, 지나가주길 바란다.

마차는 한밤중이 되어서야 흙투성이 상태로 물을 뚝뚝 흘리며 샛강에서 빠져나와 커다란 농가의 문 앞에 섰다.

집 안 사람들을 깨우는 데는 상당한 인내심이 필요했지만, 마침내 존경스러운 집주인이 나타나서 문을 열었다. 그는 오손(중세로맨스 『발렌틴과 오손*Valentine and Orson*』의 등장인물로 곰의 굴에서 자란 야생의 인물—옮긴이)처럼 머리털이 곤두선 커다란 남자로, 키가 족히 180센티미터는 훌쩍 넘었고, 빨간 플란넬 사냥셔츠를 입고 있었다. 마구 뒤엉킨 모래 빛깔 머리카락과 며칠은 안 깎은 듯한 수염으로 인해 그 양반의 외모는 적어도 특별히 호감 가는 인상이라고는 말할 수 없었다. 그는 몇 분 동안 촛불을 높이 든 채, 정말로 우스꽝스러운 우울하고 얼떨떨한 표정으로 눈을 껌벅이며 우리 여행자들을 바라보았다. 그에게 상황을 완전히 이해시키기 위해 우리의 상원의원은 상당한 노력을 들여야만 했다. 그가 최선을 다하고 있는 동안, 독자들에게 잠시 이 사람을 소개하도록 하겠다.

정직한 존 밴 트롬프는 한때 켄터키 주에서 상당한 지주이자 노예주였다. '피부 외에는 곰 같은 데라고는 없고,' 거대한 체구에 걸맞은 크고 정직하고 올바른 마음을 타고난 그는 억압하는 사람과 억압받는 사람 모두를 똑같이 괴롭히는 이 제도의 작용을 불편한 마음을 억누른 채 수년 동안 지켜봐왔다. 그러다가 마침내 마음이 터져버릴 것 같아 더 이상은 이 속박을 견딜 수 없었던 존은 어느 날 그냥 책상에서 지갑을 꺼내 오하이오로 건너가 비옥한 땅 4분의 1 군구郡區를 사고, 남자, 여자, 아이 모두에게 해방증서를 주고는, 마차에 실어 정착하도록 떠나보냈다. 그러고 나서 정직한 존은 샛강 상류로 고개를 돌려 눈에 띄지 않는 아늑한 농장에 조용히 안착한 뒤, 양심에 거리낌 없이 명상을 즐겼다.

"자네는 노예사냥꾼에게서 불쌍한 여자와 아이를 보호해줄 수 있나?" 상원의원은 노골적으로 물었다.

"그렇다고 생각하네." 정직한 존은 상당히 힘주어 대답했다.

"그럴 줄 알았소." 상원의원이 말했다.

"누구라도 오기만 하면," 그는 근육질의 커다란 몸을 위로 뻗으며 말했다. "여기서 내가 상대해주겠네. 게다가 나에겐 키가 1미터 80인 아들도 일곱이 있지. 다들 놈들을 맞을 준비를 할 거요. 놈들한테 안부를 전해주게." 존이 말했다. "아무리 빨리 들이닥쳐도 상관없다고 말이오. 우린 상관없으니까." 그는 엉킨 덥수룩한 머리다발을 손가락으로 빗으며 껄껄 웃음을 터뜨렸다.

녹초가 되어 생기를 잃은 엘리자는 곤히 잠든 아이를 안고 문간까지 비척거리며 올라갔다. 텁수룩한 남자는 촛불을 얼굴에 들이대고 툴툴대듯 위로의 말을 중얼거리더니, 그들이 서 있는 부엌에 붙은 조그만 침실 문을 열고는 들어가라고 손짓했다. 그는 초를 가져와 불을 붙여 책상 위에 놓고 엘리자에게 말했다.

"자, 누가 오든지 간에 조금도 무서워할 필요 없어요. 내가 뭐든 다 막아줄 테니까." 그는 벽난로 선반 위에 걸린 멋진 소총 두세 정을 가리키며 말했다. "나를 아는 사람들이라면, 내 반대를 무릅쓰고 내 집에서 누구를 끌어내려 하면 좋을 게 없다는 걸 잘 압니다. 그러니 이

제 그냥 자요. 엄마가 재워주기라도 하는 것처럼." 그는 문을 닫으며 말했다.

"보기 드물게 예쁜 여자군." 그가 상원의원에게 말했다. "음, 때로는 예쁜 여자들이 도망칠 이유가 가장 많지. 점잖은 여자가 느껴야 할 감정이 있다면 말이오. 잘 알고 있는 일이야."

상원의원은 간략하게 엘리자의 상황을 설명했다.

"아! 그런 일이!" 그는 가엾어하며 말했다. "그건 당연한 일이지, 불쌍한 것! 자연스러운 감정을 가지고 있다는 이유만으로, 어떤 엄마라도 하지 않을 수 없는 일을 했다는 이유만으로 사슴처럼 쫓기다니! 정말이지 자네 이야기를 들으니 거의 욕이 나올 지경이네." 정직한 존은 주근깨 가득한 누렇고 커다란 손등으로 눈을 닦으며 말했다. "사실 난 몇 년 동안 교회에 가지 않았네. 우리 교구의 목사들이 성경에 이 사람들을 박해해도 된다고 적혀 있다고 설교를 했거든. 그리스어와 히브리어로는 그 사람들한테 상대도 안 되고 해서, 성경이고 뭐고 다 등을 돌려버렸지. 그래서 교회를 안 가고 있다가 어떤 목사를 만났는데, 그분은 그리스어니 뭐니 전혀 뒤지지 않는데도 완전 정반대의 말씀을 하지 않겠나. 그래서 다시 마음을 먹고 교회에 나가기 시작했지." 존은 굳게 닫힌 사과주 병마개와 내내 씨름하며 이야기를 하다가, 바로 그 순간 병을 내밀었다.

"자네도 아침까지 여기 있는 게 좋겠네." 그가 진심으로 말했다. "아내를 불러서 금세 잠자리를 마련하지."

"고맙소, 친구." 상원의원이 말했다. "하지만 콜럼버스행 야간 역마차를 타러 가야만 하오."

"가야만 한다면 할 수 없지. 내가 요 앞까지 같이 나가서 지금 온 길보다 그쪽으로 가기 더 나은 교차로를 알려주겠네. 그 길은 정말 안 좋아."

존은 채비를 마치고 손에 호롱불을 들더니 곧 상원의원의 마차를 집 뒤 계곡으로 내려가는 길 쪽으로 안내했다. 헤어질 때 상원의원은 존의 손에 10달러짜리 지폐를 쥐어주었다.

"그 여자를 위해서." 그가 짤막하게 말했다.

"알겠네, 알았어." 존도 똑같이 간결하게 말했다.

그들은 악수를 하고 헤어졌다.

제10장

운반되는 재산

톰 아저씨의 오두막 창문 너머로 보이는 2월의 아침은 회색빛이었고 이슬비가 내리고 있었다. 오두막에는 슬픈 마음이 그대로 드러난 우울한 얼굴들이 있었다. 난로 앞에는 다림질 천을 깐 조그만 탁자가 서 있었다. 막 다림질을 마친 거칠지만 깨끗한 셔츠 한두 벌이 난로 옆 의자 등받이에 걸려 있었고, 클로이 아줌마는 탁자 위에 또 하나를 폈다. 그녀는 가끔 손을 들어 올려 뺨에 흘러내리는 눈물을 닦아내며, 접힌 부분, 가장자리 하나하나 빈틈없이 정확하게 펴서 다림질했다.

톰은 무릎에 성경책을 펴놓고 손으로 얼굴을 괸 채 앉아 있었다. 하지만 두 사람 모두 말이 없었다. 아직 이른 시간이어서 아이들은 모두 거친 바퀴침대에 함께 잠들어 있었다.

슬프게도 이 불행한 종족 특유의 면모인 상냥하고 가정적인 마음

씨가 넘치는 톰은 일어나서 조용히 걸어가 자식들을 바라보았다.

"마지막이구나." 그가 말했다.

클로이 아줌마는 아무 대답 없이 이미 최대한 매끈하게 다린 거친 셔츠를 펴고 또 폈다. 그러더니 마침내 갑자기 다리미를 절망적으로 탁 놓고는 탁자 앞에 주저앉아 '소리 높여 울었다.'

"체념해야 한다는 거 알아. 하지만 아, 주여! 내가 어떻게 그럴 수가 있겠수? 당신이 어디로 가고, 어떤 취급을 받는지만 알아도! 마님은 노력해서 1, 2년 뒤에는 당신을 되찾아오겠다고 하지만, 주여! 내려간 사람 중에 올라온 사람은 아무도 없잖아! 그 사람들이 죽인 거야! 그쪽 농장에서 사람들을 어떻게 부리는지 다 들었다고."

"거기에도 여기 계신 분과 똑같은 하나님이 계실 거야, 클로이."

"글쎄," 클로이 아줌마가 말했다. "그렇다고 쳐. 하지만 주님께서는 때로 무서운 일들이 일어나게 내버려두잖우. 그런 말로는 전혀 위안이 안 돼."

"난 주님의 손 안에 있어." 톰이 말했다. "모든 게 다 주님의 뜻이야. **한** 가지 주님께 감사드릴 일이 있어. 팔려 내려가는 게 당신이나 아이들이 아니라 **나**라는 거. 당신은 여기서 안전해. 무슨 일이 일어나든 나한테만 일어날 거야. 그리고 주님께서 도와주실 거야. 그러실 걸 알아."

아, 사랑하는 이들을 위로하기 위하여 자신의 슬픔은 억누르는 용감하고 남자다운 마음이여! 톰은 목이 메어 쉰 목소리가 나왔지만, 용감하고 힘차게 말했다.

"자비를 빌어야지!" 그는 정말로 열심히 빌 필요가 있다고 확신하는 듯이 떨리는 목소리로 말했다.

"자비라구!" 클로이 아줌마가 말했다. "자비가 어디 있어! 이건 옳지 않아! 이런 건 옳지 않다고! 주인님은 자기 빚 때문에 당신이 팔려가도록 내버려두지 말았어야 해. 당신은 주인님에게 당신 몸값만큼, 아니 두 배는 일해줬다고. 주인님은 자유를 주겠다고 했잖아. 벌써 몇 년 전에 줬어야 했다고. 이번 일은 어쩔 수가 없었을지도 모르지, 하지만 이건 잘못된 일이야. 누구도 내 생각을 바꿀 수 없어. 당신은 정말 충성을 다했잖아. 주인님 일은 언제나 자기 일처럼 하고, 자기 마누라와 자식보다 주인님을 더 생각했잖아! 자기가 곤경에서 빠져나오자고 사랑도, 피도 다 팔다니, 주님이 벌하실 거야!"

"클로이! 날 사랑한다면, 그런 식으로 말하지 마. 어쩌면 지금이 우리가 마지막으로 함께 있는 시간일지도 모르는데! 정말이지, 클로이, 주인님에 대한 나쁜 말은 한 마디도 더 듣고 싶지 않아. 주인님은 아기 때 내 품에 안겼잖아? 그러니 내가 주인님한테 마음을 쓰는 건 당연한 거야. 하지만 주인님한테 불쌍한 톰 생각을 해달라고 기대할 수는 없어. 주인님들은 남들이 온갖 일을 다 해주는 데 익숙해서 그걸 대단하게 생각하지 않아. 당연해. 하지만 다른 주인님들 옆에 놓고 비교해봐. 누가 나 같은 대접을 받고 나처럼 살아? 주인님도 이런 사태를 미리 알았다면, 절대 내게 이런 일이 생기게 하지는 않았을 거야. 난 알아."

"어쨌거나, 이건 **뭔가** 잘못된 일이야." 클로이 아줌마는 완강한 정의감이 아주 두드러지는 사람이었다. "난 그냥 잘 이해가 안 돼. 하지만 이건 뭔가 잘못됐어. 그건 틀림없어."

"저 하늘 위 주님을 올려다봐. 주님은 모든 것 위에 계셔. 참새 하나도 주님의 뜻 없이는 떨어지지 않는 거야."

"위로는 안 되는 것 같지만, 그래도 그러길 바라야지." 클로이 아줌마가 말했다. "하지만 말해봤자 무슨 소용이야. 옥수수 케이크 반죽을 해서 아침이나 잘 차려야지. 당신이 언제 다음번 아침을 먹게 될지도 모르는데."

남쪽으로 팔려 가는 검둥이들의 아픔을 절실히 이해하기 위해서는 이 종족은 모든 본능적 애정이 특히 강하다는 사실을 기억해야만 한다. 그들은 지역에 대해 매우 지속적인 애착을 지닌다. 대담하고 진취적인 기상을 타고나진 않지만, 가정적이고 상냥하다. 여기에 무지로 인한 미지에의 두려움이 더해지고, 또 검둥이들에게는 남쪽으로 팔려 간다는 것이 어릴 때부터 최후의 가혹한 처벌로 제시된다는 사실이 더해진다. 어떤 매질이나 고문보다 더 끔찍한 위협은 강 아래로 보낸다는 위협이었다. 우리는 그들이 이러한 감정을 토로하는 것을 직접 들었고, 휴식시간에 '강 아래'에 대한 끔찍한 이야기들을 나눌 때 그 숨김없는 공포의 표정을 직접 보았다. '강 아래' 세상은 그들에게는 "어떤 여행자도 다시 돌아오지 못한 미지의 나라"(셰익스피어의 「햄릿」 3막 1장의 유명한 독백 "사느냐 죽느냐"가 나오는 구절 가운데 일부를 인용—옮긴이)였다.

캐나다의 도망노예들 사이에서 일하는 선교사의 말에 따르면, 많은 도망노예들은 상대적으로 친절한 주인에게서 도망쳤으며, 거의 모든 경우 남쪽으로 팔려 간다는 끔찍한 공포—자기 자신이나 남편, 아내, 혹은 아이들 위에 드리워진 운명—로 인해 탈출의 위험을 무릅쓰게 되었다고 고백했다고 한다. 그 때문에 천성적으로 참을성 많고, 소심하고, 모험적이지 않은 아프리카인이 영웅적인 용기를 짜내어, 허기와 추위, 고통, 황야의 위험, 그리고 체포되었을 경우에 더 무시무시한 형벌을 감수하는 것이다.

이제 식탁 위에는 소박한 아침식사가 김을 모락모락 피우고 있었다. 셸비 부인이 그날 아침은 클로이 아줌마의 식사시중을 면제해줬기 때문이다. 그 불쌍한 영혼은 남은 모든 기력을 다하여 이 작별의 성찬을 차렸다. 엄선해서 닭을 잡아 다듬고, 남편의 입맛에 딱 맞게 면밀히 신경 써서 옥수수 케이크를 준비하고, 아주 특별한 상황을 제외하고는 결코 꺼내지 않는, 벽난로 선반 위의 신비의 조림 단지를 가져왔다.

"야, 피트," 모즈가 의기양양하게 "이거 굉장한 아침인데!"라고 말하며 닭고기를 집었다.

클로이 아줌마가 갑자기 아이의 귀를 철썩 때렸다. "저 봐! 불쌍한 아버지가 집에서 먹는 마지막 아침을 앞에 놓고 그렇게 좋아라 하니!"

"클로이!" 톰이 부드럽게 말했다.

"어쩔 수가 없다고." 클로이 아줌마가 앞치마로 얼굴을 감싸고 말했다. "너무 혼란스러워서 험한 행동을 하지 않을 수가 없어."

아이들은 아버지를 보았다가 어머니를 보았다가 하며 꼼짝 않고 서 있었고, 아기는 엄마의 옷자락을 붙들고 기어오르며 찢어질 듯 절박하게 울어대기 시작했다.

"자!" 클로이 아줌마는 눈물을 닦고 아기를 들어 올리며 말했다. "자, 그쳤어. 그래야지. 이제 다들 먹어. 최고로 좋은 닭을 잡았어. 자, 얘들아, 너희들도 좀 먹어라. 불쌍한 것들! 언짢게 굴어서 미안하다."

아이들은 다시 청할 필요도 없이 열성적으로 음식에 달려들었다. 잘한 일이었다. 그렇지 않았더라면 거의 아무도 먹지 않았을 터였다.

"자," 클로이 아줌마가 아침식사 후 분주하게 움직이며 말했다. "당신 옷을 챙겨야겠어. 아마도 다 빼앗아 가버리겠지만. 그 사람들이 어떻게 하는지 다 알아. 비열한 사람들 같으니! 어쨌든, 류머티즘용 플란넬 천은 이쪽 구석에 넣었어. 잘 챙겨, 이제 더 만들어줄 사람도 없으니까. 이쪽에는 헌 셔츠들이 있고, 여기는 새 셔츠들이야. 어젯밤에 당신 양말들 수선하고, 기울 때 쓸 것들도 넣었어. 하지만 이제 누가 당신 걸 수선해줄까?" 다시 감정이 북받친 클로이 아줌마는 상자 옆에 고개를 박고 흐느꼈다. "생각해봐! 당신을 챙겨줄 사람이 아무도 없어, 아프건 건강하건! 정말이지 난 이제 착하게 못 살겠어!"

아침식탁에 놓인 음식을 다 해치운 아이들은 이제야 상황을 파악하기 시작해서, 엄마의 울음과 아버지의 침울한 표정을 보더니 훌쩍대며 손으로 눈을 가렸다. 톰 아저씨는 아기를 무릎에 올려놓고는, 아빠의 얼굴을 긁고 머리카락을 잡아당기고 때로는 마음속에서 우러나온 게 분명한 기쁨의 고함을 질러대도록 마음껏 응석을 받아주었다.

"그래, 웃어라, 불쌍한 것!" 클로이 아줌마가 말했다. "너도 이런 일을 겪어야만 하겠지! 남편이 팔려 가는 걸 볼지도 모르고, 네가 팔려

갈지도 몰라. 아마도 네 아이들도 쓸 만해지면 팔아버리겠지. 검둥이들은 뭘 가져봤자 아무 소용도 없어!"

이때 아들 하나가 외쳤다. "마님이 와요!"

"마님도 아무 힘 없어. 뭐 때문에 오시는 거지?" 클로이 아줌마가 말했다.

셸비 부인이 들어왔다. 클로이 아줌마는 눈에 띄게 무뚝뚝하고 퉁명스러운 태도로 의자를 내주었다. 셸비 부인은 클로이 아줌마의 행동도, 태도도 눈치 채지 못하는 듯했다. 그녀의 얼굴은 창백하고 불안했다.

"톰," 그녀가 말했다. "내가 온 건……" 그러다가 갑자기 말을 딱 끊고 말없이 서 있는 사람들을 바라보더니, 의자에 앉아 손수건에 얼굴을 묻고 흐느끼기 시작했다.

"아이고, 마님, 그러지 마세요, 그러지 말아요!" 이번에는 클로이 아줌마가 울음을 터뜨리며 말했다. 잠시 동안 그들은 모두 함께 울었다. 높은 자와 낮은 자가 함께 흘리는 눈물 속에서 박해받는 사람들의 원한과 분노가 녹아내렸다. 곤궁한 자들을 찾는 이여, 그대는 아는가? 당신 돈으로 세상 모든 것을 다 살 수 있다 하더라도, 상대방을 보지도 않고 차가운 얼굴로 내민 그 물건들보다 진정한 동정심에서 흘리는 정직한 눈물 한 방울이 더 가치 있다는 것을?

"도움 될 만한 걸 아무것도 줄 수가 없네. 돈을 줘봤자 뺏기기만 할 테니까. 하지만 하나님 앞에서 엄숙하게 맹세할게. 톰이 어디로 가는지 꼭 지켜보고 있다가 돈이 생기는 대로 꼭 다시 데려올게. 그때까지 하나님을 의지하고 있자구!"

이때 아이들이 헤일리가 온다고 소리를 질렀고, 다음 순간 무례한 발길질과 함께 문이 쾅 열렸다. 전날 밤의 추적과 사냥감을 잡지 못한 실패로 인한 분이 아직 풀리지 않은 헤일리가 몹시 심기가 안 좋은 상태로 문간에 서 있었다.

"이리 와," 그가 말했다. "이 검둥아, 준비됐나? 안녕하세요, 마님!" 셸비 부인을 보자 그는 모자를 벗으며 말했다.

클로이 아줌마는 상자를 닫아 끈으로 묶고 일어서서 노예상인을 무뚝뚝하게 바라보았다. 그녀의 눈물은 갑자기 불꽃으로 변한 것 같았다.

톰은 새 주인의 뒤를 따르기 위해 온순하게 일어나서 무거운 상자를 어깨에 짊어졌다. 아내는 아기를 안고 마차로 함께 걸어갔고, 아이들은 여전히 울면서 그 뒤를 따랐다.

셸비 부인은 노예상인에게 다가가서 잠시 그를 붙들고 진지하게 이

야기했다. 그녀가 이렇게 이야기하고 있는 동안 온 가족은 문간에서 준비를 다 갖춘 채 대기하고 있는 마차로 걸어갔다. 노소를 막론한 농장의 모든 일꾼이 오랜 동료에게 이별을 고하기 위하여 주위에 모여 있었다. 온 농장 사람들이 톰을 노예장이자 성경 교사로 존경해왔고, 모두가, 특히 여자들은 진심으로 그의 처지를 동정하고 슬퍼했다.

"클로이, 넌 우리보다도 이 상황을 더 잘 참는구나!" 정신없이 울던 여자 하나가 어두운 얼굴로 마차 옆에 조용히 서 있는 클로이 아줌마를 보더니 말했다.

"난 더 이상 안 울어!" 그녀는 다가오는 노예상인을 냉정하게 바라보며 말했다. "저런 놈 앞에서는 울고 싶지 않아, 절대!"

"타!" 헤일리는 눈살을 찌푸린 채 자신을 바라보는 노예들 사이를 헤치고 걸어오며 톰에게 말했다.

톰이 타자, 헤일리는 의자 밑에서 무거운 차꼬 한 쌍을 꺼내더니 발목에 하나씩 채웠다.

억눌린 분노의 신음소리가 사람들 사이로 퍼져 나갔고, 셸비 부인이 베란다에서 말했다.

"헤일리 씨, 제가 장담할게요, 그런 예방책은 전혀 필요 없어요."

"그건 모르는 일이죠, 부인. 전 여기서 500달러를 잃었다고요. 더 이상 위험을 무릅쓸 수는 없죠."

"저 사람한테 뭘 기대할 수 있겠어?" 클로이 아줌마는 분노하며 말했고, 이제 아버지의 운명을 단박에 깨달은 듯한 두 아이는 엄마의 옷자락에 매달려 격렬하게 흐느끼며 괴로워했다.

"조지 도련님이 안 계셔서 유감이야." 톰이 말했다.

조지는 친구와 이웃농장에 2, 3일 놀러 갔는데, 톰의 불행이 알려지기 전 아침 일찍 출발했기 때문에 아무것도 듣지 못한 채 떠났다.

"조지 도련님께 사랑한다고 전해줘." 그가 진심을 담아 말했다.

헤일리가 채찍으로 말을 후려치자, 슬픈 표정으로 옛 농장을 마지막으로 물끄러미 바라보고 있던 톰은 마차에 실려 멀어져갔다.

이 순간 셸비 씨는 집에 없었다. 그는 두려운 인간의 지배권에서 벗어나고 싶은 나머지 필요에 내몰려 톰을 팔았고, 사실 매매가 성사된 후 처음에는 안도감을 느꼈다. 하지만 아내의 훈계에 반쯤 잠들어 있던 후회가 깨어났고, 톰의 남자다운 무심함에 불쾌감이 점점 커져갔다. 자신에게는 그럴 **권리**가 있다, 모두가 그런 짓을 한다, 어떤 사람들은 심지어 불가피했다는 핑계조차 없이 그런 짓을 한다고 혼잣말해봤자 소용없었다. 마음을 달랠 수가 없었다. 계약이 완결되는 불쾌한 장면을 볼 수 없었던 그는 자신이 돌아오기 전에 모든 일이 끝나 있기를 바라며 잠시 위쪽으로 짧은 출장을 떠났다.

톰과 헤일리는 오랫동안 정든 곳들을 하나하나 지나 덜컥거리며 흙길을 달려가 마침내 농장의 경계선을 지나고 죽 펼쳐진 대로 위에 올라섰다. 1, 2킬로미터쯤 달려간 후 헤일리는 갑자기 대장간 문 앞에 마차를 세우더니, 수갑 한 쌍을 고치려고 가게 안으로 들어갔다.

"뭐야! 저거 셸비 씨네 톰 아냐. 톰을 판 건 아니겠죠?" 대장장이가 물었다.

"맞습니다." 헤일리가 말했다.

"아이고, 설마요!" 대장장이가 말했다. "누가 생각이나 했겠어! 저기, 이런 식으로 차꼬를 채우지 않아도 돼요. 톰은 세상에서 가장 충성스럽고, 가장 훌륭한……"

"네, 네." 헤일리가 말했다. "하지만 그 훌륭하다는 놈들이 바로 도망치고 싶어 하는 놈들이거든요. 멍청한 놈들은 어디로 가든 신경도 안 쓰고, 게으른 주정뱅이들은 아무것도 상관 안 해요. 그놈들은 그냥 착 붙어서, 이리저리 끌려 다니는 걸 오히려 좋아하죠. 하지만 이 우수한 놈들, 이놈들은 그게 죄나 되는 양 진저리를 치지. 그러니 차꼬를 채울 수밖에. 이놈들은 다리가 있으면 그걸 쓴다고요. 틀림없이."

"음," 대장장이가 도구를 만지며 말했다. "저 아래쪽 농장들 말입니다, 거긴 켄터키 검둥이들이 가고 싶어 하는 곳이 아니에요. 거기 가면 다들 얼마 안 가서 죽어버리잖아요?"

"뭐, 상당히 빨리 죽죠. 기후도 그렇고, 뭐 이런저런 이유로 죽으니까 시장이 늘 활발하게 굴러가죠." 헤일리가 말했다.

"톰처럼 착하고 조용하고 좋은 사람이 거기 사탕수수 농장 같은 데 가서 가루가 되도록 혹사당한다고 생각하니 안됐다는 생각이 절로 드네요."

"톰은 운이 좋아요. 내가 잘해주겠다고 약속했거든요. 점잖은 집에 집노예로 들여보낼 겁니다. 열병과 기후만 견뎌내면 다른 어떤 검둥이 못지않게 괜찮은 지위를 얻을 수 있을 겁니다."

"아내와 자식들은 여기 두고 가는 거죠?"

"예, 하지만 거기서 또 얻으면 되죠, 뭐. 여자야 사방에 널렸으니까."

헤일리가 말했다.

이런 대화가 오가는 동안, 톰은 가게 밖에서 슬픈 표정을 하고 앉아 있었다. 그때 갑자기 뒤에서 급히 달려오는 말발굽 소리가 들리더니, 그가 놀란 가슴을 진정시키기도 전에 조지 도련님이 마차 안으로 달려 들어와 격렬하게 톰의 목을 얼싸안고 흐느껴 울며 거세게 질책했다.

"정말이지 이건 비열한 짓이야! 누가 뭐라고 해도 상관없어! 더럽고 비열하고 수치스러운 짓이야! 내가 어른이었다면, 절대 이런 짓 못 하게 했을 거야. 절대로!" 조지가 억지로 울음을 억누르며 말했다.

"아, 조지 도련님! 정말 다행이에요!" 톰이 말했다. "도련님을 못 보고 떠나서 정말 마음이 아팠어요! 제가 얼마나 기쁜지 도련님은 모를 거예요!" 이 순간 톰이 발을 약간 움직이려 하는 바람에, 조지의 시선이 차꼬에 가 닿았다.

"이게 무슨 심한 짓이야!" 그가 손을 치켜들며 말했다. "저 인간을 때려눕혀 버릴 거야, 정말이야!"

"그러면 안 돼요, 조지 도련님. 그리고 그렇게 크게 이야기하지도 마요. 그 사람을 화나게 하면 저한테 도움이 안 돼요."

"그럼 톰을 위해서 안 그럴게. 하지만 생각만 해도…… 정말 너무하지 않아? 나를 부르지도 않고 나한테는 아무 말도 해주지 않았어. 톰 링컨이 아니었으면 난 이 소식을 듣지도 못했을 거야. 집에서 모두한테 한바탕 난리를 쳤어."

"그건 옳지 않은 것 같아요, 조지 도련님."

"어쩔 수가 없어! 이건 너무 심하다고! 여기 봐, 톰 아저씨." 그는 가게 쪽으로 등을 돌리고 소리 죽여 말했다. "**내 1달러를 가져왔어!**"

"아, 전 절대 받을 수 없어요, 조지 도련님, 절대!" 톰은 감동해서 어쩔 줄 모르며 말했다.

"하지만 **받아야** 해!" 조지가 말했다. "여기 봐. 클로이 아줌마한테 이 이야기를 했더니, 동전에 구멍을 뚫고 끈을 끼워 아저씨 목에 걸어서 눈에 안 띄게 할 수 있게 만들라고 알려줬어. 안 그러면 저 비열한 깡패 녀석이 가져가 버릴 테니까. 톰, 저 인간을 정말 패주고 싶어! 그럼 기분이 후련해질 텐데!"

"안 돼요, 그러지 마세요, 조지 도련님. **저**한테 좋을 게 하나도 없어요."

"그럼 아저씨를 위해서 그만둘게." 조지는 톰의 목에 동전을 서둘러 걸어주며 말했다. "자, 됐다. 옷 단추 잘 채워서 뺏기지 말고 지켜야 해. 이걸 볼 때마다 기억해. 내가 아저씨를 쫓아가서 꼭 다시 데려올 거라고. 클로이 아줌마랑 이야기했어. 아줌마한테 무서워하지 말라고 그랬어. 내가 알아서 할게. 아버지가 안 하시면 죽을 때까지 조를 거야."

"아, 조지 도련님, 아버지에 대해 그렇게 말하지 마요!"

"톰 아저씨, 난 나쁜 소리 한 거 없어."

"조지 도련님," 톰이 말했다. "착한 사람이 되어야 해요. 얼마나 많은 사람들이 도련님한테 달려 있는지 기억해요. 항상 어머니 말을 잘 따르세요. 엄마 말 들을 나이는 지났다고 생각하는 어리석은 아이들의 행동을 따르지 말고요. 제 말 잘 들어요, 조지 도련님. 하나님께서는 수많은 좋은 것들을 두 번씩 주시지만, 어머니는 한 번밖에 안 주세요. 그렇게 훌륭한 여성은 백 살까지 산다 하더라도 볼 수 없을 겁니다. 그러니까 어머니 말씀 잘 듣고 잘 자라서 어머니께 위안이 되어 주세요. 그렇게 하실 거죠, 착한 도련님?"

"그래, 그럴게. 톰 아저씨." 조지가 진지하게 말했다.

"그리고 말하는 것도 신경 쓰시고요, 조지 도련님. 어린애들은 도련님 정도의 나이가 되면 때로 고집쟁이가 되거든요. 자연스러운 일이에요. 하지만 제가 도련님이 되길 바라는 진짜 신사는 부모님께 누가 되는 말은 한 마디도 안 하는 법이에요. 안 그럴 거죠, 조지 도련님?"

"안 그럴게, 톰 아저씨. 아저씨는 항상 내게 좋은 충고만 해줬어."

"난 **늙어가고** 있어요." 톰은 소년의 매끄러운 곱슬머리를 커다랗고 강한 손으로 쓰다듬으며 말했지만, 그 목소리는 여자처럼 부드러웠다. "도련님 안에 숨어 있는 자질들이 다 보여요, 조지 도련님. 도련님은 모든 걸 다 가지고 있어요. 학식도, 특권도, 읽고 쓰는 능력도. 도련님은 자라서 똑똑하고 착한 훌륭한 인물이 될 거예요. 농장의 모든 사람과 어머니, 아버지가 도련님을 너무나 자랑스러워할 거예요! 아버지처럼 좋은 주인님, 어머니처럼 훌륭한 기독교인이 되세요. 그리고 젊은 시절에 항상 조물주를 생각하세요, 조지 도련님."

"정말 좋은 사람이 될게, 톰 아저씨. 약속할게." 조지가 말했다. "**최고**가 될 거야. 그러니 낙담하지 마. 아저씨를 다시 데려올 거야. 오늘 아침 클로이 아줌마에게 말했지만, 내가 어른이 되면 아저씨 집을 다

다시 짓고 양탄자가 깔린 거실도 따로 만들어줄 거야. 앞으로 좋은 시절이 올 거야!"

이때 헤일리가 손에 수갑을 들고 문으로 나왔다.

"이봐요, 헤일리 씨." 그가 나오자, 조지는 굉장히 거만한 태도로 말했다. "아버지, 어머니께 당신이 톰 아저씨를 어떻게 취급했는지 다 말할 거예요!"

"그러렴." 노예상인이 말했다.

"평생 동안 남자와 여자를 사서 가축처럼 사슬에 묶으며 살다니 부끄러운 줄 알아요! 당신 기분도 더러울걸요!" 조지가 말했다.

"네 일가가 남녀를 사고 싶어 하는 한은, 그 사람들이나 나나 마찬가지야." 헤일리가 말했다. "사람들을 파는 거나 사는 거나 마찬가지로 비열한 짓 아니냐!"

"내가 어른이 되면 둘 다 안 할 거예요." 조지가 말했다. "오늘 난 켄터키 사람이라는 게 부끄러워요. 전에는 항상 자랑스러웠는데." 그러면서 조지는 말 위에 꼿꼿이 앉아 마치 주州 전체가 그의 의견에 동조하기를 바라는 듯한 태도로 주위를 둘러보았다.

"안녕, 톰 아저씨. 꿋꿋이 견뎌." 조지가 말했다.

"안녕히 계세요, 조지 도련님." 톰은 애정과 존경을 담은 눈길로 그를 바라보며 말했다. "위대하신 하나님께서 축복해주시길! 도련님은 켄터키에 드문 훌륭한 사람이에요!" 멀어져가는 소년다운 솔직한 얼굴을 향해 그는 진심을 담아 외쳤다. 그가 떠나자, 톰은 덜걱대는 말발굽 소리가 사라질 때까지 계속 쳐다보았다. 고향집의 마지막 소리,

마지막 모습이었다. 하지만 그 어린 손이 걸어준 소중한 달러 동전이 있는 심장 부근은 따뜻한 느낌이 들었다. 톰은 손을 들어 동전을 심장 가까이에 가져갔다.

"자, 내가 하는 말 잘 들어, 톰." 헤일리가 마차로 와서 수갑을 채우며 말했다. "난 너와 좋게 시작할 작정이야. 보통 다른 검둥이들과 다 그렇게 하듯이. 우선, 네가 나한테 잘해야 해, 그럼 나도 너한테 잘해줄 테니까. 난 내 검둥이들한테 절대 가혹하게 굴지 않거든. 가능한 한 최고로 잘해줄 작정이지. 그러니 장난칠 생각 말고 편하게 있는 게 좋을 거야. 난 검둥이들의 속임수는 빤하게 다 알고 있으니까, 그래 봤자 소용없어. 도망칠 생각 말고 얌전하게 있으면, 나랑 잘 지낼 수 있어. 나랑 잘 못 지내면, 그건 검둥이들 잘못이지 내 잘못이 아니거든."

톰은 도망칠 마음은 전혀 없다고 헤일리에게 장담했다. 사실 그런 훈계는 양발에 커다란 강철 차꼬를 차고 있는 사람에게는 다소 불필요한 소리였다. 하지만 헤일리 씨는 이런 식의 짧은 훈계로 새로운 재산과의 관계를 시작하는 버릇이 있었다. 호감과 신뢰를 불러일으키고 불쾌한 일들을 막을 목적으로 계산된 훈계였다.

자, 여기서 우리는 잠시 톰을 떠나서 우리 이야기 속의 다른 인물들의 운명을 쫓아가 보도록 하겠다.

제11장

재산이 부적절한 마음을 품다

이슬비 내리는 늦은 오후, N마을의 조그만 시골호텔 문 앞에 한 여행자가 도착했다. 그가 들어간 바에는 날씨 때문에 피난처를 찾는 다종다양한 사람들이 모여 있어서, 그러한 친목모임의 전형적인 광경이 펼쳐지고 있었다. 사냥복을 입고 가냘픈 근골을 광활한 영토 위로 질질 끌고 다니는, 그 인종 특유의 유유자적한 태도를 취하는 키 크고 빼빼 마른 켄터키인들이 그 광경의 가장 두드러진 특징이었다. 구석에 쌓아놓은 사냥총, 탄환주머니, 사냥감 자루, 사냥개, 어린 검둥이 들은 모두 구석에서 한 데 엉켜 뒹굴고 있었다. 벽난로 한쪽 끝에는 긴 다리의 신사가 모자를 쓰고, 흙투성이 부츠 뒤축을 벽난로 선반 위에 장엄하게 올려놓은 채 의자를 뒤로 젖히고 앉아 있었다. 독자들에게 알려드리는 바, 이는 서부의 술집에서 흔히 벌어지는 성찰적 경향에 결정적으로 알맞은 자세로, 이곳에서 여행자들은 자신의 깨달음을 고양시키는 데 이 특정한 양식을 단연 선호했다.

바 뒤에 서 있는 주인은 대부분의 동포들과 마찬가지로 키가 크고 성격 좋고 근골이 가냘픈 사내로, 엄청난 숱을 자랑하는 머리 위에 아주 높은 모자를 쓰고 있었다.

사실 방 안에 있는 사람들 모두가 남자의 주권을 상징하는 이 물건을 머리에 쓰고 있었다. 펠트 해트이건 종려 잎사귀이건 기름기 번지르르한 실크 해트이건 새 군모이건, 모자들은 그 위에서 진정 공화주의적인 독립정신을 발휘하며 휴식을 취하고 있었다. 사실 그것은 각 개인의 개성을 보여주는 표시 같았다. 어떤 사람들은 건달처럼 한쪽으로 삐뚜름하게 쓰고 있는데, 이런 사람들은 익살스럽고 유쾌하며 느긋하고 태평한 사람들이었다. 어떤 사람들은 코 위까지 독자적으로 눌러 쓰고 있는데, 이들은 빈틈없고 철저한 사람들로, 모자를 쓰고 있을 때는 쓰고 **싶어서** 썼고 자기가 쓰고 싶은 방식으로 썼다. 또 아주 뒤로 젖혀서 쓰는 사람들도 있는데, 이들은 분명한 전망을 원하는 빈틈없는 사람들이었다. 모자가 어떤 모양으로 얹혀 있는지 알지도 못하고 신경도 쓰지 않는 부주의한 사람들은 모자를 사방으로 흔들며 다녔다. 사실 다양한 모자들은 셰익스피어적 연구감이었다.

아주 통이 넓은 바지에 여분이라고는 조금도 없이 딱 붙는 셔츠를 입은 검둥이 여럿이 여기저기 사방으로 허둥지둥 뛰어다니고 있었지만, 주인님과 손님들을 위해서라면 세상 무엇이든지 뒤엎을 자세가 되어 있음을 보여주는 것 외에는 별 특별한 결과를 내놓지 못했다. 이러한 장면에다가 넓은 굴뚝 위로 딱딱거리며 신나게 타오르는 유쾌한 벽난로 불을 더하면—게다가 바깥문과 창문들은 다 활짝 열려 있어서, 휙 불어 들어온 축축한 산들바람에 옥양목 커튼이 세차게 펄럭였다—켄터키 술집의 유쾌한 주연이 어떤 모습인지 알 수 있을 것이다.

오늘날의 켄터키인들은, 본능과 특징은 물려받는다는 학설을 잘 보여주는 예이다. 그들의 조상은 위대한 사냥꾼들이어서, 숲 속에서 살았고, 탁 트인 하늘 아래서 별을 촛불 삼아 잤다. 그래서 그 후손들은 오늘날까지도 집이 마치 야영캠프인 것처럼 항상 모자를 쓰고, 아무 데서나 구르고, 구두 뒤축을 의자 위나 난로 선반 위에 올려놓는다. 조상들이 푸른 잔디밭에서 구르고 구두 뒤축을 나무나 통나무 위에 올렸던 것처럼 말이다. 또 거대한 폐에 충분한 공기가 들어올 수 있도록 여름이고 겨울이고 모든 창문과 문을 다 열어두며, 아무에게나 무심한 태도로 "여보시오"라고 부르지만, 전체적으로 가장 솔직하고 느긋하고 유쾌한 사람들이다.

우리의 여행자가 들어온 곳은 그런 느긋하고 태평한 모임이었다. 그는 키가 작고 땅딸막한 남자로, 사람 좋아 보이는 둥근 얼굴에 공들여 옷을 차려입고 있었는데, 어딘가 까다로워 보이는 인상이었다. 그는 여행가방과 우산을 매우 세심하게 챙겨서, 짐을 들어주겠다는 온갖 하인들의 제안을 고집스레 거부하고 자기 손으로 직접 들고 들어왔다. 그러고는 약간 걱정스러운 태도로 바를 둘러보더니, 소중한 물건들을 들고 가장 따뜻한 구석으로 물러나 의자 밑에 놓고 앉아서, 구두 뒤축으로 벽난로 선반 끝을 장식하고 있는 양반을 약간 근심스러운 표정으로 바라보았다. 그 양반은 오른쪽에서 왼쪽으로 침을 뱉고 있었는데, 그 용기와 기세는 약한 신경에 까다로운 습관을 지닌 신사들에게는 상당히 놀라운 것이었다.

"여보시오, 안녕하시오?" 앞서 말한 신사가 새로 등장한 사람을 향해 담배에 전 침을 포로 날리며 말했다.

"괜찮은 것 같습니다만." 그는 깜짝 놀라 그 위협적 영예를 피하며 대답했다.

"무슨 새로운 소식이라도?" 화답자는 기다란 담뱃잎 조각과 커다란 사냥칼을 주머니에서 꺼내며 말했다.

"제가 아는 한은 없습니다." 그 남자가 대답했다.

"씹으시겠소?" 처음 말을 꺼낸 사람이 노신사에게 살가운 태도로 담뱃잎 조각을 건네며 말했다.

"아뇨, 괜찮습니다. 저하곤 안 맞아서." 작은 남자가 조금 떨어져 앉으며 말했다.

"안 맞아요?" 상대방은 태평하게 말하더니, 사회의 전반적 이익을 위해 담배즙 공급을 유지하기 위하여 자기 입에 담배를 쑤셔 넣었다.

노신사는 기다란 동료가 자기 쪽을 향해 포를 발사할 때마다 한결같이 움찔했고, 이를 주시한 상대는 친절하게도 다른 진영을 향해 포를 돌리더니, 도시라도 점령할 수 있을 것 같은 군사적 재능으로 부지깽이를 공략하기 시작했다.

"저건 뭡니까?" 노신사는 커다란 전단지를 둘러싸고 모여 있는 사람들을 보고 물었다.

"검둥이 광고요!" 무리 중 하나가 짧게 대답했다.

윌슨 씨—이것이 노신사의 이름이었다—는 일어나서, 여행가방과 우산을 세심하게 매만져 바로잡더니 신중하게 안경을 꺼내어 코 위에 얹었다. 그리고 이 작전을 수행하고 나서 다음과 같은 글을 읽었다.

"서명인으로부터 물라토 남자 노예 조지가 도망쳤음. 상기한 조지는 약 180센티미터 키에 갈색 고수머리를 한 피부색이 매우 밝은 물라토임. 굉장히 똑똑하고, 말도 잘하며, 읽고 쓸 줄 암. 아마도 백인 행세를 하려고 할 것임. 등과 어깨에 깊은 흉터가 있음. 오른손에 H자가 낙인으로 찍혀 있음."

"살려서 데려오면 400달러, 죽였다는 충분한 증거를 가져와도 동일 금액을 지불하겠음."

노신사는 마치 이 광고를 연구라도 하듯이 목소리를 낮춰 처음부터 끝까지 읽었다.

부지깽이를 포위공격하고 있던, 앞서 말한 긴 다리의 퇴역군인은 이제 성가신 다리를 내려놓고 기다란 몸을 일으키더니 광고 쪽으로 걸어가 담배즙을 한입 가득 매우 신중하게 발사했다.

"저게 내 마음이오!" 그는 짤막하게

말하고 다시 앉았다.

"여보시오, 왜 그런 거요?" 주인이 물었다.

"저 전단을 쓴 사람이 여기 있었으면, 그 사람한테도 똑같이 해줬을 거요." 기다란 남자는 태연하게 다시 담배를 자르며 말했다. "저런 청년을 소유하고도 더 낫게 대우해줄 방법을 찾지 못한 사람은 잃어버려도 **싼** 거지. 이런 전단은 켄터키의 수치요. 누구든 알고 싶은 사람이 있다면, 그게 내 솔직한 심정이오!"

"음, 그건 사실이지." 주인이 장부를 기입하며 말했다.

"나도 노예들이 있습니다만," 기다란 남자가 부지깽이에 대한 공격을 재개하며 말했다. "난 그냥 말합니다. '얘들아, 지금 **도망쳐라**! 땅을 파! 달아나! 너희들이 하고 싶을 때! 난 절대 뒤쫓지 않을 테니까!' 그게 바로 내가 내 노예들을 데리고 있는 방법이죠. 언제든지 도망갈 수 있다고 알려주면, 그러고 싶은 마음이 꺾이는 법이거든요. 무엇보다도 조만간 내가 죽을 경우를 대비해서 모두의 해방증서를 써뒀어요. 노예들도 그걸 알고 있고. 내 말하지만, 이 근방에서 검둥이들이 내 집보다 더 열심히 일하는 곳은 없을걸요. 내 노예들은 망아지 500달러어치를 끌고 신시내티에 갔다가 돈을 고대로 갖고 돌아왔어요, 몇 번이나. 그러는 게 당연하죠. 노예들을 개처럼 취급하면, 개처럼 일하고 개처럼 행동합니다. 하지만 사람처럼 대해주면, 사람처럼 일을 하거든요." 그 정직한 가축상은 흥분해 벽난로에 완벽한 **축포**를 발사함으로써 이 도덕적 소감에 대한 지지를 표명했다.

"당신 말이 전적으로 옳은 것 같습니다." 윌슨 씨가 말했다. "여기

묘사된 청년은 훌륭한 사람**입니다**. 장담합니다. 그는 내 자루공장에서 한 6년 정도 일했죠. 최고의 일꾼이었습니다. 아주 영리한 친구이기도 했죠. 삼 씻는 기계를 발명했는데, 아주 대단한 물건이어서 여러 공장에서 썼어요. 특허는 주인이 가지고 있죠."

"정말이지," 가축상이 말했다. "특허를 갖고 돈을 벌고는 뒤돌아서서 그 청년 오른손에 낙인을 찍다니. 기회만 온다면, 그자한테도 표시를 해주고 싶군요. 자기도 **하나** 가지고 다니게."

"아는 것 많은 놈들은 건방지고 열불 나." 방 다른 쪽 구석에서 야비하게 생긴 사람이 말했다. "그래서 그렇게 낙인을 찍는 거요. 고분고분 행동했으면, 안 그랬을 거 아냐."

"다시 말하지만, 주님께서는 그들을 사람으로 만드셨으니, 억지로 짐승으로 끌어내리려고 하는 건 어려운 일입니다." 가축상이 냉담하게 말했다.

"똑똑한 검둥이는 주인한테 하등 도움이 안 돼요." 적의 경멸에 조잡하고 생각 없는 둔감함으로 단단히 무장한 상대가 계속해서 말을 이었다. "직접 쓸 수 없다면 재능 같은 게 무슨 소용입니까? 그놈들이 재능으로 하는 짓은 속이려 드는 것밖에 없어요. 그런 놈들을 한둘 겪어봤는데, 그냥 강 아래에 팔아버렸죠. 안 그런다 해도, 조만간 잃어버릴 게 뻔했거든요."

"주님께 맞춤으로 주문하는 게 낫겠네요. 영혼은 완전히 빼고 말입니다." 가축상이 말했다.

이때 여관에 말 한 필이 끄는 조그만 이륜마차가 들어오는 바람에 대화가 멈추었다. 고상한 외관을 한 마차에는 옷을 잘 차려입은 신사가 앉아 있었고, 흑인 노예가 마차를 몰고 있었다.

모든 사람이 새로운 인물을 흥미롭게 바라보았다. 비 오는 날 게으름뱅이들이 빈둥거리며 새로 오는 사람들을 하나하나 관찰하는 식이었다. 그는 키가 매우 컸고, 스페인 사람 같은 검은 피부에 표정이 풍부한 검은 눈, 윤기 나는 검은 곱슬머리를 하고 있었다. 잘생긴 매부리코와 곧고 얇은 입술, 보기 좋게 쭉 뻗은 팔다리의 선에, 모두가 즉각 무엇인가 범상치 않은 인물이라는 인상을 받았다. 그는 유유자적하게 사람들 사이로 걸어 들어오더니, 고개를 까닥해서 웨이터에게 가방을 어디에 둘지 지시하고, 모자에 손을 대고 사람들에게 인사하고는, 천천히 바로 가서 자신은 셸비 카운티의 오클랜즈에서 온 헨리 버틀러라고 말했다. 그리고 무심하게 돌아서서 어슬렁거리며 광고 쪽으로 다가가서 전단을 읽었다.

"짐," 그가 하인에게 말했다. "이 비슷한 사람 본 것 같지 않나? 저 위 버넌네에서 말이야."

"네, 주인님," 짐이 말했다. "그런데 손은 잘 모르겠네요."

"음, 나도 못 봤어, 물론." 새 인물은 무심히 하품하며 말했다. 그러더니 주인에게 걸어가서 지금 당장 글을 좀 써야 할 일이 있으니 독방을 달라고 말했다.

주인은 완전히 굽실거렸고, 남녀노소를 불문한 검둥이 일곱 명 정도가 신사의 방을 준비하느라 메추라기 떼처럼 줄줄이 튀어나와 서로 발을 밟고 부딪쳐 고꾸라지며 소란스럽게 법석을 떨어댔다. 그러는 동안 신사는 방 한가운데 의자에 편안히 앉더니 옆에 앉은 사람과 대화를 시작했다.

제조업자 윌슨 씨는 손님이 방에 들어오는 순간부터 불안한 호기심에 차서 그를 지켜보았다. 어디선가 안면을 튼 사람 같았지만, 기억이 나지 않았다. 그 남자가 말하거나 움직이거나 웃을 때마다 그는 움찔 놀라서 뚫어져라 바라보았지만, 빛나는 검은 눈이 무심하고 초연하게 그를 쳐다보면 갑자기 시선을 돌리곤 했다. 그러다 불현듯 기억이 떠오른 듯했다. 그는 완전히 대경실색한 표정으로 손님을 쳐다보다가 그에게 다가갔다.

"윌슨 씨죠?" 그가 아는 체하며 손을 내밀었다. "일찍 기억하지 못해서 미안합니다. 저를 기억하신 것 같군요. 셸비 카운티 오클랜즈에서 온 버틀러입니다."

"어, 네, 네." 윌슨 씨가 꿈이라도 꾸듯 멍하게 말했다.

바로 그 순간 검둥이 소년 하나가 들어오더니 손님방이 준비되었다고 말했다.

"짐, 트렁크들 가져오게." 신사가 무심하게 말하고는 윌슨 씨를 돌아보며 덧붙였다. "괜찮으시다면 제 방에서 잠시 이야기를 좀 나누었으면 하는데요."

윌슨 씨는 몽유병 환자처럼 그의 뒤를 따라 위층의 큰 방으로 올라갔다. 방 안에는 방금 지핀 불이 딱딱 소리를 내며 타오르고 있고, 하인 몇 명이 마지막 정리를 하며 분주히 왔다 갔다 하고 있었다.

정리가 다 끝나고 하인들이 모두 떠나고 나자, 젊은이는 신중하게 문을 잠그고 열쇠를 호주머니에 넣은 다음, 주위를 둘러보고 팔짱을 낀 뒤 윌슨 씨를 정면으로 바라보았다.

"조지!" 윌슨 씨가 말했다.

"네, 조지예요." 젊은이가 말했다.

"생각도 못 했네!"

"제 변장이 괜찮았던 것 같네요." 젊은이가 미소를 띠며 말했다. "호두나무 껍질로 노란 피부를 더 고상한 갈색으로 만들고, 머리도 검은색으로 염색했어요. 전단에 나온 사람과는 전혀 다르죠."

"오, 조지! 하지만 이건 위험한 짓이야. 나라면 이런 짓을 하라고 충고하지 못했을 거야."

"제가 책임지고 할 수 있어요." 조지는 여전히 당당한 미소를 띠며 말했다.

말이 나온 김에, 조지는 부계 쪽으로 백인 혈통이라는 점을 말해야겠다. 그의 어머니는 타고난 미모 때문에 주인의 정욕의 노예로 찍혀서 아비를 절대 알지 못할 아이들의 어미가 된 수많은 불행한 흑인들 가운데 하나였다. 그는 켄터키 최고의 가문에서 잘생긴 유럽인의 이목구비와 불굴의 정신을 물려받았다. 그리고 어머니에게는 아주 살짝 물라토적 색채를 물려받았는데, 이는 그에 수반되는 깊고 검은 눈을 통해 충분히 보상받았다. 피부색과 머리색을 조금 바꿨을 뿐인데 그는 스페인 사람처럼 변신했다. 품위 있는 동작과 신사다운 예법은 늘 완벽하게 자연스러웠기 때문에, 그는 조금도 어렵지 않게 하인을 데리고 여행하는 신사라는 이 대담한 역할을 해냈다.

사람은 좋지만 조바심과 조심성이 지나친 윌슨 씨는 버니언의 표현을 빌리자면 "마음속이 온통 엉클어진" 사람처럼 방 안을 서성거렸다. 그의 마음은 조지를 돕고 싶은 바람과 법과 질서를 지켜야 한다는 혼란스러운 생각 사이에서 두 갈래로 갈라졌다. 그래서 그는 비틀거리며 다음과 같이 말했다.

"음, 조지, 자넨 도망치고 있는 것 같은데…… 법적 주인을 떠나서 말이야. 조지, 그게 놀랍지는 않아. 하지만 동시에 유감이야. 조지……, 응, 확실히…… 이 말은 해야겠어, 조지…… 이렇게 말하는 게 내 의무니까."

"뭐가 유감이라는 거죠, 나리?" 조지가 차분하게 말했다.

"이런 모습을 보는 게 말이야. 그러니까, 자기 나라의 법을 어기고 있는 게."

"**내** 나라라고요!" 조지가 말했다. "제게 무슨 나라가 있단 말입니까. 이건 무덤이에요. 하나님께서 차라리 저를 거기 묻었으면 좋겠네요!"

"저런, 조지, 아니야, 그건 아니지. 그래서는 안 돼. 그런 말은 사악한 거야. 성경에 어긋나. 조지, 자네 주인은 가혹해. 정말로 그래. 정말 괘씸하게 행동하지. 자네 주인을 비호할 생각은 전혀 없네. 하지만 천사가 하갈에게 안주인에게 돌아가서 복종하라고 명했던 걸 알잖나. 그리고 사도도 오네시모를 주인에게 돌려보냈고."

"제게 성경을 그런 식으로 인용하지 마세요, 윌슨 씨." 조지가 눈을 번쩍이며 말했다. "그러지 마세요! 제 아내는 기독교인이고 저도 그럴 작정이니까요. 그럴 수 있는 곳에 다다르기만 한다면 말입니다. 하지만 제 처지의 사람에게 성경을 인용하는 것은 성경을 완전히 포기하게 만들어버리는 짓이에요. 위대하신 하나님께 항의할 겁니다. 정말이지 이 사건을 하나님 앞에 가져가서 제가 자유를 찾고자 하는 게 잘못된 일인지 묻고 싶어요."

"그런 감정은 자연스러운 거야, 조지." 착한 윌슨 씨가 코를 풀며 말했다. "맞아, 자연스러운 거지. 하지만 난 자네한테 그런 감정을 권장할 수 없어. 그래, 자넨 정말 안됐어. 자네 경우는 정말 나빠. 굉장히. 하지만 사도께서는 '모든 사람은 자신이 명받은 처지에 머무르라'고 하셨어. 우린 모두 신의 섭리가 지시하는 대로 따라야 해, 조지. 그걸 모르겠나?"

조지는 고개를 젖히고 넓은 가슴 위로 팔짱을 낀 채 쓴웃음을 지었다.

"윌슨 씨, 만약 인디언이 나리를 아내와 아이들에게서 잡아가 붙들어두고 평생 괭이질을 시킨다면, 그래도 명받은 처지에 머무르는 게 나리 의무라고 생각하실지 궁금하네요. 제 생각에는 혹시나 길 잃은 말을 발견하면 다짜고짜 그것이 신의 섭리의 표시라고 생각하실 것 같은데요. 안 그럴까요?"

조그만 노신사는 두 눈을 크게 뜨고 상황에 대한 다른 해석을 들었다. 그는 대단히 논리적인 사람은 아니었지만, 이 특정 주제에 대해 일부 논리학자들도 갖추지 못한 분별력이 있었다. 즉 할 말이 없을 때 아무 말도 하지 않는 법을 알았다. 그래서 그는 세심하게 우산을 만지며 모든 주름을 펴서 접은 다음, 일반적인 훈계를 늘어놓기 시작했다.

"알겠지만, 조지, 알잖나, 난 항상 자네 친구였어. 내가 한 말은 모두 자네를 위해서 한 거야. 지금 내가 보기에 자네는 끔찍한 위험을 무릅쓰고 있어. 성공할 리가 없어. 잡히면 이전보다 훨씬 더 끔찍한 꼴을 당할 거야. 자넬 학대해서 반쯤 죽인 다음 강 아래로 팔아버릴 거라고."

"윌슨 씨, 저도 다 잘 압니다." 조지가 말했다. "그래요, 전 위험을 무릅썼어요, 하지만……" 그는 코트를 벗어 젖히더니, 권총 두 자루와 사냥칼 한 자루를 드러냈다. "보세요!" 그가 말했다. "전 준비가 되었어요! 남쪽으로는 절대 **안** 갈 겁니다. 절대로! 혹시라도 그런 상황이 닥치면, 적어도 2미터의 자유로운 땅은 얻겠죠. 켄터키에서 제가 소유하는 처음이자 마지막 땅을!"

"조지, 그런 생각은 끔찍해. 점점 더 자포자기하고 있잖나, 조지. 난 걱정이 돼. 자기 나라의 법을 어기려 하다니!"

"또 내 나라라는군요! 윌슨 씨, **나리**에게는 나라가 있어요. 하지만 **제**게, 아니면 저처럼 노예 어머니에게서 태어난 사람들에게 무슨 나라가 있습니까? 우리에게 무슨 법이 있어요? 그건 우리가 만든 법이 아니에요. 우리는 동의하지 않았다고요. 우리와는 아무 상관없는 법입니다. 그 법이 우리에게 한 짓이라곤 우리를 짓밟고 억압한 것밖에 없어요. 당신네들의 독립기념일 연설들을 제가 안 들었나요? 1년에 한 번씩 우리 모두에게 말했잖습니까? 정부의 정당한 권력은 국민들의 동의로부터 나온다고. 그런 말을 듣고 **생각**을 못 하겠습니까? 그 말들을 이리저리 모아보면 무슨 뜻이 되는지 저희가 모르겠냐고요?"

윌슨 씨는 면화 꾸러미로 적절하게 표현될 수 있는 포근하고, 부드럽고, 호의적으로 희미하고 혼란스러운 마음씨를 가진 사람이었다. 그는 진심으로 조지를 동정했고 그를 동요시키는 감정을 어렴풋이 깨닫고 있었다. 하지만 그는 밑도 끝도 없이 집요하게 **좋은** 소리를 늘어놓는 것이 자신의 의무라고 생각했다.

"조지, 이건 나빠. 있잖아, 친구로서 말해야겠네. 그런 생각은 안 하는 게 좋아. 그건 나빠, 조지. 자네 처지의 청년들에게는 굉장히 나쁜 생각이야. 굉장히." 윌슨 씨는 탁자 앞에 앉아 우산 손잡이를 초조하게 물어뜯기 시작했다.

"보세요, 윌슨 씨." 조지가 다가와서 그의 앞에 단호히 앉으며 말했다. "절 보세요. 나리 앞에 앉아 있는 저는 모든 면에서 나리와 다를 바 없는 인간 아닙니까? 제 얼굴을 보세요. 제 손을 보세요. 제 몸을 보세요." 그리고 젊은이는 당당하게 일어섰다. "왜 제가 다른 사람들만큼 인간이 아닌 겁니까? 윌슨 씨, 제 말 좀 들어보세요. 제 아버지, 이 켄터키의 신사였던 제 아버지는 저를 개나 말이나 다를 바 없이 생각해서, 돌아가실 때 농장 빚을 변제하기 위해 저를 팔아치웠어요. 전 어머니가 보안관 경매에 올라온 걸 봤습니다, 일곱 명의 자식이랑 같이요. 제 형제들은 어머니 눈앞에서 하나하나 모두 다른 주인에게 팔려 갔죠. 전 막내였어요. 어머니는 주인 앞에 무릎을 꿇고 저를 같이 사달라고, 적어도 아이 하나만은 데리고 있게 해달라고 빌었어요. 하지만 그는 그 둔탁한 부츠로 어머니를 차서 내동댕이쳤죠. 그걸 제 눈으로 봤습니다. 제가 마지막으로 들은 소리는 제가 주인의 말 목에 묶여 농장으로 끌려갈 때 들리던 어머니의 신음과 고함소리였어요."

"그래서 어떻게 됐나?"

"주인은 남자 하나와 바꿔서 제 큰누나를 샀어요. 누나는 신앙심 깊고 착한 소녀였어요. 침례교도였습니다. 그리고 불쌍한 어머니처럼 예뻤죠. 잘 자랐고 예의도 발랐어요. 처음에는 누나가 와서 기뻤어요. 가까이에 친구가 생겼으니까. 하지만 곧 후회했습니다. 문 앞에 서서 누나가 매질당하는 소리를 들었어요. 그 매질 하나하나가 내 생살을 파고드는 것 같았지만, 아무것도 도울 수가 없었어요. 누나는 버젓한 기독교인으로 살고 싶어 한다고 매질을 당했습니다. 당신네 법은 노예 소녀에게는 살 권리를 주지 않아요. 결국 누나는 다른 노예들과 함께 사슬에 묶여서 노예상인에게 끌려 올리언스의 시장으로 갔습니다. 겨우 그 따위 이유로. 그리고 다시는 누나를 보지 못했어요. 전 오랜 세월 동안 아버지, 어머니, 누나도 없이 자랐어요. 아무도 절 개만큼도 신경 쓰지 않았죠. 매질과 꾸지람과 굶주림뿐이었어요. 너무 배가 고파서 개한테 던져준 뼈다귀라도 감지덕지하며 먹을 정도였죠. 하지만 어렸을 때 밤새도록 못 자고 울었던 건 배고픔 때문도, 매질 때문도 아니었어요. 아뇨, 그건 **내 어머니와 누나**

들 때문이었어요. 세상에서 날 사랑해줄 친구 하나 없기 때문이었어요. 평화나 안락이 뭔지도 몰랐어요. 나리의 공장에 가서 일하기 전까지는 친절한 말 한 마디 들어보지 못했어요. 윌슨 씨, 나리는 제게 잘 해주셨어요. 잘하라고, 읽고 쓰는 법을 배우라고, 직접 뭔가를 만들어보라고 격려해주셨어요. 하나님께 맹세코, 얼마나 감사했는지 모릅니다. 그리고 아내를 알게 되었어요. 제 아내 보셨잖아요. 얼마나 예쁜지 아시죠? 그녀가 나를 사랑한다는 걸 알았을 때, 그리고 결혼했을 때, 전 제가 살아 있다는 걸 믿을 수 없었어요. 정말 행복했어요. 아내는 예쁜 만큼이나 마음씨도 고왔어요. 하지만 어떻게 됐죠? 주인이 와서 내 일과 내 친구들, 내가 좋아하는 모든 것을 다 빼앗고는 날 철저하게 짓밟았다고요! 왜 그런지 아세요? 주인이 그러더군요, 제가 제 분수를 잊어버렸다고요. 제가 검둥이에 불과하다는 것을 가르쳐주겠다더군요! 결국에는 저와 아내 사이까지 가로막으면서, 아내를 포기하고 다른 여자와 살게 할 거래요. 이 모든 게 당신네 법이 부여한 권한으로 행해진 일입니다, 윌슨 씨, 하나님과 인간의 뜻에 반해서 말입니다. 보시라고요! 우리 어머니와 누나들, 아내와 제 가슴을 찢어놓은 이 모든 일 중에 당신네 법이 허락하지 않은 건, 켄터키의 모든 사람에게 권한을 주지 않은 건 단 **하나**도 없어요. 그런데도 아무도 아니라는 말을 할 수 없다고요! 이런 걸 **내** 나라의 법이라고 부릅니까? 제겐 아버지가 없는 것처럼 나라도 없어요. 하지만 내 나라를 찾을 겁니다. **당신** 나라에서 원하는 건 아무것도 없어요. 그냥 나를 내버려둬서, 이 나라에서 조용히 나가게 해주기만 바랄 뿐입니다. 법이 나를 인정하고 보호해주는 캐나다에 가면, 그게 **내** 나라가 될 거고 전 그 법을 따를 겁니다. 하지만 누구든 절 막으려 한다면, 조심하는 게 좋을 거예요. 전 지금 필사적이니까. 마지막 숨이 붙어 있는 순간까지 내 자유를 지키기 위해 싸울 겁니다. 이 나라의 조상도 그랬다죠. 그들에게 그게 옳은 일이었다면, 저한테도 옳은 일입니다!"

그는 탁자에 앉았다가 방 안을 서성거렸다가 하면서 이 긴 이야기를 쏟아냈고, 눈을 번쩍이고 절망적인 손짓을 하며 눈물을 흘렸다. 이 이야기의 청자인 사람 좋은 노신사에게는 너무도 가혹한 이야기여서, 그는 커다란 노란색 실크 손수건을 꺼내어 열심히 눈물을 닦아냈다.

"젠장!" 그가 갑자기 고함을 질렀다. "내 이럴 줄 알았어. 이 악마 같은 새끼들! 이제 더 이상은 욕 안 할게. 가, 조지, 가라구. 하지만 조심해. 아무도 쏘지 말고. 조지, 꼭 그래야 하지 않는 한…… 음, 총은 안 쏘는 게 **좋아**. 적어도 나라면 아무도 **쏘지** 않을 거야, 응? 아내는 어디 있나, 조지?" 그가 일어나 초조하게 방 안을 서성이기 시작하며 덧붙였다.

"가버렸어요. 도망쳤어요, 아이를 품에 안고. 어디 있는지는 주님만 아시겠죠. 북극성을 따라 가버렸어요. 언제 다시 만날지, 아니 이 세상에서 다시 만날 수 있을지도 알 수 없어요."

"그게 말이 돼! 놀랍군! 그렇게 친절한 집에서?"

"친절한 집들도 빚을 지죠, 그리고 **우리** 나라의 법은 주인의 빚을 갚기 위해서라면 어머니의 품에서 자식을 빼앗아 팔도록 허락하니까요." 조지가 분노하며 말했다.

"자, 자," 정직한 노인은 주머니를 뒤적거리며 말했다. "이게 옳은 판단인지는 모르겠지만, 제기랄, 이성적 판단 따위 **안** 따를 테다!" 그가 갑자기 덧붙였다. "여기, 조지." 그러고는 지갑에서 지폐 뭉치를 꺼내 조지에게 건넸다.

"아뇨, 나리!" 조지가 말했다. "나리는 저한테 정말 잘해주셨어요. 이 일 때문에 문제가 생기면 안 돼요. 저한테는 필요한 곳까지 갈 수 있는 돈이 있어요."

"아니, 받아야만 해, 조지. 돈은 어디서나 큰 도움이 돼. 정직한 돈이기만 하다면야 많을수록 더 좋지. 받아. **제발** 받게, **지금**. 조지!"

"그럼 나리, 나중에 갚아도 좋다는 조건으로 받을게요." 조지는 돈을 받으며 말했다.

"그러면 조지, 이런 식으로 얼마나 더 여행할 건가? 오래 하거나 멀리 가지는 말게. 지금까지는 괜찮았지만, 너무 대담해. 이 흑인 친구는 누군가?"

"좋은 친구예요. 1년도 더 전에 캐나다로 갔는데, 거기 도착한 후에 주인이 그가 도망간 데 너무 분개해서 불쌍한 노모를 매질했다는 소식을 듣고는 어머니를 위로해주고 도망시킬 기회를 찾으려고 다시 여기까지 내려온 친구예요."

"어머니는 탈출시켰고?"

"아직은요. 주위를 맴돌고 있지만 아직 기회를 못 잡았어요. 그사이 잠깐 저랑 같이 오하이오까지 가서 자기를 도와준 친구들에게 저를 맡기고 다시 여기로 돌아오려고 하고 있어요."

"위험해, 너무 위험해!" 그가 말했다.

조지는 일어나더니 오만한 미소를 띠었다.

노신사는 순수한 경탄의 시선으로 그를 머리끝부터 발끝까지 훑어보았다.

"조지, 어쨌거나 자네는 멋지게 생겼어. 머리를 꼿꼿이 들고 다른 사람들처럼 말하고 행동하게." 윌슨 씨가 말했다.

"전 **자유인**이니까요!" 조지가 당당하게 말했다. "네, 다시는 누구에게도 주인님이라고 부르지 않을 겁니다, 전 **자유**예요!"

"조심하게! 아직 몰라. 잡힐 수도 있으니까."

"**무덤 속에서는** 모두 자유롭고 평등하죠. 그런 상황이 온다면 말입니다, 윌슨 씨." 조지가 말했다.

"자네의 대담함에 정말 어이가 없을 뿐이네." 윌슨 씨가 말했다. "바로 코앞에 있는 술집까지 오다니!"

"윌슨 씨, 이건 **너무** 대담한 짓이고 이 술집은 너무 가까워서 사람들이 생각도 못 하는 겁니다. 모두 제 앞에서 저를 찾을 테고, 나리도 저를 못 알아봤잖아요. 짐의 주인은 이 지역 사람이 아니어서 이 근처에서는 그를 아는 사람이 없어요. 게다가 사람들은 이미 짐은 포기했어요. 짐을 찾는 사람은 아무도 없고, 저 광고를 보고 저를 잡을 사람도 아무도 없을 테니까요."

"하지만 손에 낙인은?"

조지는 장갑을 벗어 낫고 있는 손의 상처를 보여주었다.

"이건 해리스 씨의 이별 안부인사예요." 그가 비웃으며 말했다. "2주전에 조만간 제가 도망칠 게 틀림없다면서 저한테 낙인을 찍어야겠다는 생각을 했다더군요. 재밌지 않나요?" 그는 장갑을 다시 끼면서 말했다.

"정말이지, 자네 상황과 위험을 생각만 해도 피가 얼어붙는 것 같네!" 윌슨 씨가 말했다.

"제 피는 오래전에 얼어붙었어요, 윌슨 씨. 지금은 끓어오를 지경이고요." 조지가 말했다.

"음, 나리," 조지가 잠시 말을 멈추었다가 계속해서 말했다. "나리가 저를 알아보는 걸 봤습니다. 나리의 놀란 표정 때문에 들키기 전에 같이 이야기를 해야겠다고 생각했어요. 전 내일 아침 해 뜨기 전 일찍 떠납니다. 내일 밤이면 오하이오에서 안전하게 잠들 테고요. 전 낮에 움직이고, 최고급 호텔에서 자고, 지방 유지들과 같은 식탁에서 저녁 식사를 할 겁니다. 그러니 안녕히 계세요, 나리. 제가 잡혔다는 소식을 들으면, 죽었다고 생각하시면 됩니다!"

조지는 바위처럼 일어나서 왕자 같은 태도로 손을 내밀었다. 친절한 자그만 노신사는 그 손을 잡고 진심으로 악수하고, 조심하라고 신신당부한 다음, 우산을 들고 더듬거리며 방에서 나갔다.

조지는 노신사가 닫고 나간 문을 바라보며 생각에 잠겨 서 있었다. 무슨 생각이 그의 마음속을 스쳐 지나간 듯했다. 그는 황급히 문으로 다가가 열고 말했다.

"윌슨 씨, 한마디만 더요."

노신사가 다시 들어오자, 조지는 전처럼 문을 잠그더니 바닥을 바라보며 잠시 주저했다. 마침내 그는 갑자기 머리를 들며 말했다.

"윌슨 씨, 나리는 진정 기독교인답게 저를 대해주셨어요. 기독교인다운 마지막 친절을 부탁드려도 될까요?"

"뭔가, 조지?"

"나리 말씀이 맞아요. 저는 끔찍한 위험을 무릅쓰고 있어요. 제가 죽어도 신경 쓸 사람은 세상에 아무도 없죠." 그는 숨을 길게 들이쉬고 힘겹게 말을 이었다. "전 이리저리 발에 차이며 개처럼 묻힐 테고, 하루만 지나도 아무도 기억하지 않을 거예요. 제 불쌍한 아내만 빼고요! 불쌍한 사람! 아내는 슬퍼하고 애통해할 겁니다. 방법이 있다면, 윌슨 씨, 이 핀을 아내에게 전해주세요. 아내가 저에게 크리스마스 선물로 준 거예요. 이걸 주고, 마지막 순간까지 사랑했다고 전해주세요. 그렇게 해주시겠어요? 네?" 그가 진심으로 덧붙였다.

"그래, 그렇게 할게. 이 불쌍한 친구야!" 노신사는 핀을 받고 눈물을 그렁거리며 떨리는 슬픈 목소리로 말했다.

"아내에게 한 가지만 말해주세요." 조지가 말했다. "제 마지막 바람은 갈 수 있으면 캐나다로 가라는 거예요. 아무리 마님이 좋은 사람이어도, 아무리 집을 사랑해도, 절대 돌아오면 안 된다고 간청해주세요. 노예생활은 언제나 비참하게 끝나게 되어 있으니까. 우리 아들을 자유인으로 키워서 나 같은 고통은 당하지 않게 해달라고 전해주세요. 그래 주실 거죠, 윌슨 씨?"

"그래, 조지. 내 말해주겠네. 하지만 자넨 죽지 않을 거야, 난 믿어. 기운 내. 자넨 용감한 친구야. 주님을 믿게, 조지. 자네가 안전하게 가기를 바라겠네. 그게 내가 할 일이겠지."

"의탁할 수 있는 하나님이 정말 **있습니까**?" 조지는 쓰디쓴 절망이 담긴 어조로 노신사의 말을 막았다. "전 평생 동안 하나님이 있을 리 없다고 생각하게 만드는 일들만 봐왔습니다. 기독교인들은 이런 일들이 우리 눈에 어떻게 보이는지 몰라요. 기독교인들에게는 하나님이 있겠죠, 하지만 우리에게도 있습니까?"

"오, 그러면 안 돼, 안 돼, 조지!" 노신사는 거의 흐느끼다시피 하며 말했다. "그런 생각은 하지 마! 계셔. 당연히 계시지. 하나님 주위에는 구름과 어두움이 있지만, 정의와 심판이 그분의 왕좌가 자리하는 곳이야. **하나님**은 계셔, 조지. 믿어. 하나님께 의탁하게. 그러면 분명히 도와주실 거야. 모든 게 제대로 될 거야. 이 세상에서가 아니라면, 다른 세상에서라도."

노신사의 진정한 신앙심과 자비심이 순간적으로 그에게 위엄과 권위를 부여했다. 조지는 괴롭게 방 안을 서성이다 발길을 멈추고는, 잠시 생각에 잠겨 서 있다가 조용히 말했다.

"그렇게 말해주셔서 고맙습니다. 나리는 진정한 친구예요. **생각해 볼게요**."

제12장

엄선된 합법적인 거래 사례

"라마에서 슬퍼하며 크게 통곡하는 소리가 들리니, 라헬이 그 자식을 위하여 애곡하는 것이라. 그가 자식이 없으므로 위로받기를 거절하였도다."

—「마태복음」 2장 18절

헤일리 씨와 톰은 각자의 생각에 빠져 덜컹대는 마차를 타고 계속 나아갔다. 나란히 앉은 두 사람의 생각은 기묘했다. 같은 의자에 앉아 있고, 같은 눈과 귀, 손, 온갖 기관을 가지고 있고, 똑같은 대상들이 눈앞을 스쳐 지나가고 있지만, 이들이 같은 상황에서 하고 있는 생각은 놀랍도록 서로 달랐다!

예를 들어, 헤일리 씨의 경우는 이러했다. 그는 먼저 톰의 길이와 덩치, 키를 가늠하며, 시장에 내놓을 때까지 이 체격과 이 좋은 상태를 그대로 유지할 수 있다면 얼마나 받고 팔 수 있을까 생각하고 있었다. 그는 어떻게 무리를 꾸릴지, 그 무리를 구성할 상상 속의 남자와 여자, 아이 들의 시장가치가 각각 어느 정도 될지와, 그 밖에 유사한 사업상의 문제들에 대해서 생각했다. 그러고는 자신에 대해 생각했다. 자기가 얼마나 인간적이며, 다른 사람들은 자기 '검둥이들'의 손과 발에 모두 사슬을 채우지만 자기는 발에만 족쇄를 채우고 톰이 얌전하게 구는 한 손은 자유로이 쓸 수 있게 해준 것에 대해 생각했다. 그러고 나서 인간의 본성이 얼마나 배은망덕한지 생각하며 한숨을 쉬었다. 톰이 자신의 자비에 대해 감사하고 있는지조차 의심스러웠던 것이다. 잘해줬던 '검둥이들'에게 속아 넘어간 적이 있음에도 불구하고, 자신이 여전히 이렇게 선한 마음을 지니고 있는 걸 생각하면 정말로 놀라웠다.

톰으로 말하자면, 그는 사람들이 별로 읽지 않는 오래된 책의 구절을 생각하고 있었다. 다음의 말들이 머릿속에 계속해서 맴돌았다. "우리가 여기에는 영구한 도성이 없으므로 장차 올 것을 찾나니. 하나님이 그들의 하나님이라 일컬음 받으심을 부끄러워하지 아니하시고 그들을 위하여 한 성을 예비하셨느니라."(「히브리서」 13장 14절, 11장 16절—옮긴이) 주로 '무지하고 배우지 못한 사람들'에 의해 쓰인 오래된 책의 구절은 톰처럼 가난하고 소박한 사람들의 마음에 항상 이상한 영향력을 발휘해왔다. 이 구절은 영혼을 깊숙이 뒤흔들고, 암담한 절망밖에 없었던 곳에 트럼펫 소리처럼 용기와 힘, 열정을 불러일으켰다.

헤일리 씨는 주머니에서 신문을 몇 개 꺼내더니 광고란을 유심히 들여다보기 시작했다. 그는 글을 술술 잘 읽는 사람이 아니어서 눈이 연역한 것을 귀로 입증하기 위하여 반쯤 소리 내어 낭독하며 읽는 버릇이 있었다. 이런 어조로 그는 천천히 다음 문단을 낭독했다.

"유언집행자 경매—검둥이들!—법원의 명령에 따라 2월 20일 켄터키 주 워싱턴 법원 문 앞에서 다음 검둥이들을 매매함. 하갈, 60세. 존, 30세. 벤, 21세. 사울, 25세. 앨버트, 14세. 제시 블럿치포드의 채권자들과 상속인들을 위해 매매함.

사무엘 모리스,
토머스 플린트,
유언집행자."

"이건 꼭 봐야겠군." 말할 상대가 달리 없으니 그는 톰에게 말했다. "너랑 같이 데리고 내려갈 최고의 무리를 꾸릴 거거든. 화기애애하고 즐거운 좋은 일행이 될 거야. 우선 워싱턴으로 곧장 가야겠다. 가서 내가 일을 보는 동안 넌 감옥에 처넣어둘 거야."

톰은 이 유쾌한 정보를 온순하게 받아들이며, 그저 속으로 이 불운한 사람들 중 몇 명이나 남편과 아내, 자식들이 있을지, 그들도 이별할 때 자신 같은 심정이었을지 궁금해했다. 또한 고백해야 할 것은, 그를 감옥에 처넣어두겠다는, 별 생각 없이 내뱉은 정보가 엄격하게 정직하고 올바른 삶을 살아왔다고 항상 자부해왔던 이 불쌍한 친구에게 기분 좋은 인상을 주지 않았다는 점이다. 그렇다, 우리는 불쌍한 친구 톰은 자신의 정직성에 대해 자부심—자부심을 느낄 것이 그 밖에 별달리 없었기 때문에—을 가지고 있다는 것을 고백해야만 하겠다. 만약 그가 사회지도층에 속해 있었다면, 아마도 그는 절대로 그런 곤란한 상황에 빠져들지 않았을 것이다. 하지만 시간은 계속 지나갔고, 헤일리와 톰은 저녁때 워싱턴에 편안한 숙소를 마련했다. 한 사람은 선술집에, 다른 하나는 감옥에.

다음 날 11시경, 법원 계단 주위에는 각자의 취향과 기질에 따라 담배를 피우고, 씹고, 침을 뱉고, 욕하고, 잡담을 하는 다양한 군상들이 몰려들어 경매가 시작되기를 기다렸다. 팔릴 남자들과 여자들은 따로 무리 지어 앉아서 나지막한 목소리로 이야기하고 있었다. 하갈이라는 이름으로 광고에 실렸던 여자는 전형적인 아프리카인의 이목구비와 체격을 가지고 있었다. 나이는 예순 정도 되었겠지만, 힘든 노동과 병으로 그보다 더 나이 들어 보였고, 눈도 잘 안 보이는 데다, 류머티즘으로 다리도 좀 절고 있었다. 그 옆에 있는 사람은 그녀에게 유일하게 남은 아들인 앨버트로, 열네 살에 피부색이 엷고 키가 작은 소년이었다. 소년은 대가족 중 혼자 살아남은 아이로, 나머지는 잇달아 차례로 남쪽 시장으로 팔려 갔다. 어머니는 떨리는 두 손으로 소년을 붙들고, 그를 살펴보러 오는 모든 사람을 극심한 공포에 떨며 지켜보았다.

"무서워하지 말아요, 하갈 아줌마." 그중 가장 나이가 많은 남자가 말했다. "토머스 주인님께 말씀드렸는데, 주인님은 두 사람을 한 벌로 팔 수 있을 거라고 생각한다고 했어요."

"나 아직은 끝장나지 않았다고." 그녀는 떨리는 손을 들어 올리며 말했다. "아직 요리도 할 수 있고, 바닥도 닦고, 빨래도 할 수 있어. 싸게 사면 나도 살 만해. 그렇게 말 좀 해줘. 네가 **말** 좀 해줘." 그녀가 애절하게 덧붙였다.

헤일리가 무리를 헤치고 나이 많은 남자에게 다가가더니, 입을 벌려 안을 들여다보고, 치아를 만져보고, 똑바로 일어서게 해서는 등을 구부리고 여러 가지 동작을 시켜서 근육을 살펴보았다. 그러고는 다음 사람에게 가서 똑같은 일들을 시켰다. 마지막으로 그는 소년에게 다가가 팔을 만져보고 손바닥을 펴서 손가락들을 살펴본 다음, 민첩성을 보기 위해 높이뛰기를 시켰다.

"얘는 저 없이 못 가요!" 할머니가 열정적으로 애절하게 외쳤다. "얘랑 저는 한 벌로 같이 가요. 나리, 전 아직 힘도 세고, 일도 무진장 할 수 있어요. 무진장요, 나리."

"농장에서?" 헤일리가 조소하며 바라보았다. "퍽도 그러겠군!" 그러

고는 검사에 만족한 듯 걸어 나와 호주머니에 손을 넣고 담배를 물고 모자를 한쪽으로 삐뚜름하게 쓴 채 행동할 준비를 갖추고 서 있었다.

"어떻게 생각하십니까?" 헤일리가 검사하는 것을 보고 마음을 정하려는 듯이 따라다니던 남자가 물었다.

"음," 헤일리는 침을 뱉으며 대답했다. "젊은 것들과 저 아이를 사겠소."

"저 아이는 노모와 같이 팔려고 하던데요." 남자가 말했다.

"그건 힘들지. 저 할멈은 뼈밖에 없는 늙은이구만. 밥값도 못할 종자라고요."

"그럼 안 사실 겁니까?" 남자가 물었다.

"사는 사람이 바보요. 눈은 반쯤 멀었고, 류머티즘으로 꼬부라진 데다, 바보이기까지 하잖소."

"어떤 사람들은 이런 늙은이들을 사보고는 생각보다 질기다고 합디다." 남자가 말했다.

"소용없소." 헤일리가 말했다. "선물로 줘도 안 데려갈 거요, 사실. 난 다 봤습니다."

"음, 아들이랑 같이 안 산다니 좀 안됐네요. 아들을 굉장히 아끼는 것 같던데. 그냥 싸게 줄지도 몰라요."

"그런 식으로 쓸 돈이 있는 사람이면 그러라죠. 난 저 애를 농장일꾼으로 낙찰하겠소. 저 할멈은 알 바 아니고. 준다 해도 안 받을 거요." 헤일리가 말했다.

"슬퍼서 어쩔 줄 모를 텐데." 남자가 말했다.

"당연히 그러겠죠." 노예상인은 냉정하게 말했다.

그 순간 청중들 사이에서 법석대며 웅성거리는 소리가 나서 대화는 중단되었다. 키가 작고 부산하고 젠체하는 경매인이 사람들을 헤치고 들어왔다. 노인은 숨을 죽이고 본능적으로 아들을 붙잡았다.

"엄마 옆에 딱 붙어 있어, 앨버트. 바싹. 우리를 같이 올릴 거니까." 그녀가 말했다.

"아, 엄마, 저 사람들이 안 그럴까 봐 무서워." 소년이 말했다.

"그래야 해, 얘야. 안 그럼 난 절대 못 산다." 노인이 격하게 말했다.

경매인이 장내를 정리하기 위해 큰 소리로 이제 매매가 곧 시작된다고 알렸다. 장내가 정리되자 입찰이 진행되었다. 목록에 적힌 사람들은 시장수요가 꽤나 활발하다는 것을 보여주는 가격으로 빠르게 낙찰되었고, 그중 둘이 헤일리에게 떨어졌다.

"올라와라, 얘야," 경매인이 망치로 소년을 건드리며 말했다. "올라와서 네 기운을 보여줘."

"우리 둘을 같이 올려주세요. 제발요, 나리." 노인이 아들을 꼭 붙들며 말했다.

"떨어져." 남자가 무뚝뚝하게 그녀의 손을 떼며 말했다. "넌 마지막이다. 자, 검둥이, 올라가." 그리고 그는 이 말과 함께 소년을 단상으로 밀었고, 뒤에서는 괴로운 신음소리가 들렸다. 소년은 걸음을 멈추고 뒤를 돌아보았지만, 머뭇거릴 시간이 없었다. 그는 커다랗고 빛나는 눈에서 눈물을 뚝뚝 흘리며 곧 단상에 올라갔다.

그의 잘생긴 체격과 기민한 팔다리, 근사한 얼굴은 금방 경쟁을 불러일으켰고, 여섯 개의 입찰이 동시에 경매인의 귀에 들어갔다. 소년은 여기저기서 경쟁적으로 딱딱거리는 입찰소리를 들으며 공포에 질려 불안한 표정으로 이쪽저쪽을 바라보았고, 마침내 망치가 떨어졌다. 헤일리가 그를 가졌다. 그는 단상에서 새 주인에게로 떠밀렸지만 잠시 걸음을 멈추고 뒤를 돌아보았고, 불쌍한 엄마는 사지를 벌벌 떨면서 그를 향해 떨리는 손을 내밀었다.

"저도 사주세요, 나리. 주님을 위해서! 절 사주세요. 안 그러시면 전 죽어요!"

"내가 사줘도 넌 죽어. 그게 문제지." 헤일리가 말했다. "안 사!" 그리고 그는 돌아섰다.

노인의 입찰은 약식으로 끝났다. 헤일리에게 말을 걸었던, 동정심이 없지 않아 보였던 남자가 헐값에 그녀를 샀고, 관중들은 흩어지기 시작했다.

몇 년 동안 한곳에서 함께 자라온 경매의 불쌍한 희생자들은 보기 딱할 정도로 고통스러워하는 절망한 늙은 어머니를 둘러싸고 모였다.

"나한테 하나만이라도 남겨줄 수 없나? 주인님은 항상 하나는 가져도 된다고 하셨어, 그랬다고." 그녀는 가슴 찢어지는 어조로 반복해서 말하고 또 말했다.

"하나님께 맡겨요, 하갈 아줌마." 가장 나이 많은 남자가 비탄에 잠겨 말했다.

"그게 무슨 소용이 있어?" 그녀가 격렬하게 흐느끼며 말했다.

"엄마, 엄마, 그러지 마요! 그러지 마!" 소년이 말했다. "엄마 주인님은 좋은 사람이래."

"상관없다. 상관없어. 오, 앨버트! 아, 얘야! 넌 마지막으로 남은 내 아기인데. 주여, 제가 어떻게 해야 해요?"

"이리 와, 저 할멈 좀 떼버려. 누가 좀 안 해?" 헤일리가 냉담하게 말했다. "계속 그런 식으로 굴면 좋을 거 없어."

무리 가운데 나이 많은 남자가 반은 설득으로, 반은 완력으로 불쌍한 노인의 절망적인 손길을 떼어낸 다음, 그녀를 새 주인의 마차 쪽으로 데리고 가면서 위로하려고 애썼다.

"자!" 헤일리는 새 구매품 셋을 한데 떠밀고는 수갑 꾸러미를 꺼내어 손목에 채웠다. 그리고 그 수갑들을 긴 사슬로 묶어서 앞에 놓고 감옥으로 몰고 갔다.

며칠 후 헤일리는 재산들을 끌고 오하이오 배 위에 무사히 안착했다. 이는 헤일리 무리의 시작이었고, 그 규모는 헤일리와 그의 대리인이 강변 요소마다 비축해둔 다양한 동종 상품들에 의해 강을 따라가

면서 더 증대될 것이었다.

같은 이름의 강 위를 다니는 배들 중 가장 멋지고 아름다운 배 라벨 리비에르는 아름다운 하늘 아래 자유로운 미국의 국기를 펄럭이며 흥겹게 강을 따라 흘러 내려갔다. 호위병들이 잘 차려입은 신사 숙녀들과 뒤섞여 갑판을 걸으며 유쾌한 날을 즐겼다. 모두 생기 넘치고 명랑하고 환희에 차 있었다. 헤일리의 무리만 제외하고 말이다. 그들은 다른 화물들과 함께 하갑판에 적재되었고, 어쩐지 자신들의 여러 가지 특권의 진가를 모르는 듯이 무리지어 앉아 나지막한 목소리로 이야기하고 있었다.

"이봐들," 헤일리가 활기차게 나타나서 말했다. "기분 좋게 가지고 즐겁게들 지내라고. 부루퉁하게 있지 말고. 잘 버티고 있어. 나한테 잘하면, 나도 잘해줄 테니까."

무리는 수 세기 동안 불쌍한 아프리카의 표어로 쓰인 "네, 주인님"이라는 말로 일제히 대답했다. 하지만 그들의 표정이 특별히 밝아 보이지 않았다는 점은 인정해야겠다. 그들은 각자 마지막으로 본 아내, 어머니, 누이, 아이들 생각에 빠져 있어서, '그들을 황폐하게 만든 자가 기쁨을 요구'(「시편」 137편 3절을 고쳐 인용—옮긴이)해도 그것은 즉시 나오지 않았다.

"난 아내가 있어요." '존, 30세'라고 열거된 품목이 이렇게 말하며 톰의 무릎에 사슬 묶인 손을 올렸다. "하지만 아내는 이 일을 전혀 몰라요, 불쌍한 사람!"

"아내는 어디 사는데요?" 톰이 물었다.

"여기서 조금 아래 선술집에요." 존이 말했다. "살아서 아내를 한 번만 더 **볼 수 있다면** 좋을 텐데." 그가 덧붙였다.

불쌍한 존! 그것은 자연스러운 일이었고, 말하면서 그가 흘린 눈물도 마치 백인들처럼 자연스러운 것이었다. 톰은 쓰라린 가슴에서부터 긴 한숨을 내쉬며 미약하게나마 그를 위로하려고 애썼다.

위쪽 선실에는 아버지들과 어머니들, 남편들과 아내들이 있었고, 아이들이 즐겁게 춤추며 작은 나비 떼처럼 그들 사이로 돌아다녔다. 모두가 느긋하고 편안해 보였다.

"엄마," 방금 밑에서 올라온 소년이 말했다. "이 배에 검둥이 상인이 있는데, 저 아래에 노예 네다섯 명을 데려왔어요."

"불쌍한 것들!" 어머니가 슬픔과 분노 사이의 어조로 말했다.

"무슨 일이에요?" 또 다른 숙녀가 물었다.

"저 아래 불쌍한 노예들이 있대요." 어머니가 말했다.

"사슬에 묶여 있어요." 소년이 말했다.

"그런 모습을 보여주다니 우리 나라의 수치예요!" 또 다른 여자가 말했다.

"그 문제라면 양쪽 다 할 말이 많죠." 놀고 있는 어린 딸과 아들을 데리고 특별실에 앉아 바느질을 하고 있던 품위 있는 여인이 말했다. "난 남쪽에 가봤어요. 내가 보기에 검둥이들은 자유롭게 사는 것보다 지금이 더 좋아요."

"어떤 면에서 그중 일부는 잘 살기도 하겠죠, 인정해요." 먼저 말했던 여자가 말했다. "제가 보기에 노예제의 가장 끔찍한 점은 감정과 애정을 유린하는 거예요. 예를 들어, 가족들을 갈라놓는다던가."

"그건 분명 나쁜 짓이에요." 다른 여자가 방금 완성한 아이의 옷을 들고 장식을 면밀하게 살피면서 말했다. "하지만 그런 일은 자주 일어나지 않는다고 생각해요."

"아뇨, 그래요." 첫 번째 여자가 열렬히 말했다. "전 켄터키와 버지니아에서 여러 해 동안 살면서, 누구라도 진절머리 낼 만한 일들을 봤어요. 거기 있는 당신 아이들 둘을 누가 빼앗아 가서 판다는 걸 생각해볼 수 있으세요?"

"우리 감정으로 이 계급 인간들의 감정을 추론해선 안 되죠." 그녀는 무릎에 놓인 소모사 직물을 골라 정리하며 말했다.

"그럼요. 그렇게 말한다면 당신은 그 사람들에 대해 아무것도 알 수가 없어요." 첫 번째 여자가 열을 내며 말했다. "전 그들 사이에서 태어나고 자랐어요. 전 그들이 우리처럼, 어쩌면 훨씬 더 강렬한 감정을 **느낀다는** 것을 알아요."

그 숙녀는 "그렇군요!" 하고 말하고 하품을 하더니 선실 창문을 내다보고는 마침내 처음에 했던 말을 최종적으로 반복했다. "어쨌거나 전 그들이 자유롭게 사는 것보다 지금이 더 낫다고 생각해요."

"아프리카 인종이 하인이 되는 건, 그래서 비천한 상태로 사는 건 분명히 하나님의 의도입니다." 검은 옷을 입은 심각한 얼굴의 남자가 말했다. 선실 문 옆에 앉아 있던 목사였다. "'가나안은 저주를 받아 그의 형제의 종들의 종이 되기를 원하노라'(「창세기」 9장 25절—옮긴이)고 성경에서는 말하죠."

"여보시오, 그게 성경이 의미하는 바입니까?" 옆에 서 있던 키 큰 남자가 말했다.

"당연하죠. 수 세기 전 알 수 없는 이유로 인해 하나님은 기꺼운 마음으로 이 종족의 운명을 노예로 선고하셨습니다. 우리가 거기에 반대해서는 안 되는 겁니다."

"그렇다면 우리 다 같이 검둥이들을 사야겠군요." 그 남자가 말했다. "그것이 하나님의 뜻이라면, 그래야 하지 않겠습니까, 선생?" 그는 난로 옆에서 호주머니에 손을 넣은 채 서서 열심히 대화를 듣고 있던 헤일리를 돌아보며 말했다.

"그래요," 키 큰 남자가 계속해서 말했다. "우린 모두 하나님의 천명에 따라야 합니다. 검둥이들은 팔리고, 이리저리 실려 다니고, 짓밟혀야 하는 거죠. 그게 그들의 운명 아닙니까? 이런 시각 참으로 신선한 것 같군요, 안 그래요?" 그가 헤일리에게 말했다.

"전 그 문제에 대해 생각해본 적이 없습니다." 헤일리가 말했다. "전 별로 할 말이 없네요. 배운 게 없어서. 전 그저 먹고살려고 이 일을 하고 있습죠. 그게 옳지 않다면, 나중에 회개할 생각이에요."

"그럼 이제 그런 수고는 할 필요 없겠군요, 안 그래요?" 키 큰 남자가 말했다. "성경을 보니 이런 거잖아요. 이 훌륭하신 분처럼 성경을 공부하기만 했다면, 전부터 이 사실을 알아서 수많은 고민을 덜었을 텐데 말입니다. 그냥 이렇게 말하기만 하면 되잖아요. '저주받으라'—그 사람 이름이 뭐였죠?—'그럼 모든 게 잘될 것이다.'" 그 남자—그는 다름 아니라 켄터키 선술집에서 우리 독자들에게 소개했던 바로 그 정직한 가축상이었다—는 자리에 앉아 길고 무심한 얼굴에 기묘한 미소를 띤 채 담배를 피기 시작했다.

키가 크고 호리호리하며 지적이고 표정이 풍부한 얼굴을 한 젊은이가 여기서 끼어들더니 말을 되풀이했다. "남에게 대접을 받고자 하는 대로 너희도 남을 대접하라."(「누가복음」 6장 31절—옮긴이) 그리고 또 덧붙였다. "**그것도** 성경 말씀이죠. '가나안은 저주를 받으라'뿐만 아니라."

"그것 참 알기 쉬운 책 같군요." 가축상 존이 말했다. "우리처럼 모자란 사람들에게는 말입니다." 그리고 존은 화산처럼 담배를 피워댔다.

젊은이는 말을 멈추고 뭔가 더 말할 것 같은 얼굴을 했지만, 그때 갑자기 배가 멈추었고, 사람들은 여느 때처럼 어디 기착하는지 보기 위해서 황급히 달려갔다.

그 남자는 고개를 끄덕였다.

배가 멈추자 흑인 여자 하나가 미친 듯이 뱃전을 달려 올라오더니 군중 속으로 뛰어 들어가 노예들이 모여 앉아 있는 곳으로 몸을 날렸다. 그러고는 앞서 '존, 30세'라고 열거되었던 그 불행한 상품을 두 팔로 끌어안고, 흐느낌과 눈물로 남편을 애도했다.

하지만 이런 이야기를 해봤자 무슨 소용이 있겠는가. 너무나 자주, 매일같이 들리는, 애간장을 쥐어짜고 끊어내는, 강자들의 이윤과 편의를 위해 깨지고 부서지는 약자들의 이야기를! 이런 이야기는 할 필요가 없다. 날마다 하는 이야기니까. 더구나 오랫동안 침묵을 지키고 있기는 해도 귀머거리도 아닌 사람 귀에다 대고 하는 이야기이지 않은가.

인류와 하나님을 위해 말했던 젊은이는 팔짱을 낀 채 이 장면을 바라보고 서 있었다. 그가 돌아서자, 헤일리가 옆에 서 있었다. "이봐요." 그가 탁한 목소리로 말했다. "어떻게 이런 일을 계속할 수 있습니까, 아니 감히 할 수 있습니까? 저 불쌍한 사람들 좀 봐요! 저는 기쁨으로 가득 차서 아내와 아이가 있는 집으로 돌아가고 있어요. 하지만 저를 가족들에게로 데려가는 신호인 종소리는 이 불쌍한 사람과 아내를 영원히 갈라놓죠. 분명 하나님께서는 이 일로 당신을 심판하실 겁니다."

노예상인은 말없이 돌아섰다.

"말씀드리지만," 가축상이 그의 팔꿈치를 건드리며 말했다. "사람들마다 다른 거잖아요, 안 그래요? 이 사람은 '가나안은 저주를 받으라'는 말을 납득 못 할 것 같은데, 안 그래요?"

헤일리는 불편하게 으르렁댔다.

"그보다 더한 게 있어요." 존이 말했다. "아무래도 그건 하나님도 납득 못 할 것 같다는 거죠. 당신이 조만간 하나님 앞에 가서 심판받을 때 말입니다. 언젠가는 우리 모두 그래야 하니까."

헤일리는 생각에 잠겨 배의 반대편으로 걸어갔다.

'한두 번 더 거래해서 돈을 두둑이 벌면,' 그는 생각했다. '손을 떼야겠어. 정말 위험해지고 있어.' 그는 수첩을 꺼내 계산을 더해보기 시작했다. 헤일리 씨 외에도 많은 신사가 양심이 불편할 때 특별처방으로 쓰는 방법이었다.

배는 도도하게 강변에서 멀어져갔고, 모두들 전처럼 즐겁게 흥청거렸다. 남자들은 이야기하고, 빈둥거리고, 책을 읽고, 담배를 피웠다. 여자들은 바느질을 했고, 아이들은 뛰어놀고, 배는 갈 길을 갔다.

배가 잠시 켄터키의 조그만 마을에 정박했던 어느 날, 헤일리는 간단한 사무를 처리하기 위하여 마을로 들어갔다.

족쇄를 차고 있기는 했지만 약간 움직일 여지는 있었던 톰은 뱃전으로 다가가 난간 너머를 멍하게 바라보았다. 잠시 후 그는 노예상인이 날쌘 걸음으로 돌아오는 것을 보았다. 그는 어린아이를 안고 있는 흑인 여자를 대동하고 있었다. 그녀는 꽤 점잖게 옷을 차려입고 있었고, 흑인 남자 하나가 조그만 트렁크를 들고 그 뒤를 따라왔다. 여자는 트렁크를 든 남자와 이야기를 나누며 쾌활하게 걸어와 판자를 지나 배 안으로 들어왔다. 종이 울렸고, 배가 윙윙 소리를 내더니 엔진이 으르렁대며 털털거렸다. 곧 배는 강 아래로 휙 내려갔다.

그 여자는 하갑판의 상자들과 꾸러미들 사이로 걸어 들어와서 앉더니 분주히 아기를 얼렀다.

헤일리는 배 안을 한두 번 서성거리다가 다가와서 여자 옆에 자리를 잡고 앉더니 무심한 저음으로 그녀에게 뭐라고 말하기 시작했다.

톰은 곧 그녀의 이마에 먹구름이 끼는 것을 보았다. 여자가 속사포처럼, 굉장히 격렬하게 대답했다.

"난 못 믿어요. 믿을 수가 없어요!" 그녀가 말하는 소리가 들렸다. "농담하는 거죠?"

"못 믿겠으면, 여기를 봐!" 남자가 서류를 꺼내며 말했다. "이건 매매 계약서고, 여기 네 주인의 이름이 있어. 난 현금도 두둑이 지불했다고. 알겠지!"

"주인님이 나를 그렇게 속인다는 걸 믿을 수가 없어요. 그럴 리가 없어요!" 여자가 점점 더 흥분하며 말했다.

"여기 있는 사람들 중 읽을 수 있는 사람 누구한테라도 물어봐. 여기요!" 그가 지나가는 사람을 불렀다. "이것 좀 읽어주시겠습니까? 이 계집이 제가 말하는데도 제 말을 안 믿으려고 해서요."

"이건 매매 계약서군요. 존 포스딕이 서명한." 그 남자가 말했다. "루시와 아이를 당신한테 넘겨준다고 되어 있습니다. 제가 보기엔 제대로 된 서류인데요."

여자의 격앙된 고함에 사람들이 주위에 몰려들자, 노예상인이 흥분의 원인을 간략하게 설명했다.

"저한테는 루이빌에 가는 거라고 했어요. 제 남편이 일하는 선술집에 요리사로 내보내는 거라고. 주인님이 직접 그렇게 말씀하셨다고요. 주인님이 거짓말을 했다니 믿을 수가 없어요." 여자가 말했다.

"하지만 주인은 너를 팔았어, 불쌍한 여자야. 그건 틀림없는 사실이야." 서류를 살펴보고 있던 착한 구경꾼이 말했다. "틀림없이 그렇게 했어."

"그럼 말해봤자군요." 여자가 갑자기 차분해지며 말했다. 그러고는 아이를 품에 꼭 안고 상자 위에 앉아 등을 돌린 채 멍하니 강물을 쳐다보았다.

"결국에는 편해질 거야!" 노예상인이 말했다. "계집들은 근성이 있거든, 내 알지."

여자는 고요해 보였고, 배는 계속해서 강을 따라갔다. 아름답고 부드러운 여름의 미풍, 검은 이마인지 하얀 이마인지 묻지 않고 시원하게 어루만져주는 상냥한 미풍이 그녀의 머리 위를 달래주듯 지나갔다. 물 위에는 햇빛이 황금색 잔물결을 만들며 반짝이고 있었고, 편안하고 기쁨에 찬 유쾌한 목소리들이 사방에서 그녀를 둘러싸고 이야기하고 있었다. 하지만 그녀의 마음은 커다란 돌이 짓누르고 있는 것 같았다. 아기가 몸을 일으켜 조그만 손으로 그녀의 뺨을 어루만지고는 아래위로 폴짝폴짝 뛰며 까르륵 웃고 옹알거렸다. 엄마 기분을 좋게 해주려고 작정한 듯했다. 그녀는 갑자기 아기를 품에 꼭 껴안았고, 어리둥절한 채 아무것도 모르는 아기 얼굴 위로 눈물이 천천히 한 방울, 또 한 방울 떨어졌다. 점차 그녀는 조금씩 마음을 진정하고 분주히 아기를 돌보는 듯 보였다.

10개월 된 사내아이는 나이에 비해 굉장히 크고 튼튼했고, 팔다리 힘이 아주 셌다. 그래서 어머니는 잠시도 쉬지 않고 계속 아기를 안고 뜀뛰기 놀이를 봐줘야만 했다.

"고놈 참 잘생겼네!" 갑자기 한 남자가 주머니에 손을 넣은 채 아기 앞에서 걸음을 멈추었다. "몇 살이나 됐나?"

"10개월 반입니다." 어머니가 말했다.

남자는 아이에게 휘파람을 불고는 막대사탕 조각을 내밀었다. 아기는 열렬히 사탕을 움켜잡아 곧장 아기들의 창고, 즉 입속에 집어넣었다.

"나쁜 녀석!" 남자가 말했다. "뭘 좀 아는데!" 그는 휘파람을 불며 계속 걸어갔다. 배 반대편에서 그는 상자 더미 위에 앉아 담배를 피우고 있던 헤일리와 마주쳤다.

그 낯선 이는 성냥을 꺼내서 담뱃불을 붙이며 말했다. "이봐요, 당신 저기 괜찮은 계집을 하나 데리고 있더군요."

"썩 괜찮은 편이라고 생각하죠." 헤일리가 연기를 내뿜으며 말했다.

"남쪽으로 데리고 가실려고?" 남자가 물었다.

헤일리는 고개를 끄덕이고 계속 담배를 피웠다.

"농장일꾼으로?" 남자가 물었다.

"음," 헤일리가 말했다. "농장에서 들어온 주문을 채우는 중이라서, 저 계집도 넣어야 할 것 같아요. 요리를 잘한다고 했으니, 그렇게 쓰면 되겠죠. 아니면 면화 따는 일을 시켜도 되고. 그 일에 딱 좋은 손가락을 가지고 있거든요. 제가 봤죠. 어쨌거나 잘 팔릴 겁니다." 그리고 헤일리는 다시 담배를 피우기 시작했다.

"어린애는 농장에서 안 원할 텐데." 남자가 말했다.

"애는 기회가 되는 대로 팔아치울려고요." 헤일리가 새 담배에 불을 붙이며 말했다.

"애는 꽤 싸게 팔아야 할 것 같소만." 남자가 상자 더미 위로 올라와 편하게 앉으며 말했다.

"그건 모르죠." 헤일리가 말했다. "꽤 똑똑해 보이잖아요. 멀쩡하고, 통통하고, 튼튼하고. 피부도 벽돌처럼 단단하고요!"

"뭐 그렇긴 하지만, 애를 키우는 데는 온갖 수고와 비용이 들잖소."

“허튼소리!” 헤일리가 말했다. “그 녀석들은 다른 어떤 것보다 쉽게 커요. 개새끼보다 손이 안 간다니까요. 이놈도 한 달만 지나면 사방을 뛰어다닐 겁니다.”

“우리 집은 애를 키우기 좋고, 일꾼도 좀 더 들일 생각이오.” 남자가 말했다. “요리사가 지난주에 애를 잃었어요. 빨래를 너는 동안 빨래통에 빠져 죽었지 뭡니까. 그 여자한테 이 아이를 키우게 하면 좋지 않을까 생각하는데.”

헤일리와 남자는 잠시 동안 말없이 담배를 피웠다. 둘 다 인터뷰의 시험문제를 꺼낼 마음이 없어 보였다. 마침내 남자가 다시 말을 시작했다.

“저 녀석 값으로 10달러 이상 받을 생각은 아니겠죠? 어쨌거나 저놈을 **꼭** 손에서 털어버려야 하지 않소?”

헤일리는 고개를 젓더니 세게 침을 뱉었다.

“그렇게는 안 되죠, 절대.” 그가 다시 담배를 피우며 말했다.

“그럼 얼마나 받을 거요?”

“음,” 헤일리가 말했다. “저놈은 제가 직접 키울 **수도 있고**, 누굴 시켜서 키워도 돼요. 굉장히 잘생겼고 건강하니까, 6개월만 지나면 100달러는 받을걸요. 1, 2년 지나면 200달러는 받을 수 있을 테고. 제대로 된 곳에 두기만 한다면 말이죠. 그러니 지금은 50달러에서 한 푼도 깎을 수 없습니다.”

“아, 그건 완전 터무니없는데.” 남자가 말했다.

“사실입니다!” 헤일리는 단호히 고개를 끄덕이며 말했다.

"30달러 주겠소." 남자가 말했다. "그 이상은 한 푼도 못 줘요."

"제가 어떻게 할지 말씀드리죠." 헤일리는 결심을 새로이 하고 다시 침을 뱉은 후 말했다. "서로 한 발씩 물러나 45달러로 하죠. 그 이하로는 안 됩니다."

"좋소!" 남자가 잠시 후에 말했다.

"좋아요!" 헤일리가 말했다. "어디서 내리시죠?"

"루이빌에서요." 남자가 말했다.

"루이빌이라," 헤일리가 말했다. "아주 좋습니다. 거긴 해질 녘쯤에 도착하죠. 녀석은 잠들어 있을 겁니다. 다 좋아요. 조용히 데리고 가면 소리 지를 일도 없고. 멋지군요. 전 일을 조용히 처리하는 걸 좋아하죠. 흥분해서 소동이 벌어지는 건 딱 질색이에요." 남자의 지갑에서 상인의 지갑으로 일정량의 지폐가 이동한 후, 그는 다시 담배를 피웠다.

배가 루이빌의 선창에 멈춘 것은 밝고 고요한 저녁때였다. 여자는 깊은 잠에 빠진 아기를 품에 안고 앉아 있었다. 지명을 알리는 소리를 듣자, 그녀는 상자들 사이 틈에 생긴 조그만 요람에 먼저 망토를 세심히 깐 다음 아이를 황급히 내려놓고, 혹시나 선착장에 모여 있는 각양각색의 호텔 웨이터들 중에 남편을 볼 수 있을까 하는 희망에 차서 뱃전으로 뛰어갔다. 이런 희망을 품고 그녀는 앞 난간에 딱 달라붙어 고개를 내밀고 강변에서 움직이는 사람들을 유심히 살펴보았고, 그사이 그녀와 아이 사이에는 군중들이 몰려들었다.

"지금이 기회입니다." 헤일리가 잠든 아이를 안고 와서 남자에게 넘겨주었다. "애를 깨워서 울게 하지 마세요. 그럼 저 계집이 야단법석을 떨 테니까." 남자는 꾸러미를 조심해서 안고는, 곧 선창을 빠져나가는 무리들 사이로 사라졌다.

배가 삐걱거리고 신음하고 헐떡이며 선창에서 벗어나 천천히 선체를 비틀며 나아가기 시작했을 때 여자는 앉아 있던 자리로 돌아왔다. 거기에는 노예상인이 앉아 있었고— 아이는 사라지고 없었다!

"왜, 왜, 어디?" 여자가 당황해서 놀라며 말했다.

"루시," 상인이 말했다. "아이는 가고 없어. 너도 처음부터 아는 게 좋겠지. 알다시피, 아이를 데리고 남쪽에 갈 수 없거든. 기회가 닿아 일류급 집안에 아이를 팔았어. 그 집에서 너보다 더 잘 키워줄 거야."

상인은 북부의 일부 설교자들과 정치가들이 최근 추천하는 기독교적, 정치적 완벽의 경지에 도달했고, 그 속에서 그는 모든 인간적 약점과 편견을 완전히 극복했다. 그의 마음은 적절한 노력과 수련을 통하여 당신들과 내 마음도 도달할 수 있는 바로 그곳에 있었다. 고통과 완전한 절망에 휩싸인 여자의 야수 같은 표정은 덜 훈련된 사람이 보았다면 마음이 혼란스러워졌을지도 모른다. 하지만 그는 이런 일에 익숙했다. 그는 이런 표정을 수백 번도 더 보았다. 당신도 이런 일에 익숙해질 수 있다, 친구여. 또한 이것은 합중국의 영광을 위하여 우리 북부 공동체 전체를 이런 일에 익숙하게 만들기 위한 최근 노력의 위대한 목표이기도 하다. 그래서 상인은 그 검은 얼굴에 드러난 치명적인 고통과 꽉 움켜쥔 주먹, 헐떡대는 숨소리를 이 직업에 부수적으로 따르는 일이라고만 생각하고는, 그저 그녀가 비명을 지를지, 또한 배 위에서 소동을 피울지만을 계산했다. 우리의 기묘한 제도를 지지하는 다른 사람들처럼 그도 소동은 단호히 싫어했기 때문이다.

하지만 여자는 소리 지르지 않았다. 탄환은 비명이나 눈물조차 나오지 않을 정도로 심장을 정통으로 꿰뚫고 지나갔다.

그녀는 머리가 아찔해져 주저앉았다. 손은 기운 없이 늘어져 옆으로 툭 떨어졌다. 눈은 정면을 향하고 있었지만, 아무것도 보고 있지 않았다. 배 안의 소음과 말소리, 기계들이 힘겹게 돌아가는 소리가 그녀의 당황한 귀에 꿈결처럼 뒤섞여 들려왔고, 놀라서 말을 잊은 불쌍한 심장은 그 절대적 불행을 보여주기 위해 울지도 눈물을 흘리지도 않았다. 그녀는 전적으로 고요했다.

자신의 우위를 고려할 때 거의 우리의 일부 정치가들만큼이나 자비심 많은 상인은 상황이 허용하는 선에서 위로의 말을 해줘야겠다는 기분이 든 것 같았다.

"처음에는 좀 힘들 거라는 거 알아, 루시." 그가 말했다. "하지만 너처럼 똑똑하고 분별 있는 아이는 그 때문에 무너지지 않을 거야. 그건 **필요한** 일이고 어쩔 수 없는 일이라는 걸 알겠지!"

"오! 그만하세요, 나리, 하지 마요!" 여자가 숨 막힌 사람 같은 목소리로 말했다.

"넌 똑똑한 계집이잖아, 루시." 그가 고집스레 말했다. "난 너한테 잘해주려고 해. 강 아래 좋은 곳에 보내줄 거라고. 그럼 너처럼 예쁜 계집은 곧 다른 남편을 얻어서—"

"오, 나리, 제발 지금은 말하지 말아주세요." 여자의 목소리에 너무도 살아 숨 쉬는 고통이 담겨 있어서, 상인은 지금 이 경우는 그의 처리방식을 넘어서는 일임을 느꼈다. 그가 일어나자, 여자는 돌아서서 망토에 머리를 묻었다.

상인은 잠시 왔다 갔다 하다가, 때때로 걸음을 멈추고 여자를 쳐다보았다.

"충격이 심하군." 그는 독백했다. "하지만 그래도 조용하네. 잠시 울게 내버려두면, 조만간 괜찮아지겠지!"

톰은 이 모든 거래과정을 처음부터 끝까지 지켜보았고, 그 결과를 완전히 이해했다. 그가 보기에 이것은 말할 수 없이 끔찍하고 잔인한 일이었다. 왜냐하면 그의 불쌍하고 무지한 검은 영혼은 일반화하거나 거시적 시각을 가지는 법을 배우지 못했기 때문이다. 그가 모 기독교 목사(필라델피아의 조엘 파커 박사—원저자)들의 가르침을 받기만 했더라면, 사건을 재고해보고 이것이 합법적인 거래에서 일상적으로 일어나는 일임을 볼 수 있었을지도 모른다. 일부 미국 성직자들의 주장에 따르면 다른 어떤 사회적, 가정적 관계에도 어쩔 수 없이 존재하는, 그런 해악 외에는 어떤 해악도 없는 제도를 가장 중추적으로 떠받치고 있는 거래 말이다. 하지만 우리가 아는 톰은 읽은 것이라고는 신약밖에 없는 불쌍하고 무지한 친구라 이런 시각으로 마음을 달래고 위안할 수 없었다. 짓밟힌 갈대처럼 상자 위에 널브러져 괴로워하는 그 불쌍한 것이 겪은 **부당한** 일로 인해 그의 영혼은 속에서 피를 흘렸다. 감정을 느끼고 살아 있고 피 흘리지만, 그럼에도 불구하고 **불멸의** 존재인 그녀는 미국의 법이 냉정하게 그녀와 같은 종목으로 분류한 짐 꾸러미와 짐짝들, 상자들 사이에 엎어져 있었다.

톰은 가까이 다가가서 뭐라고 말하려고 했지만, 그녀는 그저 괴로움에 신음할 뿐이었다. 그는 눈물을 흘리며 정직하게 하늘에 계신 큰 사랑과 긍휼히 여기시는 예수님, 불멸의 집에 대해 이야기했다. 하지만 그 귀는 고통으로 멀었고, 마비된 심장은 아무것도 느끼지 못했다.

밤이 왔다. 아름답게 반짝이지만 말이 없는 수많은 엄숙한 천사의 눈들과 더불어 빛나는, 고요하고 냉정하고 거룩한 밤이. 저 먼 하늘에서부터는 말이나 언어도, 동정의 말이나 도움의 손길도 오지 않았다. 사업과 환락을 이야기하던 목소리들이 하나둘 사라졌다. 배 위의 모든 사람이 잠들자, 뱃머리에 부딪히는 잔물결 소리마저 뚜렷하게 들렸다. 상자 위에서 다리를 쭉 뻗고 누워 있던 톰은 이따금씩 엎드린 인물이 숨죽여 흐느끼거나 우는 소리를 들었다. "오! 내가 무엇을 해야 할까? 오, 주여! 오, 선하신 주여, 저를 도와주십시오!" 흐느낌은 그렇게 이따금씩 계속되었다가 마침내 중얼거리는 소리는 침묵 속으로 사라져갔다.

한밤중에 톰은 갑자기 깜짝 놀라 잠에서 깼다. 검은 형체가 그를 쏜살같이 지나 뱃전으로 가더니, 첨벙하는 물소리가 들렸다. 그것을 보고 들은 사람은 그 밖에 없었다. 그는 고개를 들었다. 여자의 자리가 비어 있었다! 그는 일어나서 주위를 뒤져보았지만 소용없었다. 피 흘리던 불쌍한 심장은 마침내 평화를 얻었고, 강은 마치 그 여자를 품지 않았다는 듯이 변함없이 반짝거리며 잔물결을 일으키고 있었다.

인내하라! 인내하라! 이런 악행에 대한 분노로 심장이 터질 것 같은 사람들이여. 슬픔을 겪으신 분, 영광의 주님께서는 고통의 맥박 하나, 억압받는 자의 눈물 한 방울도 잊지 않으신다. 그 인내하는 고결한 품속에 그분은 세상의 고통을 떠안으신다. 그분처럼 인내하며 참아라, 그리고 애써 사랑하라. 그분이 하나님이신 것이 분명하듯, 분명히 '그분께 속죄받은 자들의 해가 **올**'지니.

상인은 아침 일찍 일어나 자신의 가축들을 보러 왔다. 이번에는 그가 당황해서 사방을 뒤질 차례였다.

"그 계집 어디 있어?" 그가 톰에게 물었다.

비밀을 지키는 지혜를 아는 톰은 자신이 보고 의심한 바를 말해야 한다는 생각이 들지 않았다. 그는 모른다고 대답했다.

"밤중에 정박한 곳들 중에 내렸을 리는 없어. 배가 설 때마다 내가 눈을 뜨고 지켜보고 있었거든. 난 이런 일을 절대 다른 사람에게 맡기지 않아."

그는 마치 톰이 이런 일에 특별히 관심을 가지기라도 한 듯이 톰을 향해 비밀스레 말했다. 톰은 아무런 대답도 하지 않았다.

노예상인은 상자와 짐 꾸러미, 통들 사이, 기계들 주위, 굴뚝 옆, 이물에서 고물까지 배 전체를 다 뒤졌지만 아무 소용없었다.

"자, 톰, 똑바로 말해." 그는 소득 없는 수색을 마친 후 톰이 서 있는 곳으로 왔다. "넌 뭔가 알고 있어. 아니라고는 하지 마. 난 다 아니까. 그 계집이 10시쯤 여기 자빠져 있는 걸 봤어. 또 12시에도, 1시와 2시 사이에도. 그런데 4시에는 없어졌단 말이야. 넌 내내 바로 거기서 자고 있었고. 그러니 넌 뭔가를 알아. 아닐 수가 없지."

"저, 나리," 톰이 말했다. "아침결에 뭔가 저를 스치고 지나가서 반쯤 잠이 깼는데, 그때 첨벙하는 소리를 들었어요. 그래서 잠이 완전히 깨서 보니 여자가 없어졌더라고요. 제가 아는 건 그게 다예요."

상인은 충격을 받지도 놀라지도 않았다. 앞에서도 말했듯이, 그는 당신이 익숙하지 않은 수많은 일들에 익숙했다. 심지어 그는 끔찍한 죽음의 신 앞에서도 엄숙한 한기를 느끼지 않았다. 그는 죽음의 신을 여러 번 보았다. 직업상 일을 하다 보니 만나서 알게 된 사이였다. 그에게 죽음의 신은 매우 부당한 방식으로 재산관리를 곤경에 빠뜨리는 까다로운 고객일 뿐이었다. 그래서 그는 그저 그 여자는 갈보고, 자신은 재수도 더럽게 없으며, 이런 식으로 나가다가는 이번 여행에서 한 푼도 못 벌겠다고 욕을 해대기만 했다. 간단히 말해서, 그는 분명히 자신을 학대받는 사람이라고 생각하는 듯했다. 하지만 어쩔 도리는 없었다. 여자는 절대 도망자를 다시 내놓지 않을 곳으로 도망쳐 버렸으니까. 거룩한 합중국 전체가 요구한다 해도 있을 수 없는 일이었다. 따라서 노예상인은 불만에 가득 찬 얼굴로 앉아서 회계장부를 펴고는 **손실**이라는 제목 밑에 사라진 육신과 영혼을 기입했다!

"정말 놀라운 인간이야, 저 노예상인 말이야, 안 그래? 인정머리라고는 하나도 없어! 끔찍해, 정말로!"

"아, 하지만 아무도 이 노예상인들을 신경 쓰지 않아! 저들은 사방에서 멸시당하고, 어떤 점잖은 모임에서도 받아주지 않지."

하지만 누가 노예상인을 만들었는가? 누가 가장 비난받아야 하는가? 노예상인이라는 어쩔 수 없는 결과를 수반하는 체제를 지지하는, 계몽되고 교양 있고 지적인 사람인가, 아니면 불쌍한 노예상인 자신인가? 당신이 그 직업을 요구하는 공공의 정서를 만들었고, 그 일로 그는 타락하고 부패하여 마침내 어떤 수치심도 느끼지 않는 인간이 되었지 않은가. 그런데 당신이 그보다 어디가 더 낫단 말인가?

당신은 교육받았고 그는 무지한가, 당신은 높고 그는 낮은가, 당신은 세련되고 그는 조잡한가, 당신은 재능이 있고 그는 단순한가?

미래의 심판 날, 바로 이 사정들로 인해 그의 죄가 당신보다 가벼워질 수도 있다.

이 종의 거래를 보호하고 영속시키기 위한 국가의 크나큰 노력을 보고 편파적인 추론을 할 수도 있을 듯하여, 이 사소한 합법적인 거래 사례를 마무리하는 시점에서 우리는 세상 사람들에게 미국의 입법자들을 인간애라고는 조금도 없는 사람들로 생각하지 말아달라는 부탁을 드리고 싶다.

외국의 노예무역을 비난하는 데 우리의 위인들이 발군의 능력을 발휘하고 있음은 모두가 잘 알고 있다. 그 주제에 대해서는 클라크슨과 윌버포스처럼 교훈적이기 이를 데 없는 소리를 하는 사람들이 우리 가운데 무수히 존재한다. 독자 여러분, 아프리카에서 검둥이들을 싣고 와 거래하는 것은 너무도 끔찍한 일이다! 생각도 할 수 없는 일이다! 하지만 켄터키에서 데려와 거래하는 것— 그것은 또 다른 문제다!

제13장

퀘이커 부락

이제 우리 앞에는 고요한 광경이 펼쳐진다. 커다랗고 넓고 깨끗하게 칠해진 부엌, 먼지 한 톨 없이 매끄럽고 윤이 반지르르한 노란색 바닥, 광을 잘 낸 깨끗한 조리용 난로, 입맛을 돋우는 미지의 진미를 암시하며 주르르 걸려 있는 반짝이는 양철 냄비들, 광택이 흐르는 단단하고 오래된 녹색 나무의자, 서로 다른 색깔의 모직물들로 솜씨 좋게 만든 패치워크 쿠션이 놓인 골풀세공 바닥의 조그만 흔들의자, 후한 대접을 약속하며 청하는 듯한 넉넉한 팔걸이가 달린, 엄마 같고 오래된 커다란 흔들의자와 이에 동의하며 유혹하는 깃털 쿠션들. 그 오래된 의자는 정말로 편안하고 호소력 있는 의자로, 정직하고 검소한 휴식을 취하는 데 있어서는 거실의 유지라 할 호화로운 의자들 열두 개보다 더 가치 있었다. 이 의자를 부드럽게 앞뒤로 흔들며 정교한 바느질거리에 시선을 고정한 채 앉아 있는 사람은 우리의 오랜 친구 엘리자였다. 그렇다, 그녀다. 그녀는 켄터키 집 시절보다 더 창백하고 말랐고, 그 기다란 속눈썹의 그림자와 상냥한 입가에는 한없는 고요한 슬픔이 어려 있었다! 깊은 슬픔의 단련을 통해 그 소녀다운 마음이 얼마나 노숙하고 단단해졌는지가 명백히 드러났다. 가끔 커다란 검은 눈을 들어 열대의 나비처럼 바닥에서 이리저리 뛰어다니며 놀고 있는 해리를 쳐다보는 그녀에게서는 이전의 행복했던 시절에는 찾아볼 수 없었던 확고부동함과 견고한 결심이 보였다.

그 옆에는 한 여자가 반짝이는 양철 냄비를 무릎에 놓고 앉아서 말린 복숭아를 정성껏 골라 담고 있었다. 나이는 쉰다섯 내지 예순 정도 되어 보였지만, 그녀의 얼굴은 세월이 갈수록 더 환해지고 매력이 더해지는 그런 얼굴이었다. 엄격한 퀘이커 패턴을 따라 만든, 눈처럼 새하얗고 반듯한 크레이프 모자와 평온히 주름 잡혀 가슴 위에 놓인 소박한 흰 모슬린 목도리, 충충한 갈색의 숄과 드레스는 그녀가 속한 공동체를 즉시 알려주었다. 그녀의 얼굴은 동그랗고 장밋빛이었고, 잘 익은 복숭아처럼 건강한 솜털이 복슬복슬했다. 노화로 일부 성성해진 머리카락은 이 땅의 평화와 인간에 대한 호의 외에는 세월의 비문이 남지 않은 도톰하고 차분한 이마에서부터 뒤로 매끄럽게 넘겼고, 그 아래에는 맑고 정직하고 사랑스러운 갈색 눈이 빛나고 있었다. 들여다보기만 해도 한없이 선하고 진실한 여자의 마음 깊은 곳을 바라보고 있음을 느낄 수 있는 눈이었다. 젊은 처녀들의 아름다움을 칭송하는 말과 노래는 수없이 많으니, 나이 든 여인들의 아름다움을 일깨워줄 사람도 있어야 하지 않겠는가? 여성의 영향 아래서 영감을 얻고 싶은 사람이 있다면, 우리는 그들을 바로 저기 조그만 흔들의자에 앉아 있는 우리의 좋은 친구 레이철 핼리데이에게 맡기겠다. 젊은 시절에 감기에 걸려서인지, 천식이 있어서인지, 아니면 신경착란 때문인지, 그 의자는 꽥꽥거리고 삐걱대는 경향이 있었다. 하지만 그녀가 조용히 앞뒤로 흔들면 의자는 부드럽게 '삐걱삐걱'하는 소리를 냈다. 다른 의자였다면 참을 수 없는 소리였을 것이다. 하지만 시미언 핼리데이는 이 소리가 어떤 음악보다 좋다고 종종 단언했고, 아이들도 모두 세상 무엇을 준다고 해도 어머니의 의자소리와 바꾸지 않겠노라고 공언했다. 왜? 20년이 넘도록 그 의자에서는 오로지 애정 어린 말과 온화한 덕성, 어머니다운 애정이 깃든 친절만이 나왔기 때문이다. 수많은 두통과 비탄이 거기서 치유되었다. 영적이고 세속적인 문제들이 거기서 해결되었다. 모두 선하고 애정 넘치는 한 여인에 의해서였다. 하나님께서 축복하시길!

"그래서, 당신은 아직도 캐나다에 갈 생각인 거예요, 엘리자?" 그녀가 복숭아 너머로 고요한 시선을 던지며 물었다.

"네, 아주머니," 엘리자가 단호히 말했다. "전 계속 가야 해요. 멈출 수가 없어요."

"거기 가면 뭘 하게요? 그걸 생각해야 해요, 따님."

'따님'라는 말이 레이철 핼리데이의 입에서 자연스럽게 나왔다. 그녀는 세상에서 '어머니'라는 말을 가장 자연스럽게 만드는 얼굴과 모습을 하고 있었기 때문이다.

엘리자의 손이 떨리더니, 눈물 몇 방울이 바느질거리 위로 떨어졌다. 하지만 그녀는 단호히 대답했다.

"손에 들어오는 일은 뭐든지 하겠어요. 뭐든 찾을 수 있기를 바라요."

"당신이 있고 싶을 때까지 오래오래 여기 있어도 좋아요." 레이철이 말했다.

"감사합니다." 엘리자가 말했다. "하지만," 그녀는 해리를 가리켰다. "밤에 잠이 안 와요. 쉴 수가 없어요. 어젯밤에는 그 남자가 마당에 들어오는 꿈을 꿨어요." 그녀가 떨며 말했다.

"불쌍한 사람!" 레이철이 눈물을 닦으며 말했다. "하지만 그런 생각하지 말아요. 주님의 명으로, 우리 마을에서는 이제껏 도망노예가 잡혀 간 일이라곤 없었으니까. 당신이 처음이 되는 일은 없을 거예요."

이때 문이 열리더니, 잘 익은 사과처럼 피어나는 기분 좋은 얼굴을 한 동글동글하고 키가 작고 통통한 여자가 문 앞에 와서 섰다. 그녀는 레이철처럼 수수한 회색 옷을 입고, 동그랗고 풍만한 가슴 위에 주름잡힌 모슬린 천을 단정하게 두르고 있었다.

"루스 스테드먼," 레이철이 기쁘게 일어나 맞이하며 말했다. "어떻게 지냈어요, 루스?" 그녀는 두 손을 덥석 잡으며 말했다.

"잘 지냈어요." 루스는 갈색 보닛을 벗어 손수건으로 먼지를 털고 동그랗고 조그만 머리를 드러냈는데, 그 위에 놓인 퀘이커 모자는 통통한 조그만 손이 아무리 분주히 펴고 두드리며 정리해도 의기양양하게 모양새를 지켰다. 곱슬머리 몇 가닥도 여기저기 삐져나와 있어서, 달래고 얼러서 제자리로 돌려보내야 했다. 그러고 나서 스물다섯 살 정도 된 여자는 매무새를 고치며 보고 있던 거울에서 몸을 돌려 만족한 표정을 지었다. 그녀를 본 사람이라면 대부분 그런 표정을 지을 것이다. 그녀는 이제껏 남자의 마음을 기쁘게 한 여자들 중에서도 단연 건강하고 진실하고 쾌활한 여자였기 때문이다.

"루스, 이 친구는 엘리자 해리스예요. 이쪽은 내가 말했던 아이고."

"만나서 정말 반가워요, 엘리자." 루스는 엘리자가 오랫동안 기다렸던 옛 친구이기라도 한 듯이 악수하며 말했다. "그리고 네가 그 귀여운 꼬마구나, 내가 과자를 가져왔지." 그녀가 조그만 하트 모양 과자를 내밀자, 소년은 다가와서 곱슬머리 사이로 빼꼼히 쳐다보다가 수줍게 과자를 받았다.

"아기는 어디 있어요, 루스?" 레이철이 물었다.

"오고 있어요. 하지만 들어오는데 메리가 데리고 헛간으로 달려갔어요. 애들한테 보여준다고요."

그 순간 문이 열리더니, 어머니처럼 커다란 갈색 눈에 장밋빛 얼굴을 한 정직한 소녀 메리가 아기를 데리고 들어왔다.

"아하!" 레이철이 일어나서 커다랗고 통통한 하얀 아기를 품에 안았다. "잘생겼네, 정말 많이 컸구나!"

"정말 그렇죠." 루스가 부산스레 아이를 받아서 파란 실크모자와 겹겹이 싸인 겉옷을 벗기기 시작했다. 이쪽을 잡아당기고 저쪽을 끌어당기며 가지각색으로 정돈하고 가다듬고 나서 키스를 퍼붓더니 아이가 진정하도록 바닥에 놓았다. 아기는 이런 일에 꽤나 익숙한지 (대단한 것이라도 되는 양) 엄지손가락을 입에 넣고는 곧 혼자만의 생각에 빠져들었고, 엄마는 의자에 앉아 파란 실과 하얀 실이 섞인 긴 스타킹을 꺼내더니 기운차게 뜨개질을 했다.

"메리, 주전자에 물 좀 채우는 게 좋겠구나." 어머니가 부드럽게 제안했다.

메리는 우물에 주전자를 가져가더니 곧 다시 나타나 난로 위에 올렸고, 주전자는 잠시 후 그르렁거리며 김을 뿜기 시작했다. 환대와 활기를 나타내는 일종의 향로였다. 또한 복숭아들은 레이철의 부드러운 속삭임에 순종하여 동일한 손에 의해 곧 불 위의 스튜 냄비 안으로 들어갔다.

레이철은 이제 새하얀 반죽판을 꺼내더니 앞치마를 두르고 조용히 비스킷을 만들기 시작했다. 그녀가 먼저 메리에게 "메리, 존한테 닭 준비하라고 하는 게 좋지 않겠니?"라고 말하자, 메리는 그 말에 따라 사라졌다.

"에비게일 피터스는 어떻게 지내요?" 레이철이 비스킷을 만들며 물었다.

"더 좋아졌어요." 루스가 말했다. "오늘 아침에 가서 침대정리를 하고 청소도 했어요. 오후에는 리아 힐스가 가서 며칠분의 빵과 파이를 구웠고, 저녁때는 제가 다시 가서 옷차림을 봐줄 거예요."

"난 내일 가서 남은 청소를 하고 수선거리를 봐줘야겠어요." 레이철이 말했다.

"아! 잘됐네요." 루스가 말했다. "해나 스탠우드가 아프대요. 존이 어젯밤에 거기 갔어요. 내일은 거기 가봐야 해요."

"하루 종일 거기 있어야 하면, 존은 여기 와서 식사해도 좋아요." 레이철이 제안했다.

"고마워요, 레이철. 내일 봐서요. 시미언이 오네요."

키가 크고 꼿꼿하고 억센 남자 시미언 핼리데이가 갈색 코트와 바지에 챙이 넓은 모자를 쓰고 들어왔다.

"어떻게 지냈어요, 루스?" 그가 커다란 손을 활짝 펼쳐 그녀의 조그맣고 통통한 손바닥과 부딪히며 따스하게 물었다. "그리고 존은요?"

"아, 존은 잘 지내요. 나머지 식구들도 다요." 루스가 쾌활하게 말했다.

"무슨 소식이라도 있어요, 여보?" 레이철이 비스킷을 오븐에 넣으며 물었다.

"피터 스테빈스가 오늘 밤 **친구들**이랑 떠나야겠다고 말했어요." 조그만 뒤 베란다에 있는 깔끔한 설거지대에서 손을 씻으며 시미언이 의미심장하게 말했다.

"그렇군요!" 레이철이 엘리자를 쳐다보고 생각에 잠겨 말했다.

"당신 이름이 해리스라고 했죠?" 시미언이 다시 들어오며 엘리자에게 물었다.

레이철은 남편을 재빨리 쳐다보았고, 엘리자는 떨면서 "네"라고 대답했다. 최고조에 달한 그녀의 두려움은 자신을 찾는 광고가 나왔을 가능성을 암시했다.

"여보!" 베란다에 서 있던 시미언이 레이철을 불렀다.

"왜요?" 레이철이 밀가루 묻은 손을 문지르며 베란다로 나왔다.

"이 아이의 남편이 부락에 있어요. 오늘 밤 여기 올 겁니다." 시미언이 말했다.

"정말이에요, 여보?" 레이철이 기뻐서 얼굴을 환히 빛내며 말했다.

"정말이에요. 피터가 어제 마차를 몰고 다른 지점에 내려갔다가 거기서 할머니 하나랑 남자 둘을 봤는데, 한 사람이 자기 이름이 조지 해리스라고 했다더군요. 그 사람이 한 이야기로 봐서 분명해요. 피부색도 밝고 잘생긴 친구이고."

"지금 엘리자에게 이야기해야 할까요?" 시미언이 물었다.

"루스한테 말하죠." 레이철이 말했다. "여기, 루스. 이리 와봐요."

루스는 뜨개질거리를 내려놓고 즉시 뒤 베란다로 왔다.

"루스, 어떻게 생각해요?" 레이철이 말했다. "남편 말이 엘리자의 남편이 마지막 일행 중에 있대요. 오늘 밤 여기 온다는군요."

조그만 퀘이커 여인이 지른 기쁨의 환호성에 말이 끊겼다. 그녀가 발을 구르며 조그만 손으로 손뼉을 쳐대는 바람에 밝은 곱슬머리 두 다발이 퀘이커 모자 아래서 빠져나와 하얀 목도리 위에 떨어졌다.

"쉿!" 레이철이 부드럽게 말했다. "조용히, 루스! 말해봐요, 지금 이야기해야 할까요?"

"지금요! 물론이죠. 지금 당장요. 그게 우리 존이라고 생각해봐요, 내 기분이 어떻겠어요? 지금 말해요, 당장."

"당신은 자신 생각을 해도 결국 이웃을 사랑하는 법을 배우는군요, 루스." 시미언이 환한 얼굴로 루스를 바라보며 말했다.

"물론이에요. 그게 우리가 만들어진 이유 아닌가요? 존과 아기를 사랑하지 않았다면, 그녀를 동정하는 법을 알지 못했을 거예요. 자, 가요. 지금 말해줘요!" 그러면서 그녀는 설득하듯 레이철의 팔에 손을 올렸다. "침실로 데리고 가요. 전 이야기하는 동안 닭을 튀길게요."

레이철은 엘리자가 바느질을 하고 있는 부엌으로 와서 조그만 침실 문을 열며 상냥하게 말했다. "이리로 들어와봐요, 따님, 말해줄 게 있어요."

엘리자의 창백한 얼굴에 피가 확 몰렸다. 그녀는 불안해서 덜덜 떨며 일어나 아이를 바라보았다.

"아니, 아니에요." 루스가 달려와 손을 잡았다. "무서워하지 말아요. 좋은 소식이에요, 엘리자. 들어가요, 들어가!" 그러면서 루스는 엘리자를 살짝 문 안으로 밀어 넣은 다음, 문을 닫고 돌아서서 해리를 품에 안고 뽀뽀해대기 시작했다.

"이제 아빠를 볼 거야. 그거 아니? 아빠가 오고 계시대." 그녀는 어리둥절한 표정으로 자신을 바라보는 아이에게 거듭해서 말했다.

그동안 방 안에서는 또 다른 장면이 벌어지고 있었다. 레이철 핼리데이는 엘리자를 바싹 끌어당기고는 말했다. "주님께서 자비를 베풀어주셨어요, 따님. 당신 남편이 노예의 집에서 도망쳤어요."

피가 몰려와 엘리자의 뺨이 확 달아올랐다가 갑자기 심장으로 다시 쑥 내려갔다. 그녀는 창백한 얼굴로 기절할 듯이 주저앉았다.

"용기를 내요." 레이철이 머리에 손을 얹고 말했다. "그는 친구들과 함께 있어요. 그 사람들이 오늘 밤 여기로 데려다 줄 거예요."

"오늘 밤!" 엘리자가 반복했다. "오늘 밤!" 말들은 이제 의미를 상실

했다. 그녀는 머리가 몽롱해지고 혼란스러웠다. 잠시 동안 모든 것이 안개에 휩싸인 듯 희미해졌다.

정신이 들어 살펴보니, 그녀는 포근하게 이불에 싸여 침대에 누워 있었고, 루스가 장뇌로 손을 문질러주고 있었다. 그녀는 무거운 짐을 오랫동안 지고 오다가 짐이 사라진 것을 알고 쉬려는 사람처럼 몽롱하고 나른한 피곤함을 느끼며 눈을 떴다. 도주를 시작한 이후 한순간도 멈추지 않았던 신경의 긴장이 사라지고, 기이한 안도감과 편안함이 그녀를 휘감았다. 그녀는 커다란 검은 눈을 뜨고 누운 채, 고요한 꿈속에 있는 것처럼 주위 사람들의 움직임을 좇았다. 다른 방으로 통하는 문이 열리더니, 눈처럼 하얀 천이 덮인 저녁식탁이 보였다. 찻주전자의 달각대는 속삭임이 어렴풋이 들렸고, 케이크 접시와 잼 접시를 들고 왔다 갔다 하다가, 이따금씩 멈춰 서서 해리의 손에 과자를 쥐어주거나 머리를 톡톡 두드리거나 긴 곱슬머리를 새하얀 손가락으로 꼬는 루스의 모습이 보였다. 어머니 같은 레이철의 넉넉한 형상이 간혹 침대 옆에 오더니 호의를 담아 침대보를 펴서 정돈하고 여기저기 꼭꼭 덮어주었다. 그녀의 커다랗고 맑은 갈색 눈에서 햇살이 환히 내리쬐는 듯했다. 루스의 남편이 들어오는 것도 보았다. 루스는 날듯이 남편에게 다가가 간혹 인상적인 손짓을 하고 조그만 손가락으로 방을 가리키며 매우 진지하게 뭔가를 속삭였다. 그녀가 아기를 안고 차를 마시기 위해 앉았다. 모두가 식탁에 있었고, 해리는 레이철의 넉넉한 팔 그림자 아래 높은 의자에 앉아 있었다. 나지막이 이야기하는 소리, 찻숟가락들이 달각대는 소리, 컵들과 접시들이 부딪히는 음악 같은 소리 모두가 기쁜 안식의 꿈속에서 뒤섞였다. 그리고 엘리자는 잠이 들었다. 아이를 데리고 얼어붙은 별밤을 헤치고 도망쳤던 그 끔찍한 자정 이후 처음으로 자는 잠이었다.

그녀는 안식의 땅 같은 아름다운 전원에 대한 꿈을 꿨다. 푸른 해변, 쾌적한 섬들, 아름답게 반짝이는 바다가 있었다. 어떤 친절한 목소리가 집이라고 알려준 건물에서 아들이 자유롭고 행복하게 뛰어놀고 있었다. 남편의 발자국 소리가 들렸다. 그가 가까이 다가오더니 팔로 그녀를 감싸 안았다. 그의 눈물이 자신의 얼굴에 떨어지는 순간, 그녀는 잠에서 깼다! 꿈이 아니었다. 햇빛은 오래전에 스러졌고, 아이는 옆에 누워 고요히 자고 있었다. 촛불 하나가 촛대 위에서 희미하게 빛나고, 남편이 베개 옆에서 흐느끼고 있었다.

다음 날 아침 퀘이커 교도의 집은 즐거운 분위기로 가득했다. '어머니'는 일찍 일어나 분주한 소년 소녀 들에게 둘러싸였다. 어제 독자들에게 소개할 짬이 없었던 이 아이들은 모두 레이철의 상냥한 "하는 게 좋겠구나"라거나 더 상냥한 "하는 게 좋지 않겠니?"라는 말을 고분고분 따르며 아침을 준비했다. 인디애나 주의 사치스러운 계곡의 아침 식사는 복잡하고 잡다한 것이어서, 천국에서 장미 잎사귀를 딴다거나 관목을 다듬는 것처럼 엄마의 손길 외에도 다른 사람들의 손길을 요구하는 일이었다. 따라서 존이 신선한 물을 길으러 샘으로 달려가고, 시미언 2세가 옥수수 케이크용 가루를 체로 치고, 메리가 커피를 가는 동안 레이철은 우아하고 조용히 움직이면서 비스킷을 만들고 닭을 자르며 전 과정에 햇살 같은 광휘를 발산했다. 이 젊은 일꾼들의 넘치는 열정이 제대로 통제되지 못해서 마찰이나 충돌의 위험이 생기는 경우에는, 그녀가 상냥하게 "자! 자!"라거나 "나라면 안 그럴 거야"라고 말하는 것으로 문제가 충분히 가라앉았다. 여러 세대에 걸쳐 시인들은 세상 모든 이의 마음을 사로잡았던 비너스의 허리띠에 대해 노래해왔다. 하지만 우리는 오히려 냉정을 유지하게 하고 모든 일을 조화롭게 해나가게 만드는 레이철 핼리데이의 허리띠를 가지고 싶다. 단연코 그것이 오늘날에 더 잘 맞는다고 생각한다.

다른 준비들이 이루어지고 있는 동안, 아버지 시미언은 와이셔츠 바람으로 구석의 조그만 거울 앞에 서서 반가부장적인 면도 작업에 몰두하고 있었다. 커다란 부엌에서는 모든 것이 아주 화기애애하고 조용히, 조화롭게 이루어졌다. 모두가 자기가 하는 일을 몹시도 기뻐하며 하고 있는 것 같았고, 사방에 상호 신뢰와 우호의 분위기가 넘쳤다. 심지어 나이프와 포크도 식탁에 오르면서 사이좋게 달각거렸고, 닭고기와 햄도 요리되는 것이 즐겁다는 듯이 냄비 안에서 유쾌하고 즐겁게 지글거렸다. 조지와 엘리자, 해리가 나오자 모두들 어찌나 즐겁고 진심 어린 환영을 해주는지, 정말이지 꿈속에 있는 것만 같았다.

마침내 그들은 모두 식탁에 앉았다. 메리는 난로 옆에 서서 번철로 과자를 굽고 있다가, 과자가 정확히 완벽한 황금빛 갈색을 띠면 재빨리 식탁으로 옮겼다.

식탁 머리에 앉은 레이철의 모습은 이보다 더 온화하고 진정으로 행복해 보일 수 없었다. 과자접시 하나를 건네고 커피 한 잔을 따르는 데도 모성애와 정성이 넘쳐흘러서, 그녀가 내미는 음식과 음료수에는 영혼이 들어가는 듯했다.

조지가 평등한 자격으로 백인의 식탁에 앉아본 것은 이번이 처음이었다. 그래서 그는 처음에는 다소 거북하고 어색하게 앉았지만, 소박한 친절이 넘쳐흐르는 다정한 아침 햇살 속에서 그 모든 것은 안개처럼 증발하여 사라져버렸다.

이것은 진정으로 가정, 조지가 이제껏 의미를 몰랐던 단어 **가정**家庭이었다. 하나님에 대한 믿음, 그분의 섭리에 대한 확신이 보호와 신뢰의 황금빛 구름이 되어 그의 마음을 감싸기 시작했다. 어둡고 염세적이고 비통하며 무신론적인 의심과 격심한 절망은, 살아 있는 얼굴 안에서 숨 쉬고, 사도의 이름으로 내민 차가운 물 한 잔처럼 결코 보답을 잊을 수 없는 수많은 사랑과 호의의 행동을 통하여 설파된, 살아 있는 복음의 빛 앞에서 녹아 없어졌다.

"아버지, 또 들키면 어떻게 하죠?" 시미언 2세가 과자에 버터를 바르며 물었다.

"벌금을 내야겠지." 시미언이 고요히 말했다.

"하지만 감옥에 가두면요?"

"너와 어머니가 농장을 꾸릴 수 있지 않니?" 시미언이 미소 지으며 말했다.

"어머니는 거의 뭐든지 할 수 있어요." 소년이 말했다. "하지만 그런 법을 만드는 건 부끄러운 일 아닌가요?"

"통치자들의 험담을 해서는 안 된다, 시미언." 아버지가 진지하게 말했다. "주님께서 우리에게 세속의 재산을 주신 것은 정의와 자비를 행하라고 주신 거야. 통치자가 그에 대해 대가를 요구한다면, 그걸 내줘야 하는 거란다."

"어, 전 저 늙은 노예주인들이 싫어요!" 근대 개혁가에 어울리는 이교도적인 기분에 휩싸인 소년이 말했다.

"난 정말 놀랐다, 아들아." 시미언이 말했다. "네 어머니는 너를 그렇게 안 가르쳤어. 주님께서 고통 받는 사람을 내 집 문 앞에 데려오신다면, 난 노예에게나 노예주에게나 똑같이 할 게다."

시미언 2세는 얼굴이 새빨개졌지만, 어머니는 그저 미소 지으며 말했다. "시미언은 착한 아이예요. 시간이 지나고 크면 제 아버지처럼 될 거예요."

"어르신, 저희 때문에 어떤 어려움도 겪지 않으시기를 바랍니다." 조지가 걱정하며 말했다.

"아무것도 두려워하지 마세요, 조지, 그런 까닭에 우리가 이 세상에 보내진 겁니다. 대의를 위한 수고를 피하려고 한다면, 우리의 이름을 가질 자격이 없습니다."

"하지만, **저**를 위해서라면," 조지가 말했다. "그건 견딜 수가 없어요."

"두려워 말아요, 조지 친구. 우리가 이 일을 하는 건 당신을 위해서가 아니라 하나님과 인간을 위해서입니다." 시미언이 말했다. "그러니 오늘 낮에는 조용히 있어요. 오늘 밤 10시에 피니어스 플레처가 당신을 다음 지점으로 데려갈 겁니다. 당신과 나머지 일행들을요. 추적자들이 당신 뒤를 바짝 쫓고 있어요. 지체해서는 안 됩니다."

"상황이 그렇다면 왜 밤까지 기다리는 거죠?" 조지가 물었다.

"낮에는 여기 있는 게 안전해요. 부락의 모든 사람이 다 친구고, 모두가 지켜보고 있으니까. 경험상 밤에 움직이는 게 더 안전합니다."

제14장

에반젤린

"만물을 비추는 어린 별이여!
유리라기엔 너무 사랑스러운 모습이구나!
제대로 영글지도 않은 귀여운 존재,
달콤한 꽃잎을 아직 피우지도 않은 장미여."

미시시피 강! 꿈에서도 못 본 경이로운 식물들과 동물들 사이로 굽이치며 흘러가는 거대하고 끝없는 고독의 강으로 샤토브리앙이 산문시(프랑수아 르네드 샤토브리앙의 「나체즈」—옮긴이)에서 묘사한 이래, 그 풍경은 마법의 지팡이로 건드리기라도 한 듯 수없이 변화했다.

하지만 순식간에 이 꿈과 거친 로맨스의 강은 그 못지않게 환상적이며 화려한 현실의 세계로 나왔다. 세상 어떤 강이 대양을 향한 그 품 안에 열대에서 극 사이의 모든 생산물을 다 품고 있는 그와 같은 나라의 부와 기획을 품고 있단 말인가! 거품을 일으키고 거세게 날뛰며 급속히 흘러가는 그 흙탕물은 구세계가 일찍이 본 적 없는 열정적이고 정력적인 종족이 그 물살을 따라 쏟아부은 무모한 사업의 조수와 꼭 닮은 꼴이었다. 아! 그 강물들이 더 끔찍한 화물을, 억압받는 자들의 눈물, 무력한 자들의 눈물, 가난하고 무지한 심장이 (보이지 않고 알려지지 않고 침묵하고 계시지만, 언젠가는 '자리에서 나오셔서 세상 모든 가난한 자들을 구원해주실') 미지의 하나님께 보내는 쓰라린 기도들을 나르지 않기를!

저물어가는 해의 비스듬한 햇살이 바다처럼 광활한 강 위에 흔들렸다. 무거운 짐을 싣고 앞으로 나아가는 기선 옆에서, 시커멓고 음울한 이끼가 휘감긴 등나무와 키 큰 삼나무가 황금빛 햇살 속에 빛났다.

수많은 농장에서 가져온 면화 꾸러미가 갑판과 뱃전 위에 수북이 쌓여 있어서 멀리서 보면 거대한 회색 사각형 덩어리처럼 보이는 배는 다음 상업도시를 향해 육중하게 나아갔다. 우리의 겸손한 친구 톰은 사람들로 복잡한 갑판을 한참 들여다보아야 찾을 수 있다. 상갑판 저 위쪽, 사방에 쌓인 면화 꾸러미들 사이 좁은 구석에 마침내 그의 모습이 보인다.

한편으로는 셸비 씨의 단언이 가져온 신뢰와, 다른 한편으로는 놀랍도록 온순하고 조용한 성격으로 인해 톰은 심지어 헤일리 같은 사람에게까지 서서히 신뢰를 얻었다.

처음에 헤일리는 하루 종일 면밀히 톰을 감시했고 밤이면 족쇄를 채우지 않은 적이 없었다. 하지만 불평하지 않고 인내하며 기꺼이 감수하는 톰의 태도에 그는 점차 이러한 구속을 그만두게 되었고, 당분간 톰은 일종의 명예가석방을 얻어 배 안에서는 어디든 마음대로 돌아다닐 수 있게 되었다.

항상 조용하고 자상하며, 아래쪽 일꾼들 사이에서 위급한 상황이 생기면 언제나 기꺼이 도움의 손길을 내미는 톰은 모든 사람의 호감을 얻었고, 그는 켄터키 농장에서 일할 때와 마찬가지로 진심으로 호의를 가지고 사람들을 도우며 많은 시간을 보냈다.

할 일이 없어 보이면, 그는 상갑판의 면화 꾸러미들 사이 구석에 올라가 열심히 성경공부를 했다. 지금 그는 바로 거기에 있다.

뉴올리언스 상류에서 약 160킬로미터를 올라가면 강의 수면이 주변 지역보다 높아서, 배는 6미터여 높이의 육중한 제방 사이로 거대한 몸을 끌고 흘러갔다. 기선의 갑판에 선 여행자는 마치 이동하는 성루 위에 선 것처럼 주변 수 킬로미터의 풍경을 다 내려다볼 수 있었다. 연이어 등장하는 농장들의 모습 속에서 톰이 다가가고 있는 삶의 지도가 그의 눈앞에 펼쳐졌다.

톰은 멀리서 노예들이 힘들게 일하고 있는 모습을 보았다. 많은 농장에 길게 줄지어 늘어선 오두막들이 주인의 장중한 저택이나 공원과 멀리 떨어져서 저 멀리 어렴풋이 보였다. 지나가는 풍경들을 보고 있자니 불쌍하고 어리석은 마음은 켄터키 농장으로 돌아갔다. 그늘을 드리운 너도밤나무, 주인님의 저택, 그 커다랗고 서늘한 홀, 그 옆에 조그만 오두막과 그 위를 뒤덮은 다양한 식물과 비그노니아. 어릴 때부터 같이 자란 낯익은 동료들의 얼굴이 보이는 듯했다. 법석을 떨며 분주히 저녁식사 준비를 하는 아내의 모습도 보였다. 장난치는 아들들의 즐거운 웃음소리가 들렸고, 무릎 위에서는 아기가 옹알대고 있었다. 그 순간 갑자기 움찔하며 모든 것이 사라지더니, 그의 눈앞에는 다시 등나무 덤불과 사이프러스, 스쳐 지나가는 농장들이 나타났고, 삐걱거리며 신음하는 기계소리가 들렸다. 모든 것이 그런 삶은 영원히 지나가 버렸다고 똑똑히 말해주고 있었다.

그런 경우, 당신은 아내에게 편지를 쓰고 아이들에게 전언을 보낼 것이다. 하지만 톰은 글을 쓸 줄 몰랐다. 그에게 편지란 존재하지 않는 것이었다. 이별의 심연은 상냥한 말이나 신호에 의해서조차 메워지지 않았다.

그렇다면 그가 면화 꾸러미 위에 놓고 끈기 있는 손가락으로 한 단어 한 단어 짚어가며 그 약속의 말을 되새기고 있는 성경 페이지 위에 눈물 몇 방울이 떨어지는 것도 당연하지 않은가? 톰은 만년에야 글을 배웠고 빨리 읽지 못했다. 그는 한 구절 한 구절 힘들게 읽어나갔다. 다행히도 그가 몰두해서 읽고 있는 이 책은 천천히 읽는다고 해서 손해가 되지 않았다. 아니, 오히려 그 속의 말들은 종종 금괴처럼 따로따로 무게를 달아야 그 한없는 가치를 이해할 수 있었다. 글자를 하나하나 짚어가며 반쯤 소리 내어 읽고 있는 그를 잠시 지켜보도록 하자.

"너희는…… 마음에…… 근심하지…… 말라. 내 아버지…… 집에…… 거할…… 곳이…… 많도다. 내가…… 너희를…… 위하여…… 거처를…… 예비하러…… 가노니."(「요한복음」 14장 1~2절을 일부 인용—옮긴이)

사랑하는 외동딸을 땅에 묻었을 때 키케로도 불쌍한 톰처럼 가슴 터지는 슬픔—어쩌면 그들은 둘 다 남자니까 그 정도는 아닐지도 모른다—을 겪었지만, 키케로는 그런 장중한 희망의 말로 한숨을 돌릴 수도, 미래의 재회를 기대할 수도 없었다. 혹여 그런 말을 보았다 하더라도, 십중팔구 그는 믿지 않았을 것이다. 원고의 신빙성이나 번역의 정확성을 가지고 수천 개의 질문을 떠올렸을 것이다. 하지만 불쌍한 톰에게 이는 바로 그가 필요로 하는 것이었고 매우 명백히도 옳고 거룩한 것이어서, 그의 소박한 머리로는 의문을 제기한다는 일은 생각조차 할 수 없었다. 그것은 진실이 틀림없었다. 그렇지 않다면, 그가 어떻게 살 수 있겠는가?

톰의 성경 여백에는 박식한 주석자의 주석이나 도움은 적혀 있지 않았지만, 톰이 고안해낸 길잡이나 길안내판 비슷한 것으로 꾸며져 있어서 최고의 박식한 해설보다도 더 큰 도움을 주었다. 그는 주로 주인님의 아이들, 특히 조지 도련님에게 성경을 읽어달라고 했는데, 낭독을 들으면서 펜과 잉크로 강하고 굵게 선을 그어서 특히나 듣기 좋고 감동적인 구절들을 표시하곤 했다. 그래서 그의 성경은 이쪽 끝에서 저쪽 끝까지 다양한 방법과 기호로 표시가 되어 있어서, 힘들여 그 사이사이 구절들을 다 읽을 필요 없이 좋아하는 구절을 금세 찾을 수 있었다. 앞에 놓인 성경은 구절구절마다 그리운 옛집의 정경들이 어려 있어서 즐거웠던 과거를 상기시켰다. 그의 성경책은 내세에 대한 약속일 뿐만 아니라 남아 있는 이승의 삶 전부 같았다.

배의 승객들 중에 싱클레어('St. Clare'는 국립국어원 외래어 표기

법상 영어 이름인 경우 '세인트클레어'로 표기된다. 그러나 흑인 소설 연구의 권위자인 아프리카계 미국인 학자 헨리 루이스 게이츠 주니어 등이 편집한 『톰 아저씨의 오두막 주석판*The Annotated Uncle Tom's Cabin*』에 따르면 여기서는 '싱클레어Sinclair'로 발음되며, 이 책에서는 그에 따라 표기했다—옮긴이)라는 이름을 가진, 뉴올리언스에 사는 부유한 가문의 젊은 신사가 있었다. 그는 대여섯 살 정도 되는 딸과 두 사람 모두와 관계가 있다고 공언하는 듯한 숙녀 하나, 그녀가 돌보는 어린아이 하나와 동행하고 있었다.

톰은 이 여자아이를 종종 보았다. 한자리에 가만히 붙들어둘 수 없는 햇살이나 여름의 미풍처럼 늘 나풀대며 돌아다니는 아이였기 때문이다. 또한 한 번만 보아도 쉽게 잊어버릴 수 없는 아이이기도 했다.

아이의 몸은 통통하지도 않고, 윤곽이 각진 데도 없이 완벽하게 어린이답게 아름다웠다. 아이에게는 신화나 알레고리에 등장하는 인물에게서 기대할 법한, 물결 같고 공기 같은 우아함이 있었다. 얼굴도 놀랄 만큼 아름다웠는데, 이목구비가 완벽하게 아름다워서라기보다 그 기묘하고 몽환적인 진지한 표정 때문이었다. 그래서 그 아이를 보면 이상적 개념은 흠칫 주저하게 되고, 가장 무디고 상상력이 없는 사람들조차 딱히 이유도 모르면서 감동받았다. 두상과 목과 상체의 선은 특히 고상했고, 그 뒤로 구름처럼 퍼진 황금빛 도는 긴 갈색 머리, 영적 진지함이 담긴 청보라색 눈과 그 위에 그늘을 드리운 짙은 황갈색 눈썹으로 인해 다른 아이들과는 확연히 달랐다. 그래서 아이가 배 여기저기를 미끄러지듯 뛰어다니면 모두가 고개를 돌려 쳐다보았다.

그렇지만 아이는 흔히 말하는 심각하거나 슬픈 아이는 아니었다. 그와 반대로, 그 아이다운 얼굴과 기운찬 몸에는 경쾌하고 순진한 장난스러움이 한여름 녹음의 그늘처럼 어른거렸다. 아이는 잠시도 가만히 있지 않았다. 항상 장밋빛 입술에 반쯤 미소를 띠고 행복한 꿈이라도 꾸듯이 혼자 노래하며 물결이나 구름처럼 가벼운 발걸음으로 나는 듯이 여기저기 뛰어다녔다. 아버지와 여성 후견인은 아이를 쫓아다니느라 늘 바빴다. 하지만 잡혀도 아이는 여름 구름처럼 다시 빠져나왔고, 무엇을 하든 어떤 야단이나 책망의 말도 듣지 않았기 때문에 다시 온 배 위를 돌아다니며 하고 싶은 대로 했다. 늘 흰 옷을 입고 있었지만, 얼룩을 묻히는 법도 없이 온갖 곳을 그림자처럼 돌아다녔다. 이 요정 같은 발과 그 몽상적인 황금빛 머리와 깊고 푸른 눈이 미끄러져 지나가지 않은 구석은 위건 아래건 하나도 없었다.

화부가 땀을 뻘뻘 흘리며 일하다가 위를 보면, 때때로 아이가 호기심에 차서 용광로 안을 들여다보다가 화부가 무시무시한 위험에라도 처한 것처럼 무서워하면서도 동정하는 눈빛으로 그를 쳐다보고 있었다. 그 그림 같은 머리가 후갑판 선실 창문 너머로 살짝 보였다가 순식간에 사라지면, 키잡이는 잠시 일을 멈추고 미소 지었다. 하루에도 수천 번 거친 목소리들이 아이를 축복해주었고, 아이가 지나가면 그 딱딱한 얼굴들에 익숙하지 않은 부드러운 미소가 슬쩍 스쳐 지나갔다. 위험한 곳을 겁도 없이 뛰어다니면, 일꾼들은 통로를 치워서 보호해주려고 자기도 모르게 억센 검댕투성이 손을 내밀었다.

그 상냥한 종족 특유의 친절하고 감수성 풍부한 성정을 지녔으며,

언제나 소박하고 아이 같은 것을 동경하는 톰은 점점 더 흥미를 느끼며 매일 아이를 지켜보았다. 그에게 아이는 거의 신성한 존재처럼 보였다. 그 황금색 머리와 깊고 푸른 눈이 거무스레한 면화 꾸러미 뒤에서 그를 빤히 쳐다보거나 화물 더미 위에서 내려다볼 때마다, 그는 거의 진심으로 신약에서 걸어 나온 천사를 보고 있다고 생각했다.

종종 아이는 헤일리의 노예들이 사슬에 묶여 앉아 있는 곳 근처를 침울한 표정으로 맴돌았다. 그러다가 사람들 사이로 들어와 어리둥절하고 슬픈 표정으로 진지하게 바라보다가 때로는 그 가느다란 손으로 사슬을 들어 올려보고는 슬픈 한숨을 쉬며 멀어져갔다. 몇 번인가는 손에 과자와 호두, 오렌지를 잔뜩 들고 불쑥 나타나 기뻐하며 나눠주고 가버리기도 했다.

톰은 이 어린 숙녀를 오랫동안 관찰하다가 친해지기 위한 행동에 돌입했다. 그는 어린이들의 흥미를 끌어서 다가오게 만드는 간단한 방법들을 많이 알고 있었고, 자기가 할 수 있는 것을 능숙하게 해보기로 결심했다. 그는 대합조개에 조그만 바구니를 새길 수 있었고, 히코리 열매로 무서운 얼굴을, 딱총나무 심으로 뛰는 사람을 만들 수도 있었다. 온갖 크기와 종류의 피리들을 만드는 기술에 있어

서는 거의 판(그리스 신화의 목양신—옮긴이)과도 같았다. 그의 주머니에는 옛날에 주인님 아이들을 위해 축적해놓은 온갖 잡다한 재미있는 물건들이 들어 있었다. 이제 그는 아이와 안면을 트고 친해지기 위한 전초전으로 그 물건들을 신중하게 아껴서 하나하나 내놓았다.

주변 모든 일에 분주하게 관심을 보이기는 해도 아이는 수줍음이 많았고, 따라서 길들이기가 쉽지 않았다. 아이는 톰 근처의 상자나 짐 위에 카나리아처럼 잠시 앉았다가 그가 내민 물건을 진지하게 부끄러워하면서 가져가곤 했다. 하지만 결국 그들은 꽤 친한 사이가 되었다.

"아가씨는 이름은 뭐예요?" 마침내 이런 질문을 할 수 있을 정도의 분위기가 되었다고 생각했을 때 톰이 물었다.

"에반젤린 싱클레어." 아이가 대답했다. "하지만 아빠랑 모두들 에바라고 불러. 아저씬 이름이 뭐야?"

"전 톰이에요. 예전 켄터키에 있을 땐 아이들이 톰 아저씨라고 불렀죠."

"그럼 나도 톰 아저씨라고 부를래. 아저씨가 좋으니까." 에바가 말했다. "그런데 톰 아저씬 어디로 가는 거야?"

"저도 몰라요, 에바 아가씨."

"모른다고?" 에바가 말했다.

"네. 어딘가에 팔려 갈 거예요. 누군지는 모르지만."

"우리 아빠가 사면 되지." 에바가 재빨리 말했다. "아빠가 사면 아저씨는 편하게 지낼 수 있어. 오늘 당장 아빠한테 부탁할게."

"고맙습니다, 아가씨." 톰이 말했다.

이때 배가 나무를 싣기 위해 조그만 선창에 섰고, 에바는 아빠가 부르는 소리를 듣더니 날렵하게 뛰어갔다. 톰은 일어나서 나무 싣는 것을 도와주러 갔고, 곧 일꾼들 사이에 파묻혀 바쁘게 일했다.

에바와 아버지는 선착장에서 배가 출발하는 것을 보기 위하여 난간 옆에 서 있었다. 바퀴가 물속에서 두세 번 정도 돌았을 때, 갑작스러운 움직임 때문에 아이가 순식간에 균형을 잃고 뱃전 너머로 떨어져 물에 빠졌다. 아버지는 생각도 하지 않고 뒤따라 몸을 날리려고 했지만, 누군가 뒤에서 붙들었다. 더 유능한 인물이 아이를 구하기 위해 뛰어든 것을 보았기 때문이다.

아이가 떨어졌을 때, 톰은 그 바로 밑 하갑판에 있었다. 아이가 물에 빠져 가라앉는 것을 본 순간 그는 즉시 뛰어들었다. 넓은 가슴과 강한 팔을 가진 그에게 물에 떠 있기는 식은 죽 먹기였다. 잠시 후 아이가 수면에 떠오르자 그는 아이를 품에 안고 뱃전으로 헤엄쳐 와서 물을 뚝뚝 흘리는 아이를 들어 올려 건넸다. 수백 개의 손이 마치 한 몸에서 나온 것처럼 아이를 받으려고 간절하게 손을 내밀었다. 잠시 후 아버지는 물을 뚝뚝 흘리며 정신을 잃은 아이를 안고 여성용 선실로 갔고, 그런 경우 언제나 있는 일이지만 거기 있던 여자들 태반은 누가 가장 소란을 일으켜서 가능한 모든 방식으로 아이의 회복을 방해할지 경쟁이라도 하듯 선의와 친절로 똘똘 뭉친 다툼을 벌였다.

찌는 듯이 덥고 답답한 날씨 속에서 다음 날 배는 뉴올리언스로 다가갔다. 배 안은 기대와 준비로 부산스럽게 들떠 있었다. 선실에서는 사람들이 하나둘 내릴 준비를 하며 짐을 싸서 챙겼다. 사환과 하녀, 그 밖에 모두가 대규모 승선 이전에 바쁘게 배를 청소하고 닦고 정리했다.

우리의 톰은 하갑판에 팔짱을 낀 채 앉아서, 이따금씩 눈을 들어 배 반대편에 있는 사람들을 초조하게 쳐다보았다.

거기에는 예쁜 에반젤린이 서 있었다. 어제보다 조금 창백했지만 그 밖에는 사고의 흔적이 전혀 보이지 않았다. 그 옆에는 품위 있고 우아한 외모의 젊은이가 한쪽 팔꿈치를 면화 꾸러미에 기대고 앞에 장지갑을 펼친 채 서 있었다. 척 보기만 해도 그 신사는 에바의 아버지임이 분명했다. 고귀한 두상, 커다란 푸른 눈, 황금빛 도는 갈색 머리가 똑같았다. 하지만 표정은 완전히 달랐다. 그의 커다랗고 맑은 푸른 눈은 그녀의 두 눈과 모양과 색은 완전히 비슷했지만, 안개처럼 몽환적인 표정의 깊이는 없었다. 모든 것이 뚜렷하고 과감하고 밝았지만, 그 빛은 전적으로 이 세상의 것이었다. 아름다운 입매에는 당당하고도 약간 냉소적인 표정이 담겨 있었고, 늘씬한 몸에서 나오는 동작 하나하나에는 느긋한 우월감이 우아하게 배어 있었다. 그는 반쯤은 재미있다는 듯이, 반쯤은 경멸스럽다는 듯이 상냥하면서도 무심한 태도로 헤일리의 말을 듣고 있었고, 헤일리는 흥정하고 있는 물건의 품질에 대해 장황하게 열변을 토하고 있었다.

"모로코 검둥이가 가질 수 있는 모든 도덕성과 기독교인의 덕성을 다 완비했다라!" 헤일리가 말을 마치자 그가 말했다. "선생, 켄터키 사람들 하는 말로, 어떤 손상이 있습니까? 잘라 말해서, 이 일에 얼마를 드려야 하는 겁니까? 날 얼마나 속일 거죠? 터놓고 말해봐요."

"음," 헤일리가 말했다. "저놈한테 1,300달러를 불러도 본전도 안 됩니다. 정말이에요."

"딱한 친구 같으니!" 젊은이는 조소를 띤 날카로운 푸른 눈으로 그를 빤히 보며 말했다. "하지만 나를 특별히 봐줘서 그 가격으로 주려고 하는 거겠죠?"

"여기 어린 아가씨가 저놈을 굉장히 마음에 들어 하는 것 같아서 말입죠. 당연하겠지만."

"아, 물론입니다. 그러니 자비를 베풀어주시죠. 기독교인의 자비심을 발휘하면 얼마나 싸게 주실 수 있습니까? 특별히 저 사람을 마음에 들어 하는 어린 아가씨를 위해서 말이죠."

"생각 좀 해보세요." 상인이 말했다. "저 팔다리, 넓은 가슴, 말처럼 튼튼한 체격을 좀 보세요. 저 머리도요. 저 높은 이마는 항상 뭐든지 할 수 있는 빈틈없는 검둥이들의 특징입죠. 제가 눈여겨봤거든요. 그리고 혹시 멍청하다 하더라도 저 몸무게와 체격을 보면 몸만으로도 고려할 가치가 있어요. 하지만 머리 쓰는 능력까지 생각하면—저놈 능력이 특별하다는 걸 보여드릴 수도 있어요—물론 값이 더 올라가죠. 저놈이 주인 농장 전체를 관리했어요. 비범한 사업적 재능이 있다니까요."

"안 좋군, 안 좋아. 굉장히 안 좋아. 너무 많이 알아!" 젊은이가 여전히 입가에 조소를 띤 채 말했다. "이 세상에서 별로 득 될 게 없지. 똑똑한 녀석들은 항상 도망가고, 말을 훔치고, 소동을 일으키거든요. 똑똑한 대신 몇백 깎아주셔야 할 것 같은데요."

"저놈의 성격이 없었으면, 일리가 있는 말일 수도 있죠. 하지만 주인과 다른 사람들의 추천서를 보여드릴 수 있어요. 정말로 신앙심 깊고, 겸손하고, 늘 기도드리는 최고로 경건한 놈이라는 걸요. 전에 있던 곳에서는 사람들이 전도사라고 불렀대요."

"집안 목사로 쓸 수도 있겠네요." 젊은이가 비꼬며 말했다. "그거 좋은 생각인걸요. 우리 집에는 종교가 정말로 희귀품목이니까."

"농담이시겠죠."

"왜 그렇게 생각하죠? 방금 저 사람이 전도사라고 보증했잖습니까? 무슨 회의나 평의회 같은 데서 심사받았나요? 자, 서류를 보여주시죠."

기분 좋게 반짝이는 커다란 푸른 눈으로 보아 이 모든 조롱이 결국에는 돈으로 이어질 것이라는 확신을 하지 않았다면, 상인은 인내심을 잃어버렸을지도 모른다. 그래서 그는 면화 꾸러미 위에 기름때투성이 지갑을 놓고는 그 안에 든 서류들을 초조하게 살펴보기 시작했고, 젊은이는 옆에 서서 무심하고 느긋한 익살스러운 태도로 이를 지켜보았다.

"아빠, 사줘요! 돈이 얼마가 들어도요." 에바가 짐 꾸러미 위에 올라가 아버지의 목에 팔을 두르고 속삭였다. "아빠는 돈이 많잖아요. 전 톰 아저씨를 원해요."

"뭐 때문에? 딸랑이 상자로 쓸 거니, 아니면 흔들목마로 쓸 거니?"

"난 아저씨를 행복하게 해주고 싶어요."

"확실히 독창적인 이유인걸."

이때 상인이 셸비 씨가 서명한 증명서를 건넸고, 젊은이는 기다란 손가락 끝으로 그 서류를 받아서 대충 훑어보았다.

"신사의 필체군." 그가 말했다. "철자법도 맞고. 좋소, 하지만 결국 이 종교문제가 걸리는군요." 그의 눈에 다시 짓궂은 표정이 어렸다. "이 나라는 경건한 백인들이 거의 망쳐놓았단 말입니다. 선거 직전의 그 모든 경건한 정치가들, 교회와 나라 각처에서 굴러가는 경건하기 짝이 없는 일들, 그래서 사람들은 다음에는 누가 자기를 속일지 알 수가 없단 말이죠. 종교가 시장에 올라온 상품이 된 건지는 나도 지금에야 알았습니다. 최근에는 신문을 안 봐서 시세를 모르겠군요. 이 종교라는 걸로 몇백이나 더 붙이려는 겁니까?"

"농담을 좋아하시는군요," 상인이 말했다. "하지만 모두 **일리** 있는 말씀입죠. 종교도 그 안에 다 차이가 있는 법이죠. 어떤 것들은 볼품없습니다. 회합용 경건함이 있고, 노래하고 울부짖는 경건함도 있죠. 그런 건 검둥이건 백인이건 쓸모없어요. 하지만 진짜배기도 있어요. 그리고 전 검둥이들에게서 그런 걸 자주 봤어요. 진짜로 상냥하고 조용하고 한결같고 정직하고 경건해서, 세상 어떤 것이 유혹해도 자기가 옳지 않다고 생각하는 일은 하지 않죠. 이 편지에 톰의 전 주인이 톰에 대해 쓴 말이 있어요."

"자," 젊은이가 지폐책 위로 진중하게 몸을 숙이며 말했다. "내가 사는 게 정말로 **이런** 종류의 경건함이고, 그게 저 하늘 위에 있는 장부의 내 계정에 내 소유로 적힌다고 보장하신다면, 얼마 더 드려도 상관없습니다. 어때요?"

"그건 못 하겠네요." 상인이 말했다. "제 생각엔 거기서는 모두 각자 자기 힘으로 책임져야 할 것 같은데요."

"종교 때문에 추가비용까지 치렀는데 가장 필요로 하는 곳에서 거래를 못 하다니 그것 참 야박한 일이군. 안 그래요?" 지폐다발을 꺼내며 젊은이가 말했다. "자, 세어봐요!" 그가 돈다발을 상인에게 넘겨주며 말했다.

"좋습니다." 헤일리는 기뻐서 얼굴을 빛내며 낡은 잉크통을 꺼내 매매장을 작성하기 시작하더니, 잠시 후 젊은이에게 내밀었다.

"나를 각각 분리해서 목록을 만든다면," 젊은이가 서류를 검토하며 말했다. "값이 얼마나 될지 궁금하군요. 두상에 얼마, 높은 이마에 얼마, 팔과 손, 다리에 얼마, 그리고 또 교육과 지식, 재능, 정직성, 종교에 얼마! 맙소사! 마지막 부문 값은 형편없을 것 같군. 여하튼 자, 에바." 그는 딸의 손을 잡고 배를 가로질러 가서 손가락 끝을 무심하게 톰의 턱 끝에 갖다 대고는 유쾌하게 말했다. "톰, 고개 들고 새 주인이 마음에 드는지 봐."

톰은 고개를 들었다. 그렇게 유쾌하고 젊고 잘생긴 얼굴을 기쁜 마음 없이 쳐다본다는 것은 있을 수 없는 일이었다. 톰의 눈에 눈물이 고였다. 그는 진심으로 말했다. "하나님께서 축복하시길, 주인님!"

"그랬으면 좋겠군. 이름이 뭐라고 했지? 톰? 어느 모로 봐도 내가 청하는 것보다는 자네가 그분께 청하는 게 더 나을 것 같네. 말은 몰 줄 아나, 톰?"

"말이야 익숙합니다." 톰이 말했다. "셸비 주인님께서 많이 키우셨거든요."

"돌발 사태를 제외하고 일주일에 한 번 이상 취하지 않는다면 마부로 쓰지."

톰은 깜짝 놀라 상처 입은 표정으로 말했다. "전 절대 술 안 마십니다, 주인님."

"그런 이야기 들었어, 톰. 하지만 두고 보지. 안 마신다면 모두에게 특별히 편리한 일이 될 테니까. 신경 쓰지 마." 그는 여전히 심각한 표정의 톰을 보고는 유쾌하게 덧붙였다. "잘할 거라는 건 의심하지 않으니까."

"그렇습니다, 주인님." 톰이 말했다.

"아저씨는 잘 지낼 거예요." 에바가 말했다. "아빠는 모두에게 굉장히 친절하거든요. 항상 놀려대서 그렇지."

"톰을 추천해줘서 아빠는 굉장히 감사하고 있단다." 싱클레어는 웃으며 이렇게 말하고는 돌아서서 걸어갔다.

제15장

톰의 새 주인과 다른 여러 가지 것들에 대하여

우리의 비천한 주인공의 삶이 이제 높으신 분들과 서로 엮이게 되었으니, 그들을 간략하게 소개하는 것이 좋겠다.

오거스틴 싱클레어는 루이지애나 주의 부유한 농장주의 아들이었다. 이 집안은 원래 캐나다 출신이었다. 기질과 성격이 매우 비슷한 두 형제들 중 하나는 버몬트의 풍요로운 농장에 정착했고, 다른 하나는 루이지애나에서 부유한 농장주가 되었다. 오거스틴의 어머니는 정착기 초기에 루이지애나로 이주해온 위그노파 집안의 프랑스 출신 귀부인이었다. 부모님에게 자식은 오거스틴과 그의 형밖에 없었다. 어머니에게서 극도로 연약한 체질을 물려받은 그는 의사의 권고로 추운 날씨를 통해 체질을 강화하고자 어린 시절 여러 해를 버몬트 주의 삼촌댁에서 보냈다.

어린 시절 그는 남성들의 통상적 강함보다는 여성들의 부드러움에 더 가까운, 극도로 예민한 성격을 지니고 있었다. 하지만 시간이 지나면서 이러한 부드러움 위로 거친 남성의 껍질이 뒤덮였고, 그 마음속 깊은 곳에 아직 그 부드러움이 그대로 살아 있다는 것을 아는 사람들은 아주 소수뿐이었다. 그에게는 일류급의 재능이 있었다. 그의 마음은 항상 이상과 미학적인 것을 선호했지만, 재능의 균형이 맞을 때 그 결과로 나타나는 실제 삶의 실무에는 반감을 가졌다. 대학을 마친 지 얼마 안 되어 그는 강렬한 낭만적 열정의 흥분에 불타올랐다. 그의 시간, 평생 한 번밖에 오지 않는 그의 시간이 온 것이었다. 그의 별이 지평선에 떠올랐다. 너무나 자주 헛되이 떠서 덧없는 꿈으로만 기억되는 그 별이. 별은 떠올랐지만 허사였다. 비유적인 표현을 버리고 말하자면, 그는 북부의 어느 주에서 고결하고 아름다운 한 여성을 만나고 사랑에 빠져 약혼했다. 그런데 결혼준비를 하러 남부로 돌아온 그에게 뜻밖에도 자신이 보낸 편지들이 되돌아왔고, 거기에는 이 편지들이 도착하기 전에 그 숙녀는 다른 사람의 아내가 되어 있을 거라는 후견인의 짧은 편지가 들어 있었다. 미칠 듯한 괴로움에 빠진 그는 많은 사람들이 그랬듯이 자포자기적인 행동으로 이 모든 것을 마음에서 몰아내기를 속절없이 희망했다. 애원하거나 설명을 요구하기에는 너무 자존심이 강했던 그는 즉시 사교계의 소용돌이에 몸을 던졌고, 운명의 편지가 온 지 2주 만에 사교계 최고 미인의 공식연인이 되어, 결혼준비가 끝나자마자 멋진 자태와 빛나는 검은 눈, 수십만 달러의 남편이 되었다. 당연히 모두 그가 행복할 것이라고 생각했다.

부부가 폰차트레인 호수 근교의 멋진 저택 별장에서 친구들을 초

대해 대접하며 신혼을 즐기고 있던 어느 날, 또렷이 기억하는 **그** 필체로 쓰인 한 통의 편지가 그에게 도착했다. 편지가 전해진 것은 그가 친구들로 가득한 방에서 유쾌하게 대화를 주도하고 있을 때였다. 그 필체를 보고 그의 얼굴은 죽은 사람처럼 창백해졌지만, 그는 여전히 평정을 유지하며 반대편에 앉은 숙녀와 하고 있던 장난스러운 농담 전쟁을 끝마치고, 잠시 후 모임에서 빠져나왔다. 그는 자기 방에 가서 혼자 편지를 뜯어 읽었다. 이제 읽어봤자 헛되고 소용없는 편지였다. 편지는 그녀에게서 온 것이었다. 편지에는 자신을 자기 아들과 결혼시키려는 후견인 가족들의 괴롭힘에 대한 이야기가 길게 적혀 있었다. 그의 편지가 오랫동안 끊겼던 것, 편지를 쓰고 또 쓰다가 결국에는 지치고 의심에 빠졌던 것, 근심으로 인해 건강을 해친 것, 그리고 마침내는 이 모든 것이 두 사람 모두에게 가해진 음모였음을 발견하게 된 일이 모두 적혀 있었다. 편지는 희망과 감사의 말, 영원한 애정에 대한 공언으로 끝났다. 그 불행한 젊은이에게는 죽음보다 더 쓰라린 말이었다. 그는 즉시 답장을 썼다.

"당신 편지를 받았지만, 이미 너무 늦었소. 난 그 말을 다 믿어버렸고, 자포자기 상태가 되었소. **난 결혼했고**, 모든 건 다 끝나버렸어. 그러니 그냥 잊어버려요. 우리에게 남은 것은 그것뿐이오."

그리하여 오거스틴 싱클레어에게 로맨스와 이상적 삶은 모두 끝났다. 하지만 **현실**은 남아 있었다. 파랗게 반짝이는 물결이 그 위로 미끄러져 내려가는 보트와 하얀 돛을 단 배들, 노 젓는 소리와 물소리의 조화가 만들어내는 음악과 함께 사라지고 나면, 편평하고 휑하고 질척질척하게 남아 있는 펄 같은 **현실**이.

물론 소설에서는 사람들이 실연을 하면 죽고, 그것으로 이야기가 끝난다. 이야기에서는 굉장히 편리한 방식이다. 하지만 실제 삶에서는 삶을 반짝반짝하게 만들어주던 것들이 사라져도 사람들은 죽지 않는다. 먹고 마시고 옷 입고 걷고 방문하고 사고팔고 이야기하고 책을 읽는 일과 이른바 **생활**이라는 것을 구성하는 모든 것이 몹시 바쁘고 중요하게 반복되며 앞으로도 계속되어야 하는 것이다. 이것이 아직 오거스틴에게 남아 있는 일이었다. 아내가 온전한 여자였다면, (여자들이 할 줄 알 듯이) 끊어진 삶의 실을 고쳐서 다시 환한 천을 짜기 위해 무엇인가 할 수도 있었을 것이다. 하지만 마리 싱클레어는 그 실들이 끊어졌다는 것조차 보지 못했다. 앞서 말했듯이 그녀는 멋진 자태와 근사한 두 눈, 수십만 달러로 구성되어 있었고, 이들 가운데 병든 마음을 돌볼 수 있는 것은 딱히 없었다.

죽은 사람처럼 창백한 얼굴로 소파에 누운 오거스틴을 발견하고 고민의 원인은 갑작스러운 편두통이라는 말을 들었을 때, 그녀는 녹각정 냄새를 맡으라고 권고했다. 창백한 안색과 두통이 몇 주고 계속되자, 그녀는 그저 싱클레어 씨가 병약한 줄은 몰랐다고 말했을 뿐이다. 하지만 그는 걸핏하면 심한 두통에 시달리는 듯했고, 이는 그녀에게도 매우 불행한 일이었다. 왜냐하면 그는 함께 모임에 가는 것을 즐기지 않았고, 신혼에 너무 많이 혼자 다니면 이상해 보이기 때문이었다. 오거스틴은 속으로 이렇게 둔감한 여자와 결혼해서 다행이라고 생각했지만, 신혼시절의 겉치레와 정중함이 사라져가면서 그는 평생 떠받들려 살아온 아름다운 아가씨는 가정생활에서 꽤나 비정한 안주인이 될 수도 있음을 알게 되었다. 마리는 애정을 주는 능력도, 대단한 감수성도 가져본 일이 없었고, 그나마 있던 것들은 가장 강하고 무의식적인 이기심으로 변화했다. 그 소리 없는 둔감함과, 자신의 요구 이외에는 어떤 것도 알지 못하는 완전한 무지로 인해 더욱 가망 없는 이기심이었다. 그녀는 아기 때부터 그녀의 비위를 맞추기에 급급한 하인들에 둘러싸여 살아와서, 그들에게도 감정이나 권리가 있다는 생각은 꿈에도 해본 적이 없었다. 그녀의 아버지는 인간이 할 수 있는 범주 안에 있는 것이라면 그 어떤 것도 마다하지 않고 외동딸의 요구를 들어주었다. 그래서 이 아름답고 세련된 상속녀가 혼인적령기가 되자, 자격을 막론한 온갖 남자들이 그녀의 발밑에서 한숨을 내쉬었다. 그러니 그녀는 자신을 얻은 오거스틴이 굉장한 행운의 사나이라고 믿어 의심치 않았다. 마음이 없는 여자가 애정거래에 있어서 쉬운 채권자일 거라고 생각한다면 크나큰 오산이다. 세사에서 가장 무자비하게 애정을 강제징수하는 사람은 철저하게 이기적인 여자이다. 사랑스러움을 점점 잃어갈수록, 그들은 더 가차 없고 꼼꼼하게 마지막 한 푼의 애정까지 거둬간다. 따라서 처음에는 구애 습관에서 자연히 흘러나왔던 정중한 행동과 사소한 배려를 줄이기 시작했을 때, 그는 왕비가 노예를 포기할 준비가 전혀 되어 있지 않다는 것을 깨달았다. 수많은 눈물과 토라짐과 작은 소동들이 있었고, 불만과 한탄과 비난이 있었다. 싱클레어는 온화하고 방종한 사람이라, 선물과 아첨으로 매수하려고 노력했다. 마리가 어여쁜 딸의 엄마가 되었을 때, 잠시 동안은 그도 정말로 애정 비슷한 것이 깨어나는 느낌이 들었다.

싱클레어의 어머니는 보기 드문 고상함과 순수한 마음을 지닌 여자였다. 그래서 그는 아이에게 어머니의 이름을 붙여주고, 아이가 어머니의 복사판이 될 것이라는 흐뭇한 상상을 했다. 아내는 이를 화내며 질투했고, 아이에 대한 남편의 열광적인 애정을 의심하고 미워했다. 자신에게 주어졌던 모든 것을 너무도 많이 빼앗긴 기분이었다. 아이가 태어난 이래로 그녀의 건강은 서서히 나빠졌다. 활짝 피어나던 미인은 평생에 걸친 몸과 마음의 무위, 여기에 더해진 끝없는 권태와 불만의 알력과 산후의 흔한 체력 저하로 인해 몇 년 사이에 노랗게 시든 병자가 되었고, 그녀의 시간은 온갖 상상의 병들로 채워졌다. 그녀는 어떤 면으로나 세상에서 자신이 가장 학대받고 고통 받는 사람이라고 여겼다.

그녀는 끝도 없이 다양한 불평을 했지만, 주특기는 편두통으로 드러눕는 것이었고 때로는 6일 가운데 3일을 방에 틀어박혀 있곤 했다. 물론 모든 집안일은 하인들 손에 맡겨졌고, 싱클레어는 자기 집이 편치 않았다. 하나뿐인 딸은 극도로 섬세해서, 돌봐줄 사람이 없다면 어머니의 무능력으로 인해 건강과 목숨을 희생할 수도 있었다. 그는 딸을 버몬트로 데리고 가서, 사촌인 미스 오필리아 싱클레어에게 자신의 남부 집으로 같이 가자고 설득했다. 그들은 지금 이 배를 타고 돌아가는 중이고, 그래서 우리가 독자들에게 이들을 소개하고 있는 것이다.

저 멀리 뉴올리언스의 둥근 지붕과 첨탑들이 나타나기 시작했지만, 아직 미스 오필리아를 소개할 시간은 있다.

뉴잉글랜드의 주들을 여행해본 사람들이라면 무성한 사탕단풍 이파리 그늘 아래 깨끗이 청소된 잔디마당이 있는, 어느 서늘한 마을의 커다란 농가를 기억할 것이다. 더불어 그곳 전체에 감도는 질서와 고요함, 영원, 변함없는 휴식의 분위기가 기억날 것이다. 그곳에서는 어떤 것도 낭비되거나 질서에서 벗어나지 않는다. 울타리에는 흔들리는 말뚝도 하나 없고, 창문 밑에 라일락 덤불이 자라고 있는 잔디 깔린 마당에는 티끌 한 점 없다. 그 안에 있는 넓고 깨끗한 방들에서는 아무 일도 벌어지지 않고 있으며, 앞으로도 벌어지지 않을 것만 같다. 모든 것이 영원히 제자리에 있고, 모든 집안일은 구석에 놓인 오래된 시계처럼 정확하게 진행된다. 가족 '거실'에는 유리문이 달린 차분하고 점잖은 오래된 책장이 서 있고, 그 안에는 롤링의 『고대사』, 버니언의 『천로역정』, 밀턴의 『실낙원』, 스코트의 『가족성경』이 그 못지않게 근엄하고 훌륭한 수많은 책들과 함께 예의 바르게 나란히 꽂혀 있었다. 그 집에는 하인이 없고, 안경과 눈처럼 하얀 모자를 쓴 부인이 오후마다 늘 딸들과 앉아 바느질을 하고 있다. 그녀와 딸들은 이미 기억조차 가물가물한 오전에 '**할 일을 다 마쳤고**,' 나머지 시간 동안은, 아니 어쩌면 어느 시간에 그들을 보더라도 모든 것을 '**완료한 상태**'였다. 오래된 부엌바닥에는 한 번도 얼룩이 묻지 않은 것 같고, 식탁과 의자, 조리기구 들은 한 번도 흐트러진 적 없어 보인다. 하루에 세 번, 때로는 네 번 식사가 나오고, 세탁과 다림질이 이루어지고, 어떤 고요하고 알 수 없는 방법을 통해 몇 파운드의 버터와 치즈가 들어오는 곳인데도 말이다.

그런 농장, 그런 집과 가정에서 미스 오필리아가 약 45년간 고요한 인생을 보냈을 때, 사촌이 그녀를 남부의 저택으로 초대했다. 대가족의 장녀인 그녀를 아버지와 어머니는 여전히 '아이'로 보았고, 따라서 그녀를 **올리언스**로 부르는 제안은 온 가족에게 몹시 중요한 일이었다. 백발이 성성한 늙은 아버지는 책장에서 시드니 에드워즈 모스의 지도책을 꺼내어 정확한 위도와 경도를 찾아보았고, 그 고장의 성격을 이해하고자 티머시 플린트의 남부와 서부 여행서를 읽었다.

어머니는 "그건 샌드위치 제도나 이교도인들이 있는 곳으로 가는 것과 마찬가지 기분이 든다"며 "올리언스가 끔찍하게 사악한 곳"은 아닌지 불안해하며 물었다.

오필리아 싱클레어가 사촌과 함께 올리언스로 내려간다고 '이야기했다'는 소식이 목사님에게, 의사에게, 미스 피바디의 모자가게에도 알려졌고, 물론 온 마을 사람들이 나서서 이 중요한 **이야기하기** 과정을 도왔다. 노예제 폐지론을 강하게 지지하는 목사는 그곳에 가는 것이 노예제를 고수하는 남부 사람들을 격려하는 일이 되리라고는 생각하지 않는다고 전망했다. 반면 강건한 식민주의자인 의사는 미스 오필리아가 가서 우리가 올리언스 사람들을 나쁘게 보지 않는다는 것을 보여줘야 한다고 주장했다. 하지만 그녀가 가기로 결정했다는 사실이 공식적으로 알려지자, 2주 사이에 모든 친구들과 이웃들이 그녀를 엄숙하게 초청해서 차를 대접하며 그녀의 전망과 계획을 정식으로 점검하고 질문했다. 옷 만드는 일을 도우러 집에 온 미스 모슬리는 미스 오필리아의 옷과 관련된 진전 상황에서부터 나날이 중요한 정보를 획득했다. 대지주 싱클레어가 50달러를 세어 미스 오필리아에게 주면서 최고로 좋은 옷을 사라고 말했다는, 그래서 실크드레스 두 벌과 보닛이 보스턴에서 왔다는 이야기는 확실하다고 확인되었다. 이 터무니없는 소비의 타당성을 놓고 의견은 둘로 갈라졌다. 어떤 사람들은 모든 것을 고려할 때 일생에 한 번쯤은 괜찮다고 지지했고, 다른 사람들은 그 돈은 전도사에게 줬어야 한다고 강경하게 단언했다. 하지만 뉴욕에서 온 양산처럼 멋진 양산은 이 근방에서 본 적이 없다는 데, 옷 주인은 어떻든지 간에 그중 실크드레스 한 벌은 혼자서도 서 있을 것처럼 대단한 모양새라는 데는 모두가 의견이 일치했다. 또한 휘갑장식이 된 손수건이 있다는 믿을 만한 소문도 있었고, 심지어 미스 오필리아에게는 사방이 레이스로 장식된 손수건도 있다는 말까지 퍼졌다. 비밀리에 만들어졌다는 말까지 덧붙여서 말이다. 하지만 이 마지막 소문은 결코 만족스럽게 확인되지 않았고, 사실 오늘날까지도 미제로 남아 있다.

이제 당신은 앞에 선 미스 오필리아를 본다. 반짝이는 갈색 아마사 여행복을 입은 마르고 곧고 키가 큰 여인이다. 얼굴은 야위었고, 윤곽이 다소 날카롭다. 입술은 모든 주제에 대해 단호한 결정을 내리는 데 이골이 난 사람처럼 굳게 다물고 있다. 날카로운 검은 눈은 독특하게 움직이며 돌봐줄 무언가를 찾는 듯이 사방을 훑어보았다.

그녀의 동작은 항상 정확하고 단호하고 씩씩했다. 그녀는 달변가는 아니었지만, 말을 했다 하면 놀랍도록 직접적이고 적절했다.

습관에 대해 말하자면, 그녀는 질서와 체계, 정확성의 화신이었다. 정확성에 있어서는 시계처럼 변함없었고, 기차엔진처럼 냉혹했다. 그리고 그녀는 그와 반대되는 모든 것을 단호히 경멸하고 혐오했다.

그녀가 보기에 죄 중의 죄—최고의 악—는 그녀의 어휘 가운데 가장 흔하며 중요한 말, 즉 '속수무책'으로 표현되었다. 그녀는 '속수무책'이라는 말을 몹시 강조하여 발음함으로써 궁극의 경멸을 드러냈으며, 굳게 마음먹고 있던 목표를 달성하는 데 직접적, 필연적으로 연관되지 않는 모든 절차를 이렇게 규정했다. 아무 일도 하지 않는 사람들이나 앞날에 대한 계획이 딱히 없는 사람들, 마음먹은 일을 가장 직접적인 방식으로 달성하지 않는 사람들을 그녀는 철저히 경멸했고, 그 경멸은 종종 말보다는 일고의 언급할 가치도 없다는 듯한 무표정한 냉담함으로 나타났다.

정신적 교양으로 말하자면, 그녀는 분명하고 강하고 의욕적인 마음을 지녔고, 역사와 과거 영국의 고전들을 섭렵했으며, 일정 한계 내에서는 탁월한 사고력이 있었다. 신학적 교의는 모두 완성되고, 뚜렷하고 명확하게 분류되어, 트렁크 안의 꾸러미들처럼 모여 있었다. 교의는 딱 그만큼이 있었고, 더 이상은 절대 있을 수 없었다. 대부분의 실제적 문제—온갖 부문의 가사일과 고향의 다양한 정치적 관계들—에 대한 생각도 같았다. 그리고 이 모든 것의 아래에, 다른 어떤 것보다 더 깊고, 더 높고, 더 넓게 자리하고 있는 것은 그녀의 최고 원칙인 양심이었다. 뉴잉글랜드 여성만큼 양심의 문제에 몰두하고 지배받는 사람들은 없다. 그것은 가장 깊숙한 곳에 자리하면서 가장 높은 산꼭대기까지도 쌓여 있는 화강암층과 같다.

미스 오필리아는 '**당위**'의 절대노예였다. 소위 '의무의 길'이 어떤 방향으로 나 있다는 확신을 주기만 하면, 불과 물도 그녀를 막을 수 없었다. 의무의 길이 거기에 있다는 것을 확신만 한다면, 그녀는 우물 안이라도 곧장 걸어 들어가고, 장전된 대포 앞이라도 막아설 것이다. 그 올바름의 기준은 너무나 높고, 너무나 넓고, 너무나 정밀하며 인간의 약함을 인정하지 않아서, 그 경지에 도달하고자 아무리 영웅적으로 노력해도 사실 그녀는 절대 거기에 미치지 못했고, 당연히 언제나, 때로는 고통스러운 결핍감에 시달렸다. 그래서 그녀의 종교적 성격에는 엄하고 어딘가 우울한 그림자가 있었다.

그렇다면 도대체 어떻게 미스 오필리아가 유쾌하고 느긋하고 시간관념 없고 비실제적이고 회의적인 오거스틴 싱클레어 같은 사람, 간단히 말해서 그녀가 가장 소중히 여기는 습성들과 의견들을 뻔뻔하고 무관심하게 멋대로 짓밟고 가는 그런 사람과 어울릴 수 있는 것일까?

사실 미스 오필리아는 그를 사랑했다. 싱클레어가 어렸을 때 그에게 교리문답을 가르치고, 옷을 수선해주고, 머리를 빗겨주고, 훈육하며 키우다시피 한 사람은 그녀였다. 그녀의 심장의 더운 부분은 오거스틴이—그가 다른 대부분의 사람들과의 관계에서도 흔히 그러하듯이—대부분 독점했다. 따라서 오필리아의 '의무의 길'은 뉴올리언스를 향해 나 있었으며, 그녀가 에바를 돌봐주러 같이 가서 아내의 잦은 병환 중에 모든 것이 엉망이 되지 않도록 막아줘야 한다고 설득하기란 매우 쉬운 일이었다. 아무도 돌볼 사람이 없는 집이라는 점이 그녀의 마음에 호소했고, 누군들 안 그럴 수 있겠느냐마는 그녀는 그 귀여운 소녀를 사랑했다. 그녀는 오거스틴을 이교도처럼 여겼지만, 그래도 그를 아는 사람이라면 절대 믿지 못할 정도로 그를 사랑했고, 그의 농담에 웃었으며, 그의 결점을 참아주었다. 하지만 미스 오필리아에 대해서 더 알아야 할 점들은 독자들이 개인적인 친분을 통해 발견해야 할 것이다.

이제 그녀는 특별실에서 각각 다른 물건들이 든 크고 작은 다수의 융단직 가방과 상자, 바구니에 둘러싸인 채 앉아서 엄청나게 심각한 얼굴로 이 짐들을 묶고 동여매고, 싸고, 잠그고 있었다.

"자, 에바, 네 짐들 계속 세고 있니? 물론 안 했겠지. 아이들은 절대 세는 법이 없지. 저기 얼룩덜룩한 융단가방이랑 네가 제일 좋아하는 모자가 든 파란 판지상자, 그럼 두 개지. 그리고 인디아 고무배낭이 셋. 내 끈과 바늘상자가 넷. 내 판지가방이 다섯. 내 옷깃가방이 여섯. 저 작은 모직트렁크가 일곱. 양산은 어쨌니? 이리 줘. 내가 종이로 묶어서 내 양산이랑 같이 우산에 묶을게. 자, 거기."

"고모, 우린 그냥 집에 가는 건데, 이게 다 무슨 소용이에요?"

"잘 챙기려는 거야. 뭔가를 가지고 싶으면 자기 물건을 잘 챙겨야 하는 거란다. 자, 에바, 네 골무 넣었니?"

"고모, 잘 모르겠어요."

"아, 됐다. 내가 네 상자를 살펴보마. 골무, 밀랍, 실패 두 개, 가위, 칼, 리본용 바늘. 됐다. 여기 넣어. 아빠랑 둘이서만 올 때는 도대체 어떻게 했니. 가진 걸 다 잃어버리고도 남았겠구나."

"음, 고모. 실제로 많이 잃어버렸어요. 그래서 어디에 멈출 때면, 아빠가 그보다 더 많이 사주셨죠."

"아이고, 그게 무슨 짓이람!"

"굉장히 쉬운 일이에요, 고모." 에바가 말했다.

"그건 끔찍하고 속수무책인 짓이야." 고모가 말했다.

"이제 어떡하죠?" 에바가 말했다. "저 트렁크는 너무 꽉 차서 안 닫혀요."

"닫히게 **해야지**." 고모는 물건들을 밀어 넣고 뚜껑 위로 올라가며 장군처럼 말했다. 하지만 여전히 트렁크 입구는 약간 열려 있었다.

"여기 올라와라, 에바!" 미스 오필리아가 용감하게 말했다. "전에 닫혔으면 다시 닫힐 수 있어. 트렁크는 닫아서 잠가야 해. 다른 길은 없다."

그러자 겁에 질린 트렁크가 이 단호한 선언에 굴복했다. 고리가 구멍에 찰칵하고 맞물렸고 미스 오필리아는 열쇠를 돌려 잠그고 의기양양하게 주머니에 넣었다.

"자, 이제 다 됐다. 아빠는 어딨니? 짐을 내놓을 때가 된 것 같은데. 에바, 아빠 좀 찾아봐라."

"신사들 선실 끝 쪽에서 오렌지를 먹고 계시던데요."

"거의 다 왔다는 걸 알 리가 없지." 고모가 말했다. "가서 말하는 게 좋지 않겠니?"

"아빠는 절대 서두르는 법이 없어요." 에바가 말했다. "아직 선창에 도착하지도 않았고요. 고모, 올라와 보세요. 보세요! 저기가 우리 집이에요. 저기 길 위에요!"

배는 이제 지친 거대한 괴물처럼 신음하며 부두에 밀집한 기선들 사이로 밀고 들어가기 시작했다. 에바는 눈에 익은 고향의 여러 첨탑들과 돔들, 길잡이들을 기쁘게 가리켰다.

"그래, 그래, 멋지구나." 미스 오필리아가 말했다. "하지만 어쩌니! 배가 멈췄어! 네 아빠는 어디 있니?"

이제 하선 시의 전형적인 소란이 뒤이었다. 사환들이 온 사방으로 뛰어다니고, 남자들은 트렁크와 융단직 가방과 상자 들을 끌고 가고, 여자들은 애타게 아이들을 부르고, 모두가 한 덩어리로 엉켜서 부두로 내려가는 판자 앞으로 몰려들었다.

모든 짐을 군대식으로 정렬해놓고 최근 정복한 트렁크 위에 단호하게 앉은 미스 오필리아는 최후의 순간까지 이들을 지키려고 작정한 태세였다.

"트렁크 들어드릴까요, 마님?" "짐 들어드릴까요?" "제가 들어드리죠." "제가 이것들 가지고 갈까요?" 제안들이 비처럼 쏟아졌지만, 그녀는 거들떠보지도 않았다. 그녀는 판지에 꽂힌 바늘처럼 꼿꼿하게 양산과 우산 꾸러미를 들고 엄숙하고 단호한 태도로 앉아서, 마부라도 낙담하게 만들 정도로 결연하게 대답했다. 그리고 그 사이사이 "도대체 아빠는 생각이 있는 게냐, 물에 빠졌을 리는 없지만 무슨 일이 벌어진 게 틀림없다"고 에바에게 말했다. 그녀가 정말로 걱정하기 시작했을 때, 그가 평소의 태평한 자세로 나타나 먹고 있던 오렌지 4분의

1 쪽을 에바에게 주며 말했다 .

"어, 버몬트 누님, 준비 다 되셨겠죠."

"거의 한 시간 전부터 준비하고 기다리고 있었다." 미스 오필리아가 말했다. "진짜로 걱정하기 시작하던 참이었어."

"똑똑하시기도 하지." 그가 말했다. "자, 마차는 기다리고 있고 사람들은 이제 사라졌으니, 이리저리 밀쳐지지 않고 점잖게 기독교인처럼 걸어 나갈 수 있어요." 그는 뒤에 서 있던 마부에게 지시했다. "이 짐들 가지고 가게."

"내가 가서 짐 싣는 걸 볼게." 미스 오필리아가 말했다.

"쳇, 누님, 그게 무슨 소용이에요?" 싱클레어가 말했다.

"어쨌거나 이건 내가 들고 갈 거야. 그리고 이것도, 이것도." 미스 오필리아가 상자 세 개와 조그만 융단직 가방을 고르며 말했다.

"버몬트 누님, 정말이지 버몬트식 습관을 그렇게 가지고 오시면 안 돼요. 남부 원칙을 조금은 따라주셔야죠. 그 짐을 다 들고 가면 사람들은 누님이 하녀인 줄 알 거예요. 그것들은 이 친구한테 줘요. 확실하게 챙길 테니까."

미스 오필리아는 사촌이 자신의 보물을 모두 가져가 버리자 실망한 기색이 역력했지만, 마차에 타서 짐들이 잘 보존되어 있는 것을 보더니 다시 기분이 좋아졌다.

"톰은 어디 있어요?" 에바가 물었다.

"밖에 있다. 마차를 뒤집어놓은 그 술주정뱅이 일에 대한 보상용으로 엄마에게 화해선물로 주려고."

"톰은 멋진 마부가 될 거예요. 전 알아요." 에바가 말했다. "절대 취하는 일 없을 거예요."

마차는 스페인식과 프랑스식이 기묘하게 뒤섞인 오래된 저택 앞에 멈추었다. 뉴올리언스 일부 지역에 있는 양식으로 지어진 저택으로, 안뜰을 사각형 건물들이 둘러싸고 있는 무어 양식의 건물이었다. 마차는 아치형 입구를 지나 집으로 들어갔다. 안뜰은 아름답고 관능적인 이상을 구현하기 위해 디자인되었다. 사면을 따라 늘어선 넓은 회랑의 무어 양식 아치와 가느다란 기둥, 아라베스크 장식은 마치 꿈결처럼 스페인의 동양적 낭만의 시대를 환기시켰다. 안뜰 한가운데에서는 분수가 은빛 물살을 높이 쏘았다가 향기로운 보랏빛의 영롱한 물보라를 끝도 없이 일으키며 대리석 바닥에 부서졌다. 수정처럼 맑은 분수대 물 안에서는 무수한 황금색과 은색의 고기들이 살아 있는 보석처럼 반짝거리며 경쾌하게 헤엄쳤다. 분수대 주위에는 자갈을 이용해 다양한 패턴으로 아름답게 모자이크 세공을 한 산책길이 있었고, 그 주위에는 초록색 벨벳처럼 부드러운 잔디가 깔려 있었다. 마찻길은 이 전체를 둘러싸고 있었다. 향기로운 꽃이 핀 커다란 오렌지나무 두 그루가 서늘한 그늘을 드리우고, 엄선된 열대 화초들이 담긴 아라베스크 조각의 대리석 항아리들이 잔디밭을 둘러싸고 원형으로 늘어서 있었다. 윤기 나는 잎과 불꽃 같은 꽃들이 달린 키 큰 석류나무와 은색이 점점이 박힌 아라비아 재스민, 제라늄, 무겁게 꽃을 활짝 피운 화려한 장미, 레몬향의 버베늄 모두가 만발한 꽃과 향기를 더했다. 한편 여기저기에서는 기이한 커다란 잎을 가진 신비한 알로에가 곧 시들 주위의 꽃들과 향기들 사이에서 백발의 마법사처럼 기묘한 위엄을 풍기고 있었다.

안뜰을 둘러싼 회랑에는 무어 양식의 휘장이 걸려 있어서, 원할 때면 햇빛 차단용으로 내릴 수 있었다. 전반적으로 사치스럽고 낭만적인 모습의 저택이었다.

마차가 안으로 들어서자, 에바는 마치 새장에서 뛰쳐나오려는 새처럼 기뻐서 어쩔 줄 몰랐다.

"정말 아름답고 멋지지 않아요! 소중한 우리 집!" 그녀가 미스 오필리아에게 말했다. "아름답지 않아요?"

"예쁜 곳이구나." 미스 오필리아가 마차에서 내리며 말했다. "좀 오래되고 이교도적으로 보이기는 하지만."

톰은 마차에서 내려 조용히 기뻐하며 주위를 둘러보았다. 그 검둥이는 세상에서 가장 찬란하고 멋진 나라들에서 온 외래품이라는 점을 기억해야 할 것이다. 그래서 그의 마음 깊은 곳에는 화려하고 풍부하고 기발한 것들에 대한 정열, 훈련되지 않은 취향을 가진 사람이 교양 없이 탐닉할 경우 냉정하고 온당한 백인의 조소를 얻게 되는 그런 정열이 자리했다.

타고난 시적 방탕아인 싱클레어는 자신의 집에 대한 미스 오필리아의 말에 미소 짓더니, 감탄하여 검은 얼굴을 환히 빛내며 주위를 둘러보고 있는 톰을 돌아보며 말했다.

"톰, 여기가 마음에 드나 보지."

"네, 주인님. 좋네요." 톰이 말했다.

이런 대화가 오가는 짧은 사이에 짐들이 내려지고, 마부에게 돈을 지불하고, 온갖 나이와 덩치의 남자, 여자, 아이 들이 주인님의 도착을 보려고 회랑 위아래에서 뛰어왔다. 그중 가장 앞에 있는 사람은 옷을 잘 차려입은 물라토 청년이었다. 매우 고귀한 인물임이 분명한 그는 최신 유행을 따른 옷차림을 하고는 향수 뿌린 흰 삼베 손수건을 우아하게 흔들고 있었다.

이 인물이 몰려든 하인 무리들을 매우 민첩하게 베란다 반대쪽으로 몰았다.

"물러나! 모두들 부끄럽구나." 그가 권위적인 목소리로 말했다. "주인님께서 돌아오셔서 가장 먼저 가족들을 만나시는데 너희들이 끼어들 참이냐?"

조용히 던져진 이 우아한 말에 모두가 수치스러운 얼굴로 멀찍이 떨어져 모여 섰고, 억센 짐꾼 두 사람만이 앞으로 나서서 짐들을 옮기기 시작했다.

아돌프 씨의 체계적인 정리 덕에, 싱클레어가 마부에게 돈을 주고 돌아섰을 때 그 앞에 선 사람은 튀는 공단 조끼에 보초용 금색 체인, 하얀 바지를 입고 형언할 수 없이 우아하고 정중하게 인사를 올리는 아돌프 씨뿐이었다.

"아, 아돌프, 너구나?" 주인이 손을 내밀며 말했다. "잘 지냈어?" 아돌프는 유창하게 즉흥인사를 쏟아부었다. 사실 지난 2주 동안 심혈을 기울여 준비한 인사였다.

"자, 자." 싱클레어는 평소처럼 익살맞게 무시하고 지나쳤다. "잘했어, 아돌프. 짐들 제대로 챙겼는지 살펴봐. 난 사람들한테 가볼 테니."
그는 이렇게 말하고 베란다에 면해 있는 커다란 거실로 미스 오필리아를 데려갔다.

그러는 사이, 에바는 현관 베란다와 거실을 지나 역시 베란다에 면해 있는 조그만 내실로 새처럼 날듯이 달려갔다.

검은 눈에 안색이 나쁜 키 큰 여인이 기대고 있던 소파에서 반쯤 몸을 일으켰다.

"엄마!" 에바는 기쁨에 차서 엄마의 목에 덥석 매달리더니 거듭 끌어안았다.

"그 정도면 됐다. 조심해, 얘야. 하지 마. 너 때문에 머리가 아프잖니." 어머니는 기운 없이 아이에게 키스하고 말했다.

싱클레어가 들어오더니 진정 정통적인 남편의 방식으로 아내를 껴안은 다음 사촌을 소개했다. 마리는 커다란 눈에 약간의 호기심을 담아 남편의 사촌을 쳐다보더니 나른하고 공손하게 맞이했다. 이때쯤에는 입구에 노예들이 몰려와 있었고, 그중 맨 앞에는 매우 점잖게 생긴 중년의 물라토 여인이 기대감과 기쁨으로 몸을 떨며 서 있었다.

"저기 유모다!" 에바는 방을 쏜살같이 가로질러 여인의 품에 몸을 내던지고는 연달아 키스했다.

이 여인은 에바 때문에 머리가 아프다는 말을 하지 않았다. 반대로 그녀는 아이를 안고는 정신이 나간 게 아닐까 싶을 정도로 울고 웃었다. 그녀의 품에서 벗어나자, 에바는 나중에 미스 오필리아가 속이 뒤집힐 것 같았다고 단언한 방식으로 한 사람 한 사람과 모두 악수하고 키스했다.

"흠!" 미스 오필리아가 말했다. "너희 남부 아이들은 **난** 할 수 없는 일을 하는구나."

"뭔데요? 말씀해보세요." 싱클레어가 말했다.

"음, 난 모두에게 잘해주고 싶고 상처를 줄 생각도 없지만, 키스는—"

"검둥이들한테 말이죠." 싱클레어가 말했다. "그걸 찬성하지 않는다는 말씀이죠? 안 그래요?"

"그래, 그거 말이야. 갠 어떻게 그럴 수가 있니?"

싱클레어는 웃으며 복도로 걸어 나갔다. "자, 누가 있나 보자. 유모, 지미, 폴리, 수키, 모두 여기 있군. 주인을 다시 보니 좋지?" 그는 하나 하나 악수를 하며 말했다. "아기 조심해!" 그는 바닥을 기어 다니던 조그만 검은 아기에 걸려 휘청거리며 덧붙였다. "내가 혹시나 누구를 밟으면, 밟힌 사람은 말하라고."

웃음이 터져 나왔고, 싱클레어가 동전을 조금씩 나눠주자 모두들 주인을 칭송했다.

"자, 이제 다들 가. 착한 아이들답게." 그가 말하자, 모여 있던 사람 모두 넓은 베란다로 나갔고, 오는 길 내내 사과와 견과, 과자, 리본, 레이스, 온갖 장난감 들을 모아둔 커다란 배낭을 든 에바가 그 뒤를 따랐다.

돌아가려고 뒤돌아선 싱클레어의 시선이 톰에게 가 닿았다. 그는 몸무게를 이 다리에 실었다 저 다리에 실었다 하며 불안하게 서 있었고, 무심하게 난간에 기대선 아돌프는 어떤 멋쟁이라도 높이 쳐줄 만한 태도로 오페라 안경을 들고 그를 살펴보고 있었다.

"건방진 애송이," 주인이 오페라 안경을 끄집어 내리며 말했다. "그게 동료를 대하는 태도야? 내가 보기엔, 돌프," 그는 아돌프가 자랑하는 우아한 공단 조끼에 손가락을 갖다 대며 말했다. "이건 내 조끼 같은데."

"오, 주인님, 이 조끼엔 온통 와인 얼룩이 묻었어요. 물론 주인님 지위의 신사분은 이런 걸 절대 안 입으실 거예요. 그러니 제가 가질 수밖에 없다고 생각했죠. 저 같은 불쌍한 검둥이한테는 괜찮으니까."

아돌프는 고개를 젖히고 향수 뿌린 머리카락을 손가락으로 우아하게 빗었다.

"그런 거군." 싱클레어는 무심하게 말했다. "자, 난 이 톰을 마님한테 보여주러 갈 거야. 그러고 나면 부엌에 데리고 가. 잘난 척하지는 말고. 너 같은 애송이 두 사람 몫은 하는 사람이니까."

"주인님은 맨날 농담이시죠." 아돌프가 웃으며 말했다. "주인님 기분이 그렇게 좋으신 걸 보니 저도 기쁩니다."

"이리 와, 톰." 싱클레어가 손짓하며 말했다.

톰은 방에 들어갔다. 그는 벨벳 양탄자와, 이전에는 상상조차 하지 못한 화려한 거울과 그림, 조상, 커튼 들을 빤히 쳐다보았다. 그는 솔로몬 앞에 선 시바 여왕처럼 정신이 하나도 없었다. 발 디디기조차 두려워하는 듯했다.

"여기 봐, 마리." 싱클레어가 아내에게 말했다. "당신이 주문한 마부를 마침내 사 왔소. 검은색과 근엄함으로 따지자면 영구차라 해도 될 친구야. 그러니 당신이 원하면 장례식처럼 잘 모실 거요. 눈 뜨고 한번 봐요. 여행 가서는 당신 생각은 전혀 안 한다느니 하는 소리는 이제 하지 말고."

마리는 눈을 뜨고 자리에 누운 채 톰을 응시했다.

"저자도 술 마실 거라는 거 알아요."

"아니야, 이 사람은 경건하고 술도 안 마시는, 보증된 제품이오."

"그랬으면 좋겠군요." 귀부인이 말했다. "기대 이상이긴 하네요."

"돌프," 싱클레어가 말했다. "톰을 아래층으로 데려가. 행동 똑바로 하고." 그가 덧붙였다. "내 말 명심해."

아돌프가 우아하게 앞서 걸어갔고, 톰은 무거운 발걸음으로 뒤를 따랐다.

"완벽한 거인이군요!" 마리가 말했다.

"자, 마리." 싱클레어가 그녀가 누운 소파 옆 걸상에 앉으며 말했다. "이제 자비를 베푸셔서 듣기 좋은 소리 좀 해주시지."

"이번에는 2주 넘게 있었다고요." 그녀는 입을 삐죽거리며 말했다.

"그 이유를 편지로 썼잖소."

"그 차갑고 짧은 편지 말이죠!"

"참내! 배달인이 막 출발하려던 참이어서 그렇게밖에 쓸 수 없었소."

"항상 그런 식이죠." 그녀가 말했다. "언제나 여행이 길어질 이유가 있고, 편지는 짧죠."

"자, 여기 봐요." 그가 주머니에서 우아한 벨벳 상자를 꺼내 열며 덧붙였다. "뉴욕에서 가져온 선물이오."

그것은 손을 잡고 앉은 에바와 아버지를 담은 은판 사진으로, 판화처럼 선명하고 부드러웠다.

마리는 불만스러운 표정으로 사진을 쳐다보았다.

"왜 이렇게 어색한 자세로 앉았죠?" 그녀가 말했다.

"글쎄, 자세는 의견 나름이지. 어쨌든 이 사진 어떻소?"

"한 부문에서 내 의견을 듣지 않는다면, 다른 부문에 대해서도 안 들을 것 같네요." 그녀는 은판 사진을 탁 닫으며 말했다.

'제기랄!' 싱클레어는 속으로는 이렇게 말했지만, 겉으로는 다음과 같이 덧붙였다. "자, 자, 마리, 이 사진 어떻게 생각하오? 말도 안 되는 소리 하지 말고."

"당신은 배려심이라곤 없군요, 싱클레어." 그녀가 말했다. "나보고 계속 말하라느니, 뭘 보라느니 하다니. 난 편두통 때문에 하루 종일 누워 있었다고요. 그런데 당신이 오고 나서는 온통 너무 소란스러워서 거의 죽을 지경이에요."

"편두통이 있다고?" 커다란 안락의자에 조용히 앉아서 가구 목록을 작성하며 가격을 계산하고 있던 미스 오필리아가 갑자기 벌떡 일어났다.

"네, 늘 시달린답니다." 귀부인이 말했다.

"주니퍼베리 차가 편두통에 좋아." 미스 오필리아가 말했다. "적어도 오거스트와 에이브러햄 페리 집사님네 부인은 그렇게 말했어. 게다가 부인은 훌륭한 간호사거든."

"호수 옆 정원에 있는 주니퍼베리 중에 익은 것들을 당장 따 오라고 해서 써보죠." 싱클레어가 이렇게 말하며 심각하게 종을 잡아당겼다. "누님, 그동안 방에 가서 여독을 풀고 싶지 않으세요? 돌프," 그가 덧붙였다. "유모 좀 오라고 해줘." 에바가 너무나 기뻐하며 안겼던 점잖은 물라토 여인이 곧 들어왔다. 그녀는 단정한 옷차림에 머리에는 선명한 빨간색과 노란색이 섞인 터번을 두르고 있었다. 에바가 준 선물로, 직접 머리에 감아준 것이었다. "유모," 싱클레어가 말했다. "누님을 유모한테 맡길게. 누님은 피곤하고 쉬어야 하니까 방에 모시고 가서 편안하게 쉬게 해드려." 미스 오필리아는 유모의 뒤를 따라 사라졌다.

제16장

톰의 안주인과 그녀의 의견

"자, 마리, 이제 당신의 황금기가 오는 거요. 현실적이고 사무적인 뉴잉글랜드의 우리 사촌누님이 모든 걱정거리를 당신 어깨에서 덜어갈 테니, 당신은 쉬면서 다시 젊어지고 아름다워지기만 하면 되는 거지. 열쇠 승계 의식을 당장 치르는 게 좋겠소."

미스 오필리아가 도착하고 며칠이 지난 뒤 아침식탁에서 싱클레어가 말했다.

"물론 환영이에요." 마리는 기운 없이 손으로 머리를 괴며 말했다. "형님이 그 일을 맡게 되고 나면, 한 가지 사실을 알게 되실걸요. 여기 남부에서는 노예가 안주인이라는 걸."

"물론 알게 되겠지. 그리고 그 밖에 온갖 건전한 진실들도 말이오." 싱클레어가 말했다.

"우리가 마치 우리 **편의**를 위해 노예를 데리고 있는 듯이 말하는

군요." 마리가 말했다. "**그 문제**를 생각했다면, 분명 당장에 모두를 내보냈을걸요."

에반젤린은 심각하고 당황스러운 표정으로 크고 진지한 눈을 어머니 얼굴에 고정하고 있다가 소박하게 물었다. "그럼 왜 데리고 있어요, 엄마?"

"골칫거리라는 점 빼고는 나도 모르겠다. 그것들은 내 인생의 골칫거리야. 내가 건강을 망친 이유의 태반도 다른 게 아니라 그것들 때문이야. 그리고 우리 집 노예들은 다른 사람들을 괴롭히는 데 있어서는 최악이지."

"진정해, 마리. 오늘 아침은 유독 기분이 안 좋군." 싱클레어가 말했다. "그게 아니라는 걸 알잖소. 유모를 봐, 세상 최고잖소. 유모 없이 당신이 뭘 할 수 있겠소?"

"유모는 최고예요." 마리가 말했다. "그래도 유모도 이제는 이기적이에요. 끔찍하게 이기적이야. 그건 인종 전체의 결함이에요."

"이기심은 **정말** 끔찍한 결함이지." 싱클레어가 심각하게 말했다.

"저기 유모가 오네요." 마리가 말했다. "난 유모가 밤에 그렇게 잘 자는 것도 이기적이라고 생각해요. 상태가 정말 안 좋을 때면 매시간 내가 필요로 한다는 걸 알면서도 좀처럼 안 깨거든요. 오늘 아침 이렇게 내 상태가 굉장히 안 좋은 것도 어젯밤에 유모를 깨우느라 너무 고생을 했기 때문이에요."

"최근에 엄마 옆에서 여러 번 밤을 새지 않았어요?" 에바가 물었다.

"네가 어떻게 아니?" 마리가 날카롭게 말했다. "유모가 불평했나

보지?"

"불평 안 했어요. 그냥 엄마가 아팠던 이야기만 했어요. 연달아 며칠 밤이나 그랬다고."

"하루 이틀 정도는 제인이나 로자한테 시키는 게 어떻소?" 싱클레어가 말했다. "유모는 좀 쉬게 해주고."

"어떻게 그런 말을 하죠?" 마리가 말했다. "싱클레어, 당신은 너무 배려심이 없어. 난 너무 신경이 예민해서 숨 쉬는 소리만 들려도 괴롭다고요. 낯선 손길이 돌본다면 난 완전 미쳐버릴 거야. 유모가 나한테 제대로 된 관심이 있다면, 더 쉽게 깰 거라고요. 물론 그래야지. 헌신적인 노예들을 가진 사람들도 있다지만, 그건 절대 **내** 복은 아니에요." 마리가 한숨을 쉬었다.

미스 오필리아는 이 대화를 빈틈없이 예리하고 진지하게 듣고 있었지만, 태도를 정하고 뛰어들기 전에 자신의 경도와 위치를 확인하려고 작정한 듯이 입을 꾹 다물고 있었다.

"유모도 좋은 점이 **있기는** 해요." 마리가 말했다. "사근사근하고 공손하죠. 하지만 근본적으로 이기적이야. 항상 자기 남편 걱정을 하느라 안달복달이에요. 결혼해서 여기 살러 왔을 때, 전 물론 유모를 데려와야 했어요. 하지만 우리 아버지는 유모 남편을 보낼 수가 없었죠. 대장장이여서 굉장히 필요한 사람이었거든요. 그래서 그때 제가 그랬어요. 유모와 남편은 서로를 포기하는 게 낫겠다고. 두 사람이 다시 같이 살 형편이 될 것 같지 않았으니까. 지금 생각해보면, 그때 제가 우겨서라도 유모를 다른 사람하고 결혼시켰어야 했어요. 하지만 전 어리석고 관대한 사람이라 그러고 싶지 않았어요. 그때 유모한테 평생 한두 번 이상은 남편을 보기 힘들 거라고 말했어요. 아버지 집 공기는 제 건강에 좋지 않아서 거기 갈 수가 없으니까. 그리고 다른 사람을 택하라고 충고도 했죠. 그런데 유모는 말을 안 들었어요. 유모한테는 완고한 데가 있는데, 그걸 다른 사람들은 저만큼 모른다니까."

"아이들은 있나?" 미스 오필리아가 물었다.

"네, 둘 있어요."

"애들이랑 헤어져서 괴로웠겠네."

"물론 걔들을 데려올 수는 없었어요. 더러운 어린 것들이라 주변에 둘 수도 없고, 게다가 유모 시간을 너무 많이 뺏어요. 하지만 유모는 이 일 때문에 항상 심술이 나 있는 것 같아요. 다른 사람이랑 결혼도 안 하려고 하고. 제가 얼마나 유모를 필요로 하고 제 건강이 얼마나 안 좋은지 알면서도 할 수만 있다면 내일이라도 남편한테 돌아갈 걸요. **정말** 그럴 거라 믿어요." 마리가 말했다. "보세요, 최고의 노예조차도 얼마나 이기적인지."

"생각만 해도 괴로운 일이군." 싱클레어가 무미건조하게 말했다.

예리하게 그를 주시하던 미스 오필리아는 그가 울분과 억누른 고민으로 얼굴이 달아오르고 입가에 냉소적인 미소가 떠오르는 것을 놓치지 않았다.

"유모는 항상 제가 가장 아끼는 노예였어요." 마리가 말했다. "북부의 하인들이 유모 옷장에 있는 옷들을 봐야 하는 건데. 실크와 모슬린 옷들에, 진짜 아마포 삼베도 하나 있다니까요. 전 어떨 때는 오후 내내 유모가 파티에 갈 준비를 도와주고 유모 모자를 장식해준 적도 있어요. 학대에 대해서라면, 유모는 그게 뭔지도 몰라요. 평생 채찍질이라고는 한두 번 이상 당한 적도 없고, 흰 설탕을 넣은 진한 커피나 차도 매일 마시죠. 물론 말도 안 되는 일이지만, 싱클레어가 아래층에서도 사치스러운 생활을 해야 한다고 고집하는 바람에, 모두가 자기 하고 싶은 대로 하고 살아요. 사실 우리 노예들에게 너무 오냐오냐해줬어요. 노예들이 이기적이고 버릇없는 애들처럼 구는 건 일부는 우리 잘못이라고 생각해요. 하지만 전 지칠 때까지 싱클레어한테 누누이 말했다고요."

"나도 마찬가지요." 싱클레어가 조간신문을 집어 들며 말했다.

아름다운 에바는 그 특유의 깊고 신비로운 진지한 표정으로 엄마의 말을 들으며 서 있었다. 아이는 엄마의 의자 곁으로 살짝 다가와서 엄마 목에 팔을 둘렀다.

"에바, 무슨 일이니?" 마리가 말했다.

"엄마, 내가 하룻밤 엄마를 돌봐주면 안 돼요? 하룻밤만? 난 엄마의 신경을 건드리지도 않고, 잠도 안 잘 거예요. 전 종종 밤에 잠 안 자고 생각을—"

"말도 안 되는 소리야, 말도 안 돼!" 마리가 말했다. "넌 정말 이상한 애구나!"

"하지만 그러면 안 돼요, 엄마? 제 생각엔," 아이가 소심하게 말했다. "유모가 몸이 안 좋은 것 같아요. 최근에 머리가 계속 아프다고 했단 말이에요."

"그건 유모가 늘 하는 우는 소리야! 유모도 다른 노예들이랑 똑같아. 머리나 손가락이 조금만 아파도 얼마나 난리를 피워대는지. 그런 걸 조장해서는 절대 안 돼, 절대! 이 문제에 있어서 난 원칙을 지킬 거야." 그리고 그녀는 미스 오필리아에게 말했다. "그게 필요하다는 걸 알게 될 거예요. 별것 아닌 불쾌한 일 하나하나에 호들갑을 떨고, 사소한 병을 모두 불평해대는 걸 봐주기 시작하면, 끝도 없어지거든요. 전 절대 불평 안 해요. 제가 얼마나 참고 있는지 아무도 몰라요. 전 조용히 참는 걸 제 의무라고 생각해요. 실제로 그러고 있고."

오필리아의 동그란 눈은 이 장광설에 대한 놀라움을 숨기지 않고 드러냈고, 싱클레어는 그것이 너무나 웃겨서 크게 웃음을 터뜨렸다.

"싱클레어는 제가 건강이 나쁘다는 소리를 조금이라도 하면 꼭 저렇게 웃어요." 마리는 고통 받는 순교자 같은 목소리로 말했다. "이이가 그걸 기억할 날이 오지 않기를 바랄 뿐이에요." 그리고 그녀는 손수건을 눈에 갖다 댔다.

물론 다소 바보 같은 침묵이 흘렀다. 마침내 싱클레어가 일어나서 시계를 보더니 시내에서 약속이 있다고 했다. 에바는 아빠를 따라갔고, 미스 오필리아와 마리만이 식탁에 남았다.

"싱클레어는 늘 저런 식이에요!" 이 말에 영향 받을 범인이 사라지고 나자 마리는 멋 부린 동작으로 휙 하고 손수건을 꺼내며 말했다. "제가 뭣 때문에 아프고 수년 동안 아파왔는지 전혀 알지도 못하고, 알 수도 없고, 알려고 하지도 않아요. 제가 불평을 늘어놓는 사람이었거나, 아프다고 법석을 떠는 사람이라면, 그럴 수도 있겠죠. 남자들은 불평하는 아내에게 당연히 질리는 법이니까요. 하지만 전 말없이 참고 또 참았어요. 그러다 보니 싱클레어는 제가 뭐든 참을 수 있는 사람이라고 생각하는 것 같아요."

미스 오필리아는 뭐라고 대답해야 할지 알 수가 없었다.

그녀가 대답할 말을 생각하는 동안, 마리는 천천히 눈물을 닦고 비둘기가 샤워 후에 몸단장을 하듯이 깃털을 가다듬더니 공통의 의견에 따라 미스 오필리아가 지휘를 맡게 될 찬장과 벽장, 다리미, 창고 등의 문제에 대해 주부다운 잡담을 늘어놓았다. 그 지시들과 직무들이 어찌나 세심한지 미스 오필리아처럼 체계적이고 사무적인 머리를 갖추지 않은 사람이라면 혼란스러워서 현기증을 일으켰을 것이다.

"자, 이제 다 이야기한 것 같아요. 그러니 다음에 제가 또 아플 때는 저한테 묻지 않아도 혼자 하실 수 있을 거예요. 단 하나 에바 말인데요, 걔는 누가 계속 지켜봐야 해요."

"착한 아이 같던데. 무척이나 말이야." 미스 오필리아가 말했다. "내가 본 아이들 중 최고였어."

"에바는 별나요." 어머니가 말했다. "무척이나요. 몹시 이상한 데가 있어요. 저하고는 조금도 닮은 데가 없어요." 마리는 이것이 진정 슬픈 일이라는 듯이 한숨을 쉬었다.

미스 오필리아는 속으로 '안 그러길 바라'라고 생각했지만, 분별 있게 말을 꾹 삼켰다.

"에바는 항상 하인들과 있는 걸 좋아했어요. 어떤 아이들은 그래도 괜찮아요. 저도 항상 아버지의 검둥이 노예 아이들과 놀았으니까요.

저한테는 아무런 해도 끼치지 않았죠. 하지만 에바는 항상 자기에게 다가오는 모든 인간과 자신을 똑같이 생각하려는 것 같아요. 말릴 수가 없어요. 제 생각에 싱클레어는 그걸 부추기고요. 사실 싱클레어는 이 집에 사는 모든 사람한테 잘해줘요, 자기 아내만 빼고요."

미스 오필리아는 또다시 입을 꾹 닫고 앉아 있었다.

"하인들은 **억누르고** 계속 누르는 수밖에 없어요. 저한테는 어릴 때부터 항상 자연스러운 일이었어요. 에바는 집안을 다 망쳐놓기 충분해요. 이 집을 혼자 떠맡게 되면 도대체 무슨 짓을 할지 알 수가 없다니까요. 전 하인들한테 **친절하게** 대해주려고 해요. 항상요. 하지만 하인들이 자기 **분수를 알게** 해야 해요. 에바는 절대 안 그래요. 하인의 분수가 뭔지 걔 머리에 넣어줄 수가 없어요! 유모를 쉬게 하겠답시고 자기가 밤에 나를 돌보겠다는 소리 들으셨죠! 내버려두면 언제나 바로 그런 식으로 행동할 거라고요."

"글쎄," 미스 오필리아가 무뚝뚝하게 말했다. "하인들도 인간이고, 피곤할 때는 쉬어야 한다고 생각하지 않나?"

"물론이죠. 전 손쉬운 일이라면 뭐든 다 할 수 있도록 각별히 신경을 써요. 심하게 터무니없는 일만 아니라면요. 유모는 아무 때나 잠을 보충할 수 있어요. 하나도 어려운 일 아니에요. 유모처럼 잠이 많은 사람은 본 적이 없다니까요. 바느질하다가도, 서 있다가도, 앉아 있다가도 자고, 언제 어디서건 자거든요. 충분히 자기만 하면 위험할 것 없어요. 하지만 노예를 마치 이국의 꽃이나 도자기처럼 다루는 건 진짜 웃기는 짓이죠." 그러면서 마리는 폭신하고 넓은 안락의자에 나른하게 드러눕더니 각성제가 담긴 우아한 세공 유리병을 가까이 갖다 댔다.

"그런데요." 그녀는 아라비아 재스민 향이나 그 비슷한 천상의 향기를 맡고 죽어가는 귀부인 같은 가냘픈 목소리로 말했다. "전 제 이야기는 별로 안 해요. 저는 그런 **체질**이 아니거든요. 안 맞아요, 그런 건. 사실 그럴 힘도 없고요. 하지만 싱클레어와 제가 다른 점이 있어요. 싱클레어는 저를 이해하지도, 인정하지도 않아요. 제 병의 깊은 원인은 거기 있다고 봐요. 저도 싱클레어의 의도야 좋을 거라고 믿어요. 하지만 남자들은 원래가 이기적이고 여자 맘을 헤아릴 줄 모르는 사람들이잖아요. 적어도 제가 받은 인상은 그래요."

진짜배기 뉴잉글랜드인의 신중함을 적지 않게 갖춘 데다 복잡한 집안사에 말려드는 일을 끔찍하게 싫어하는 미스 오필리아는 지금 그런 종류의 일이 닥쳐오고 있음을 예견하기 시작했다. 그녀는 엄정하게 중립적인 표정을 짓더니, 악마는 할 일 없이 게을리 있는 사람을 유혹한다는 와트 박사의 주장(아이작 와트의 1715년작 『성가*Divine Songs*』 20번에 대한 언급. "사탄은 여전히 게으른 손들이 행할 악행을 찾고 있나니."—옮긴이)에 대한 처방으로 늘 가지고 다니는 1미터 길이의 스타킹을 주머니에서 꺼내더니 '나한테 말 시키지 마. 자네 일에는 상관하고 싶지 않으니까'라는 메시지를 온몸으로 풍기며 입을 꾹 다물고 맹렬하게 뜨개질을 시작했다. 석조 사자상만큼의 동정심도 느껴지지 않는 태도였다. 하지만 마리는 개의치 않았다. 말할 상대가 있으니 그녀는 말하는 것이 의무라고 생각했고, 그것으로 충분했다. 각성제를 한 번 더 맡아 기운을 차린 후 그녀는 계속해서 말했다.

"싱클레어와 결혼했을 때 전 제 재산과 하인들을 가지고 왔고, 그러니 그것들을 제 방식대로 다룰 법적 자격이 있다고요. 싱클레어가 자기 재산과 하인들을 자기 방식대로 다루는 데 대해 전 아무 불만 없어요. 하지만 싱클레어는 간섭을 하는 거예요. 그 사람은 터무니없는 생각을 해요. 특히 하인들을 다루는 데 대해서요. 정말로 하인들을 저보다, 자기보다 더 우선시하는 것처럼 행동한다니까요. 온갖 문제를 일으키게 내버려두고는 손가락 하나 안 들어요. 전반적으로는 좋은 사람 같지만, 어떤 일들에 대해서는 정말이지 싱클레어 때문에 겁이 나요. 지금 싱클레어는 무슨 일이 있더라도 이 집에서 매질은 있을 수 없다고 선포했어요. 제가 절대로 거스를 수 없는 태도로요. 그 결과가 어떤지 아시겠죠? 싱클레어는 하인들 모두가 주인을 무시하고 대충해도 손 하나 까딱 안 해요. 저한테 그걸 요구하는 게 얼마나 잔인한 일인지 아시겠죠. 이 하인들은 몸만 큰 아이들이나 마찬가지인데 말이에요."

"난 그런 건 전혀 몰라. 그리고 그 점에 대해 주님께 감사드려!" 미스 오필리아는 짤막하게 말했다.

"하지만 이제 아셔야 할걸요. 여기 계실 거라면 쓰라린 경험을 통해 알게 될 거예요. 그들이 얼마나 짜증나고, 멍청하고, 경솔하고, 비합리적이고, 어린애 같고, 감사할 줄 모르는 철면피들인지."

마리는 이 주제만 나오면 항상 기운이 솟구치는 듯했다. 지금도 그녀는 눈을 크게 뜨고 피로는 싹 잊어버린 듯 보였다.

"형님은 사방에서 주부들이 얼마나 매일매일 시시각각 그들 때문에 괴롭힘을 당하는지 몰라요. 알 수도 없죠. 하지만 싱클레어에게 불평해봤자 소용없어요. 그이는 이상하기 짝이 없는 소리만 해대니까. 우리가 노예들을 그렇게 만들었으니 참아야 한다는 거예요. 그들의 잘못은 다 우리 탓이니, 그렇게 만들어놓고 벌하는 건 잔인하대요. 우리가 그 처지에 놓이면 그보다 잘하지 못할 거래요. 마치 우리가 그들의 상황을 추론할 수 있다는 것처럼요."

"주님께서 그들을 우리와 같은 피로 만들었다고 믿지 않나?" 미스 오필리아가 짤막하게 물었다.

"아뇨. 절대! 진짜 엉뚱한 이야기군요. 그들은 비속한 인종이에요."

"그들도 영생의 영혼이 있다고 생각하지 않아?" 미스 오필리아가 점점 분개하며 말했다.

"음," 마리가 하품을 하며 말했다. "물론 그건 당연해요. 하지만 그들과 우리를 동등하게 취급하는 건 마치 우리를, 하여간 그건 불가능해요! 싱클레어는 유모와 남편을 떼어놓은 게 우리 부부를 떼어놓는 거나 마찬가지인 것처럼 이야기해요. 그런 식의 비교는 있을 수 없어요. 유모는 저와 같은 감정을 느낄 수가 없어요. 완전히 다른 거라고요. 그런데도 싱클레어는 그걸 못 보는 척해요. 마치 유모가 제가 에바를 사랑하듯이 그 더러운 아기들을 사랑한다는 것처럼요! 하지만 싱클레어는 한때 이렇게 아프고 약한 저한테 유모를 돌려보내고 다른 사람을 쓰는 게 제 의무라고 정말로 진지하게 설득하려 했어요. 그건 심지어 **저**라도 참기 힘들더라고요. 전 제 감정을 잘 드러내지 않고, 모든 걸 조용히 참는 걸 원칙으로 삼아요. 아내의 운명이란 게 그런 거니, 전 참아요. 하지만 그때는 정말 폭발했어요. 그 사람은 다시는 그 이야기를 하지 않았지만, 그의 표정과 말에서 그 생각이 변함없다는 걸 알 수 있어요. 너무 힘들고 화나는 일이라고요!"

미스 오필리아는 뭐라도 말해야 하나 고민하는 인상이었지만, 몹시 의미심장한 태도로 계속해서 바쁘게 뜨개질바늘을 놀렸다. 마리가 그 태도의 의미를 이해만 한다면 말이다.

"그러니까," 그녀가 계속했다. "형님이 어떤 곳을 관리해야 하는지 아시겠죠? 이 집은 규칙도 없고, 하인들은 온통 제멋대로 굴면서, 하고 싶은 것만 하고, 가지고 싶은 것은 다 가지는 곳이에요. 그나마 이렇게 병약한 제가 다스리려 하지만 그걸로는 부족해요. 전 가죽채찍을 가지고 있고 때로는 쓰기도 하지만, 그건 저한텐 너무 힘든 일이에요. 싱클레어가 다른 사람들처럼만 해도……"

"그게 뭐지?"

"감옥이나 다른 곳에 보내 채찍질을 당하게 하는 거요. 그게 유일한 길이에요. 제가 이렇게 약하지만 않았으면 싱클레어의 두 배는 신경을 쓸 텐데."

"그럼 싱클레어는 어떻게 사람들을 관리하나?" 미스 오필리아가 물었다. "절대로 때리지 않는다면서."

"남자들은 좀 더 위엄이 있잖아요. 그러니 좀 더 쉬워요. 게다가 싱클레어의 눈을 자세히 들여다보셨으면 알겠지만, 특이하잖아요. 그 눈. 그래서 그가 단호하게 말하면, 카리스마 같은 게 있어요. 저도 그럴 때는 무서워요. 그러니 하인들도 조심해야 한다는 걸 알죠. 제가 야단치고 난리를 쳐도 싱클레어가 작정하고 한번 노려보는 것만도 효과가 없어요. 싱클레어는 문제가 없어요. 그러니 저를 전혀 이해 못 하죠. 하지만 이 집을 관리하시게 되면 엄격하게 대하지 않고서는 그들을 다룰 수 없다는 걸 아시게 될 거예요. 노예들은 너무 나쁘고, 거짓말쟁이에다 게을러요."

"또 그 소리로군." 싱클레어가 어슬렁거리며 들어왔다. "이 사악한 인간들에 대해 얼마나 끔찍한 보고서를 내놓고 있는 거지, 특히나 게으름 부문! 그게 말입니다, 누님." 그는 마리 맞은편의 안락의자에 느긋하게 기대앉으며 말했다. "마리와 제가 보여준 모범을 생각하면 전적으로 용서할 수 없는 일이죠. 이 게으름 말입니다."

"제발 좀, 싱클레어. 당신은 너무 나빠요!" 마리가 말했다.

"지금 내가 말이오? 난 나에 대해 너무 좋은 소리를 하고 있다고 생각했는데. 당신 소견에 힘을 실어주려고 한 거요, 마리, 항상 그렇듯이."

"당신 의도는 그게 아니란 거 알잖아요, 싱클레어." 마리가 말했다.

"그럼 내가 착각했나 보군. 바로잡아 줘서 고맙소, 여보."

"당신 정말 내 화를 돋우려고 작정했군요."

"진정해, 마리, 날씨도 더워져가고, 난 막 돌프랑 긴 말다툼을 하고 와서 엄청나게 피곤해. 그러니 기분 좋은 미소로 날 좀 쉬게 해줘요."

"돌프는 뭐가 문제죠?" 마리가 물었다. "그자의 건방은 이제 참을 수 없는 지경에 달했어요. 내게 확실한 권위가 있었으면 좋겠어요. 확 눌러버릴 수 있게!"

"당신 말은 평소처럼 날카롭고 유머감각이 살아 있군." 싱클레어가 말했다. "돌프 문제는 이렇소. 녀석이 너무 오랫동안 나의 우아함과 완벽함을 흉내 내는 데 골몰해온 나머지, 마침내 자기를 정말로 주인과 착각하는 사태에 이르렀지 뭐요. 그래서 그 착각을 살짝 귀띔해주지 않을 수 없었소."

"어떻게요?"

"내 옷 중 몇몇은 나 혼자만 입기를 원한다는 사실을 뚜렷이 이해시켜줘야만 했지. 또한 화장수를 지나치게 사용하는 것도 지적했고, 사실 잔인하게도 내 아마포 손수건을 쓰는 것도 열두 개 정도로 제한했소. 돌프는 그 문제로 특히 시무룩해하더군. 그래서 설득하기 위해서 아버지처럼 이야기를 해야만 했소."

"오! 싱클레어, 당신은 도대체 언제쯤 하인 다루는 법을 배울 건가요? 하인들에게 오냐오냐해주는 당신 태도는 정말 끔찍해요!" 마리가 말했다.

"뭐, 결국 불쌍한 개가 주인 흉내를 내는 데 무슨 해가 있단 말이오? 내가 그들을 화장수나 아마포 손수건을 최고의 즐거움으로 치는 종자로밖에 가르치지 못했다면, 그것들을 주지 못할 이유가 뭐가 있겠소?"

"그럼 왜 더 잘 가르치지 못했니?" 미스 오필리아가 무뚝뚝하고 단호하게 물었다.

"귀찮아요. 게으름이죠, 누님, 손쓸 틈 없이 수많은 영혼을 망치는 게으름 때문이죠. 게으름만 아니었다면 전 완벽한 천사가 되었을 겁니다. 전 게으름이야말로 북부 버몬트 주의 보더럼 박사가 말한 '도덕적 악의 정수'라고 생각해요. 대단한 생각이죠."

"난 너희 노예주인들이 끔찍한 책임을 지고 있다고 생각한다." 미스 오필리아가 말했다. "나라면 세상을 다 준다 해도 노예를 부리지 않을 거야. 노예주는 노예를 교육시켜야 하고, 합리적 인간으로, 그러니까 하나님 앞에 함께 설, 영생의 영혼을 가진 인간으로 대해줘야 해. 그게 내 생각이야." 그 선량한 숙녀는 아침나절 내내 마음속에서 쌓이고 있던 열정을 갑자기 터뜨리며 말했다.

"아! 진정하세요, 진정해." 싱클레어가 재빨리 일어나며 말했다. "누님이 뭘 아세요?" 그리고 그는 피아노 앞에 앉아 신나게 경쾌한 곡을 연주했다. 싱클레어는 음악에 발군의 재능이 있었다. 그의 타건은 화려하고 견고했고, 손가락은 건반 위를 재빨리 새처럼, 가볍고도 과감하게 날아다녔다. 그는 음악으로 기분을 전환하려는 사람처럼 한 곡, 또 한 곡 계속해서 연주했다. 연주를 마치더니 그는 일어나서 유쾌하게 말했다. "자, 누님은 좋은 이야기도 들려주셨고 의무를 다하셨어요. 전 그 때문에 누님을 더 대단하게 생각합니다. 누님 말씀이 금과 옥조 같은 진실이라는 건 한 치도 의심하지 않아요. 비록 누님도 보셨듯이 처음에는 너무 직격탄을 맞은 나머지 제가 그 말씀의 진가를 제대로 인정하지 못했지만 말입니다."

"전 그런 이야기가 무슨 소용이 있는지 모르겠어요." 마리가 말했다. "우리보다 하인들한테 잘해주는 사람이 있다면 누군지 알고 싶네요. 잘해줘 봤자 하나도 좋을 게 없어요. 전혀요. 점점 더 버릇만 나빠진다고요. 말이나 그 비슷한 걸로 어찌해보려는 거라면, 전 지치고 목이 쉴 때까지 이야기했어요. 의무와 온갖 것들에 대해 이야기하고 또 했다고요. 노예들은 자기들 좋을 때는 교회에 가죠. 하지만 설교는 돼지들이나 마찬가지로 한 마디도 이해 못 해요. 그러니까 제가 보기엔 노예들은 교회에 가봤자 별 소용없어요. 하지만 그들은 모든 기회를 다 가지겠다는 건지 어쨌거나 가요. 하지만 제가 말했듯이 그들은 저속한 인종이고, 앞으로도 언제나 그럴 거예요. 어쩔 도리가 없어요. 노력해도 그들을 바꿔놓을 수는 없어요. 오필리아 형님, 전 노력해봤고, 형님은 해보신 적이 없죠. 전 그들 사이에서 나고 자랐어요. 그러니까 잘 알아요."

미스 오필리아는 할 말은 다 했다고 생각했고, 따라서 잠자코 있었다. 싱클레어가 휘파람을 불었다.

"싱클레어, 휘파람 좀 불지 마요." 마리가 말했다. "머리 아프잖아요."

"그러지." 싱클레어가 말했다. "내가 또 하지 않았으면 하는 게 있소?"

"내가 겪는 시련에 대해서 좀 공감을 해줘요. 당신은 나한테 동정심이라곤 없어요."

"이런 사랑스러운 비난쟁이 천사 같으니!" 싱클레어가 말했다.

"그런 식으로 부르지 마요."

"그럼 어떻게 불러주면 좋겠소? 명하는 대로 부르리다. 당신 기분이 좋을 수만 있다면 당신이 말하는 대로 하겠소."

안뜰에서 경쾌한 웃음소리가 베란다의 실크커튼 너머로 들려왔다. 싱클레어가 나가서 커튼을 젖히더니 웃음을 터뜨렸다.

"뭐니?" 미스 오필리아가 난간으로 다가가며 물었다.

안뜰의 이끼 덮인 조그만 의자에 옷의 단춧구멍이란 단춧구멍에 모두 치자꽃을 그득 꽂은 톰이 앉아 있었고, 에바가 깔깔 웃으며 그의 목에 장미화환을 걸어주더니, 계속 웃어대며 참새처럼 그의 무릎에 앉았다.

"아, 톰 아저씨, 너무 웃겨!"

톰은 착실하고 자비로운 미소를 띤 채, 그 나름의 조용한 방식으로 어린 여주인만큼이나 그 놀이를 즐기고 있는 듯 보였다. 주인을 보자, 그는 반쯤 탄원하고 사죄하는 듯한 태도로 눈을 들었다.

"어떻게 저 애가 저런 일을 하게 내버려두는 거니?" 미스 오필리아가 말했다.

"왜 안 되죠?" 싱클레어가 말했다.

"세상에, 나는 모르겠다만, 너무 끔찍해 보이잖니."

"누님은 아이가 커다란 개를 예뻐하는 걸 보고는 해롭다고 생각하시지 않겠죠. 검정개라 하더라도. 그런데 생각과 논리와 감정이 있고 불멸의 영혼을 가진 사람을 보고는 몸서리를 치는군요. 실토해요, 누님. 전 북부 사람들이

어떤 생각을 하는지 잘 알아요. 우리가 그런 생각을 안 한다는 게 미덕이라는 말이 아니에요. 하지만 우리에게는 관습이 기독교가 해야 할 일을 하고 있어요. 개인적 편견의 감정을 없애는 일 말입니다. 북부를 여행하면서 전 이 감정이 우리보다 북부 사람들에게서 얼마나 더 강한지를 종종 느꼈어요. 북부 사람들은 흑인들을 뱀이나 두꺼비처럼 혐오하면서도, 그들이 당하는 부당한 일에 분개하죠. 그들이 학대받는 건 반대하지만, 직접 관계를 맺고 싶어 하지는 않아요. 흑인들이 눈앞에 안 보이게 아프리카로 보내버리고는, 선교사 한둘을 보내서 그들을 간결하게 고양시키는 온갖 극기를 감당하게 하고 싶겠죠, 안 그래요?"

"음," 미스 오필리아는 생각에 잠겨 말했다. "그 말도 일리가 있네."

"저 불쌍하고 비천한 사람들이 아이들이 없다면 뭘 하겠습니까?" 싱클레어가 난간에 기대어 톰을 데리고 경쾌하게 걸어가는 에바를 바라보며 말했다. "어린아이는 유일하게 진정한 민주주의자죠. 지금 톰은 에바에게 영웅이에요. 톰의 이야기는 아이의 눈에 경이로움 그 자체이고, 톰의 노래와 감리교 찬송가들은 오페라보다 낫고, 그 주머니에서 나오는 잡동사니들은 보석이며, 그는 검은 피부를 한 가장 놀라운 톰인 겁니다. 이건 주님께서 다른 낙이라곤 없는 불쌍하고 비천한 자들을 위해 일부러 만들어주신 에덴의 장미예요."

"이상해." 미스 오필리아가 말했다. "네가 말하는 걸 듣고 있으면 네가 무슨 **교수**라도 되는 것 같아."

"교수요?"

"그래, 종교학 교수."

"천만에요. 누님 같은 도시인들이 말하는 교수도 아니고, 더한 건 **실천가**도 아니라는 거죠."

"그럼 왜 그런 말을 하니?"

"말하는 게 제일 쉬우니까요." 싱클레어가 말했다. "셰익스피어 대사 중에 이런 게 있을 거예요. '스무 명의 사람들에게 무엇이 좋은 일인지 보여주는 것이, 그 스무 명 중 하나가 되어 내가 보여준 것을 실천하기보다 더 쉬울 것이다.'(「베니스의 상인」 1막 2장의 대사—옮긴이) 노동 분업 같은 건 못해요. 제 특기는 말하는 것이고, 누님의 특기는 행하는 거죠."

이 시기 톰의 외적 상황은 흔히 하는 말로 불평할 것이 하나도 없었다. 에바 아가씨는 톰에 대한 애정—고귀한 품성에서 나온 본능적인 감사와 사랑스러움—에서 아버지에게 자기가 산책하거나 말 탈 때, 호위할 하인이 필요할 때마다 톰을 자신의 특별시종으로 달라고 간청했다. 그래서 톰은 다른 모든 일에서 면제되어 에바 아가씨가 필요로 할 때마다 아가씨를 수행하도록 명받았다. 독자 여러분이 알겠지만, 톰에게는 전혀 불쾌하지 않은 명령이었다. 싱클레어가 특히 이 점에 있어서는 까다로웠기 때문에 그는 늘 옷을 단정하게 차려입었다. 마구간 일은 명목에 불과해서, 하는 일이라고는 매일 보고 살피고 잔심부름꾼을 감독하는 일뿐이었다. 마리 싱클레어가 그가 다가올 때 말 냄새가 나는 것을 참을 수 없으며, 따라서 자신을 불쾌하게 만들 어떤 일도 절대 해서는 안 된다고 선포했기 때문이다. 자신의 신경은 그런 시련을 견디기에는 전적으로 부적합하며, 본인의 말에 따르면 불쾌한 냄새를 조금만 맡아도 막이 내려지고 지상의 모든 시련이 단번에 종식되기에 충분하다는 것이었다. 그래서 단정한 모직 정장과 비버모피 실크 해트, 번쩍거리는 부츠, 흠 하나 없는 소맷동과 옷깃 차림에 진중하고 선한 검은 얼굴을 한 톰은 다른 시대의 흑인이 그랬던 것처럼 카르타고의 주교라고 해도 될 정도로 지체 높아 보였다.

또한 그는 아름다운 곳에 있었고, 이는 감수성 예민한 그의 종족이 결코 무관심할 수 없는 고려 항목이었다. 그는 안뜰의 새와 꽃, 분수, 향기, 햇살과 아름다움, 그리고 거실을 알라딘의 궁전처럼 만드는 실크커튼, 그림, 샹들리에, 조각상, 금박장식 들을 고요히 기뻐하며 즐겼다.

아프리카가 숭고하고 교양 있는 인종을 보여주게 되는 날이 온다면—언젠가는 아프리카가 인류 개선의 위대한 드라마에서 두각을 나타낼 날이 반드시 올 것이다—, 우리 차가운 서구 종족들이 거의 상상하지도 못했던 찬란함과 화려함이 그곳에서 깨어날 것이다. 황금과 보석, 향유, 흔들리는 야자나무, 불가사의한 꽃들, 기적적인 풍요가 가득한 그 머나먼 신비의 나라에서 새로운 형태의 예술, 새로운 양식의 화려함이 깨어날 것이다. 그리고 더 이상 멸시받지도 짓밟히지도 않는 흑인 종족은 어쩌면 인류사 최후의 가장 놀라운 계시를 보여줄 것이다. 그들은 분명 그 상냥함과 겸손하고 온순한 마음, 우월한 정신과 더 높은 힘에 의지하는 태도, 어린아이 같은 단순한 애정, 쉽게 용서

하는 마음으로 그렇게 해낼 것이다. 이 모든 것에서 그들은 최고 형태의 **기독교적 삶**을 보여줄 것이다. 하나님께서는 사랑하는 자를 단련시키므로, 어쩌면 그분은 다른 모든 왕국이 시험 끝에 실패한 후 세우실 왕국에서 가장 높고 고귀한 자리에 두기 위해 불쌍한 아프리카인들을 선택하여 고통의 용광로에 던지셨을지도 모른다. 처음이 마지막이 되고, 마지막이 처음이 될 것이므로.

일요일 아침 베란다에서 곱게 차려입은 채 가느다란 손목에 다이아몬드 팔찌를 채우고 있던 마리 싱클레어는 바로 이런 생각을 하고 있었던 것일까? 아마 그랬을 것이다. 그것이 아니라면 다른 비슷한 것일 수도 있다. 마리는 좋은 일들을 후원했고, 매우 경건한 마음이 되고자 지금 다이아몬드, 실크, 레이스, 보석 등으로 성장盛粧을 한 채 사교계 인사들이 애호하는 교회에 가는 길이었기 때문이다. 마리는 일요일마다 매우 경건한 생활을 하는 것을 철칙으로 삼았다. 그녀는 레이스 스카프를 안개처럼 두른 채 물 흐르는 듯 섬세하게 움직이며 날씬하고 우아한 자태를 드러내고 있었다. 미스 오필리아는 그 옆에서 완벽한 대조를 보이며 서 있었다. 그만큼 멋진 실크드레스나 숄, 그만큼 고운 손수건이 없어서가 아니라, 딱딱함과 단호함, 꼿꼿한 자세가 불분명하면서도 뚜렷한 존재감으로 그녀를 감싸고 있었기 때문이다. 마치 우아한 이웃을 둘러싼 세련된 품위처럼 말이다. 하지만 이는 하나님의 은총(은총과 품위는 모두 'grace'라는 동일어로 표현된다—옮긴이)은 아니다. 그건 매우 다른 문제이다!

"에바는 어딨어요?" 마리가 물었다.

"유모한테 말할 게 있다고 계단에 있어."

에바는 계단에서 유모에게 무슨 말을 하고 있을까? 귀를 기울여라, 독자들이여, 그러면 들릴 것이다. 비록 마리는 듣지 못하지만.

"유모, 머리가 많이 아프다는 거 알고 있어."

"주님의 축복이 있기를, 에바 아가씨! 난 요즘은 항상 머리가 아파요. 그러니 걱정할 필요 없어요."

"유모가 외출하니 좋아. 여기." 그러면서 소녀는 유모를 포옹했다. "유모, 내 각성제병 가져."

"뭐라고요! 그 아름다운 황금병을, 게다가 다이아몬드도 있는데! 아가씨, 그건 안 돼요. 절대."

"왜 안 돼? 유모한테는 필요하고, 난 아닌데. 언제든 머리가 아플 때 쓰면, 기분이 나아질 거야. 유모가 가져야 해, 날 생각해서. 당장."

"어쩜 저런 말을 하는지!" 에바가 병을 유모 품에 쑤셔 넣고 키스한 다음 계단을 달려 내려가자 유모가 말했다.

"왜 지체했니?"

"유모한테 교회에 가지고 가라고 각성제병을 주느라고요."

"에바!" 마리가 화가 나서 발을 구르며 말했다. "그 황금병을 **유모**한테 줬다고! 도대체 언제 뭐가 **적절한** 행동인지 배울 거니? 당장 가서 다시 가져와, 지금 당장!"

에바는 풀 죽고 불만스러운 표정을 짓고는 천천히 돌아섰다.

"마리, 애 좀 내버려둬. 하고 싶은 대로 하게." 싱클레어가 말했다.

"싱클레어, 저래서 세상을 어떻게 살아가겠어요?" 마리가 말했다.

"주님께서 아시겠지." 싱클레어가 말했다. "하지만 천국에서는 당신이나 나보다 더 잘 살 거요."

"아빠, 그러지 마세요." 에바가 아빠의 팔꿈치를 살짝 건드리며 말했다. "엄마 기분 상하세요."

"자, 교회 갈 준비 다 됐니?" 미스 오필리아가 싱클레어를 똑바로 돌아보며 물었다.

"전 안 가요."

"정말이지 싱클레어가 교회에 갔으면 좋겠어요." 마리가 말했다. "하지만 저 사람에게는 종교적인 데라곤 조금도 없어요. 점잖지 못한 일이에요."

"나도 알고 있소." 싱클레어가 말했다. "숙녀분들은 교회에 가서 세상 사는 법을 배우시죠. 그 경건함이 우리 체면을 세워줄 수 있게. 혹시라도 교회에 간다면, 난 유모 교회에 갈 겁니다. 거긴 적어도 잠들지 않고 깨어 있게 하는 뭔가가 있거든요."

"뭐라고요! 그 소리 지르는 감리교 교회에? 끔찍해라!" 마리가 말했다.

"죽은 바다 같은 당신의 점잖은 교회만 아니라면 뭐든 좋소, 마리. 정말로 그건 사람에게 요구하기엔 너무 과한 곳이야. 에바, 너는 가고 싶니? 이리 와, 집에서 나랑 놀자."

"고마워요, 아빠. 하지만 전 교회 갈래요."

"끔찍하게 피곤하지 않니?" 싱클레어가 물었다.

"조금 피곤하긴 해요." 에바가 말했다. "졸립기도 하고요. 하지만 깨어 있으려고 노력해요."

"그럼 뭣 때문에 가니?"

"음," 그녀가 속삭이며 대답했다. "사촌 말이 하나님은 우리를 원하시고, 우리한테 모든 걸 주신대요. 하나님이 바라시는 일이라면, 그건 별로 대단한 일도 아니에요. 사실 대단히 피곤하지도 않고요."

"이런 착하고 자상한 영혼이라니!" 싱클레어는 딸에게 키스하며 말했다. "가려무나, 우리 착한 아이. 날 위해 기도해주렴."

"물론이에요. 항상 기도하고 있어요." 아이는 이렇게 말하고 엄마 뒤를 따라 폴짝 뛰어 마차에 탔다.

싱클레어는 멀어지는 마차를 향해 계단에 서서 손 키스를 보냈다. 그의 눈에 굵은 눈물이 맺혔다.

"아, 에반젤린! 정말 적절한 이름이구나. 넌 하나님께서 내게 복음('에반젤린Evangeline'이라는 이름은 좋은 소식, 복음을 가져오는 사람을 뜻하는 'evangel'에서 유래—옮긴이)으로 보낸 것이 아닐까?"

그는 잠시 감동했지만, 담배 한 대를 피우고 《피카윤》지를 읽고 나자, 그 조그만 복음을 다 잊어버렸다. 그가 다른 사람들과 다르겠는가?

"에반젤린," 어머니가 말했다. "하인들에게 친절하게 구는 것은 항상 옳고 타당한 일이지만, 우리 친척이나 우리 계급 사람들과 **똑같이** 대하는 건 타당하지 않아. 유모가 아프다고 해도, 네 침대에 눕히려고 하면 안 되는 거야."

"전 그러고 싶은데요, 엄마." 에바가 말했다. "그러면 더 돌보기가 편하잖아요. 그리고 제 침대가 유모 침대보다 더 좋고요."

마리는 이 대답에서 드러나는 도덕적 지각의 완전한 부재에 완전히 절망했다.

"도대체 어떻게 해야 이 아이가 저를 이해하도록 만들죠?"

"불가능해." 오필리아가 의미심장하게 대답했다.

에바는 잠시 미안하고 당황스러운 표정을 지었다. 하지만 다행히도 아이들은 한 가지 인상을 오래 품지 않으므로, 잠시 후 아이는 덜컥대며 달려가는 마차 창문 너머의 갖가지 광경을 보며 즐겁게 웃었다.

"숙녀들," 모두가 저녁식탁에 편안하게 앉자 싱클레어가 말했다. "오늘 교회에서 메뉴는 뭐였습니까?"

"G박사님께서 멋진 설교를 하셨어요." 마리가 말했다. "당신이 들었어야 하는데. 내 견해를 정확하게 표현한 설교였거든요."

"분명 굉장히 유익한 설교였겠군." 싱클레어가 말했다. "주제도 해박했을 테고."

"음, 사회와 그런 것들에 대한 내 모든 견해를 말하셨어요." 마리가 말했다. "설교 구절은 '하나님께서는 제때 모든 것을 아름답게 만드신다'였어요. 목사님은 사회의 모든 질서와 구별이 하나님의 뜻이라는 걸 보여주셨죠. 그것이 정말로 타당하고 아름다운 거라고, 어떤 사람들은 높고 어떤 사람들은 낮아야 한다고, 어떤 사람들은 지배자로 태어나고 어떤 사람들은 하인으로 태어난다는 그런 모든 이야기요. 그리고 그걸 지금 노예제를 둘러싸고 벌어지는 이 우스꽝스러운 소동에 정말 잘 적용해서 성경이 우리 편이라는 걸 명확하게 증명하고 우리의 모든 제도를 아주 강력하게 뒷받침했죠. 당신이 그 설교를 안 들은 게 안타까울 뿐이에요."

"아, 난 필요 없소." 싱클레어가 말했다. "난 아무 때나 《피카윤》을 읽고 그 정도는 얼마든지 배울 수 있으니까. 게다가 교회에서는 피울 수 없는 담배도 피면서 말이오."

"왜 넌 이런 견해를 안 믿는 거니?" 미스 오필리아가 물었다.

"누가요? 제가? 전 너무 타락한 놈이라 그런 주제를 이렇게 종교적 관점에서 바라봐도 별로 교화가 안 돼요. 이 노예문제에 대해서 꼭 한마디 해야 한다면, 전 정당하게 내놓고 말하겠어요. '우린 노예제가 있고, 노예를 소유하고 있으며, 계속 그럴 작정이다. 그건 우리의 편의와 이익 때문이다'라고. 요컨대 그런 거 아닙니까. 이 모든 종교적 정당화는 결국 다 그걸 위한 일 아니냐고요. 그럼 어디 있는 누구든 다 이해할 수 있을 겁니다."

"오거스틴, 당신은 정말이지 너무 불경스러워!" 마리가 말했다. "당신 말은 너무 충격적이에요."

"충격적이라고! 그게 진실이오. 이 종교적 이야기들, 왜 그 사람들은 이 이야기를 좀 더 끌고 가서 다른 때의 아름다움은 보여주지 않는 거요? 술을 지나치게 마신다거나, 카드놀이에 빠진다거나 하는, 그런 다양한 신의 섭리들 말이오. 그건 젊은 사람들 사이에서 흔히 볼 수 있는 일이지 않소? 난 그런 것들도 올바른 일이고 하나님의 뜻이라는 소리를 듣고 싶소."

"음," 미스 오필리아가 말했다. "넌 노예제가 옳다고 생각하니, 잘못이라고 생각하니?"

"누님의 끔찍한 뉴잉글랜드식 직접 화법은 안 듣겠습니다." 싱클레어는 경쾌하게 말했다. "그 질문에 답하면, 누님은 질문 열두 개는 더 퍼부을걸요. 점점 더 어려운 것들로. 제 입장은 명시하지 않겠습니다. 전 다른 사람들의 유리집에 돌멩이를 던지는 사람이긴 하지만, 남들이 돌을 던질 수 있게 유리집을 지을 생각은 없거든요."

"저게 싱클레어식 화법이에요." 마리가 말했다. "말해봤자 소용없어요. 늘 이런 식으로 빠져나가는 건 그냥 종교가 싫어서인 것 같아요."

"종교!" 싱클레어의 말투에 두 여자가 모두 그를 쳐다보았다. "종교라고! 당신이 교회에서 들은 것이 종교라고? 이기적이고 세속적인 사회의 온갖 비뚤어진 구석에 딱 맞을 수 있도록 구부러지고 휘어지고 올라가고 내려가는 게 종교라고? 심지어 불경스럽고 세속적이고 맹목적인 내 천성보다도 덜 양심적이고, 덜 관대하고, 덜 정의롭고, 덜 사려 깊은 게 종교라고? 아니! 내가 종교를 찾게 되면, 난 나보다 위에 있는 걸 찾을 거요. 내 아래 있는 게 아니라."

"그럼 넌 성경이 노예제를 정당화한다는 말을 믿지 않는구나." 미스 오필리아가 말했다.

"성경은 **어머니**의 책이었어요." 싱클레어가 말했다. "어머니는 성경에 따라 살다가 돌아가셨죠. 그게 참 유감이에요. 성경이 어머니가 브랜디를 마시고 담배를 씹고 욕을 할 수 있다는 걸 입증했더라면 더 좋았을 텐데. 제가 똑같은 일을 해도 바르게 산다는 만족감을 가질 수 있게 말이죠. 성경은 이런 짓들을 하는 걸 더 만족스럽게 만들어주지도 않았고, 어머니를 존경하는 위안도 빼앗아버렸어요. 이 세상에서 뭔가 존경할 수 있는 걸 가지는 건 정말이지 위로가 되거든요. 간단히 말해서," 그는 갑자기 쾌활한 어조를 되찾으며 말했다. "제가 바라는 건 서로 다른 것들은 서로 다른 상자에 넣어두는 겁니다. 유럽에서나 미국에서나 사회 전체의 틀이란 건 굉장히 이상적인 도덕적 기준을 면밀하게 들이대면 버틸 수 없는 것들로 이루어져 있거든요. 일반적으로 남자들은 절대선을 추구하지 않아요. 그저 세상 다른 사람들 하는 정도로만 하고 살 뿐이죠. 그런데 어떤 사람이 남자답게 나서서 우리한테는 노예제가 필요하고, 그것 없이는 살 수 없으며, 그걸 포기하면 거지꼴이 될 테고, 물론 이 제도를 사수할 작정이라고 소리 높여 외친다면, 그 언어는 강력하고 명확하고 잘 정의된 언어예요. 존중해줄 만한 진실을 담고 있어요. 다른 사람들이 하는 관행으로 볼 때, 세상 대부분은 우리를 봐줄 겁니다. 하지만 누가 심각한 얼굴을 하고 콧소리를 내며 성경을 인용하기 시작하면, 전 그자가 덜된 놈이라는 생각을 하게 돼요."

"당신 참 무자비하군요." 마리가 말했다.

"어떤 일로 면화 가격이 완전히 폭락해버려서 노예재산이 아무런 시장가치도 없어지게 된다고 생각해봐. 그러면 우린 다른 식의 성경 교리를 가져야 할 것 같지 않소? 갑자기 교회에 엄청난 빛이 쏟아져 들어와 성경과 합리에 따른 것이라 주장하던 모든 것의 방향이 순식간에 바뀌지 않겠느냐는 말이오!

"어쨌건," 마리는 안락의자에 몸을 눕히며 말했다. "난 노예제가 있는 곳에 태어난 걸 감사해요. 그리고 그게 옳다고 믿고요. 사실 난 노예제가 존재해야 한다고 믿어요. 그리고 어쨌거나 난 노예제 없이는 살아갈 수 없어요."

"넌 어떻게 생각하니?" 아버지가 그 순간 꽃을 들고 들어온 에바에게 물었다.

"뭐가요, 아빠?"

"넌 뭐가 낫다고 생각하니, 버몬트 삼촌 댁처럼 사는 것과 우리처럼 하인들을 집 안 가득 데리고 사는 것 중에서?"

"아, 물론 우리 식이 최고죠." 에바가 말했다.

"왜 그런데?" 싱클레어가 아이의 머리를 쓰다듬으며 물었다.

"사랑할 사람들이 훨씬 더 많으니까요." 에바가 진지하게 아버지를 올려다보며 말했다.

"참 에바답구나." 마리가 말했다. "늘 저런 이상한 소리지."

"제 말이 이상해요, 아빠?" 에바가 아버지의 무릎에 올라와 속삭였다.

"이 세상 방식으로 치면 좀 그렇지." 싱클레어가 말했다. "그런데 우리 딸은 저녁 내내 어디 있었니?"

"톰 방에서 노래를 들었어요. 다이나 아줌마가 저녁을 줬고요."

"톰이 노래하는 걸 들었다고?"

"네! 아저씨가 새 예루살렘과 눈부신 천사와 가나안 땅에 대해 굉장히 아름다운 노래를 불러줬어요."

"오페라보다 낫지, 안 그래?"

"네, 저한테 가르쳐주기로 했어요."

"노래 수업이라고? 아주 사이가 좋구나."

"네, 아저씨는 노래를 불러주고, 전 성경을 읽어줘요. 그럼 아저씨가 그 의미를 설명해주죠."

"세상에," 마리가 웃으며 말했다. "그거 참 최신 농담이구나."

"성경 해석이라면, 내 장담하는데 톰은 전혀 뭘 모르는 사람이 아니오." 싱클레어가 말했다. "톰은 종교적 자질을 타고났어. 오늘 아침 일찍 말을 끌고 나가고 싶어서 마구간 위에 있는 톰의 숙소로 살금살금 올라가다가, 톰이 혼자 기도하는 소리를 들었소. 정말이지 톰의 기도보다 더 마음에 와 닿는 말은 근래 들어본 적이 없소. 사도와 같은 열정으로 내 마음을 흔듭디다."

"당신이 듣고 있는 걸 눈치 챘나 보죠. 그런 술책에 대해 들은 적 있어요."

"혹시나 그랬다면 별로 정치적인 사람은 아니었소. 주님께 나에 대한 의견을 꽤 솔직하게 말했거든. 톰은 나에게 개선할 점이 있다고 생각하는 것 같았소. 그리고 내가 개심하기를 진심으로 바라고 있었고."

"그 말을 마음에 담았으면 좋겠구나." 미스 오필리아가 말했다.

"두 사람 의견이 같군요." 싱클레어가 말했다. "음, 두고 보자고요. 안 그러니, 에바?"

제17장

자유인의 방어

날이 저물어감에 따라 퀘이커 교도의 집에서는 조심스럽게 부산한 움직임이 벌어졌다. 레이철 핼리데이는 조용히 움직이며 그날 밤 떠날 방랑자들을 위하여 최대한 작은 꾸러미로 꾸릴 수 있는 필수품들을 창고에서 모았다. 오후 햇살의 그림자가 동쪽으로 길게 뻗었고, 둥근 붉은 해가 생각에 잠긴 듯이 지평선 위에 머물며 조지와 아내가 앉아 있는 조그만 침실 안으로 고요한 노란 햇살을 비추었다. 조지는 아이를 무릎에 앉히고 앉았고, 아내는 그의 손을 잡고 있었다. 둘 다 생각에 잠겨 심각한 얼굴이었고, 뺨에는 눈물자국이나 있었다.

"그래, 엘리자," 조지가 말했다. "당신 말이 다 맞아. 당신은 착한 사람이고, 나보다 훨씬 나은 사람이야. 당신 말을 따르려고 노력할게. 자유인에 걸맞게 행동하도록 애쓸게. 기독교인처럼 생각하려고 노력하겠어. 하나님께서는 최악의 상황에서도 내가 잘해보려 했다는 걸, 노력했다는 걸 아실 거야. 이제 과거는 다 잊겠어. 힘들고 모질었던 모든 감정은 다 묻어버리고 성경을 읽고 좋은 사람이 되도록 공부할게."

"캐나다에 가면," 엘리자가 말했다. "내가 도와줄 수 있어. 난 옷도 잘 만들고, 고급 옷을 세탁하고 다림질하는 법도 알아. 우리끼리 꾸려 갈 길을 찾을 수 있을 거야."

"그래, 엘리자, 우리와 아이가 함께 있는 한은. 오! 엘리자, 아내와 아이가 **자신**에게 속해 있다는 것이 남자에게 얼마나 큰 축복인지 이 사람들이 안다면! 아내와 아이들을 **자기 것**이라고 부를 수 있으면서도 다른 여러 문제로 초조해하고 걱정하는 사람들을 보면 종종 이상했어. 우리에겐 맨손밖에 없지만 난 부자고 강한 사람이라는 느낌이 들어. 하나님께 더 이상 바랄 게 없어. 난 스물다섯 살 때까지 매일 열심히 일하고도 돈 한 푼, 몸을 가릴 지붕 하나, 내 땅 한 뼘 가지지 못했지만, 그래도 지금 날 내버려두기만 한다면 난 만족하고 감사할 거야. 일해서 번 돈을 당신과 아들에게 보낼 거야. 내 전 주인으로 말하자면, 그는 내게 지불한 돈의 다섯 배는 뽑았어. 그러니 그자에게는 아무것도 빚진 게 없어."

"하지만 우린 아직 완전히 위험에서 벗어나지 못했어." 엘리자가 말했다. "아직 캐나다에 도착한 게 아니잖아."

"맞아," 조지가 말했다. "하지만 이미 자유의 공기를 맛본 기분이야. 그래서 난 강해졌어."

그때 바깥에서 심각하게 대화하는 목소리들이 들리더니, 곧 문을 두드리는 소리가 났다. 엘리자가 일어나서 문을 열었다.

문 앞에 시미언 핼리데이가 한 퀘이커 교도 형제와 함께 서 있었는데, 그의 이름은 피니어스 플레처라고 소개했다. 피니어스는 붉은 머리에 키가 크고 홀쭉한 남자로, 날카롭고 기민한 인상이었다. 그에게는 시미언 핼리데이 같은 평온하고 고요하고 세속을 초월한 듯한 분위기가 없었다. 그와 반대로, 그에게는 자신이 무엇을 하는지 알고 있으며 경계를 늦추지 않고 앞을 주시하는 데 자부심을 지닌 사람 특유의 빈틈없고 숙련된 모습이 있었다. 이러한 특징이 그의 넓은 모자챙과 격식 차린 어법과 다소 기이한 조화를 이루었다.

"우리 친구 피니어스가 당신과 당신 일행에게 중요한 사실을 알았어요, 조지." 시미언이 말했다. "들어보는 게 좋을 거예요."

"그렇습니다." 피니어스가 말했다. "제가 언제나 말하는 바지만, 어디서건 항상 한 귀를 열어놓고 자는 게 중요하다는 걸 보여주는 일입니다. 어젯밤에 전 어느 조그만 외딴 선술집에서 묵었어요. 시미언, 당신 기억하죠? 작년에 우리가 커다란 귀고리를 한 뚱뚱한 여자한테 사과를 팔았던 선술집이오. 전 오래 마차를 몰고 오느라 피곤해서 저녁을 먹은 후 곧 구석의 자루 더미 위에 누워서 물소 가죽을 덮은 채 방이 준비되길 기다리고 있었어요. 하지만 곧 잠이 들고 말았죠."

"한 귀는 열어놓고 말이죠, 피니어스?" 시미언이 고요히 말했다.

"아뇨, 완전 잠들었어요. 귀건 뭐건 다요. 한두 시간 정도 잤나, 굉장히 피곤했거든요. 조금 정신이 들고 나서 보니, 방 안에서 몇몇 남자들이 테이블에 둘러앉아 술을 마시며 이야기를 하고 있더군요. 나서기 전에 뭐 하는 사람들인지 알아봐야겠다는 생각이 들었어요. 특히 퀘이커 교도에 대해서 뭐라고 하는 소리가 들렸거든요. '그래서,' 한 명이 그러더군요, '그자들은 분명 퀘이커 부락에 있어.' 그래서 귀를 쫑긋 세우고 집중해서 들었더니, 바로 이 일행 이야기를 하고 있지 뭡니까. 전 그대로 누워서 그자들의 계획을 다 들었어요. 그자들 말에 따르면, 젊은이는 켄터키의 주인에게 돌려보낼 거고, 그러면 그 주인은 그에게 호된 본을 보여줘서 검둥이들이 도망치지 못하게 할 거랍니다. 그리고 두 명은 젊은이의 아내를 뉴올리언스로 데려가서 자기들이 팔 거래요. 1,600에서 1,800달러 정도 벌 거라고 셈하더군요. 아이는 아이를 샀던 노예상인에게 주고요. 그리고 짐이라는 사람과 그 어머니도 켄터키의 주인에게 돌려보낸대요. 요 앞 마을에 치안관 두 명이 있는데, 노예들을 잡는 데 따라가서 여자를 판사 앞에 데려갈 거래요. 그때 둘 중 조그맣고 언변이 좋은 자가 그 여자가 그자의 재산이라고 선서하고 남부로 데려가게 넘겨줄 거라더군요. 그들은 우리가 오늘 밤 어느 길로 갈지 잘 알고 있고, 우리 뒤를 쫓아올 겁니다. 건장한 남자 여섯에서 여덟 정도가요. 그러니 어쩌면 좋겠습니까?"

이 말을 듣고 각자 다른 태도를 보이며 서 있는 일행의 모습은 화가의 좋은 그림소재가 되었을 것이다. 과자 한 판을 구워내고 와서 밀가루를 여기저기 묻힌 채 그 소식을 들은 레이철 핼리데이는 근심 가득한 표정으로 흥분한 채 서 있었다. 시미언은 심각한 얼굴로 생각에 잠겼다. 엘리자는 남편을 꼭 안은 채 그를 쳐다보았다. 조지는 주먹을 꽉 쥐고 눈을 번득였다. 기독교 국가의 법의 보호 아래에서 아내가 경매로 팔려 가고 아들을 노예상인에게 빼앗기는 사람이라면 누구나 그런 표정을 지을 것이다.

"어떡하지, 조지?" 엘리자가 힘없이 물었다.

"**내**가 뭘 해야 할지는 알아." 조지는 조그만 방을 가로질러 걸어가서 자신의 권총을 살펴보기 시작했다.

"이런, 이런," 피니어스가 시미언에게 고개를 끄덕이며 말했다. "봐요, 시미언, 상황이 어떻게 되는지."

"그렇군요." 시미언이 한숨을 쉬며 말했다. "그런 일은 없기를 기도해야죠."

"누구라도 저 때문에 이런 일에 말려드는 건 싫습니다." 조지가 말했다. "마차를 빌려주시고 방향만 알려주시면, 다음 장소까지 혼자 가겠습니다. 짐은 힘이 장사고, 죽음과 절망처럼 용감하죠. 저도 마찬가지고요."

"이봐요, 친구." 피니어스가 말했다. "그렇다 해도 마부가 필요할 겁니다. 싸움은 혼자 다 해도 좋소만, 길에 대해서라면 당신이 모르는 걸 제가 좀 알거든요."

"하지만 당신을 끌어들이고 싶지 않습니다." 조지가 말했다.

"끌어들인다라," 피니어스가 이상하고 날카로운 표정을 지으며 말했다. "절 끌어들이게 되면, 그때 알려주시죠."

"피니어스는 현명하고 능숙한 사람입니다." 시미언이 말했다. "이 사람 판단을 따르는 게 좋을 겁니다, 조지." 그는 조지의 어깨에 다정하게 손을 얹고 권총을 가리키며 덧붙였다. "너무 성급하게 굴지 말아요. 젊은 피는 뜨거우니까."

"아무도 공격하지 않겠습니다." 조지가 말했다. "제가 이 나라에 원하는 건 절 가만히 내버려두는 것밖에 없어요. 그러면 조용히 나가겠습니다. 하지만," 그는 말을 멈추었다. 표정이 어두워지고 얼굴이 실룩거렸다. "그 뉴올리언스 시장에서 누나가 팔려 갔어요. 무슨 용도로 팔려 가는지 압니다. 그런데 그자들이 아내를 데려가서 파는 걸 그냥 서서 보고 있어야겠습니까, 하나님께서 아내를 지킬 튼튼한 팔 두 개를 주셨는데요? 아뇨, 하나님께서 도와주시길! 전 아내와 아들을 지키기 위해 마지막 숨이 붙어 있을 때까지 싸울 겁니다. 절 비난하실 겁니까?"

"인간이라면 당신을 비난할 수 없을 겁니다, 조지. 피와 살이 있는 사람이라면 어쩔 수 없을 테니까." 시미언이 말했다. "세상은 죄로 인해 화가 오죠. 하지만 죄를 불러오는 사람들에게도 화가 옵니다."

"저와 같은 상황에 있다면 선생님께서도 이렇게 하지 않으시겠습니까?"

"그런 시험이 닥치지 않기를 기도할 뿐입니다." 시미언이 말했다. "육신에 갇힌 인간은 약하니까요."

"그런 경우라면 제 육신은 꽤 강하다고 생각합니다." 피니어스가 양팔을 풍차 날개처럼 펼치며 말했다. "조지 친구, 당신이 원한을 갚아야 할 사람이 있다면, 제가 잡아주는 것 정도는 할 수 있을 것 같군요."

"인간이 악에 저항해야 한다면," 시미언이 말했다. "지금 조지가 그렇게 해야 할 것 같군요. 하지만 우리의 지도자들은 더 좋은 방법을 가르쳐주셨습니다. 인간의 분노는 하나님의 정의를 이루지 못합니다. 하나님의 정의는 인간의 타락한 의지에 반해서 결국은 다른 누구도 아닌 분노한 자에게 그 결과가 닥치게 되기 때문입니다. 우리가 유혹에 빠지는 일이 없게 해주시길 주님께 기도합시다."

"**저**도 그렇게 생각합니다." 피니어스가 말했다. "하지만 유혹이 너무 강하다면, 그자들이 조심해야죠, 그런 겁니다."

"누가 봐도 당신은 타고난 퀘이커 교도는 아니군요." 시미언이 미소 지으며 말했다. "당신 안에는 아직 예전 성정이 강하게 남아 있어요."

사실 피니어스는 억세고 씩씩한 변경의 사냥꾼으로 사슴사냥의 명사수였지만, 아름다운 퀘이커 여인과 사랑에 빠져 그녀의 매력에 이끌려 이웃 퀘이커 부락에 들어오게 되었다. 그는 정직하고 착실하고 능력 있는 교인이었고 딱히 비판할 거리도 없었지만, 더 영적인 교인들은 그의 발전 모습에서 뭔가 커다란 결핍을 느끼곤 했다.

"피니어스 친구는 평생 자기 방식을 못 버릴 거예요." 레이철 핼리데이가 미소 지으며 말했다. "하지만 우린 그의 마음이 결국 올바른 곳에 있다고 생각해요."

"하여간," 조지가 말했다. "서두르는 게 좋지 않겠습니까?"

"전 4시에 일어나서 전속력으로 왔어요. 그자들이 계획대로 출발했다면 우리가 두세 시간은 앞서 있을 겁니다. 어쨌거나 어두워지기 전에 출발하는 건 안전하지 않아요. 앞마을에는 우리 일을 방해하려고 하는 나쁜 사람들이 있거든요. 마차가 그들 눈에 띄면, 기다리는 것보다 더 지체하게 될 겁니다. 하지만 두 시간 뒤에는 떠나도 괜찮을 거예요. 마이클 크로스에게 가서, 빠른 말을 타고 우리 뒤를 따라오며 길을 잘 살펴서 추격하는 무리가 있으면 경고해달라고 하겠습니다. 마이클의 말은 웬만한 말은 다 따라잡을 수 있으니, 위험이 있으면 달려와서 알려줄 수 있을 겁니다. 전 이제 가서 짐과 어머니에게 경고를 해주고 말을 살피겠습니다. 우리가 꽤 앞서 있으니 그자들이 따라오기 전에 다음번 장소에 도착할 승산이 큽니다. 그러니 용기를 가져요, 조지 친구. 당신 같은 사람들을 도우면서 위험에 빠진 게 이번이 처음이 아니니까." 피니어스가 문을 닫으며 말했다.

"피니어스는 빈틈없는 사람이에요." 시미언이 말했다. "최선을 다할 겁니다, 조지."

"여러분께 위험을 끼쳐서 정말 죄송합니다." 조지가 말했다.

"조지 친구, 그런 말은 더 이상 안 하는 게 우리에게 감사하는 겁니다. 우리는 양심상 이 일을 하는 겁니다. 그러지 않을 수가 없어요. 여보," 그가 레이철을 돌아보며 말했다. "당신 준비를 서둘러야겠어요. 이 친구들을 굶긴 채 보내선 안 되죠."

레이철과 아이들이 부산하게 옥수수 케이크를 만들고 햄과 닭고기를 요리하고 남은 저녁식사 음식들을 서둘러 장만하는 동안, 조지와 그의 아내는 조그만 방에 앉아서 서로 꼭 안은 채 앞으로 몇 시간 내에 영원히 헤어지게 될지도 모르는 사람들끼리의 대화를 나눴다.

"엘리자," 조지가 말했다. "친구와 집, 땅, 돈, 그런 모든 걸 가진 사람들은 서로 외에는 아무것도 없는 우리처럼 사랑하지 **못할** 거야. 당신을 알기 전까지는 불쌍한 우리 어머니와 누나 빼곤 누구도 나를 사랑해주지 않았어. 노예상인이 불쌍한 에밀리 누나를 데려가던 날 아침 누나를 만났어. 누나는 내가 자고 있던 모퉁이에 와서 말했지. '불쌍한 조지, 너의 마지막 친구가 떠난단다. 불쌍한 것, 넌 이제 어떻게 될까?' 난 벌떡 일어나서 누나를 안고는 울고 흐느꼈고, 누나도 울었어. 그게 기나긴 10년 세월 동안 내가 들어본 마지막 친절한 말이었지. 내 마음은 모두 시들어빠지고 재처럼 메말라버렸어. 당신을 만나기 전까진. 당신이 날 사랑해줬을 때, 마치 죽음에서 되살아난 기분이었어! 이후 난 새 사람이 되었어. 엘리자, 내 마지막 피 한 방울까지 다 주겠어. 그자들은 절대 당신을 내게서 빼앗아 가지 **못해**. 당신을 데려가려면 내 시체를 밟고 가야 할 거야."

"주여, 자비를!" 엘리자가 흐느끼며 말했다. "이 나라를 함께 빠져나가게만 해주신다면, 더 이상 바랄 게 없어."

"하나님은 그자들 편일까?" 조지는 아내에게 말한다기보다 격한 심정을 쏟아붓기 위해 말했다. "그자들이 하는 짓을 보고 있는 걸까? 왜 그런 일이 일어나도록 내버려두는 걸까? 그들은 성경이 자기들 편이라고 말하지. 분명 권력은 그래. 그들은 부자고, 건강하고, 행복해. 교회에 다니고 천국에 갈 거라 생각하지. 이 세상에서 뭐든 자기들 멋대로 하면서 너무도 편하게 살아가잖아. 가난하고 정직하고 성실한 기독교인들은, 그 사람들만큼 훌륭한, 아니 더 훌륭한 기독교인들은 그들 발아래 흙바닥에서 뒹구는데 말이야. 그들은 그 사람들을 사고팔고 그 피와 고통의 신음소리와 눈물을 거래하고 있어. 그런데도 하나님께서는 내버려두시잖아."

"조지 친구," 시미언이 부엌에서 말했다. "이 「시편」을 들어봐요. 당신에게 도움이 될 겁니다."

조지는 문가로 의자를 당겼고, 엘리자도 눈물을 닦고 다가갔다. 시미언이 성경을 읽었다.

"나는 거의 넘어질 뻔하였고 나의 걸음에 미끄러질 뻔하였으니, 이는 내가 악인의 형통함을 보고 오만한 자를 질투하였음이로다. 그들은 죽을 때에도 고통이 없고 그 힘이 강건하며, 사람들이 당하는 고난이 그들에게는 없고 사람들이 당하는 재난도 그들에게는 없나니, 그러므로 교만이 그들의 목걸이요 강포가 그들의 옷이며, 살찜으로 그들의 눈이 솟아나며 그들의 소득은 마음의 소원보다 많으며, 그들은 능욕하며 악하게 말하며 높은 데서 거만하게 말하며, 그들의 입은 하늘에 두고 그들의 혀는 땅에 두루 다니도다. 그러므로 그의 백성이 이리로 돌아와서 잔에 가득한 물을 다 마시며 말하기를 하나님이 어찌 알랴 지존자에게 지식이 있으랴 하는도다."(「시편」 73편 2~11절—옮긴이)

"당신 기분이 이렇지 않나요, 조지?"

"그렇습니다, 정말로." 조지가 말했다. "마치 제가 쓴 것 같네요."

"계속 들어봐요." 시미언이 말했다. "내가 어쩌면 이를 알까 하여 생각한즉 그것이 내게 심한 고통이 되었더니, 하나님의 성소에 들어갈 때에야 그들의 종말을 내가 깨달았나이다. 주께서 참으로 그들을 미끄러운 곳에 두시며 파멸에 던지시니, 주여 사람이 깬 후에는 꿈을 무시함 같이 주께서 깨신 후에는 그들의 형상을 멸시하시리이다. 내가 항상 주와 함께하니 주께서 내 오른손을 붙드셨나이다. 주의 교훈으로 나를 인도하시고 후에는 영광으로 나를 영접하시리니, 하나님께 가까이 함이 내게 복이라 내가 주 여호와를 나의 피난처로 삼아 주의 모든 행적을 전파하리이다."(「시편」 73편 16~18절, 20절, 23~24절, 28절—옮긴이)

친절한 노인이 들려주는 거룩한 신뢰의 말씀이 조지의 쓰라린 마음에 성스러운 음악처럼 스며들었다. 낭독을 멈춘 후, 그는 단정한 얼굴에 상냥하고 차분한 표정을 하고 앉아 있었다.

"만약 이 세상이 다라면, 조지," 시미언이 말했다. "하나님은 어디 계시느냐고 물을 수 있을지도 모릅니다. 하지만 하나님께서 당신 왕국에 들이시는 사람은 종종 이 생에서 가장 아무것도 가지지 못한 사람들입니다. 하나님을 믿으세요. 여기서 어떤 일이 벌어지더라도 하나님께서는 이다음 세상에서 모든 것을 바로잡아 주실 겁니다."

만약 안락하고 방종한 사람이 그저 고통에 시달리는 사람에게 해줄 만한 경건한 수사적 미사여구로 이 말을 입에 담았더라면, 아마도 그것은 별다른 효과를 내지 못했을 것이다. 하지만 하나님과 인간을 위하여 나날이 벌금과 투옥의 위험을 무릅쓰는 사람의 입에서 나오자 그 말의 무게가 와 닿지 않을 수 없었다. 말에서 고요한 힘이 나와 불쌍하고 외로운 도망노예들에게로 흘러 들어갔다.

이제 레이철이 엘리자의 손을 부드럽게 쥐고 저녁식탁으로 데리고 갔다. 그들이 자리에 앉았을 때, 가볍게 문을 두드리는 소리가 들리더니 루스가 들어왔다.

"아이에게 양말을 주려고 왔어요. 따뜻한 울 양말 세 켤레예요. 캐나다는 굉장히 추울 거잖아요. 용기를 내요, 엘리자." 그녀는 엘리자가 앉아 있는 쪽으로 식탁을 돌아가서 손을 따뜻하게 잡아주고는 해리의 손에 시드케이크를 쥐어줬다. "아이를 위해서 이것도 좀 가져왔어요." 그녀는 주머니에서 꾸러미를 꺼내며 말했다. "애들은 항상 먹어야 하니까."

"아, 감사합니다. 정말 친절하세요." 엘리자가 말했다.

"루스, 같이 저녁 먹어요." 레이철이 말했다.

"아니에요. 존에게 아기를 맡기고 오븐에 과자도 넣어두고 왔어요. 얼른 가지 않으면 존이 과자를 다 태워버리고, 아기에게는 통에 든 설탕을 다 줄걸요. 늘 그러거든요." 자그마한 퀘이커 여인이 웃으며 말했다. "잘 가요, 엘리자. 잘 가요, 조지. 주님께서 안전하게 여행하게 해주시길." 그리고 루스는 바쁜 걸음걸이로 집을 나갔다.

저녁식사를 하고 나서 조금 후, 덮개를 씌운 커다란 마차가 문 앞에 와서 섰다. 별빛이 환한 밤이었다. 피니어스가 승객들의 자리배치를 위해서 마차에서 뛰어내렸다. 조지가 한 팔에는 아이를, 다른 팔로는 아내를 안고 문밖으로 나왔다. 그의 걸음걸이는 단호했고, 표정은 결연했다. 레이철과 시미언이 그 뒤를 따라 나왔다.

"잠깐 나와봐요." 피니어스가 마차 안의 사람들에게 말했다. "여자들과 아이를 위해서 마차 뒷자리 좀 정리합시다."

"여기 물소 가죽 두 벌이 있어요." 레이철이 말했다. "자리를 최대한 편하게 만들어줘요. 밤새 달리려면 힘들 테니까."

짐이 노모를 조심해서 모시고 먼저 나왔다. 노모는 당장에라도 추적자들이 들이닥치기라도 하는 것처럼 아들의 팔에 매달려 주위를 불안하게 둘러보았다.

"짐, 권총은 잘 챙겼나?" 조지가 낮고 결연한 목소리로 말했다.

"물론이지." 짐이 말했다.

"만약 그들이 왔을 때 어떻게 할지 결심이 흔들리지는 않았지?"

"그런 일이 없기를 바라네." 짐이 넓은 가슴을 펴고 한숨을 몰아쉬며 말했다. "어머니를 다시 빼앗길 것 같나?"

이 짧은 대화가 오가는 동안, 엘리자는 친절한 친구 레이철에게 이별을 고하고 시미언의 도움을 받아 마차에 올라타서 아이와 함께 뒤쪽으로 기어 들어가 물소 가죽 위에 앉았다. 짐의 어머니가 앞에 와서 앉았고, 조지와 짐은 그들 앞의 거친 판자 위에 앉았다. 피니어스는 앞에 탔다.

"잘 가요, 친구들." 시미언이 밖에서 말했다.

"하나님께서 축복하시길!" 마차 안의 모두가 함께 대답했다.

마차는 언 땅 위를 덜걱거리고 흔들리며 멀어져갔다.

길이 험하고 바퀴소리가 시끄러워서 대화를 할 상황이 아니었다. 마차는 길고 캄캄한 숲길을, 넓고 황량한 들판 위를, 언덕 위를, 계곡 아래를 덜커덕거리며 달려갔다. 한 시간, 또 한 시간, 마차는 계속해서 덜컹대며 달렸다. 아이는 곧 잠이 들어 어머니의 무릎 위에 축 늘어졌다. 겁에 질린 불쌍한 노인도 마침내 두려움을 잊었다. 밤이 깊어가자, 엘리자의 극심한 불안도 감기는 눈을 막기엔 역부족이었다. 그중 전체적으로 가장 힘이 넘치는 사람은 피니어스였다. 그는 퀘이커와는 어울리지 않는 노래를 휘파람으로 부르며 긴 여행의 지루함을 달랬다.

하지만 3시경 뒤쪽에서 다급하고 결연한 말발굽 소리가 들려왔다. 소리를 들은 조지가 피니어스를 팔꿈치로 찔렀다. 피니어스는 말을 멈추고 귀를 기울였다.

"마이클일 겁니다." 피니어스가 말했다. "그가 탄 말이 오는 소리 같아요." 그는 일어나서 간절하게 목을 길게 빼고 길 뒤쪽을 바라보았다.

저 멀리 언덕 위에 질주하며 달려오는 남자가 희미하게 보였다.

"저기 옵니다. 그가 틀림없어요!" 피니어스가 말했다. 조지와 짐은 생각할 틈도 없이 마차에서 뛰어내렸다. 모두가 전령이 오는 방향을 바라보며 쥐 죽은 듯 조용히 서 있었다. 그가 점점 다가왔다. 한순간 계곡으로 내려가서 잠시 시야에서 사라졌지만, 다급하고 날카로운 말발굽 소리는 점점 더 커져갔다. 마침내 소리치면 들릴 거리의 언덕 위에 그가 나타났다.

"맞아요, 마이클입니다!" 피니어스가 말하더니, 소리 높여 외쳤다. "어이, 마이클!"

"피니어스! 당신입니까?"

"그래요. 무슨 소식입니까? 그들이 오고 있습니까?"

"바로 뒤에 있습니다. 여덟 명에서 열 명 정도. 술에 취해서 늑대 떼처럼 화를 내며 욕을 해대고 있어요."

바로 그 순간, 그들을 향해 다가오는 말발굽 소리가 미풍에 실려 들려왔다.

"들어가요, 빨리, **안으로!**" 피니어스가 말했다. "꼭 싸워야만 하겠다면, 제가 먼저 나설 때까지 기다려요." 이 말에 두 사람 모두 마차 안으로 뛰어들었고, 피니어스는 말에 채찍질을 했다. 마이클도 옆에 바싹 붙었다. 마차는 얼어붙은 땅 위를 덜컹거리며 뛰었다, 아니 거의 날아갔다. 하지만 추적자들이 내는 소리는 점점 더 또렷하게 들렸다. 소리를 들은 여자들이 불안하게 바깥을 내다보자, 이른 새벽 붉게 물들어가는 하늘을 배경으로 일군의 남자들이 저 멀리 언덕 위에 어렴풋이 모습을 드러냈다. 언덕을 하나 더 오르자, 추적자들도 마차를 똑똑히 보았다. 마차의 하얀 덮개는 먼 곳에서도 뚜렷이 보였기 때문이다. 그들이 내지르는 잔인한 승리의 함성이 바람결에 실려 왔다. 엘리자는 속이 뒤집어지는 것만 같았다. 그녀는 아이를 품에 꼭 껴안았고, 노인은 기도하며 신음했고, 조지와 짐은 절망적인 심정으로 권총을 꼭 움켜쥐었다. 추적자들은 빠른 속도로 육박해왔다. 마차가 갑자기 방향을 휙 틀더니 가파르게 튀어나온 바위 턱 근처로 그들을 데려갔다. 바위는 외딴 능선에 자리한, 주위가 평탄하고 말끔한 빈터의 수풀 사이에 솟아 있었다. 밝아오는 하늘을 배경으로 시커멓고 거대하게 솟구친 이 바위 턱은 은신처와 차폐물을 약속하는 듯했다. 그곳은 피니어스가 사냥하던 시절 잘 알던 장소였고, 바로 그곳으로 그는 말들을 재촉해서 달려가고 있었다.

"자, 그럼!" 그가 갑자기 고삐를 당기고 자리에서 뛰어내리며 말했다. "내려요. 빨리빨리, 모두, 그리고 이 바위들 틈으로 들어가요. 마이클, 당신 말을 마차에 매고 아메리아의 집으로 몰고 가서, 아메리아와 아들들에게 여기로 와서 이 친구들과 이야기해보라고 전해주세요."

그들은 모두 순식간에 마차에서 내렸다.

"자," 피니어스가 해리를 안으며 말했다. "당신들은 여자들을 돌봐요. **이제** 뛰어가요, 있는 **힘껏!**"

더 이상 권고할 필요도 없었다. 말이 떨어지기 무섭게 모두 울타리를 넘어 바위 턱을 향해 죽어라 뛰어갔고, 마이클은 말에서 뛰어내려 고삐를 마차에 매고는 서둘러 몰고 갔다.

"앞으로 가요!" 바위 턱에 다다르자, 피니어스는 별빛과 여명이 뒤섞인 어슴푸레한 빛 속에서 바위들 사이로 거칠지만 뚜렷이 나 있는 좁은 길의 흔적을 보았다. "옛날에 쓰던 사냥굴이에요. 올라와요!"

피니어스가 앞장서서 아이를 안고 바위 위를 염소처럼 뛰어올라갔다. 짐이 덜덜 떠는 노모를 어깨에 짊어지고 두 번째로 갔고, 조지와 엘리자가 뒤따라 갔다. 추적자들은 울타리까지 오더니 고함과 욕설을 퍼부어대며 말에서 내려 뒤따를 준비를 했다. 몇 분여 기어오른 끝에 그들은 바위 턱 꼭대기에 다다랐다. 거기서부터 길은 한 번에 한 사람만 걸어갈 수 있는 좁은 골짜기 사잇길로 변했다. 갑자기 1미터는 되는 갈라진 틈이 눈앞에 나타났고, 그 너머에는 나머지 바위 턱과 분리된 바위덩어리들이 족히 10미터는 되는 높이로 쌓여 있었다. 바위덩어리의 옆부분은 성벽처럼 깎아지른 듯이 가팔랐다. 피니어스는 틈을 손쉽게 뛰어넘어 바삭바삭한 흰 이끼가 깔린 바위 위 평탄한 단 위에 아이를 내려놓았다.

"건너와요!" 그가 외쳤다. "있는 힘껏 뛰어요!" 그의 말에 따라 사람들은 차례차례로 틈을 뛰어 건넜다. 흘러내린 돌 조각 일부가 일종의 흉벽을 형성해서 그들의 위치가 아래에 있는 사람들의 시야에 보이지 않게 막아주었다.

"자, 이제 모두 왔군요." 피니어스가 저 아래서 떠들썩하게 바위를 기어오르고 있는 적들을 흉벽 너머로 엿보며 말했다. "잡을 수 있으면 잡아보라고 해요. 여기 오려면 누구든 저 바위 둘 사이의 좁은 길로 걸어와야 합니다. 권총 사정거리 내로요. 알겠죠?"

"알겠습니다." 조지가 말했다. "그리고 이제 이건 우리 문제니까 위험도 싸움도 모두 우리에게 맡겨주십시오."

"싸움은 기꺼이 맡아 하세요, 조지." 피니어스가 백옥나무 잎을 씹으며 말했다. "저는 구경하는 재미는 누릴 수 있겠죠? 그런데 저 친구들 저 아래서 말다툼을 하면서 횃대 위로 날아오르려는 암탉들처럼 올려다보고 있는데, 올라오기 전에 친절하게 충고 한마디 해주는 게 낫지 않겠어요? 올라오면 총으로 쏴버리겠다고요."

이제 새벽빛 속에서 더 분명하게 보이기 시작한 아래쪽 일행은 우리가 익히 아는 톰 로커와 마크스, 치안관 두 명, 그리고 지난번 술집에서 데려온, 약간의 술만 주면 검둥이들을 잡는 재미를 마다하지 않는 싸움꾼들로 구성된 무리로 이루어져 있었다.

"톰, 그 검둥이 놈들 완전 궁지에 몰렸군." 누군가 말했다.

"그러게. 바로 이 위로 올라가는 걸 봤지." 톰이 말했다. "여기 길이 있군. 곧장 올라가야겠어. 서둘러 뛰어 내려가진 못할 테니, 금세 찾아낼 수 있을 거야."

"하지만 톰, 바위 뒤에서 우리한테 총을 쏠지도 모르잖아." 마크스가 말했다. "그럼 골치 아프게 될 거야."

"킥!" 톰이 비웃으며 말했다. "늘 목숨 부지할 생각뿐이시구만, 마크스! 위험할 것 없어! 검둥이들은 천하에 겁쟁이들이라고."

"왜 내가 목숨 타령을 하면 안 되는지 모르겠네." 마크스가 말했다. "가장 소중한 거잖아. 그리고 검둥이들은 때로는 악마처럼 미친 듯이 **싸운다고**."

그 순간 조지가 그들 머리 위 바위 꼭대기에 나타나더니 차분하고 분명한 목소리로 말했다.

"거기 아래 신사분들, 당신들은 누구며 원하는 게 뭡니까?"

"우린 도망노예 무리를 원한다." 톰 로커가 말했다. "조지 해리스와 엘리자 해리스, 그들의 아들, 그리고 짐 셀던과 그 노모. 여기 치안관들도 있고, 체포허가증도 있고, 우린 놈들을 잡을 거다. 듣고 있나? 네놈이 켄터키 주 셸비 카운티의 해리스 씨가 소유한 조지 해리스 아니냐?"

"내가 조지 해리스요. 켄터키의 해리스 씨라는 사람이 나를 자기 재산이라고 불렀지. 하지만 이제 나는 하나님의 자유로운 땅 위에 선 자유인이오. 그리고 내 아내와 내 아이는 내 것이오. 짐과 어머니도 여기 있소. 우리에겐 방어용 무기가 있고, 그걸 쓸 작정이오. 원하면 올라와도 좋소. 하지만 우리 사정거리 안에 처음 들어오는 자는 죽게 될 거요. 다음 사람도, 그다음 사람도. 최후의 한 사람까지 그렇게 될 거요."

"아, 진정해요! 진정해!" 키 작고 뚱뚱한 남자가 앞으로 나서더니 코를 팽 풀며 말했다. "젊은이, 그렇게 말하면 안 되지. 알겠지만, 우린 치안관이야. 법은 우리 편이고, 권력과 뭐 그런 것들도 다 그래. 그러니 조용히 손드는 게 좋아. 결국엔 분명 포기하게 되어 있으니까."

"법과 권력이 당신 편이라는 건 잘 알고 있소." 조지가 신랄하게 말했다. "당신들은 내 아내를 데려가 뉴올리언스에서 팔고, 내 아이를 송아지처럼 노예상인 축사에 던져 넣으려 하지. 짐의 노모는, 그 아들을 못 괴롭히니 그녀를 학대하고 때린 짐승 같은 자에게 돌려보내려고 하고, 나와 짐은 주인이라는 자들에게 돌려보내 그 발굽 아래서 채찍질과 고문을 당하고 짓밟히게 하려고 하지. 당신네들 법의 지지를 받아서 말이오. 당신들도, 그 법도, 부끄러운 줄 아시오! 하지만 당신들은 우릴 잡은 게 아냐. 당신네 법은 우리 것이 아니오. 당신 나라도 우리 것이 아니고. 우린 여기 하나님의 하늘 아래 당신처럼 자유롭게 서 있소. 우리를 만드신 위대한 하나님께 맹세코 우린 죽을 때까지 자유를 위해 싸울 것이오."

조지는 바위 꼭대기에 늠름하게 서서 독립을 선언했다. 새벽의 여명이 그의 거무스레한 뺨을 붉게 물들였고, 쓰디쓴 분노와 절망이 그의 검은 눈을 불타오르게 했다. 그는 마치 하나님의 정의에 호소하듯이 하늘을 향해 팔을 들어 올렸다.

그가 오스트리아에서 미국으로 도망친 망명자들의 퇴로를 어느 산중 성채에서 용감하게 방어하는 젊은 헝가리인이었다면, 이는 숭고한 영웅주의가 되었을 것이다. 하지만 그는 미국에서 캐나다로 달아나는 도망노예들의 퇴로를 방어하는 아프리카의 후손이었기 때문에, 너무도 잘 교육받고 애국적인 우리들은 당연히 그 속에서 어떤 영웅주의도 보지 못한다. 독자들 가운데 그런 시각을 가진 사람이 있다면, 그 책임은 온전히 사적인 것이어야 한다. 절망에 빠진 헝가리 망명자들이 합법적 정부의 권위와 수색영장에 맞서 미국으로 건너갈 때, 언론과 정부내각은 박수치며 환영한다. 절망에 빠진 아프리카 도망자들이 같은 일을 하면, 그것은…… 그것은 무엇인가?

어쨌든 화자의 태도와 눈빛, 목소리, 태도에 잠시 아래쪽 일행이 침묵한 것만은 분명하다. 그에게는 무례하기 짝이 없는 사람들의 입마저 잠시 다물게 하는 대담함과 결연함이 있었다. 이에 전혀 감화되지 않은 사람은 마크스가 유일했다. 그는 유유히 안전장치를 풀고, 조지의 연설에 뒤이은 순간적인 정적 속에서 그를 향해 총알을 발사했다.

"죽었건 살았건 켄터키에서 돈은 똑같이 받지." 그는 코트 소매에 권총을 닦으며 냉정하게 말했다.

조지는 뒤로 풀쩍 뛰어 몸을 피했고, 엘리자는 비명을 질렀고, 총알은 그의 머리카락을 아슬아슬하게 지나고, 그의 아내의 뺨을 거의 스치다시피 한 다음, 그 위의 나무에 가서 박혔다.

"별것 아냐, 엘리자." 조지가 재빨리 말했다.

"연설을 하더라도 몸을 숨기고 하는 게 좋겠어요." 피니어스가 말했다. "저자들은 비열한 깡패이니까."

"짐," 조지가 말했다. "권총상태가 괜찮은지 살펴봐, 그리고 저 통로를 지켜보고 있자고. 가장 먼저 나타나는 자는 내가 쏠게. 자네가 두

번째를 맡아. 그런 식으로 하는 거야. 한 사람에게 두 발을 낭비해봤자니까."

"하지만 못 맞히면?"

"**꼭** 맞힐 거야." 조지가 냉정하게 말했다.

"좋아요! 기개가 있는 친구군." 피니어스가 이를 악물고 중얼거렸다.

아래쪽의 무리는 마크스가 총을 발사한 후 잠시 행동방향을 정하지 못한 채 머뭇거렸다.

"분명 한 놈은 맞힌 것 같아." 그중 하나가 말했다. "비명소리를 들었다고!"

"내가 올라가서 한 놈 잡지." 톰이 말했다. "난 검둥이 따위 무서워한 적 없어. 지금도 그렇고. 누가 따라오겠나?" 그가 바위 위로 뛰어오르며 말했다.

조지는 그 말을 똑똑히 들었다. 그는 총을 들고 살펴본 후 첫 번째 사람이 나타날 좁은 통로를 향해 조준했다.

일행 중 가장 용감한 사람이 톰의 뒤를 따랐고, 이렇게 행동방향이 정해지자 모두 바위를 오르기 시작했다. 가장 뒤에 선 사람은 자기가 앞에 섰다면 그렇게 빨리 가지 못했을 거면서 앞장선 사람들에게 빨리 가라고 재촉해댔다. 그들이 다가왔고, 잠시 후 톰의 억센 모습이 계곡 틈 경계선에 나타났다.

조지가 총을 발사했고, 총알은 톰의 옆구리를 뚫고 들어갔다. 하지만 부상에도 불구하고 그는 물러나지 않고, 미친 소처럼 고함을 지르며 틈을 뛰어넘어 일행이 있는 쪽으로 넘어왔다.

"친구," 피니어스가 갑자기 앞으로 나서서 긴 팔로 그를 밀었다. "당신은 여기에 필요 없소."

그는 나무와 수풀, 통나무, 돌멩이 들에 부딪히며 틈 사이로 떨어져 10미터 아래 땅에 멍든 채 신음하며 누웠다. 큰 나뭇가지에 옷자락이 걸려서 추락속도가 줄어들지 않았더라면 죽었을지도 모른다. 하지만 어쨌건 그는 결코 유쾌하다 볼 수 없을 정도로 심하게 추락했다.

"하나님, 도와주세요, 저놈들 완전 악마네!" 마크스가 올라올 때와는 달리 단호하게 앞장서서 뛰어 내려갔고, 다른 사람들도 모두 고꾸라질 듯이 그의 뒤를 따라 달음박질쳤다. 특히 뚱뚱한 치안관이 헉헉 숨을 몰아쉬며 기운차게 내달렸다.

"이봐, 친구들," 마크스가 말했다. "자네들은 돌아가서 톰을 구하게. 난 말을 타고 가서 도움을 요청할 테니." 그리고 마크스는 일행들의 야유에도 아랑곳하지 않고 자기 말에 충실하게 곧 따각거리며 사라져버렸다.

"저런 비열한 벌레 같은 놈을 봤나?" 한 사람이 말했다. "자기 일로 와놓고선 우리를 놔두고 내빼다니!"

"하여간 저자를 올려야 해." 다른 사람이 말했다. "하지만 저자가 죽었건 살았건 눈곱만큼도 관심 없어."

그들은 톰의 신음소리가 나는 쪽을 향해 그루터기들과 나무토막들과 수풀들 사이를 헤치고 그 영웅이 신음과 욕설을 맹렬하게 번갈아 퍼부으며 누워 있는 곳까지 갔다.

"꽤나 시끄럽군, 톰." 한 사람이 말했다. "많이 다쳤나?"

"모르겠어. 나 좀 일으켜주게. 뒈져버려라, 악마 같은 퀘이커 놈! 놈만 아니었더라면 그놈들 몇은 여기 내다 꽂아서 얼마나 좋아할지 구경했을 텐데."

애를 쓰며 신음한 끝에 추락한 영웅은 사람들의 도움을 받고 간신히 일어나 앉았다. 그들은 양쪽에서 한 사람씩 어깨를 잡고 부축해서 그를 말까지 데려왔다.

"여기서 1, 2킬로미터 거리에 있는 그 술집까지 좀 데려다 주게. 그리고 손수건 같은 것 좀 줘봐. 여기 대서 내출혈 좀 막게."

조지가 바위 아래를 내려다보니 그들은 커다란 톰을 안장 위로 올리려고 낑낑대고 있었다. 두세 번의 속절없는 시도 끝에 그는 휘청거리며 땅바닥에 쿵 하고 쓰러졌다.

"죽으면 안 되는데." 다른 사람들과 같이 서서 그 광경을 지켜보고 있던 엘리자가 말했다.

"왜 안 됩니까?" 피니어스가 말했다. "당연한 벌을 받은 거죠."

"죽은 후에는 심판이 오니까요." 엘리자가 말했다.

"그럼," 교전이 이루어지는 동안 내내 감리교식으로 신음하듯 웅얼대며 기도를 드리던 노모가 말했다. "저 불쌍한 인간의 영혼에게는 끔찍한 일이지."

"분명 저들은 그를 버려두고 갈 겁니다. 장담해요." 피니어스가 말했다.

그것은 사실이었다. 그 사람들은 잠시 우유부단하게 의견을 교환하는 듯하더니 모두 말을 타고 가버렸다. 그들이 멀리 사라지고 나자, 피니어스가 움직이기 시작했다.

"모두 내려가서 좀 걸어야 합니다." 그가 말했다. "마이클에게 앞서 가서 도와줄 사람들을 데리고 여기로 다시 마차를 끌고 오라고 했어요. 하지만 그들을 만나려면 길을 따라 조금 걸어가야 할 겁니다. 주님께서 그가 빨리 오도록 도와주시길! 아직은 이른 새벽이라 잠시 동안은 행인들이 많지 않을 겁니다. 다음 기착지까지 3킬로미터 정도만 가면 돼요. 어젯밤에 길이 그렇게 험하지만 않았다면 절대 안 잡히고 갈 수도 있었을 텐데."

울타리에 가까이 갔을 때, 저 멀리 그들의 마차가 말 탄 사람들 몇 명과 함께 돌아오고 있는 광경이 보였다.

"저기 마이클과 스티븐, 아메리아가 옵니다." 피니어스가 기쁨의 환호성을 질렀다. "이제 우린 **됐어요**. 도착한 거나 다름없이 안전해요."

"그럼 잠시 멈춰서," 엘리자가 말했다. "저 불쌍한 사람을 도와줘요. 끔찍하게 신음하고 있잖아요."

"그 정도는 해야 기독교인이라 하겠죠." 조지가 말했다. "들고 데려갑시다."

"그리고 퀘이커 교도들 사이에서 치료해주는 거죠!" 피니어스가 말했다. "좋습니다! 그래도 상관없어요. 어디 한번 볼까요." 변경의 사냥꾼 시절 조잡한 외과수술 경험이 있던 피니어스는 부상자 옆에 무릎을 꿇고 그의 상태를 면밀하게 관찰했다.

"마크스," 톰이 힘없이 말했다. "자넨가, 마크스?"

"아니, 아닌 것 같은데요, 친구." 피니어스가 말했다. "자기 목숨이 걸린 일이라면 당신 생각을 많이 하겠죠. 그는 가버렸습니다. 오래전에요."

"난 끝장이군." 톰이 말했다. "비열한 개자식, 나 혼자 죽으라고 내버려두다니! 가엾은 우리 어머니가 항상 그렇게 될 거라 하셨는데."

"세상에! 저 불쌍한 것 말 좀 들어보게. 저자에게도 엄마가 있어." 노인이 말했다. "불쌍한 마음이 절로 드는구먼."

"가만, 가만. 으르렁대지 마요, 친구." 톰이 눈살을 찌푸리며 그의 손을 내치자 피니어스가 말했다. "출혈을 막지 않으면 가망이 없어요." 피니어스는 자신의 손수건과 일행들에게서 그러모을 수 있는 것들로 황급히 외과적인 응급조치를 취했다.

"네놈이 나를 여기서 밀었어." 톰이 기운 없이 말했다.

"음, 내가 안 했다면 당신이 우리를 밀었겠죠." 피니어스가 붕대를 매기 위해 몸을 굽히며 말했다. "자, 자, 이 붕대 좀 고정시킵시다. 잘 해주려고 하는 겁니다. 우린 당신한테 악의 같은 것 없어요. 당신 어머니가 해주는 것처럼 최고로 치료를 잘해줄 곳으로 당신을 데려갈 겁니다."

톰은 신음하며 눈을 감았다. 그런 계층의 남자들에게 있어서 원기와 결의란 전적으로 육체적인 문제여서, 출혈과 함께 그것들도 점점 사라졌다. 그 거대한 남자의 무력한 모습은 정말로 측은해 보였다.

또 다른 일행이 다가왔다. 마차에서 좌석을 끄집어내고, 물소 가죽을 두 겹으로 접어 네 겹으로 만들어서 한쪽에 길게 편 뒤, 네 명의 남자가 낑낑거리며 톰의 육중한 몸을 들어 마차에 실었다. 그는 마차에 타기도 전에 완전히 기절해버렸다. 동정심이 넘치는 노인은 바닥에 앉아 그의 머리를 자기 무릎에 뉘였다. 엘리자와 조지, 짐이 남은 공간에 최대한 자리를 잡고 앉자, 일행은 출발했다.

"저 사람 어떻습니까?" 앞자리에 피니어스와 함께 앉아 있던 조지가 물었다.

"그냥 좀 깊은 경상입니다. 하지만 그 아래까지 구르며 긁힌 게 안 좋았죠. 피를 꽤 많이 흘렸거든요. 용기고 뭐고 완전 다 빠져나가 버렸어요. 하지만 그는 이겨낼 겁니다. 그리고 이 일로 한두 가지 교훈도 얻겠죠."

"그렇다면 다행이군요." 조지가 말했다. "만약 제가 그를 죽였다면, 항상 마음에 무거운 짐이 되었을 겁니다. 정당한 대의를 위해서 한 행동이었다 하더라도."

"그래요." 피니어스가 말했다. "인간을 죽이건 짐승을 죽이건 간에, 살생은 추악한 행위죠. 전 한때 대단한 사냥꾼이었어요. 총을 맞고 죽어가면서 정말로 누구라도 죄의식이 들게 만드는 눈길로 사람을 쳐다보는 사슴을 본 적도 있습니다. 하지만 인간은 더 심각한 경우죠. 당신 아내의 말처럼 죽음 후에는 심판이 오니까. 전 모르겠어요, 이 문제에 대한 우리 교인들의 견해는 너무 엄격하니까. 그래도 제가 자란 방식을 생각하면, 전 꽤나 그 의견에 동의하게 되었어요."

"이 불쌍한 자를 어떻게 할 겁니까?" 조지가 물었다.

"아메리아의 집으로 데려갈 겁니다. 거기 스티븐스 할머니가 계시거든요. 사람들은 도르카스라고 부르는데, 굉장한 간호사예요. 아주 타고난 간호사에, 아픈 사람을 돌볼 때가 제일 자연스러운 분이시죠. 그분께 한 2주 정도 맡겨볼까 합니다."

한 시간 정도 더 마차를 타고 가서 그들은 깔끔한 농가에 도착했고, 지친 여행자들은 융숭한 아침을 대접받았다. 톰 로커는 곧 그가 일찍이 누워본 적 없는 깨끗하고 부드러운 침대에 조심스레 눕혀졌다. 그들은 그의 상처를 정성껏 씻고 붕대를 감아줬고, 그는 병실의 하얀 커튼과 살며시 움직이는 인물들을 눈을 껌벅대며 바라보면서 지친 아이처럼 나른하게 누워 있었다. 여기서 당분간 이 일행들에게 안녕을 고하도록 하자.

제18장

미스 오필리아의 경험과 의견 1

우리의 친구 톰은 어쩌다 걸린 자신의 운 좋은 노예생활과 이집트의 요셉의 처지를 자기 나름의 소박한 사고로 종종 비교해보았다. 사실 시간이 흐르고 새 주인 밑에서 점점 성장해갈수록 비교의 강도도 점점 더 세졌다.

싱클레어는 게으르고 돈 문제에 무심했다. 지금까지 살림과 장보기는 주로 아돌프가 해왔지만, 그 역시 주인과 마찬가지로 있을 수 없이 태평스럽고 낭비가 심했다. 두 사람은 엄청나게 민첩하게 재산을 탕진해왔다. 오랫동안 주인의 재산관리를 자기 일로 생각해온 톰으로서는 그 사치스러운 지출에 우려를 금할 수가 없었다. 그래서 그는 그 계급 사람들이 종종 습득하곤 하는 차분하고 간접적인 방식으로 간간이 나름의 제안을 내놓곤 했다.

싱클레어는 처음에는 톰에게 가끔 일을 시켰지만, 그의 견실한 마음과 훌륭한 일처리에 감명 받아 점점 신뢰가 커졌고, 결국 온 집안 살림과 장보기를 점차 그의 손에 맡겼다.

"아니, 아냐, 아돌프." 하루는 자기 권한이 줄어드는 상황에 반대하는 아돌프에게 싱클레어가 말했다. "톰을 내버려둬. 넌 네가 원하는 것만 알지만, 톰은 비용과 총계를 이해하거든. 누군가 맡지 않으면 조만간 돈이 다 떨어져버릴지도 몰라."

청구서를 보지도 않고 건네주고 잔돈을 세어보지도 않고 주머니에 넣는 무심한 주인에게서 무한한 신뢰를 받는 톰으로서는 부정을 저지를 유혹도, 용이함도 다 갖춰진 판이었으니, 타고난 난공불락의 순박한 성정과 기독교 신앙의 힘이 없었다면 이를 막을 수 없었을 것이다. 하지만 그런 천성을 지닌 톰에게 무한한 신뢰란 가장 양심적으로 정확성을 기할 맹약이자 보증이었다.

아돌프의 경우는 달랐다. 생각 없고 제멋대로인 데다 단속보다는 관대한 처우를 선호하는 주인의 제지마저 없으니, 그는 자신과 주인에 관한 한 피아구별에 있어서 절대적 혼란에 빠졌다. 때로는 싱클레어마저 골치가 아플 지경이었다. 싱클레어의 방식에 따르면 하인들을 그렇게 훈련시키는 것은 부당하고 위험한 일이었다. 그는 항상 일종의 만성적인 후회에 휩싸여 있었지만 과감하게 변화를 시도할 정도는 아니었고, 이 후회에 대한 반동은 다시 관대함으로 이어졌다. 그는 심각하기 짝이 없는 실수도 자신이 자기 역할을 제대로 했더라면 하인들이 그런 실수를 저지르는 일은 없었을 거라고 말하며 가볍게 넘겨버렸다.

이 쾌활하고 우아하고 잘생긴 젊은 주인을 톰은 충성과 존경, 아버지 같은 자애로운 근심이 기묘하게 뒤섞인 마음으로 대했다. 그는 절대 성경을 읽지 않았고, 교회에도 가지 않았으며, 마음만 맞으면 누구와건 시시덕거리며 허물없이 굴었고, 일요일 저녁에는 오페라나 연극을 보러 갔고, 와인 파티와 클럽, 저녁모임에 지나치게 많이 다녔다. 톰은 이 모두를 똑똑히 보았고, 이를 근거로 '주인님은 기독교인이 아니다'는 확신을 얻었다. 하지만 그는 이 확신을 다른 누구에게도 섣불리 말하지 않았고, 자신의 좁은 숙소에서 혼자 수많은 소박한 기도를 드렸다. 하지만 그 계급에서 종종 관찰되는 요령을 담아 자기 나름의 방식으로 의견을 피력할 때도 있었다. 예를 들어 앞서 말한 안식일 바로 다음 날, 싱클레어는 친목회에 초대받아서 갔다가 새벽 1, 2시경 단연코 육체가 지성을 압도한 상태로 부축을 받아 귀가했다. 톰과 아돌프가 시중을 들었는데, 거나하게 취한 싱클레어는 대경실색하는 톰의 촌스러운 태도에 이 일이 재미있는 농담이라도 되는 양 집이 떠나가라 웃어댔지만, 정말로 순진하기 이를 데 없는 톰은 젊은 주인을 위해 기도하며 남은 밤을 꼬박 새다시피 했다.

"톰, 뭘 기다리는 거야?" 다음 날 싱클레어가 물었다. 그는 실내복에 슬리퍼를 신은 채 서재에 앉아 막 톰에게 돈과 여러 가지 일거리를 맡긴 참이었다. "무슨 문제 있나, 톰?" 톰이 여전히 서서 기다리자 그가 한 마디 덧붙였다.

"괜찮아요, 주인님." 톰은 심각한 얼굴로 말했다.

싱클레어는 서류와 커피 잔을 내려놓고 톰을 바라보았다.

"왜 그래, 톰, 뭐가 문제야? 관 속에라도 들어간 것처럼 심각한 얼굴이잖아."

"기분이 안 좋아요, 주인님. 전 항상 주인님이 모두에게 잘해주실 거라 생각했어요."

"내가 안 그런 적 있나? 자, 자, 원하는 게 뭐야? 뭔가 모자라는 게 있나 보지? 그래서 이렇게 운을 떼는 거 아닌가."

"주인님은 항상 제게 잘해주셨어요. 그 문제에 대해선 불평할 게 없어요. 하지만 주인님이 잘해주지 않는 사람이 하나 있어요."

"톰, 도대체 무슨 말을 하는 거야? 말해봐. 무슨 소리야?"

"어젯밤 1, 2시 사이에 그런 생각이 들었어요. 그 문제에 대해 곰곰이 생각해봤어요. 주인님은 자기 자신에게 잘해주지 않으세요."

톰은 주인에게 등을 돌리고 손잡이를 잡은 채 대답했다. 싱클레어는 얼굴이 새빨갛게 달아올랐지만, 웃음을 터뜨렸다.

"아, 그게 다야, 그래?" 그가 쾌활하게 말했다.

"다냐고요!" 톰이 갑자기 돌아서서 무릎을 꿇었다. "아, 소중한 주인님! 전 그 술 때문에 주인님이 모든 걸, 육신과 영혼을 **다 잃어버릴까 봐** 걱정돼요. 성경에는 '그것이 마침내 뱀같이 물 것이요, 독사같이 쏠 것이다!'(「잠언」 23장 32절—옮긴이)라고 쓰여 있어요, 주인님!"

톰의 목소리가 갈라지고, 눈물이 뺨을 타고 흘러내렸다.

"불쌍하고 어리석은 바보 같으니!" 싱클레어는 눈물을 글썽이며 말했다. "일어나, 톰. 나 같은 걸 위해 울지 마."

하지만 톰은 버티고 앉아서 애원하며 바라보았다.

"그 저주받은 허튼 짓 하는 데는 더 이상 안 갈게, 톰." 싱클레어는 말했다. "내 명예를 걸고 약속해. 왜 진작 안 그만뒀는지 모르겠어. 항상 **그런 걸** 경멸했고, 그 때문에 나 자신도 경멸했는데. 그러니, 톰, 이제 눈물 닦고 나가서 일 봐. 자, 자." 그가 덧붙였다. "가호는 됐어. 난 그렇게 훌륭한 사람이 아니야." 그는 톰을 문 쪽으로 다정하게 밀며 말했다. "자, 내 명예를 걸고 맹세하지. 그런 모습 다시는 안 보게 될 거야." 그가 말했다. 톰은 크게 만족해서 눈물을 닦으며 나갔다.

"나도 톰 자네와의 약속은 지킬 거야." 싱클레어는 문을 닫으며 말했다.

그리고 싱클레어는 정말로 그렇게 했다. 그의 기질상 어떤 형태든 천박한 쾌락주의가 대단한 유혹이 되지 않았기 때문이다.

하지만 여기서 남부의 주부 역할을 시작한 우리의 친구 미스 오필리아가 그동안 겪은 수많은 고난을 상세하게 알아보자.

남부 대가족의 하인들의 세계는 여주인의 품성과 능력에 따라 엄청난 차이를 보인다.

북부뿐만 아니라 남부에도 특별한 지휘능력과 교육감각을 지닌 사람들이 있다. 그런 사람들은 폭력을 쓰지 않으면서도 농장의 다양한 구성원들을 손쉽게 자신의 의지에 복속시키고 조화롭고 체계적인 질서를 이루는 능력이 있다. 특이성을 통제하고 부족한 부분을 다른 부분의 과다함으로 보완하고 균형을 맞추어 조화롭고 질서 있는 체제를 만드는 것이다.

그런 안주인이 바로 셸비 부인이었다. 앞서 설명한 바 있으니, 우리 독자들은 아마 기억할 것이다. 만약 그런 사람들이 남부에 흔하지 않다면, 그것은 세상에 그런 사람들이 흔치 않기 때문이다. 그런 사람들은 세상 다른 곳에 있는 만큼 남부에도 존재하며, 그 경우 그 사회 특유의 상황 속에서 자신의 살림재주를 발휘할 기회를 기막히게 찾아낸다.

마리 싱클레어는 그런 안주인이 아니었고, 이전에 그녀의 어머니도 그렇지 않았다. 게으르고 철없고 비체계적이고 헤픈 그녀 밑에서 훈련받은 하인들이 그녀와 똑같지 않기를 기대할 수는 없었다. 그리고 그녀는 미스 오필리아가 보게 될 난장판을 정확히 설명했다. 비록 그 원인을 적절히 지적하지는 않았지만.

섭정 첫날 아침 미스 오필리아는 4시에 일어나서 도착 이래 늘 그랬듯이 자기 방부터 모두 정리해 하녀를 기함하게 한 다음, 이제 자신이 열쇠를 지닌 이 집의 찬장과 벽장에 맹공격을 가할 준비를 했다.

창고와 리넨 다림판, 도자기장, 부엌과 찬장은 그날 무시무시한 검토를 거쳤다. 어둠 속에 숨어 있던 것들이 빛 속으로 끌려나와 부엌과 침실의 권품천사와 능품천사 들을 경악하게 했고, 가정 내각은 놀라서 '저 북부 숙녀들'에 대해 수군거렸다.

요리장이자 부엌 부처에서 모든 법과 권위의 수장인 올드 다이나는 이러한 특권의 침해에 격분했다. 마그나 카르타 시절의 어떤 봉건귀족도 왕의 급습에 이보다 더 철저히 격분할 수는 없었을 것이다.

다이나는 나름 개성 있는 인물이어서, 독자들에게 그녀가 어떤 사람인지 어느 정도 설명하지 않으면 그녀에게 온당치 못한 일일 것이다. 그녀는 클로이 아줌마처럼 타고난 요리사였다. 요리는 아프리카 인종의 선천적인 재능이다. 하지만 클로이는 집안 질서의 틀 안에서 움직이는 훈련되고 조직적인 요리사였지만, 다이나는 독학한 천재였고, 일반적으로 천재들이 그러하듯 철두철미하게 단호하고 고집스럽고 변덕스러웠다.

모 근대 철학자들처럼 다이나는 온갖 형태의 논리와 이성을 완전히 경멸했고, 언제나 직관적 확신으로 도피했는데, 이 부분에서 그녀의 고집은 완전히 난공불락이었다. 어떤 재능이나 권위, 설명을 퍼부어도 그녀의 방법보다 더 나은 방법이 있다거나, 아주 사소한 문제에서라도 그녀의 방식을 바꾸도록 믿게 만들 수 없었다. 전 안주인, 즉 마리의 어머니는 이 부분에 대해 손을 들었고, '마리 아가씨'—다이나는 젊은 안주인이 결혼한 후에도 이 명칭을 고수했다—는 주장을 내세우느니 들어주는 쪽을 더 편하게 생각했기 때문에, 다이나는 전권을 휘둘렀다. 그녀는 극도로 굴종적인 태도와 극도로 완고한 조처를 결합하는 외교술의 달인이었기에 그러는 편이 더 편했다.

다이나는 변명의 기술과 비결에 통달한 대가였다. 실로 그녀는 요리사에게 잘못이란 있을 수 없다는 것을 금언으로 삼았다. 남부 부엌의 요리사 옆에는 온갖 죄와 과실을 떠넘길 머리들과 어깨들이 차고 넘쳤으므로, 자신은 오점 하나 없는 인간이 될 수 있었다. 정찬 준비에 혹여 실수를 한다면, 반론의 여지가 없는 이유가 오십 개는 됐다. 그것은 당연히 다른 오십 명의 탓이었고, 다이나는 이들을 가차 없이 호되게 꾸짖었다.

그러나 다이나의 최종 결과물에 문제가 있는 경우는 거의 없었다. 일하는 방식은 이상하게 두서가 없고 비효율적이며 시간과 장소에 대한 계산도 없는 데다가, 부엌은 대체로 허리케인이 휩쓸고 지나간 듯한 꼴에 조리도구들도 사방에 흩어져 있음에도 불구하고, 참을성 있게 시간을 주고 기다리면 미식가도 흠잡을 구석이 없을 정도로 완벽하게 차려진 저녁이 나왔다.

이제 저녁 준비를 시작할 때가 됐다. 성찰하고 휴식할 짬을 넉넉히 요구하며 모든 채비에 있어 편안함을 열심히 챙기는 다이나는 부엌바닥에 앉아 짧고 뭉툭한 담배파이프를 물고 있었다. 골초인 그녀는 영감이 필요할 때마다 향로라도 되듯이 담배에 불을 붙였다. 가정의 뮤즈를 소환하는 그녀만의 방식이었다.

그녀의 주위에는 남부의 가정에 넘쳐나는 그 신진인종의 다양한 일원들이 앉아서 완두콩과 감자 껍질을 까고 새의 깃털을 뽑는 등 준비 작업을 하고 있었다. 다이나는 간혹 가다 명상에서 깨어나 옆에 놓인 푸딩막대로 어린 조수들을 쿡 찌르거나 머리를 치곤 했다. 사실 다이나는 양털머리 젊은이들을 철권으로 다스렸고, 그녀의 표현에 따르면 "그녀의 일을 덜어줄" 목적 외에는 효용가치가 없는 인간들로 여기는 듯했다. 그녀는 이런 기풍 아래에서 자라났고, 이 기풍을 극도로 밀어붙였다.

집 안 다른 모든 곳의 개혁 순시를 마친 미스 오필리아는 이제 부엌으로 들어갔다. 다양한 출처를 통해 무슨 일이 벌어지고 있는지 소식을 들은 다이나는 방어적이고 신중한 자세를 고수하기로 결심했다.

실제로 겉으로 보이게 싸움은 하지 않지만, 새로운 모든 조치를 반대하고 무시하기로 속으로 단단히 마음먹었다.

부엌은 바닥에 벽돌이 깔린 커다란 방이었고, 한쪽 벽에는 큼직한 구식 벽난로가 있었다. 편리한 신식 스토브로 바꾸려고 싱클레어가 다이나를 설득했지만 실패한 물건이었다. 어림도 없었다. 어떤 퓨지주의자(엄격한 영국 성공회의 정통주의자 에드워드 B. 퓨지—옮긴이)나 보수학파도 다이나보다 더 완고하게 유서 깊은 불편함에 집착하는 사람은 없었다.

북부 숙부님 댁 부엌 배치의 체계와 질서에 감탄하고 처음 돌아왔을 때, 싱클레어는 다이나가 일하는 데 도움이 되리라는 낙관적인 희망을 품고 부엌에 찬장과 서랍, 각종 기구 들을 들여놓아 조직적인 체계를 도입하고자 했다. 하지만 다람쥐나 까치를 주는 편이 더 나았을 것이다. 서랍과 찬장이 많을수록 다이나가 누더기, 빗, 낡은 구두, 버린 가짜 꽃, 그 밖에 다른 예술품을 숨길 은닉처만 늘어날 뿐이었다.

미스 오필리아가 부엌에 들어왔을 때, 다이나는 일어나지도 않고 거만하고 평온하게 계속 담배만 피웠다. 곁눈질로 그녀의 행동을 훔쳐보기는 했지만, 자기 주위에서 벌어지고 있는 일 외에는 관심 없다는 태도가 역력했다.

미스 오필리아가 서랍 몇 개를 열어보기 시작했다.

"이 서랍은 용도가 뭐죠, 다이나?"

"뭐든 편리하게 쓸 수 있죠, 아씨." 다이나가 말했다. 그래 보였다. 그 안에 든 잡다한 물건들 중에서 미스 오필리아는 우선 핏자국이 있는 고급 능직 식탁보를 끄집어냈다. 고기를 싸는 용도로 쓴 것 같았다.

"이건 뭐죠, 다이나? 설마 안주인의 최고급 식탁보로 고기를 싼 건 아니겠죠?"

"아이고, 아씨, 그게 아니라, 타월들이 하나도 없지 뭐예요. 그래서 그렇게 됐어요. 빨려고 거기다 넣어둔 건데."

"속수무책이군!" 미스 오필리아는 혼잣말을 하며 서랍 안을 계속해서 헤집었고, 그 속에서 육두구 강판과 그 열매 두세 알, 감리교 찬송가책, 더러운 마드라스 무명 손수건 두어 장, 끈과 뜨개질거리, 담배 종이와 파이프, 크래커 몇 개, 포마드가 담긴 금도금 장식 도자기 접시 한두 개, 낡은 신발 한두 짝, 정성껏 핀을 꽂아 조그만 흰 양파들을 싼 플란넬 천, 능직 냅킨 몇 장, 거친 삼베 타월 몇 장, 바느질용 바늘들, 찢어진 종이들과 그 틈으로 새어 나온 여러 가지 향료들을 발견했다.

"육두구 열매를 어디 보관하나요, 다이나?" 미스 오필리아가 인내심을 달라고 기도하는 듯한 태도로 물었다.

"그냥 아무 데나요, 아씨. 저기 이빨 빠진 찻잔 안에도 있고, 저 위에도, 저쪽 찬장 안에도 좀 있어요."

"강판 안에도 좀 있군요." 미스 오필리아가 강판을 들어 보이며 말했다.

"아, 예. 오늘 아침에 거기 뒀어요. 가까운 데 두는 걸 좋아해서." 다이나가 말했다. "너, 제이크! 넌 뭘 손 놓고 앉았냐! 얼른 해! 조용히 해, 다들!" 그녀가 막대를 범인에게 휘두르며 덧붙였다.

"이건 뭐죠?" 미스 오필리아가 포마드 접시를 들며 말했다.

"아이고, 그건 제 머릿기름이에요. 가까이 두려고 거기 넣어뒀죠."

"주인의 최고급 접시를 그런 용도로 쓰는 건가요?"

"아이고! 제가 너무 바빠서 그래요. 오늘 바꾸려고 했어요."

"여기 능직 냅킨도 두 장 있네요."

"나중에 빨려고 넣어둔 거예요."

"빨랫감들을 넣어두는 곳이 따로 없나요?"

"싱클레어 주인님께서 저 상자가 그 용도라고 하셨는데요, 전 그 위에서 비스킷 반죽을 하거나 제 물건들을 올려놓는 게 좋거든요. 게다가 뚜껑 열기도 불편하고."

"왜 저 반죽대 위에서 하지 않죠?"

"아이고, 아씨, 거긴 접시들이 가득하고, 뭐 이런저런 것들로 자리가 없어서 도저히……"

"하지만 **설거지**를 하고, 치워야 하지 않나요?"

"설거지라고요!" 평소의 예의 차원을 넘어서서 분노가 치솟기 시작하는 듯이 다이나가 목소리를 높였다. "아씨들이 일에 대해서 뭘 아세요? 제가 내내 설거지하고 접시만 치우고 있으면 주인님은 언제 저녁을 드시라고요? 마리 아가씨는 절대 그런 말 한 적 없다고요."

"음, 여기 양파들이 있네요."

"아이고, 그러네!" 다이나가 말했다. "거기 뒀구나. 생각이 안 났어요. 스튜에 넣으려고 특별히 아껴둔 양파들인데, 그 낡은 플란넬 천에 싸놓은 걸 잊어버렸네."

미스 오필리아는 향료가 새고 있는 종이를 들어 올렸다.

"아씨가 물건들 안 건드리시면 좋겠어요. 필요할 때 어디 있는지 아는 곳에 물건들이 있으면 좋겠거든요." 다이나가 좀 단호하게 말했다.

"하지만 종이에 이렇게 구멍이 있으면 좋지 않겠죠."

"꺼낼 때 편해요." 다이나가 말했다.

"하지만 서랍 안에 온통 쏟아져 있잖아요."

"아이고, 그럼요! 아씨가 그렇게 계속 헤집으시면, 그렇게 되겠죠. 아씨가 그러니까 많이 흘렸잖아요." 다이나는 걱정스레 서랍 쪽으로 다가가며 말했다. "제 청소 시기가 올 때까지 아씨가 위층에 올라가 계시면 다 정리해놓을 거예요. 하지만 아씨들이 주위에서 간섭하고 다니시면 아무것도 못해요. 너, 샘, 아기한테 설탕그릇 주기만 해봐! 말 안 들으면 혼꾸멍을 내줄 테다!"

"부엌을 다 살피고 모든 걸 제자리에 정리할 거예요, 다이나. **딱 한 번만**. 그럼 그 상태 그대로 **유지해줘요**."

"아이고! 필리아 아씨, 그런 건 아씨들이 할 일이 아니에요. 아씨들이 그런 일을 하는 건 본 적도 없다고요. 옛 아씨도, 마리 아가씨도 절대 그런 적 없어요. 그럴 필요도 없고요." 다이나는 열을 내며 서성거렸고, 미스 오필리아는 접시를 쌓아 올려 분류하고, 열두어 군데 종지에 든 설탕들을 한 용기에 모으고, 빨아야 할 냅킨과 식탁보, 타월 들을 분류한 뒤, 자기 손으로 직접 씻고 닦고 정리했다. 그 속도와 민첩함에는 다이나도 완전히 경탄했다.

"아이고! 이게 북부 숙녀들이 일하는 방식이라면, 그 사람들은 숙녀도 아니야, 절대." 그녀는 멀찌감치 서서 자기 종복들에게 말했다. "청소 시기가 되면 나도 누구 못지않게 정리한다고. 하지만 아씨들이 주위에서 간섭하면서 찾지도 못할 곳에다가 내 물건들을 갖다 놓는 건 싫어."

공정을 기해 다이나의 입장도 이야기하자면, 그녀에게는 불규칙적으로 개혁과 정리의 발작이 찾아왔다. '청소 시기'라고 부르는 이 시기가 되면, 그녀는 맹렬히 달려들어 서랍과 찬장을 다 뒤엎어 바닥이나 식탁 위에 온통 늘어놓아 평소 혼란을 일곱 배는 가중시켰다. 그러고는 파이프에 불을 붙인 뒤 유유자적 물건들을 하나하나 살펴보고 논평을 늘어놓으며 정리를 하고, 조무래기들에게는 양철 냄비들을 죽어라 닦게 하며 몇 시간 동안 가열찬 혼란상태를 벌여놓고는, '청소 중'이라는 말로 궁금해하는 사람들을 안심시켰다. "상태를 이대로 내버려둘 수가 없어서, 젊은 것들에게 질서를 가르쳐줄 작정이었다." 어찌 된 영문인지 다이나는 자신이 질서의 화신이며, 그런 점에서 완벽하지 않은 모든 것의 원인은 **젊은 것들**과 다른 사람들 탓일 뿐이라는 착각에 사로잡혀 있었다. 양철 냄비들과 식탁들을 깨끗하게 박박 문질러 닦게 하고, 눈에 거슬리는 모든 것을 각종 구멍과 구석에 쑤셔 넣고 나면 다이나는 말쑥한 옷에 깨끗한 앞치마를 두르고 높고 화려한 마드라스 무명 터번을 쓰고는, 이제부터 부엌을 깨끗하게 유지할 작정이라며 비적 떼 같은 '젊은 것들'을 부엌에서 내쫓았다. 사실 간헐적으로 찾아오는 이런 주기로 인해 종종 온 집안 사람들이 불편을 겪어야만 했다. 다이나가 새로 닦은 냄비들에 지나친 애착을 가진 나머지 어떤 용도로도 쓰지 못하도록 고집을 부렸기 때문이다. 적어도 '청소 시기'의 열정이 가라앉을 때까지는 말이다.

미스 오필리아는 며칠 만에 집 안 구석구석을 체계적인 형태로 개혁했다. 하지만 하인들의 협조가 필요한 부분에 들인 수고는 시시포스와 다나이데스(그리스 신화에서 하데스에게 끝없는 노역의 형벌을 받은 인물들로, 즉 불가능한 일을 의미—옮긴이) 같은 헛수고였다. 절망에 빠진 그녀는 하루는 싱클레어에게 호소했다.

"이 집에는 체계라는 게 없어!"

"정말이에요. 체계가 없죠." 싱클레어가 말했다.

"이런 속수무책의 관리에, 이런 낭비에, 이런 혼란은 내 평생 본 적이 없어!"

"분명 그러실 겁니다."

"네가 주부였다면 그렇게 선선히 말 못 할 거다."

"누님, 누님도 주인들이 두 부류, 즉 박해하는 자와 박해받는 자로 나뉜다는 사실을 이해하시는 게 좋을 겁니다. 마음 좋고 가혹한 걸 싫어하는 우리 같은 사람들은 웬만한 불편은 그냥 감수하자 결심해요. 우리 편하자고 이 꾸물거리고 산만하고 배운 것 없는 무리들을 **데리고 있겠다면**, 그 결과도 감수해야죠. 아주 드물게는 가혹하게 굴지 않고도 질서와 체계를 세울 수 있는 특별한 요령을 지닌 사람들도 있어요. 하지만 전 그런 사람이 아니에요. 그래서 전 오래전에 그냥 노예들이 하는 대로 내버려두겠다고 마음을 먹었죠. 전 저 불쌍한 악마들이 채찍으로 맞고 난자당하는 꼴은 못 보고, 그들도 그걸 알아요.

물론 그들은 칼자루를 자기들이 쥐고 있다는 걸 알죠."

"하지만 제때도, 제자리도, 질서도 없잖아. 모든 게 이렇게 속수무책으로 흘러가서야!"

"버몬트 누님, 누님 같은 북부 태생들은 시간에 막대한 가치를 부여하죠! 하지만 시간이 남아도는 사람에게는 시간이 도대체 무슨 소용이겠어요? 누님은 질서와 체계를 말씀하시지만, 소파에 누워서 빈둥거리며 책이나 읽는 것 외엔 할 일이 없는 곳에서는 아침이나 저녁 식사가 한 시간 당겨지든 늦어지든 별 상관이 없어요. 다이나는 수프, 스튜, 구운 닭고기, 디저트, 아이스크림까지 다 갖춘 정찬을 내오고, 그 모든 걸 저 아래 혼돈과 옛 밤 속에서, 그 부엌에서 창조해내요. 정말 대단하다고 생각해요. 하지만 맙소사, 거기 내려가서 그 연기투성이 아무 데나 쭈그리고 앉아 허둥지둥 준비하는 과정을 다 본다면, 절대 다시는 그 음식을 못 먹을걸요! 누님, 그냥 손 떼요! 그건 가톨릭 교도의 고행보다 더 힘든 일이고, 득 될 것도 하나 없어요. 누님 성질만 버리고 다이나의 정신만 빼놓을 겁니다. 다이나 하고 싶은 대로 하게 내버려둬요."

"하지만 오거스틴, 거기가 어떤 상태인지 넌 모를 거다."

"제가 모른다고요? 밀방망이는 다이나 침대 아래에, 육두구 강판은 담배랑 같이 주머니에 있다는 걸, 설탕통이 집 안 구석구석마다 예순다섯 개씩은 흩어져 있다는 걸, 하루는 정찬 냅킨으로, 다음 날은 낡은 페티 코트 조각으로 설거지하는 걸 모를까 봐요? 하지만 결론은, 다이나는 거창한 정찬을 차려내고 끝내주는 커피를 탄다는 거예요. 그러니 다이나를 판단할 때는 전사나 정치가처럼 그 결과적 **성공**에 따라서 해야 해요."

"하지만 낭비는, 그 비용은 어쩌고!"

"흠! 모든 걸 다 자물쇠로 잠그고 열쇠를 지키고 앉아서 찔끔찔끔 분배해보시든지요. 잡동사니 따위는 절대 묻지 말고. 그건 최선책이 아니에요."

"걱정이 돼, 오거스틴. 난 이 하인들이 **엄밀히 말해 정직하다**는 생각이 들지 않는구나. 하인들을 믿을 수 있다고 장담하니?"

이 질문을 제기하는 미스 오필리아의 심각하고 불안한 표정을 본 오거스틴은 박장대소했다.

"누님, 그건 지나치게 좋은 말이죠. **정직**이라뇨! 마치 그런 걸 기대해야 한다는 것처럼요. 정직이라! 물론 아니에요. 왜 그래야 하죠? 세상에 그들이 정직할 이유가 뭐가 있다고요?"

"왜 교육을 시키지 않는 거니?"

"교육이라고요! 아, 부질없는 일이에요! 무슨 교육을 해야 하는데요? 제가 그럴 사람처럼 보입니까? 마리로 치자면, 맡겨놓으면 분명 농장 전체를 다 죽이고도 남을 인물이긴 하지만, 그래도 그들의 속임수를 고쳐놓진 못할걸요."

"정직한 사람은 없단 말이니?"

"이따금씩 하나 정도는 있죠. 어찌할 수 없을 정도로 본성이 단순하고, 진실하고, 충직해서 최악의 영향력도 망쳐놓을 수 없는 그런 사람이오. 하지만 이 흑인 아이들은 엄마 젖을 먹을 때부터 자기들에게 열린 길은 음험한 방식밖에 없다는 걸 느끼고 알아요. 부모, 안주인, 도련님, 놀이친구 아가씨, 누구를 대하든 그 방법 외엔 모르죠. 잔꾀와 속임수가 필연적인 습관이 돼요. 그러니 다른 걸 기대한다는 게 부당한 일이에요. 그 때문에 벌을 받아서도 안 돼요. 정직성에 대해 말하자면, 노예들은 의존적이고 아이들 같기 때문에 재산권 개념을 이해한다거나, 주인의 물건이 자기 게 아니라는 걸 알게 하기는 불가능해요. 전 노예들이 **정직할 수 있다고** 생각하지 않아요. 여기 톰 같은 친구는 도덕적 기적이죠!"

"그럼 그들의 영혼은 어떻게 되는 거니?" 미스 오필리아가 물었다.

"그거야 제가 알 바 아니죠." 싱클레어가 말했다. "전 현세의 사실만 취급할 뿐이니까. 사실 이 세상에 대부분의 사람들은 우리 이익을 위해서 그 종족 전체가 악마에게 넘어갔다고 생각해요. 다른 세상에선 어떻든지 간에."

"정말 끔찍하구나!" 미스 오필리아가 말했다. "부끄러운 줄 알아!"

"전 모르겠네요. 그럼에도 불구하고 우린 꽤 사이좋게 지내거든요." 싱클레어가 말했다. "길이 넓으면 부딪히지 않고 잘 다닐 수 있는 것처럼 말입니다. 세상의 높고 낮은 사람들을 한번 둘러봐요. 다 똑같은 이야기예요. 하층계급은 상층계급을 위해 몸과 영혼과 마음 모두를 소진당하죠. 영국도 그렇고, 세상 어디나 다 그래요. 하지만 우리가 자기들과는 조금 다른 형태를 가지고 있다는 이유만으로 기독교 세계 모두가 기겁을 하며 도덕적으로 분개하거든요."

"버몬트에서는 그렇지 않아."

"아, 그래요. 뉴잉글랜드와 자유주는 우리보다 낫죠. 인정해요. 하지만 종이 울리네요. 그러니 누님, 우리의 지역적인 편견은 잠시 제쳐두고 식사나 하러 갑시다."

미스 오필리아가 그날 늦은 오후를 부엌에서 보내고 있을 때, 흑인 아이들 몇몇이 고함을 질렀다. "저기 프루가 와요, 언제나처럼 투덜대면서."

키가 크고 마른 흑인 여자가 러스크 빵과 뜨거운 롤이 든 바구니를 머리에 이고 부엌에 들어왔다.

"안녕, 프루! 왔네." 다이나가 말했다.

프루는 이상하게 찌푸린 표정에 실쭉하고 투덜대는 목소리를 갖고 있었다. 그녀는 바구니를 놓고 쭈그리고 앉아 무릎에 팔꿈치를 올려놓고 말했다.

"아이고, 주여! 절 죽여주세요!"

"왜 죽고 싶은 거예요?" 미스 오필리아가 물었다.

"그래야 이 고통에서 벗어날 테니까요." 여자는 여전히 바닥을 바라보며 퉁명스럽게 말했다.

"그럼 왜 술 취해서 난리를 피워요, 프루 아줌마?" 말쑥한 쿼드룬 하녀가 산호석 귀고리를 달랑거리며 말했다.

여자가 그녀에게 불쾌하고 험악한 시선을 던졌다.

"너도 조만간 그렇게 될 거야. 그 꼴을 보고 싶구만. 그럼 너도 나처럼 고통을 잊으려고 기꺼이 술을 마시게 될걸."

"진정해, 프루." 다이나가 말했다. "가져온 러스크 빵 좀 보자. 돈은 여기 아씨가 주실 거야."

미스 오필리아는 빵을 두 다스 골랐다.

"저기 선반 꼭대기 위에 있는 금 간 항아리 안에 티켓이 좀 있어." 다이나가 말했다. "제이크, 올라가서 가지고 내려와."

"티켓이라니, 뭐에 쓰는 거죠?" 미스 오필리아가 물었다.

"우린 프루네 주인님의 티켓을 사고, 프루는 그 대신 빵을 주거든요."

"집에 돌아가면 잔돈을 받아왔는지 확인하려고 돈과 티켓을 세요. 제대로 안 가져가면 절 반 죽여놓죠."

"그게 마땅하죠." 오만한 하녀 제인이 말했다. "그 돈으로 술을 마신다면 말이에요. 이 아줌마가 그러거든요, 아씨."

"난 **그럴 거야**. 안 그러고는 살 수가 없어. 술 취해서 고통을 잊어버려야지."

"굉장히 나쁘고 바보 같은 사람이군요." 미스 오필리아가 말했다. "주인 돈을 훔쳐서 스스로 짐승이 되는 짓을 하다니."

"그렇게 보일 수도 있겠죠, 아씨. 하지만 전 그럴 거예요. 아암, 그러고말고. 아이고, 주여! 절 죽여주세요. 죽어서 이 고통에서 벗어나게!" 그 늙은 여인은 천천히 뻣뻣한 몸을 일으켜 세우더니 다시 머리에 바구니를 얹었다. 하지만 나가기 전 그녀는 아직도 서서 귀고리를 만지작거리고 있는 쿼드룬 여자를 돌아보았다.

"넌 네가 잘난 줄 알지? 그렇게 까불거리고 머리를 까닥거리면서 사람들을 다 아래로 보지. 아, 신경 쓰지 마. 너도 나중에는 나처럼 늙고 불쌍하고 망가진 인간이 될 테니까. 그렇게 되라고 주님께 내가 빌 거야, 아암. 그때 네가 술을 안 마시는지 지켜볼 테다. 마시고, 마시고, 또 마시면서 스스로를 괴롭혀 꼴좋게 되는지 안 되는지. 어!" 여자는 악의에 차 울부짖으며 방에서 나갔다.

"역겨운 할망구 같으니!" 주인님의 면도물을 가져오던 아돌프가 말했다. "내가 할멈 주인이면, 지금보다 더 엉망진창으로 만들어줄 텐데."

"넌 못 그래, 절대." 다이나가 말했다. "벌써 저만치나 갔네. 저 등 위에 옷을 제대로 걸쳐보지도 못할걸."

"저런 비천한 인간은 점잖은 집안 사람들 옆에 못 가게 해야 해요." 미스 제인이 말했다. "어떻게 생각하세요, 싱클레어 씨?" 그녀가 아돌프를 향해 교태를 부리며 획 고개를 돌렸다.

아돌프가 주인에게서 전유한 여러 품목들 중에서도 특히 주인의 이름과 주소를 쓰는 습관이 있다는 것을 말해둬야겠다. 그리고 그가 뉴올리언스의 흑인사회 내에서 하는 모습도 **싱클레어 씨**와 같았다.

"전적으로 동감입니다, 미스 브누아." 아돌프가 말했다.

브누아는 마리 싱클레어의 친정 가문이었고, 제인은 그녀의 하인들 가운데 하나였다.

"미스 브누아, 그 귀고리가 내일 밤 무도회용인지 여쭤봐도 되겠습니까? 참으로 아름답군요!"

"싱클레어 씨, 정말이지 당신네 남자들의 뻔뻔함이란!" 제인은 귀고리가 다시 반짝거리도록 예쁜 머리를 획 돌리며 말했다. "더 이상 질문하면 당신과는 저녁 내내 춤추지 않을 거예요."

"아, 그렇게 잔인하실 수가! 전 그저 당신이 그 얇은 분홍색 모슬린을 입고 올지 너무 궁금해서 여쭤봤을 뿐인데." 아돌프가 말했다.

"무슨 일이야?" 그때 밝고, 톡 쏘는 매력이 있는 조그마한 쿼드룬 노예 로자가 계단을 내려오며 물었다.

"싱클레어 씨가 너무 뻔뻔하잖아!"

"제 명예를 걸고," 아돌프가 말했다. "그 문제는 미스 로자에게 맡기죠."

"아돌프야 늘 뻔뻔한 인간이지." 로자가 조그만 발 하나로 균형을 잡고 서서 아돌프를 쏘아보았다. "항상 나를 화나게 하거든."

"오! 숙녀분들, 숙녀분들, 두 분이 그러시면 제 가슴이 찢어집니다." 아돌프가 말했다. "조만간 아침에 제가 침대 위에서 죽은 채 발견되면, 그건 두 분 책임입니다."

"저 끔찍한 인간 말하는 것 좀 봐!" 두 숙녀가 웃음을 터뜨리며 말했다.

"자, 모두 나가! 여기서 어수선하게 떠들고 농탕치면서 일하는 거 방해하지 말고." 다이나가 말했다.

"다이나 아줌마는 무도회에 못 가니까 뚱한 거야." 로자가 말했다.

"너네 옅은 것들 무도회 따윈 가고 싶지도 않아." 다이나가 말했다. "백인 흉내를 내면서 자랑하기는. 결국 니들도 나 같은 검둥이일 뿐이야."

"다이나 아줌마는 뻣뻣한 양털머리를 펴려고 매일 기름을 바르면서." 제인이 말했다.

"그래도 여전히 양털머리지." 로자가 매끄럽게 굽이치는 긴 머리를 사악하게 살랑거리며 말했다.

"흥, 주님 보시기에 양털이건 머리카락이건 다 마찬가지 아냐?" 다이나가 말했다. "아씨한테 너희 같은 사람 둘, 아니면 나 같은 사람 하나 중 누가 더 쓸모 있는지 물어볼까? 나가, 이 겉만 번지르르한 것들. 내 근처에 얼씬도 하지 말고!"

이 시점에서 대화는 두 가지 이유로 끊겼다. 싱클레어가 계단머리에 서서 면도물 가져오는 데 밤새도록 걸릴 거냐고 아돌프에게 외쳤고, 미스 오필리아가 식당에서 나와 이렇게 말했다.

"제인, 로자, 여기서 왜 시간을 허비하고 있어요? 들어가서 모슬린 손질 안 하고."

러스크 빵을 가져온 여인이 이야기를 나누고 있을 때 부엌에 있었던 우리의 친구 톰은 그녀를 따라 밖으로 나왔다. 그는 그녀가 이따금씩 억눌린 신음소리를 내뱉으며 걸어가는 것을 지켜봤다. 마침내 그녀는 바구니를 문간에 놓고, 어깨에 두른 낡고 빛바랜 숄을 다시 정리했다.

"제가 바구니 들어드릴게요." 톰이 자상하게 말했다.

"왜 그래야 하우?" 여인이 말했다. "난 도움 필요 없수다."

"아프시거나, 무슨 문제가 있는 것 같아서." 톰이 말했다.

"안 아파요." 여자가 퉁명스럽게 말했다.

"전," 톰이 그녀를 진지하게 바라보며 말했다. "술을 끊으시라고 설득할 수 있다면 좋을 텐데. 그게 아주머니의 육신과 영혼 모두를 망친다는 걸 모르세요?"

"벌받을 거 알고 있수다." 여인이 음울하게 말했다. "댁이 말 안 해도 다 안다구. 난 악한 사람이야. 곧장 지옥에 빠지겠지. 오, 주여! 차라리 거기 있다면 좋을 텐데!"

톰은 우울하고 진지한 격정에 찬 이 무시무시한 말에 몸을 떨었다.

"오, 주께서 자비를 베푸시길! 가엾게도. 주 예수에 대해 들어본 적 없어요?"

"주 예수, 그게 누구요?"

"**유일한 주님**이시죠." 톰이 말했다.

"주님, 심판, 고통, 뭐 이런 이야기 들어본 적은 있는 것 같네. 들어는 봤어요."

"하지만 아무도 주 예수에 대해서는 이야기해주지 않았어요? 우리 가엾은 죄인들을 사랑하시고 우리를 위해서 돌아가신 예수님 이야기를?"

"그런 건 난 몰라요." 여인이 말했다. "영감이 죽은 후로 날 사랑해준 사람은 아무도 없는걸."

"어디서 자라셨는데요?" 톰이 물었다.

"켄터키 저 위쪽. 주인이 내게 시장에 팔 아이들을 낳게 하고는, 애들이 좀 크기가 무섭게 팔아치웠다우. 그리고 결국엔 날 투기꾼한테 팔았고, 지금 주인이 그자한테 날 샀지."

"어쩌다 이렇게 나쁜 버릇에 빠진 겁니까?"

"고통에서 벗어나려고 그런 거지. 여기 온 다음에 애 하나를 낳았다우. 주인님은 투기꾼이 아니니까, 하나는 내가 키울 수 있겠구나 생각했지. 정말 귀여운 아기였어! 아씨도 굉장히 예뻐하는 것 같았고, 처음에는. 아이는 울지도 않았고, 귀엽고 통통했다우. 하지만 아씨가 아픈 바람에 돌보다가 내가 그 열병에 걸렸지 뭐유. 젖이 다 말라서 아이가 뼈와 가죽밖에 안 남게 빼빼 말라가는데, 아씨가 우유를 안 사주잖아. 젖이 안 나온다고 하는데도 내 말을 듣지도 않았어. 애한테 다른 사람들 먹는 걸 먹이면 된다는 거야. 아이는 바싹 말라가면서 낮이고 밤이고 울고, 울고, 또 우는데. 뼈와 가죽밖에 안 남고 말이야. 아씨는 화가 나서 정말 짜증나는 아이라며 차라리 죽어버렸으면 좋겠다는 거야. 그러더니 밤에 아이를 데리고 있지도 못하게 하지 뭐유. 날 밤새도록 자지도 못하게 해서 하등 쓸모없는 인간으로 만든다면서 말이야. 그러더니 날 아씨 방에서 자게 해서 아기를 조그만 다락방에 떼어놓을 수밖에 없었어. 우리 아기는 거기서 어느 날 밤 울다 울다 그만 죽어버렸다우. 그랬어. 그래서 술을 마시게 된 거지. 내 귀에서 그 울음소리가 사라지도록. 그래, 난 마셨어. 그리고 앞으로도 마실 거야! 지옥에 가더라도 그럴 거야! 주인님이 나더러 지옥에 갈 거라고 하면, 내 대답은 난 이미 거기 있다는 거야!"

"아, 가엾은 사람!" 톰이 말했다. "주 예수님께서 얼마나 당신을 사랑하시고, 당신을 위해 돌아가셨다는 걸 말해준 사람이 아무도 없었단 말이에요? 그분이 당신을 도와주실 거라고, 그러니 천국에 가서 마침내는 편안하게 쉴 수 있다고 아무도 말을 안 해줬단 말입니까?"

"내가 천국에 갈 것 같수?" 여인이 말했다. "거긴 백인들이 가는 곳

아닌가? 그 사람들이 날 끼워줄 것 같아? 난 차라리 지옥에 가서 주인님과 아씨한테서 벗어날 거유." 그녀는 끙 하는 소리를 내며 바구니를 머리에 얹고는 침울한 표정으로 멀어져갔다.

톰은 돌아서서 슬퍼하며 집으로 돌아왔다. 마당에서 그는 월하향 화환을 머리에 쓰고 눈을 반짝거리며 즐거워하고 있는 에바 아가씨를 만났다.

"톰 아저씨! 여기 있었네. 드디어 찾았다. 아빠가 망아지들을 데리고 나와서 새 마차를 타도 된다고 하셨어." 그녀가 톰의 손을 잡으며 말했다. "근데 무슨 일 있어, 톰 아저씨? 얼굴이 심각해."

"기분이 안 좋아요, 에바 아가씨." 톰이 구슬프게 말했다. "하지만 말을 끌고 나올게요."

"무슨 일인지 말해줘, 톰 아저씨. 아저씨와 프루 할머니가 이야기하는 거 봤어."

톰은 소박하고 진지한 말로 에바에게 그 여인의 인생사를 들려줬다. 에바는 다른 아이들처럼 소리 지르거나 놀라거나 울지 않았다. 아이의 뺨은 창백해졌고, 눈에는 깊고 진지한 그늘이 덮였다. 에바는 가슴에 양손을 얹고 깊은 한숨을 쉬었다.

(2권으로 이어집니다)

톰 아저씨의 오두막 1

지은이 | 해리엇 비처 스토
옮긴이 | 권진아
펴낸이 | 양숙진

초판 1쇄 펴낸날 | 2014년 1월 3일

펴낸곳 | ㈜현대문학
등록번호 | 제1-452호
주소 | (137-905) 서울시 서초구 신반포로 321(잠원동)
전화 | 02-2017-0280
팩스 | 02-516-5433
홈페이지 www.hdmh.co.kr

ISBN 978-89-7275-688-0 04840
ISBN 978-89-7275-563-0 (세트)

* 책값은 뒤표지에 있습니다.